차가운 학교의 시간은 멈춘다

冷たい校舎の時は止まる
辻村深月

TSUMETAI KOUSHA NO TOKI WA TOMARU
ⓒ MIZUKI TSUJIMURA 2004
All rights reserved.
Original Japanese edition published by KODANSHA LTD.
Korean publishing rights arranged with KODANSHA LTD.

Korean translation copyright ⓒ 2014 by Publishing Book In Hand.

차가운 학교의 시간은 멈춘다

上

츠지무라 미즈키 지음

이윤정 옮김

손안의책

차가운 학교의 시간은 멈춘다

上

플래시백

'떨어진다', 라는 목소리를 정말 들었는지 아닌지. 그것은 이제 와서는 잘 생각나지 않는다.

그 목소리는 그때 그 순간 분명히 어디에선가 났고 또 실제로 자신이 들었다고 생각했지만, 구체적으로 누가 말했는지, 어떤 목소리였는지를 떠올리려면 그 부분이 갑자기 애매해져서 확실해지지가 않는다.

다만 그때, 그의 머릿속은 새하얬다. 경련하는 그 머릿속에서, 오직 한 마디의 조용한 목소리가 불쑥 떠올라 분명히 알리고 있었다.

떨어진다, 고.

얼어붙은 듯 움직임이 일절 멈춘 공기 속에서, 그는 마른침을 삼키며 옥상을 올려다보고 있었다.

옥상, 3층짜리 건물의 가장 높은 곳. 그곳에 교복 차림으로 보이는 그림자가 어른거린다. 올려다보기 위해 쳐든 목이 아프다. 그 아픔이 말해주듯이 그곳은 높다. 절망적으로 높다, 왠지 그런 생각이 들었다.

그는 경직된 눈꺼풀 때문에 눈 한 번 제대로 깜박일 수도 없었다.

어째서 저 녀석이 저런 곳에 있는 것일까. 오늘 저 녀석은 뭘 하고 있었던 것일까. 오늘 우리들은 무엇을 하고 있었던 것일까. 저 녀석은 무엇을 하고 싶은 것일까.

옥상 울타리를 등지고 힘없이 떨어뜨린 고개가 움직이지 않는다. 그 귀에는 자신의 이름을 부르는 소리도, 끊임없이 되풀이되는 여자의 울음 섞인 제지의 외침도 전혀 들리지 않는 듯 보였다.

아무것도 하지 못한 채 계속 쳐다보고만 있던 그의 눈에 출렁, 하고 균형이 무너지는 모습이 보였다.

그 순간 귓가에 목소리가 들렸다.

떨어진다, 고.

시선을 피할 수 없다. 여자가 찢어지는 듯한 비명을 지른다. 누가 좀, 누가 좀, 이라고 외치는 목소리가 들린다.

'떨어진다.'

검은 그림자가, 지금 울타리에서 멀어진다.

수험 노이로제? 번지는 현 내 고교생들의 불안

사립 세이난 고등학교 축제에서 3학년 학생 투신자살

지난 12일(일), 현 내 S시 사립 세이난 고등학교에서 3학년 학생이 옥상에서 뛰어내려 자살했다. 이날은 이 학교 축제의 마지막 날로, 다른 학교 학생들도 많이 와 있던 상황에서 벌어진 사태였기 때문에 더더욱 관계자를 놀라게 하고 있다.

자살의 동기는 아직 명확하게 알려지지 않았으나, 학교 측에 따르면 집단 괴롭힘 등은 없었다고 한다. 또한,이 학교는 높은 진학률로 현 내에서도 유명해, 그 때문에 관계자들 사이에서는 자살의 원인을 대학 수험을 앞둔 노이로제로 보는 의견도 나오고 있다.

10월 13일   S지방신문 조간.

제1장

첫눈

1

이른 아침 현관문을 한발 나서니, 언 공기가 찌르듯이 발끝을 스치는 것이 느껴졌다.

피부가 찌릿찌릿 아픈 그 공기로부터 얼굴을 보호하듯이 목도리를 두르며, 츠지무라 미즈키는 고개를 들었다. 잿빛 하늘에서 하얗게 눈이 내리는 것이 보인다. 추운 것도 이해가 되었다.

하얗게 입김을 뿜으며 자전거 열쇠를 왼손에 든다. 마침 그때 현관문이 열리고 안에서 어머니가 나오는 모습이 보였다.

"미즈키, 오늘 어쩔래? 눈 오잖아."

어머니도 슬슬 출근 준비를 해야 할 시간대였지만, 아직 아침 식사 때와 똑같이 앞치마 차림이다. 미즈키는 어머니의 얼굴과 눈이 춤추는 하늘을 번갈아 보고는 고개를 저었다.

"됐어. 괜찮아. 자전거로 갈래."

"엄마가 데려다 줄까? 젖을 텐데."

"우산 쓰고 가는데 뭐. 그보다 빨리 엄마 나갈 준비나 해. 눈 오면

길도 막힐 텐데. 엄마 지각할라."

미즈키의 말에, 어머니는 과장되게 한숨을 쉰다. 처마 밑까지 나오더니 딸 앞에 섰다.

"너 우산 쓰고 자전거 타는 거 걱정돼서 어디 보겠니. 양손으로 타도 자동차랑 부딪히려고 하잖아. 게다가 감기라도 지독하게 걸리면 어쩌려고 그래? 너는 몸도 약하잖아. 수능까지 앞으로 한 달도 안 남았는데, 데려다 줄게."

"으음, 어쩌지."

"그리고 어제, 결국 몇 시에 들어온 거야?"

"응?"

앞치마 주머니에 양손을 넣은 어머니는, 고개를 움츠리며 그렇게 물었다.

"사카키 선생님 댁에 다녀온다고 하고선 나갔잖아? ……시험 전이라 예민해진 건 알겠지만, 그렇게 늦게 다니면 엄마도 좀 불안해져. 엄마 잠든 다음에 들어왔지?"

"아아, 응. 미안."

그러고 보니 어제, 왠지 불안정한 기분이 들어 사카키의 집엘 갔었다. 미즈키는 담임인 수학교사 사카키의 얼굴을 떠올렸다. 올해 미즈키네 반의 담임이 된 사카키는 아직 스물여섯으로, 이 근처에서 혼자 살고 있다. 젊어선지 학생들과 생각이 비슷하고, 잘 챙겨준다. 집이 가까운 데다가 미혼이고 자유롭게 혼자 사는 집이라는 이유로, 미즈키뿐만 아니라 같은 반 학생들도 곧잘 그의 집을 들락거린다. 본격적으로 수험시즌이 다가온 이번 겨울부터는 특히 심해져서, 미즈키도 공부하다가 모르는 것을 질문하러 그의 집에 가는 횟수가 늘어났다.

다만 미즈키가 그를 따르는 이유는 그것 때문만은 아니다. 조금 특수한 사정이 있다.

사카키는 어렸을 때부터 사이가 좋았던 미즈키 소꿉친구의 사촌으로, 옛날부터 미즈키는 물론이고 미즈키의 어머니와도 알고 지내는 사이였다. 어렸을 때부터 자주 놀아 주던 이웃집 오빠. 그런 의미에서는 사카키도 미즈키의 소꿉친구라는 테두리에 들어간다.

"사카키가 잘 데려다 줬어? 아무리 가깝다고 해도 여자애 혼자서 밤에 돌아다니면 위험하잖아?"

"아아, 응, 잘못했어요. 다음부터는 되도록 안 늦게 신경 쓸게요."

"그러면 좋겠다, 엄마가 걱정되니까. 공부도 집에서 할 수 있는 건 되도록 집에서 하렴."

어제, 몇 시쯤 사카키의 집에서 나왔을까. 정확한 시간은 모르겠지만 늦은 시각인 건 분명 사실이었을 것이다. 어떻게 돌아왔는지 정확히는 기억나지 않지만. 하지만 집 현관을 열어두긴 했어도 먼저 잠들어버린 걸 보면, 어머니도 그렇게 심각하게 걱정한 것은 아닐 것이다.

"맞아, 그러고 보니, 사카키한테 보낼 새해 선물 뭐가 좋을까? 꽃은 뭘 좋아하는 것 같아?"

"응? 무슨 꽃?"

갑자기 화제를 바꾼 어머니의 목소리에, 미즈키는 일순 얼굴을 찌푸리며 되물었다.

"왜?"

"왜, 너 중학교 때도 담임선생님한테 고등학교 시험 답례로 꽃 가지고 갔었잖아? 그거지 뭐. 사카키한테도 이번에 신세를 지잖아."

"우엑, 농담이지? 관둬. 딴 애들 다 그런 거 안 해."

"어머, 다들 안 하니?"

"안 해요. 어쨌든 꽃 같은 건 그 사람한테 안 어울리잖아. 그만두자. 먹을 수 있는 과자 같은 게 더 나을 거야."

엄마한테 그렇게 말하고 돌아서서, 미즈키는 손목시계를 쳐다보았다. 예령이 울릴 시간까지는 조금 여유가 있다. 데려다 주겠다는 엄마의 제안은 제법 매력적이긴 했지만, 잠시 생각한 뒤에 미즈키는 고개를 저었다.

"걱정되면 자전거 안 타고 갈게. 아직 시간이 있으니까 오늘은 걸어가면 되지. 매일 같이 가는 친구도 있고."

"어머, 히로시?"

"응, 벌써 기다리고 있을지도 모르잖아. 다녀올게."

미즈키는 다카노 히로시를 생각하면서 우산을 폈다. 근처에 사는 소꿉친구 다카노 히로시와는 서로 같은 고등학교에 진학한 후부터, 왠지 모르게 매일 아침 만나서 같이 등교하고 있다.

엄마가 말했다.

"오늘은 너무 늦지 마. 눈이 쌓일지도 모르니까."

"알았어."

춤추듯 내리는 눈송이들이 아까보다 좀 더 커진 것 같이 느껴진다.

"조심해서 다녀와."

"알았어요, 시험 전이잖아. '미끄러지지 않도록' 조심해서 다녀오겠습니다."

문을 열고 집 앞의 큰길로 나가보니 예상했던 것보다 훨씬 추워서, 냉기 때문에 발이 따끔따끔 아프다. 서둘러 걸으면 학교까지 20분 정도 걸린다. 미즈키는 코트 주머니에서 워크맨을 꺼내 익숙한 손놀림으로 이어폰을 귀에 꽂았다. 그리고 눈으로 하얗게 덮인 길을 걷기 시작했다.

눈이 내리는 아침 하늘은 어둡다.

하늘을 쳐다보며 그런 생각을 한다. 흐릿하게 둔한 빛을 내뿜는 무광 백금의 색깔을 연상시킨다. 이어폰에서 들려오는 유행가를 멀리 느끼면서, 미즈키는 한 번 하품을 했다. 눈앞에 내리는 눈은 제법 기세가 좋아서, 보기에는 시원한 인상마저 준다. 다만 그 때문인지 오늘의 하늘은 무척 현실감이 떨어져서, 데자뷔라 부를 수 있을 만큼 명확하진 않지만 언젠가 어디서 이런 광경을 본 듯한, 그런 기분이 들었다. 마치, 꿈속의 광경을 보고 있는 듯 이상하게 현실감이 없다.

미즈키가 사는 이 동네에는 매년 몇 차례 이렇게 눈이 내리지만, 올해는 시기가 약간 이르다. 새해가 오기 전에 이렇게 눈이 내리는 건 수십 년 만에 처음 있는 일이 아닐까.

그러나 미즈키의 머릿속에는 신기하게도 놀라움이나 기쁨 같은 건 없고, 다만 가슴 깊은 곳이 파랗게 식어가는 듯한 느낌만이 있었다. 무심코 한숨을 내쉰다. 추운 건 싫은데…….

약속 장소인 큰길가로 나와 미즈키는 잠시 멍하니 하늘과 거리의 모습을 바라보았다. 길에 사람의 모습은 없다. 거리가 통째로 얼어붙은 듯 모든 가게에 셔터가 내려져 있고, 그 위에도 서리가 반짝인다.

가까운 세탁소의 셔터에 등을 기대고 고개를 숙여 발끝의 눈을 보았다. 문득 사람이 다가오는 기척이 나서 고개를 든다. 오른쪽 길에서 자전거를 타고 다가오는 남학생의 모습이 보였다. 우산도 쓰지 않고 눈길을 달려오는 그의 얼굴을 확인하고, 미즈키는 기대고 있던 몸을 일으킨다. 상대도 금방 이쪽을 발견하고 미즈키 앞에서 자전거를 세운다.

브레이크가 끼익 하고 울렸다.

"안녕, 눈이 오네."

오랜 친구인 다카노 히로시였다. 같은 고등학교에 같은 반이다.

"안녕. 우산 없어?"

워크맨 스위치를 끄고 귀에서 이어폰을 뺀 다음 미즈키는 종종걸음으로 다카노에게 달려갔다. 여전히 자전거를 타고 있는 그의 어깨가 눈으로 하얗다. 미즈키가 우산을 내밀었더니 다카노는 쓴웃음 비슷한 표정을 지으며 우산 쪽으로 몸을 숙였다.

"아니, 접는 우산은 갖고 나왔는데. 생각해 보니까 눈에 젖는 것보다 자전거 타면서 균형 잡는 게 더 귀찮을 것 같아서. 시간도 없고, 후다닥 자전거로 달리는 게 빠를 거 같아서 말이지."

"젖을 텐데? 학교에 도착할 때쯤이면 축축해질 테고, 그럼 온종일 젖은 교복을 입고 있어야 하잖아. 그거 너무 비참한 거 같아."

"그래? 그러고 보니 너 오늘 자전거 안 타고 왔구나. 현명하기도 해라."

"됐어."

오른손으로 가볍게 쿡쿡 찌르는 흉내를 내고 나서 미즈키는 다시 하늘을 올려다본다.

"있잖아, 내 우산 크니까, 씌워 줄게. 자전거는 그냥 끌고 가자."

"미안한데, 그럼 그러지 뭐. 으음, 오늘 시간표 뭐였지?"

쓰고 있던 안경 위에 달라붙어 버린 눈을 손가락 끝으로 가볍게 떨어뜨리고 다카노는 천천히 자전거를 밀기 시작했다. 다카노는 키가 크다. 몸집이 작은 미즈키에게 다카노의 얼굴은 항상 올려다보는 대상이다. 미즈키가 발돋움을 하지 않으면 그에게 우산을 씌워줄 수가 없다. 그걸 알아차렸는지 다카노가 미즈키 손에서 슬쩍 우산을 빼앗는다. '미안' 하고 양해를 구하면서, 자신의 자전거를 미즈키에게 맡겼다. 미즈키는 다카노 대신 자전거를 넘겨받아 눈길 위로 천천히 타이어를 굴리기 시작한다. 자신도 우산 아래로 들어갔다.

"아마 오늘은 오전 수업뿐일 거야. 한 시간 반짜리 특별수업이 두 개. 역사하고 영어였던가? 아, 다카노 넌 세계사였지?"

"오후엔 학교 열려 있나?"

"열려 있긴 할 것 같은데, 남게?"

"일단은. 요즘은 집에 있으면 어머니가 안절부절못하셔. 기출문제 집이라도 풀다 갈까 해서."

다카노의 말에, 미즈키는 과장되게 한숨을 쉬었다.

"그러지 말자——. 분명히 눈은 많이 쌓일 거야. 오늘 같은 날은 얼른 집에 가는 게 남는 거라고."

"그래? 그냥 네가 혼자 집에 가는 게 싫은 건 아니고?"

"아, 티 났어?"

"네가 그렇지 뭐."

"그렇지만 오늘 춥지, 깜깜하지, 싫단 말이야. 같이 집에 가자."

미즈키와 다카노 히로시는 유치원 때부터 지금 고등학교에 이르기까지 전부 같은 학교에 다녔다. 진정한 친구라고 할까, 쉽게 말해 끊으려야 끊을 수 없는 관계다. 집이 가까운 탓도 있어서 여태까지 사이가 좋다. 언제부턴가 쓰기 시작한 안경이 트레이드마크인 그는, 우등생처럼 보이는 그 분위기가 예전과 하나도 변하지 않았다. 작년부터는 반도 같아졌는데, 그는 반장을 맡고 있다. 성적도 물론 매우 우수해서, 모의고사의 지망 대학 판정도 미즈키로서는 부럽고 샘나기 그지없었다. 전형적인 수재타입이라고 미즈키는 생각한다.

그리고 다카노는 담임교사 사카키의 사촌이다.

"아키히코는?"

다카노가 같은 반 친구의 이름을 꺼낸다.

"아키히코한테 같이 가자고 해."

"으──음, 아키히코보다 다카노가 집이 가까우니까, 집에 들어가기 직전까지 같이 가잖아? 아키히코는 도중에서 헤어진단 말이야. 그렇다고 일부러 데려다 달라고 하기도 그렇고."

지금 이름이 나온 같은 반 친구 아키히코는 미즈키나 다카노와 집 방향이 같아서 등하교 시에 자주 만난다. 눈길을 말없이 혼자 걸어가야 한다는 생각에, 미즈키는 다카노를 붙잡고 늘어졌다.

"그러니까, 같이 가자."

"어쩔 수 없지, 알았어."

다카노는 온화한 표정으로 조금 연극 같은 한숨을 쉬며 받아들여 주었다.

"그런데──. 빨리 집에 가고 싶은 마음은 굴뚝같겠지만, 점심만 어디서 먹고 가지 않을래? 아마 애들이 너도 부르겠지만, 스가와라가 오늘부터 나오잖아?"

"응?"

그 말에 무심코 말을 멈추고, 미즈키는 다카노를 쳐다보았다. 그의 입에서 나온 단어, '스가와라'라는 울림이 일순 낯설게 느껴졌지만 이내 그것이 자신 안에서 그리움을 동반한 이미지로 녹아들어 간다.

아아. 미즈키는 생각한다. 아아, 스가와라…….

다카노가 걸음을 멈춘 미즈키의 얼굴을 들여다보았다.

"왜 그래? 오늘이 일주일째잖아. 내기 마작의 대가로는 꽤 컸지, 정학이라니. 뭐, 담배도 있었긴 했나."

다카노의 목소리에 미즈키의 머릿속으로 서서히 스가와라의 얼굴이 떠오른다. 현 내에서도 유수의 진학 명문으로 이름 높은 미즈키의 학교 학생이라고는 보기 힘든 탈색한 머리와 한쪽 귀에만 달린 금피어스. 미즈키는 조금 전 다카노가 했던 말을 되새긴다. 내기 마작과 담배, 그리고 정학.

다카노는 말을 이었다.

"근데 웃기는 일이지. 아무리 담배 들킨 게 네 번짼가 그랬다고 해도, 수능이 한 달도 안 남았잖아. 학교가 잘도 정학을 줬더군."

"어어, 응……."

현 내에서 제일가는 진학 명문인 미즈키의 학교에서는 정학을 당하는 학생이 웬만해선 나오지 않는다. 그것도 대입 첫 고비인 수능시험이 코앞에 와 있는 시기에 정학을 주는 것은 제법 이례적인 일이다. 하지만 잘못 자체는 그렇게 큰 건 아니었을 것이다. 미즈키는 그렇게 생각하고 있다. 다카노가 웃는 것도 이해가 될 것 같다. 명문교이다 보니까 문제가 된 거지, 요즈음의 보통 고등학생들과 비교하면 귀여운 편이다.

살짝 고개를 갸웃하며 미즈키는 다카노에게 속삭였다.

"그래도, 오늘 첫날인데 바로 올까? 스가와라가."

"올 걸, 아마도. 그 녀석도 자신의 처지는 알고 있을 테니까. 어쩌면 우리한테 점심 뜯어먹는 거 아냐? 내기 마작 하다 걸리긴 했지만,

그걸로 돈을 번 것도 아닌데 너무한다고 엄청 화냈었잖아."

다카노의 말에 미즈키가 한숨을 쉬고 나서 말을 받았다.

"어차피 질 거, 그런 바보 같은 짓 그만두면 좋을 텐데. ……그래도 그렇구나. 나오는구나. 오랜만에 맛보는 사바세계의 공기는 신선하겠지."

"그렇겠지. 오늘부터 또 시끌시끌해지겠군."

다시 걷기 시작한 다카노 옆에서, 미즈키는 건성으로 '응' 하고 대답했다. 하얗게 숨을 내뿜으며 어깨를 떨고는 고개를 들었다.

"그러고 보니, 우리 엄마가 말이야."

"응?"

"사카키 오빠한테 새해 선물을 보내려는 것 같아. 앞으로 수능도 그렇고 본격적으로 수험시즌이 되면 여러 가지로 신세 지게 될 거라면서. 그래서 말이야, 우리 엄마 원예가 취미인 거 알지? 사카키 오빠가 어떤 꽃을 좋아하는지 묻더라고."

"사카키 형한테 꽃을?"

다카노는 쓴웃음을 지으며 되물었다.

"좀 더 돈이 되는 게 아니면 형한테는 안 어울려. '지금 갖고 싶은 건 뭐예요?'라는 질문을 받으면 학생들한테도 자동차라고 대답하는 사람이니까."

"꽃은 먹을 수도 없고 말이지."

사카키는 젊고, 교사경력도 아직 3년밖에 되지 않았다. 학생들도 평소에 '선생님'이라고는 잘 부르지 않고 친근함을 담아서 '담임'이라든가 '사카키샘'이라고 부르는 게 보통이다. 자칭 팬인 여학생들도 많았는데, 그중 한 명이 생일에 갖고 싶은 선물을 물었을 때 매정하게

'새 차'라고 대답하는 것을 미즈키도 본 적이 있었다.

"엄마도 어렸을 때부터 아는 사이니까, 꼭 꽃이 아니라도 상관없는데 그래."

"뭐, 남자 혼자 사는 게 살풍경하다고 생각했는지도 모르지."

다카노와 이야기하면서 미즈키는 상점가 모퉁이를 돈다. 평소 자전거를 타고 지나는 이 시간대에는 드문드문 이긴 하지만 사람이 보이던 길이었는데, 눈 때문인지 오늘 아침에는 아무도 눈에 띄지 않는다. 새하얀 거리가 마치 아무도 살지 않는 듯 펼쳐져 있는 모습이 미즈키에게는 신기했다. 눈을 빼앗길 정도로 아름다운 광경이라고 생각했다.

그 이후로 둘은 말없이 걸었다.

차갑고 투명한 눈으로 살짝 흐려진 공기. 미즈키는 자신의 것보다 페달 위치가 상당히 높은 자전거를 천천히 민다. 조용히 있으면 뇌가 저절로 어젯밤 머릿속에 집어넣은 영어 단어의 예문을 되새기기 시작한다. 역사 연호건 고전 단어건 항상 떠올리려고 노력하지 않으면 잊어버린다. 수능까지 앞으로 한 달 정도 남았는데, 그동안에도 이 기억이 지속될지가 스스로도 매우 의심스럽다.

크게 숨을 들이쉬고, 내쉬어 본다. 조바심이 나면 안 된다고 자기 자신에게 들려준다.

그렇다, 그리고 다른 것을 생각해서도 안 된다.

학교까지 직선으로 나 있는 길로 나오니, 아직은 새 건물 같은 교사(校舍)가 눈앞에 회백색 빛깔을 띤 몸체를 드러냈다. 4년 전, 딱 자신들이 입학하기 전년도에 새로 지었다는 교사다. 오늘은 마치 눈이 빛을 내고 있는 것 같다고 미즈키는 생각한다.

교문 옆에는 청동으로 된 현판.

서리에 젖어 빛나고 있는 그 현판이 오늘 미즈키의 눈에 왠지 서먹
서먹한 인상을 준다.

'사립 세이난 고등학교.'

2

자동판매기 배출구에 캔 커피가 소리를 내며 떨어졌다.

겨울철 자판기의 '따뜻한 음료'는 맨손으로는 들기 힘들 만큼 뜨겁
지만, 장갑 대신 목장갑을 낀 오른손으로 그는 능숙하게 캔을 꺼냈다.
바로 뚜껑을 따지 않고 볼에 갖다 댄다. 상당히 뜨겁다.

자전거 바구니에 아무렇게나 캔을 던져 넣고 페달에 발을 얹으니
눈송이가 앞머리에 붙는다. 떨어뜨리려는 듯 고개를 흔들고 교복의
깃을 다시 세웠다. 하늘을 올려다봤더니 눈은 더욱 심해질 것 같다는
생각이 들었다.

……몸에 들러붙는 듯한 이 나른한 잠기운은 도대체 뭐냐?

스가와라는 그렇게 생각했다. 아직도 덜 깬 머리에 아침 공기만이
차갑게 느껴진다. 아까부터 내리는 눈은 우산 없는 자신의 갈색 머리
위에 떨어져서는 금방 사라져간다. 어째서 나는 우산을 안 가져왔을
까. 한쪽에만 한 피어스를 검지로 만지작거리면서 멍하니 그런 생각
을 했다.

올려다본 하늘에 뱉는 숨이 놀랄 정도로 하얗다. 지겹게도 끊임없
이 내리는 이 눈이 도대체 어디에서 오는 것인지. 그는 하늘을 향해

눈을 가늘게 떴다.

어제까지와는 다른 처지와 시선. 자신에게 결정권은 아무것도 없고, 어쨌든 가야 한다는 것만 알고 있다. ──그렇다. 학교에 가야 한다.

이런 꼭두새벽부터 자전거로 추운 길을 달리다니 제정신이 아니다. 어제까지는 이렇지 않았는데 어째서 오늘은──. 하품을 참으며 자전거 페달을 밟으려는 그때, 갑자기 누군가가 자신을 부른 것 같아 스가와라는 고개를 들었다.

바구니 안의 캔 커피를 손에 들고 돌아보니, 눈길을 잔걸음으로 달려오는 분홍우산이 눈에 띈다. 자신이 들은 목소리는 아무래도 그 우산 주인의 목소리였던 것 같다. 스가와라를 향해 그녀는 오른손을 크게 흔들고 있다.

"안녕──, 스가와라. 드디어 학교 나오는 거야?"

자전거 페달에 반쯤 발을 올리다 만 스가와라의 코앞까지 와서 그녀가 발을 멈춘다. 스가와라와 같은 반인 사에키 리카였다. 약간 멍한, 꿈을 꾸는 듯한 느낌으로 스가와라는 '어어' 하고 건성으로 대답한다. 그녀가 부른 사람이 자신이라는 자각이 아주 천천히 머릿속에 솟아오르는 것을 느낀다. 그렇게 긴 공백이 있었던 것도 아닌데, 몹시 오랜만에 만나는 듯한 느낌이었다.

캔 커피를 볼에 댄 채로 스가와라는 한숨을 쉬었다. 상대방의 반응을 살피면서 느린 말투로 불평을 흘린다.

"……도대체가, 뭐냐 이 눈은──. 모처럼 내가 학교에 가 주려니까 아침부터 퍼붓고 말이야."

"평소 행실이 나쁘니까 벌 받는 거 아냐? 야, 손에 든 거 뭐야?"

추운지 동동 발을 구르며 리카가 물었다. 그렇게 추우면 너무 짧은 그 치마부터 좀 어떻게 하라고 스가와라는 생각했지만, 뭐 그건 개성적 자기표현이라고 마음을 돌렸다. 하지만 학교에 가면서 그렇게 진한 화장을 하는 건 좀 그렇다고 생각한다.

잠자코 캔을 던져주니 리카는 그걸 말똥말똥 바라보았다.

"뭐야, 커피잖아. 리카는 밀크티 같은 게 좋은데. 눈치 없는 남자."

"내가 알 게 뭐야. 변함없이 어린애구나, 커피 정도는 마실 줄 알아야지."

"짜증 나. 누가 못 마신대 ──. 마실 거야."

"안 줘."

"그런 게 어디 있어. 그럼 리카, 네 비밀 확 불어버린다? 그래도 괜찮아?"

"뭐? 내 비밀?"

"응. 그래도 돼? 사카키샘한테 일러버려야지."

사카키샘이라는 단어에 일순 스가와라는 자세를 바로잡는다. 기대고 있던 자전거에서 천천히 몸을 일으켜 새삼스레 리카를 바라본다. '사카키샘'이라고 입속에서 자신도 남몰래 중얼거려본다. 리카는 그것은 눈치채지 못한 듯 '그래도 돼?'라고 물어온다.

"헤헤헤 ──, 스가와라. 너 근신 중에, 수요일인가? 사복 입고 역 앞 파친코에 앉아 있었지? 리카 친구가 봤다고 그러던걸."

히죽히죽 웃으면서 리카가 말을 이었다.

"위험할 걸 ──? 수능 전인데. 전혀 반성하지 않았으니…… . 너 정학이 뭔지는 알고 있는 거야? 사카키샘 화낼걸."

리카의 비난하는 듯한 말을 들으면서 스가와라는 천천히 지난주

수요일을 떠올린다. 듣고 보니 정말로 그런 일을 했던 것 같은 기분이 들어서 입맛이 쓰다. 결국, 자신은 정말로 '불량' 딱지가 붙어 있는 거라고 절실히 생각한다. 스가와라는 리카를 향해 과장된 웃음을 지어 보였다.

"너무한데——, 리카. 저는 수험생입니다만, 정학 중에 그런 데에 갔을 리가 있겠습니까."

"바——보. 어쨌든 커피는 리카가 마실 거야. 사카키샘한테는 비밀로 해 주지. 모처럼 오늘부터 복귀하는데, 그걸로 또 정학을 먹으면 사카키샘이나 리카는 그렇다 쳐도 너희 부모님이 우실 걸——. 리카도 그렇게 나쁜 사람은 아니거든요."

말이 끝나자마자 잽싸게 캔 커피를 따 버린다. 해외 고급브랜드의 로고가 크게 들어간 백을 어깨에 다시 고쳐 올리며 그대로 커피를 한 모금 마시더니, 바로 입에서 뗀다. 그녀는 인상을 찌푸렸다.

"으아, 써——. 뭐야 이거, 설탕 안 들어 있는 거야?!"

"그러려면 먹지 마. 남자라면 폼 나게 블랙커피지."

스가와라는 리카의 손에서 커피를 빼앗아 단숨에 입에 흘려 넣었다. 조금 전에 샀는데 벌써 알루미늄캔 가장자리가 식기 시작했다. 카페인이 조금이라도 빨리 뇌에 도달해 주기를 바라면서 가볍게 머리를 흔들어본다.

"하여튼. 나는 정학 맞을 만한 일을 한 기억이 없는데요."

"그런 태도가 문제라니까."

자전거 페달에 발을 얹고 스가와라는 리카에게 '타고 갈래?' 하고 물었다. 눈 내리는 길은 온통 하얗게 덮여 있고, 눈은 상상 이상의 속도로 기세를 높이고 있었다.

"학교 일찍 끝나겠지? 눈 꽤 쌓일 것 같은데."

"그럼 좋겠지만……. 미끄러져도 넘어지지 않게 태워줄 거지? 리카는 아직 시집도 안 간 소중한 몸이라고."

"말은 잘한다, 꼬마. 데려가 줄 사람도 없잖아?"

리카가 스가와라 뒤로 돌아 말없이 머리를 때리려고 한다. 스가와라는 웃으면서 그것을 슬쩍 피했다.

리카가 우산을 접는다. 자전거에 올라타 스가와라의 등을 붙잡는다. 스가와라가 어깨 너머로 그녀를 돌아보니 머리가 벌써 눈으로 하얗게 덮여가고 있었지만, 자전거는 우산이 없는 편이 훨씬 균형 잡기가 쉽다. 그래서 그냥 내버려 둔다.

"몇 시쯤 집에 갈 거 같아? 내기할까?"

스가와라가 물으니 리카는 앞머리의 눈을 털면서 그래, 라고 대답을 했다.

"리카는, 음, 1교시 끝나고 바로. 스가와라는?"

"수업 시작 전, 학교에 도착하고 바로."

대답하고 나서 한 번, 유난히 차가운 바람이 분 듯해서 스가와라는 어깨를 움츠렸다.

3

같은 날 아침, 같은 시각.

세이난 고등학교 3학년 2반 기리노 게이코는 '안녕 ——' 하는 목소리에 뒤를 돌아보았다.

학교에서 가까운 편의점 안에 있을 때였다. 밖은 공교롭게도 눈이 점점 거세지고 있어 편의점의 창이라는 창은 전부 밖이 안 보일 정도로 뿌예져 있었다.

게이코는 딱히 편의점에 볼일이 있었던 건 아니었지만, 추위를 피해 보려는 생각에 뛰어 들어갔다. 자신과 비슷한 학생이 또 있겠거니 생각했는데 의외로 가게 안은 한가해서 자신과 같은 세이난 교복을 입은 사람은 하나도 없었다. 학생은커녕 일반 손님도 거의 없다. 그것을 이상하게 생각하면서도 수업 시작까지 아직 시간이 있다는 생각에 잡지를 집어 들었을 때였다.

뒤돌아보니, 같은 반 친구인 후지모토 아키히코가 서 있었다.

"안녕 ——, 게이코."

"아키히코잖아, 안녕."

"눈이다 ——. 나, 아침에 일어나서 깜짝 놀랐어. 춥다 ——, 더럽게 춥다."

정말로 추운 듯이 어깨를 움츠리며 그런 말을 한다. 엄살 부리듯 얼굴을 찡그리면서 그의 눈이 원망스럽게 흐려진 창밖을 쳐다보았다. 게이코는 살짝 쓴웃음을 짓고는 읽으려던 잡지를 진열대에 내려놓는다.

"추워서 들어온 거야? 오늘은 아마 오후면 학교가 끝날 테니까 도시락 사도 소용없을걸."

"응, 알아. 너도 너무 추워서 긴급 피난한 거지? 이제 수능까지 조금밖에 안 남았는데 학교 좀 쉬면 좋을 텐데 말이야. 왜 오라는 걸까, 귀찮게."

세이난 고등학교는 폭설이나 폭우, 악천후인 날에는 상황에 따라

수업이 평소보다 일찍 끝난다. 게이코처럼 걸어서 통학하는 학생들에게는 별로 관계없는 일이지만, 전철로 통학하는 학생에게는 교통수단이 멈춰버릴 위험이 있고, 오토바이나 자전거로 통학하는 학생에게 있어서도 눈이 많이 오는 날씨는 결코 좋은 상황은 아니기 때문이다. 학교가 일찍 끝나는 것을 좋아하는 학생은 많다. 하지만 그렇게 되면 그 짧은 시간을 위해서 학교까지 오는 그 시간이 또 귀찮은 것이다. 지금 이 아키히코처럼.

그가 마음이 무거운 듯이 한숨 쉬는 모습을 보고, 게이코는 웃었다.

"지망 대학 판정은 어떻게 나왔어? 아키히코."

"난 원래 엉망이니까. 집에 있어도 불안해지기만 하고 지금은 오히려 수업이 있는 게 마음이 편해서 좋아."

"아——, 그러고 보면 그럴지도——."

"아키히코, 넌 국립 지망이지? 어때? 자신 있어?"

"있어. 나 진짜 무지막지하게 공부하는걸. 내가 가고 싶은 학교는 대체로 붙을 것 같아."

아키히코는 가슴을 펴고 그렇게 말하며 고개를 끄덕였다. 게이코의 반 부반장인 그는 반에서 인기가 많다. 그렇다, 특히 여자애들한테는.

사고방식에 약간 독특한 구석이 있지만, 그 특이함이 거북하게 느껴지지 않는 사람이 아키히코였다. 자신이 생각하는 대로 똑바로 행동하는 꾸밈없는 성격에 태연자약한 태도. 그래서인지 겸손이나 사양이라는 말과는 거리가 멀다. 지금 한 말도 결코 농담으로 한 말이 아니다. 아키히코가 그렇게 말한다면, 그건 과장 없는 사실일 것이다.

음흉한 속셈이 전혀 느껴지지 않는 페미니스트라는 점이 아키히코에 대한 게이코의 종합적인 평가로, 누군가 곤란한 상황에 처했을 때 어디에선가 나타나서 흔쾌히 도와주고 답례를 바라지도 않고 스윽 사라져 버린다. 도대체 어떤 가정교육을 받고 자란 건지 모르겠지만, 제대로 된 사람이었다.

"뭐, 그래도 내가 지망하는 대학은 그렇게 어려운 학교는 아니라서. 공부를 너무 잘해서 높은 데 시험 치는 애들이 큰일이지. 시미즈나 다카노 같은. 게이코도 수능 들어가는 대학이던가? 그럼 시험까지 얼마 안 남았는데 힘들겠다."

"그렇지 뭐. 1지망 학교는 여태까지 모의고사 볼 때마다 전부 다른 판정이 나왔어. A부터 E까지 전부. 불안하지."

"그래? 전혀 감을 잡을 수 없으니 큰일이네."

"응, 큰일 났어."

"둘 다 열심히 해야겠다."

말하고 나서 아키히코는 갑자기 편의점 안을 둘러보더니 바로 다시 뒤돌아 게이코를 쳐다보았다.

"야, 오늘 학교 가는 날 맞지? 지금 너 만나서 진짜 안심했다."

아키히코가 붙임성 있는 눈으로 바라보자 게이코도 그를 따라 가게 안을 둘러보았다. 그가 말을 이었다.

"너랑 만날 때까지 오늘 아침에 우리 학교 학생 아무도 못 봤거든. 오늘 학교 가는 날 맞는 거지? 일찍 끝날지도 모르지만 어쨌든 쉬는 건 아니지?"

"아아, 눈이 이렇게 오니까."

게이코는 가볍게 고개를 끄덕였다.

"그냥 전철이 연착되고 있거나 길이 막히거나 해서 등교 시간대가 평소보다 늦어지는 거 아닐까?"

"그럴까? 밖에는 아무도 없는데……."

여자이면서도 키가 170쯤 되는 게이코 옆에서 아키히코가 몸을 창 쪽으로 쭉 뺐다. 장갑을 벗은 오른손으로 흐려진 창유리를 문지르니, 바깥 풍경이 흐릿하게 그 안에 떠오른다. 게이코보다 약간 키가 큰 그가 창을 들여다보더니, '앗——' 하고 작게 소리를 질렀다.

"게이코, 저거 스가지?"

"응?"

그 말에 게이코가 창으로 몸을 돌리니 하얗게 흐려진 창에 자전거를 끌고 가는, 세이난 교복을 입은 학생이 보였다. 자꾸 타이어가 눈에 빠지고 있는 자전거를 끄는 남학생과 그 옆을 걷는 여학생. 둘 다 머리카락 색이 갈색이다. 중간까지 둘이 함께 자전거를 타고 온 것일까. 학교 가까운 장소에서 자전거를 둘이 함께 타고 있으면 교사에게 엄중한 주의를 받는다. 그래선지 지금은 둘이 우산 하나를 쓰고 편의점 앞을 느릿느릿 지나가고 있었다.

게이코가 중얼거렸다.

"스가와라."

"그러네, 오늘로 1주일 됐구나. 옆에는 리카지? 오다가 만났나?"

아무래도 학교가 쉬는 날은 아닌 것 같다. 아키히코는 오른손에 다시 장갑을 끼고 게이코 쪽으로 얼굴을 돌렸다.

"쟤네랑 같이 가자."

"어, 그러지 뭐."

가방을 손에 들고 게이코는 아키히코를 뒤따라간다. 스가와라, 그랬나, 그 녀석 오늘부터 오는 거였구나. 자신에게 들려주듯이 그런 생각을 하면서 게이코는 편의점을 나섰다. 문을 열자마자 바람에 날아오른 눈이 코끝을 스친다. 냉기와 함께 일순 그것은 게이코를 휘감고는 바로 흩어졌다. 게이코는 하늘을 쳐다본다.

이것이 얼마 만에 보는 눈 쏟아지는 하늘인가.

4

역 개찰구를 빠져나오니 동쪽 출구가 하얗고 또렷하게 떠올라 보였다.

여기서 조금 떨어져 있는 출구는 눈 때문에 하얀 직사각형처럼 보인다. 눈이 내려 추워 보이는 건너편에 펼쳐진 세계의 색이 눈을 아프게 한다. 그것은 누군가가 만든 공작모형이나 그 비슷한 뭔가로 보여, 벽에서 그 부분만 사각형으로 잘라내 만든 공백과 같은 인상을 주었다. 그 정도로 명확한 윤곽선과 공허할 정도로 흰 공기의 색깔. 그것을 보고 그녀는 숨을 삼켰다.

시미즈 아야메는 발을 멈추고, 방금 빠져나온 개찰구를 돌아본다. 눈 때문인지 평소보다 조금 승객이 많은 듯 보였지만, 그것은 양복이나 묵직한 코트를 입은 샐러리맨들뿐이고, 자신처럼 학생으로 보이는 사람은 극히 적었다. 특히 세이난 교복을 입은 학생은 하나도 없었다.

(오늘 쉬는 날이었던가?)

문득 그런 생각이 머리를 스쳤다. 아무리 눈이 많이 내린대도 학생 전원이 결석할 리는 없다. 그렇다면 자신만 착각한 것일까. 오늘 아침에 이미 연락망이 돌았는데 자신한테만 전달되지 않은 것일까. 그렇게 일찍 집을 나선 것 같지도 않은데.

개찰구에서 나오는 사람들의 긴 물결 속을 열심히 찾아봤지만, 세이난 교복은 역시 보이지 않았다. 늘 학교까지 같이 가는 친구들과 마주칠 만한 시간대였지만, 그 비슷한 모습도 전혀 보이지 않았다. 역시 뭔가 이상해, 내가 착각했는지도 몰라……, 그런 생각을 했을 때였다. 혼잡한 사람들 사이에서 문득 낯익은 얼굴이 보였다.

정기권을 개찰구에 넣고 통과해 나오고 있는 회색 코트 차림의 남학생이었다. 그는 정기권을 챙기고는 시선을 깨달았는지 바로 시미즈를 향해 걸어오기 시작했다.

고등학생치고는 앳된 얼굴이 시미즈를 발견하자 조금 전까지의 무표정이 거짓말인 듯 활짝 웃음을 띠었다. 안심한 듯한 표정이었다.

"안녕. 다행이다——, 아는 사람이 있어서. 있지, 오늘 쉬는 날 아니지?"

다가오자마자 귀여운 얼굴로 말한다. 시미즈도 안심하고 가볍게 고개를 끄덕였다.

"응, 나도 아무 얘기 못 들었어. 항상 이 차에 친구가 타고 오니까 기다리고 있었는데, 아무리 기다려도 안 오잖아."

"아, 오자와? 나 오늘 맨 뒤 칸에 탔는데 못 봤어. 안 탄 거 아닐까?"

같은 반인 가타세 미쓰루는 말을 마치고 가방에서 목도리를 꺼내 둘렀다.

"나도 항상 1반 사이토랑 같이 오는데 오늘 없었거든. 우리 반만 담임이 실수해서 연락망이 안 돈 거 아닐까 하는 생각도 했어. 오자와도 안 온 거구나."

"응. 미쓰루, 너 몇 번이야? 출석번호."

"7번. 앞쪽이니까 연락이 돌았다면 빨리 받았을 거고, 핸드폰 있으니까 집에 연락이 갔으면 엄마가 전화했을 텐데. 통화가 안 돼도 우리 엄마 문자 보낼 줄 알거든. 조금 전에 체크해봤는데 아무것도 없었어."

그러고는 미쓰루가 곤란한 듯이 볼을 긁었다.

"어쩌지? 아무한테나 전화해볼까? 리카나 다카노한테 문자 보내면 되는데."

"음, 어쩔까나⋯⋯. 됐어, 나 학교 가볼래. 어쨌든 여기서 그렇게 멀지도 않으니까."

그런 핑계 없어도, 라고 시미즈는 조금 심술궂은 말투로 덧붙였다.

"리카한테 전화하고 싶으면 해보지그래?"

"그만해, 시미즈⋯⋯."

말하자마자 미쓰루의 얼굴이 재밌을 정도로 빨개진다. 도저히 동갑이라고는 생각할 수 없을 정도로, 가타세 미쓰루는 언제나 솔직한 데다가 순수했다. 웃으면서 시미즈는 '미안, 미안──' 하고 일단 사과했다.

"그럼 너는 어쩔 거야? 난 가 볼 거지만."

"아, 네가 가면 나도 갈래. 공책을 한 권 교실에 놓고 와서 가져오려고 했거든."

"응. 그럼 결정."

시미즈가 눈으로 하얗게 보이는 출구를 향해 걷기 시작하자 미쓰루는 한 발짝 뒤에서 따라온다. 그 거리에서 왠지 모를 일종의 서먹함이 느껴져 시미즈는 한 번 심호흡을 했다.

지금은 많이 좋아졌다고는 해도, 그것은 자신이 한 계단 위에 놓여 있는 듯한 감각이었다. 그것은 자신이 세이난의 3학년 중에서 유일하게 학비를 면제받는 특별한 학생이라는 입장에 있어서인지, 그렇지 않으면 진짜로 들어가기 어렵다는 대학을 지원하기 때문인지는 모른다. 미쓰루만 봐도, 시미즈 이외의 같은 반 여자아이들에게는 스스럼없이 이름을 부른다. 그런데 시미즈만은 조심스럽게 성으로 부르는 것이다. 그건 미쓰루만 그러는 것도 아니었고 일일이 그런 것에 신경을 쓰는 편도 아니지만, 문득 그런 생각이 떠오르는 것은 어쩔 수가 없었다. 그리고 그것은 자신의 나쁜 버릇 중 하나이기도 하다.

함께 걸으면서 미쓰루가 내심 거북해하고 있는 것은 아닌지, 불쑥 신경이 쓰인다.

"그러고 보니 말이야."

역을 빠져나와 밖으로 나오니 길에는 온통 은세계가 펼쳐져 있었다. 접이식 우산을 펴면서 미쓰루가 갑자기 입을 열었다.

"……그거 알아?"

"뭘?"

확실치 않은 어조에 시미즈가 되묻는다. 미쓰루는 응, 하고 조금 뜸을 들였다. 말하기 거북한 것일까. 어린아이가 어른에게 떳떳하지 못한 사실을 고백할 때 같은, 그런 목소리.

발치를 보니 쌓인 눈이 벌써 출근 시간의 바쁜 사람들에게 밟혀 갈색으로 더러워져 있었다. 시미즈처럼 발치를 보며 걷고 있던 미쓰루는 잠시 후 그다음 말을 이었다.

"우리 엄마, 학부모회 임원이거든. 엄마한테 들은 건데 말이야. 다른 애들한테는 비밀로 해 줄래? 특히 리카한테는."

"응. 뭔데?"

"담임, 역시 이번 학기가 끝나면 딴 데로 갈지도 모른대."

지끈, 하고 가슴에 둔한 충격이 왔다.

우산을 든 자신의 손이 새파랗게 식어가는 듯한, 오한에 가까운 것이 가슴을 빠져나간다. 방금 들은 말이 무슨 뜻인지, 바로는 이해가 되지 않았다. 우산을 기울이고 미쓰루의 얼굴을 바라본다. 그는 말을 마치고 조금 곤란한 표정을 지었다.

"무슨 뜻이야?"

"자세한 건 모르지만, 역시 10월 축제 때 있었던 일이 원인인가 봐. 담임이 직접 말을 꺼냈는지, 아니면 다른 데서 압력이 들어왔는지는 모르겠지만."

"……."

"시미즈?"

"화난다, 그거. 담임은 잘못한 거 하나도 없는데."

"……응."

잠시 대화가 끊겼다.

말없이 나란히 걷는 둘의 옆을 출근러시에 쫓기는 샐러리맨이나 회사원이 잇따라 지나간다. 새하얀 세계가 아까보다 더 얼어붙은 듯 보인다. ……조금, 머리가 아프다.

하늘이 무척 맑은 날이었다. 이제 슬슬 쌀쌀해지기 시작한 10월의 저녁, 약간 바람이 불기 시작한 때의 일이었다.

하지만 어째서일까. 담임 사카키가 이 이상 무엇을 더 짊어져야 한다는 것일까. 그에게는 그 일에 대한 책임이 있는 것일까?

"……왜 죽은 걸까."

문득 옆에서 들려온 미쓰루의 목소리에 시미즈는 가슴을 옥죄는 듯한 애절함을 느꼈다.

※

그보다 훨씬 전, 10월 초순의 어느 날 밤.

그 사람은 멍한 발걸음으로 다리 위를 걷고 있었다. 가로등과 자동차의 라이트 불빛뿐인 어두운 콘크리트 위. 인적 드문 밤의 다리를 그는 힘없이 걷고 있었다.

벌써 얼마나 이곳을 이렇게 어슬렁거렸을까.

위가 굳어버린 듯, 몸 안이 딱딱한 기분이다. 손에도 발에도 힘이 들어가지 않고 주위의 소리도, 그렇다, 매우 멀게 들린다. 자동차의 경적, 흐르는 강물 소리, 자신의 발소리, 숨소리. 실제로는 그런 소리가 나고 있다는 것을 알고 있다. 소리가 나야만 한다는 것을 알고 있다, 하지만.

지금 눈앞의 세계는 회색이다. 모든 것이 흑백 필터를 통해 보이는 것 같다. 조금씩 조금씩 자신을 둘러싼 공기가 희박해져 가는……, 그런 느낌이었다. 자동차가 자신의 바로 옆을 휙 하고 굉장한 속도로 스쳐 지나갔다.

다리 난간.

어두운 하늘.

그 두 가지가 점점 번져가며 서로의 경계를 모호하게 녹여간다. 어둡고 검게 동화해간다……

기분이 나빠져 그는 비틀거리며 다리 난간으로 달려갔다. 차가운 듯한 바람이 수면에서 위로 불어온다. 그 바람은 그의 얼굴을 서늘하게 훑고는 흩어졌다. 지칠 대로 지쳐 무기력해진 목을 느릿느릿 흔들고 머리를 난간 밖으로 내밀어 아래의 수면을 향한다.

──이젠, 끝이다.

몸 어딘가가 그렇게 속삭이고 있다. 그렇게 중얼거리고 있다. 어째서 지금 여기에 서 있는 것일까. 이렇게 힘든데, 왜……

내려다본 곳에 존재할 강이 너무 멀게 느껴진다. 검고 흐릿할 뿐 아무것도 눈에 들어오지 않는다. 무척, 높다. 그리고…….

난간을 잡은 손끝이 조금씩 떨리기 시작한다. 자신의 의식과는 상관없이, 몸 어딘가에서 중얼거리는 목소리가 들린다.

──이제, 됐어. 무리할 필요 없어.

──편해지자. 그 녀석들한테, 죄책감이라도 있다면…….

──다, 그만두자. 한 번 걸어보자.

이봐.

목 깊은 곳이 뜨겁게 부들부들 떨리기 시작한다.

이봐, 죽어버리자.

앗, 하고 정신을 차리고 그는 무심코 난간에서 손을 떼었다. 아래에서는 자동차의 라이트가 잘라낸 어둠의 틈새로, 일순 수면이 반짝 빛난다. 그것을 계기로 주변에는 다시 소리가 돌아왔다.

자동차의 경적, 바람 소리, 강 흐르는 소리.

그리고 조금 전, 자신의 목소리.

그는 얼굴을 들어 하늘을 쳐다본다. 그러고 나서 최초의 한 걸음을 천천히 내디뎠다.

제2장
계기가 된 날

1

미즈키가 다카노와 함께 학교에 도착한 시각은 예비종이 울리기
직전이었다.

눈 때문인지, 아직 아침인데도 모든 교실에 전부 불이 켜져 있다.
눈으로 흐려진 엷은 어둠 속에 일렬로 늘어선 복도 창에서는 노란
형광등 불빛이 새어 나오고 있었다. 그것을 보고 미즈키는 발을 멈춘
다. 모든 교실에 켜진 빛과는 반대로 복도에는 불빛이 없는 것 같다.
창에서 새어 나오는 빛은 마치 영사기처럼 어두운 복도 벽 위로 춤추
는 눈의 모습을 비추고 있다. 왠지 그 모습이 그림처럼 멋지게 보여
미즈키는 눈을 가늘게 떴다. 예쁘다, 고 생각했다.

실내화에 발을 넣고 발끝을 콩콩 바닥에 찧어 딱 맞게 신은 다음,
신고 온 신을 신발장에 넣는다. 완전히 얼어버린 발끝에 방금 신은
실내화의 감촉이 차갑다. 눈길을 걸어온 탓에 손도 곱아, 손끝 감각이
굉장히 둔하다.

코트 주머니에 양손을 집어넣고 복도까지 가서 신발장 쪽을 돌아보

니 다카노와 눈이 마주쳤다. 미즈키처럼 실내화를 찗으면서 이쪽으로 오는 중이었다.

"어두워서 한밤중인 듯한 기분이 들어."

초등학교 다닐 때, 뒤뜰 야영인지 뭔지 때문에 학교 체육관에서 잔 적이 있었다. 시끌벅적 논 데다 흥분해서 잠도 오지 않아, 딱딱한 마루에 깔린 이불 위에서 몇 번이나 뒤척였다. 그러다 문득 체육관 창을 쳐다보니 어린 미즈키의 눈에 자신들이 매일 사용하고 있는 학교 건물이 보였다. 그때의, 그 학교의 모습. 달빛만 있는 어둠 속에 군데군데 불이 켜진 노란 창문. 밤의 학교. 오늘의 학교는 왠지 그때를 연상시켰다.

자신 외에 학생이 아무도 없는 늦은 시간까지 학교에 남아 있을 때 갑자기 느껴지는 위화감이라는 게 있다. 하교 시간이 한참 지나서 교실을 나왔을 때 눈앞에 보이는 아무도 없는 복도 같은 인상. 평소 익숙하던 장소가 갑자기 전혀 모르는 낯선 곳이 되어버린 듯한, 그런 위화감. 오늘은 그런 기분이 느껴졌다.

"조용해서 그런가?"

"어두우니까……. 하지만 지금 보니까 조용하기도 하다. 있지, 오늘 학교 보통수업이지? 수학여행이나 스키 교실 같은 행사도 없었지?"

"없어."

다카노가 계단을 향해 걷기 시작한다. 미즈키도 뒤를 따랐다.

동갑인데도 항상 어딘가 묘하게 침착한 그는, 늘 자신들보다 좀 더 어른스러운 인상을 준다. 웬만한 일로는 끄떡도 하지 않는다. 그런 점 때문에 반장이나 학급위원으로 뽑히는 거라고 미즈키는 전부터 생각하고 있었다.

2층에 올라가자마자 정면에 있는 첫 번째 교실이 미즈키와 다카노의 교실인 3학년 2반이다. 미즈키는 차가운 금속 손잡이를 돌려 안으로 들어갔다.

"안녕."

안에 있던 친구들이 일제히 이쪽을 돌아본다. 자신의 자리까지 걸어가려다가 미즈키는 '어?' 하고 표정을 굳혔다. 왠지 안으로 들어가는 것이 망설여져서 발을 멈춘다. 위화감이 느껴졌다.

"안녕——, 미즈키."

문에서 가장 가까운 자리에 앉는 사에키 리카가 앉은 채로 말을 건넸다. 휴대용 컬 드라이어를 한 손에 들고 앞머리를 매만지고 있다.

"오늘 춥지? 리카는 머리가 완전 엉망진창 됐어. 좀 어지간히 했으면 좋겠어."

"아, 안녕. 밖은 여전히 굉장해. 더 심해질 것 같아."

"그런 거 같더라. 으에——, 집에 가고 싶어. 눈길을 걸으면 신발 안까지 질척질척해지잖아."

"응? 아, 응."

리카의 말에 건성으로 대답하면서 미즈키는 다시 한 번 교실을 둘러보았다. 자신의 자리까지 가서 가방을 내려놓는다. 고개를 들어 보니 시계는 8시 40분을 가리키고 있었다. 앞으로 5분 있으면 시작종이 울릴 시간이다.

미즈키는 고개를 들어 리카에게 물었다.

"저기 오늘, 유난히 사람이 적지 않아? 혹시 전철 멈췄어?"

미즈키의 질문에 리카는 앞머리를 말던 손을 멈추고 '역시 그런 거 같지?' 하고 반대로 질문했다. 아무래도 같은 생각을 하고 있었던 모양이다.

"리카도 잘 모르겠는데, 이상하긴 했어. 지금 이 시간 정도면, 거의 다 와서 앉아 있잖아? 이제 금방 종 울릴 텐데."

"아직 이 정도밖에 안 온 거야?"

교실 안에 있는 40개 가까운 책상 중 가방이 놓여 있거나 사람이 앉아 있는 자리는 5개도 채 되지 않는다. 지금 시간을 생각해 보면 있을 수 없는 일이었다. 창밖의 눈은 쌓일 듯하지만, 교통이 마비될 정도는 아닌 것 같았다. 시험을 앞둔 학생들이라 감기라도 걸릴까 봐 결석하기로 한 것일까. 하지만 이렇게까지?

"응, 리카는 오다가 아키히코랑 게이코를 만나서 같이 왔어. 그랬더니 우리가 일착이더라. 아무도 없었거든——. 아아, 그러고 보니 오늘 스가와라 왔더라. 봤어? 넷이 같이 왔는데."

"어, 정말?"

그 말을 듣고서야 눈치챈 거지만, 교실 앞쪽 책상 위에 본 적 있는 가방이 놓여 있다. 로고도 아무것도 안 쓰여 있지만, 명품이 분명한 가방. 스가와라 가방이다.

"진짜네. 가방 주인은 어디 갔어?"

가방만 놓여 있고 정작 중요한 스가와라의 모습이 교실에 없다. 리카는 질문에 애매하게 고개를 저었다.

"잘 모르겠는데, 사카키샘한테 간 거 아닐까? 드디어 나오게 된 첫날이잖아, 절차 같은 거 필요하겠지?"

"헤에, 그 애가 시간 맞춰 왔는데 다른 애들이 다 지각이야? 면목이 없군. 그래서 눈 온 거 아냐?"

"스가, 지각상습범이었지. 제시간에 오다니 정말 드문 일이잖아. 장하다."

미즈키와 리카가 얘기하는 중에 갑자기 다른 목소리가 끼어든다.

그 목소리에 미즈키가 돌아보니 부반장 후지모토 아키히코가 서 있었다. 곧 그가 미즈키의 책상 앞으로 다가왔다.

싱긋 웃고서 그가 말했다.

"안녕, 미즈키."

"안녕, 아키히코."

미즈키도 미소 짓고 스가와라의 가방이 놓여 있는 책상을 힐끗 쳐다보았다.

"스가와라 좀 어땠어? 건강한 거 같았어?"

"응, 첫날이라 그런지 좀 나른한 듯 보였지만."

"반성은 좀 한 것 같아?"

"그럴 리 있겠냐? 벌써 또 내기 마작 하자고 하더라."

아키히코가 웃는다. 미즈키도 따라서 쓴웃음을 지었다.

"이런 시기에 본받고 싶을 정도의 여유구나."

미즈키는 입고 있던 코트를 벗어 붙어 있는 물방울을 떨어냈다. 코트를 접으면서 리카와 아키히코의 얼굴을 보고 물었다.

"그럼, 오늘 맨 먼저 온 사람은 여기 있는 리카랑 아키히코랑 게이코야? 그리고 스가와라. 나머지는?"

"아직 아무도 안 왔어. 미즈키랑 다카노를 합해도 아직 여섯 명뿐."

"흐응. 임시 휴교 연락망이 돈 것도 아니지?"

"응."

불안한 듯 물어본 미즈키의 말이 들렸는지 다카노가 대답했다. 돌아보니 그는 밖과의 급격한 온도 차이 때문에 뿌옇게 흐려진 안경을 조심스럽게 닦고 있었다. 형광등 빛 아래 안경을 기울여 깨끗해졌는지 확인하고는 미즈키의 얼굴을 보지도 않고 말을 이었다.

"일단은, 내가 이래 봬도 반장이잖아. 연락은 내가 제일 먼저 받게 된다고. 오늘은 평소보다 늦게 집에서 나온 데다 담임은 내 핸드폰 번호도 알고 있거든."

"그렇지? 나한테도 연락 없었고."

"수능도 가까워졌고 하니 다들 쉬는 거 아닐까."

"뭐야, 너무해. 그럼 리카도 집에 갈래——. 있잖아, 게이코. 그날 학교 쉴지 말지 정하는 건 학생회하고는 관계없는 거야?"

담담하게 말하는 다카노에 반해, 리카가 그게 뭐냐는 투로 언성을 높이며 앞자리의 기리노 게이코에게 말을 돌렸다.

혼자 무심하게 잡지를 보고 있던 게이코는 그 목소리에 살짝 고개를 들었지만, 특별한 관심은 없다는 듯이 무표정하게 고개를 저었다.

"임시 휴교를 정할 권한은 학생회에는 없는데. 직원회의의 영역이지."

게이코는 한 학기 전까지 세이난 학생회의 부회장을 맡고 있었다. 요전 가을까지 시원시원한 그 특유의 말투로 학생회 후배를 마구 부리며 바쁘게 활동했었다. 그 모습이 아직 생생하다.

"게다가 나는 벌써 은퇴했으니까 있건 없건 관계없음."

깨끗하게 부정하는 게이코의 말에 리카는 더욱 기분이 나빠진 듯 볼멘 표정을 지었다.

"그럼 이제 아무래도 상관없으니까 빨리 쉬게 해 주지, 선생님들. 아, 그래도 혹시 사카키샘이 차로 데려다 준다면 좀 늦어도 참을 수 있는데 ——."

그때였다.

교실 뒷문이 끼익하고 소리를 내며 열리고 그리운 얼굴이 보였다. 갈색 머리와 한쪽 귀에 금 피어스. 겨우 일주일간 못 봤을 뿐인데도 그 얼굴이 반갑게 느껴지는 이유는 그가 평소에 시끄럽게 굴며 존재감을 어필했기 때문일까. 스가와라는 귀찮다는 듯한 발걸음으로 들어왔다. 성큼성큼 걸어오면서 손에 든 노트를 크게 흔들고 있었다.

"안녕, 스가와라."

지나치려는 그를 다카노가 부른다. 스가와라는 다카노를 보더니, '여 ——' 하고 대답했다.

"히로시 왔구나."

반에서 다카노를 이름으로 부르는 사람은 스가와라 한 사람뿐이다. 소꿉친구인 미즈키 조차도 나이가 들면서 어느새 다카노를 성으로 부르게 되어서, 스가와라의 입에서 나온 '히로시'라는 울림은 미즈키에게는 어딘가 신선하게 느껴졌다.

다카노는 부드럽게 웃는다.

"일주일, 의의가 있었냐? 부모님께서 우시지나 않았을까 걱정했다고."

"내가 울겠다, 아주 ——. 우리 엄마, 아마 모를걸. 낮에 집에 없었으니까. 아 서럽다 서러워."

"어라, 너희 부모님은 모르셔? 너 정학 받은 거."

아무렇지도 않은 목소리로 아키히코가 묻는다.

스가와라는 순간 아차 하는 표정을 지었다. 그러나 금방 '어?' 하고 반쯤 웃는 듯한 장난스러운 얼굴과 가벼운 목소리로 '무슨 얘기지?'

하고 티 나게 덧붙였다.

질리지도 않는다고 해야 할지, 반성의 기미는 전혀 없다. 스가와라가 반성 따위를 한다면 오히려 그쪽이 무슨 꿍꿍이가 있는지 알 수 없어서 더 무서우니까, 이 정도에서 끝내주는 게 분명히 좋은 일이다. 그런 생각을 하는 미즈키 앞에서 그는 기세를 몰아 말을 이었다.

"사카키가 배려해준 거야. 역시 담임. 제가 좀 섬세하고 민감하거든요 ——. 중요한 시험을 앞두고 쓸데없이 안 좋은 일을 겪게 하고 싶지 않았던 걸 거야, 틀림없어. 이런 시기에 부모랑 싸우면 최악의 사태잖아."

"……그래서 스가와라, 낮엔 뭘 했어?"

미즈키는 어이없다는 듯이 물었다.

"사카키샘, 스가와라한테 뭘 하라고 했는데?"

그 말에 스가와라는 기분 탓인지 미즈키 쪽으로 고개를 기울인다. 하지만 그 눈은 미즈키의 얼굴이 아니라 교복 소매 위에 멈춘다. 소매를 바라보면서 그는 대답했다.

"아아, 본전치기만 하면서 역 앞에 하루 종일 앉아 있었어. 근데 계속 앉아 있으면 엉덩이가 아프잖아. 점원한테 눈치도 보이고."

"파친코 —— 였군."

미즈키는 깊이 한숨을 쉰다. 스가와라는 웃으며,

"그리고 저녁 즈음이 되면 적당히 마작. 나는 그게 더 좋더라."

"마 —— 작?"

얼굴을 찌푸리며 그렇게 말한 사람은 리카였다. 스가와라를 힐끗 보더니, '아아, 저리 가, 저리 가'라며 일부러 목소리를 높인다.

"질이 나빠. 차라리 파친코가 낫지! 사카키샘도 스가와라도 정학이 뭔지 모르는 거지? 도대체 너 죄상이 뭐였냐? 잊어버렸어?"

"정학? 정학이라는 건 말이야——임시 겨울방학이야. 그럼 됐
지."

삐친 듯 그렇게 내뱉은 뒤 스가와라는 자신의 가방이 있는 자리로
걸어갔다. 그 책상 옆에서 잠자코 잡지를 보고 있던 게이코가 고개를
든다. 스가와라와 눈이 마주치자 그녀가 쓴웃음을 띠며 물었다.

"하루에 얼마나 벌었어?"

읽고 있던 잡지를 덮는다.

"너는 공부보다 그쪽에 훨씬 힘쓰고 있는 것 같으니까 묻는 건데,
제법 되겠지?"

"응——. 매일매일 그런 건 아니지만, 잘 될 땐 경품 중에 디지털카
메라까지. 매상의 반은 사카키에게 넘기기로 되어 있지만."

"엄청난 교사군, 그 녀석도."

"이상적인 교사지."

스가와라는 말을 끝내고 지금까지 들고 있던 노트를 책상 위에
휙 던졌다. 초등학생이나 쓸 것 같은 유명한 문구메이커의 노트. 정면
에는 귀여운 너구리 사진. 그 아래에 커다란 고딕체 문자로 '일기'라
고 쓰여 있는 것이 보인다. 게이코가 말했다.

"그게 소문의 일기? 진짜 쓰는구나, 그거."

"진짜 울고 싶다."

스가와라는 불만스러운 듯 그렇게 중얼거렸다.

세이난에는 정학 처분을 받으면 학생은 그 기간에 매일 반성문을
겸한 일기를 써야 한다는 규칙이 있다. 그 생각을 하자, 미즈키는
저도 모르게 웃을 뻔했다. 스가와라가 매일 밤 노트를 앞에 두고 일기

문장을 구상하는 장면을 상상한다. 마치 농담 같은, 어딘가 우스운 인상이었다.

"리카는 그런 거 안 했는데."

불쑥 거기에 끼어든 사람은 같이 일기장을 바라보고 있던 리카였다.

"어? 리카 정학 받은 적 있었던가?"

아키히코가 묻는다. 리카는 무엇 때문인지 모르겠지만, 자랑스러운 듯이 후훗 웃고는 가슴을 폈다.

"응, 1학년 때 잔뜩. 그래도 리카는 떳떳했으니까. 일기 같은 건 하루도 안 썼어. 굉장하지?"

"……그게 자랑이냐, 이 정학대장."

"뭐야, 스가와라. 넌 그런 말 할 자격 없어——."

그런 가벼운 말다툼을 보던 미즈키는 어이없는 표정으로 똑같이 그 모습을 바라보는 다카노와 눈이 마주쳤다. 그가 작은 목소리로 미즈키에게 말한다.

"부끄럽지도 않은가, 이 녀석들."

"동감입니다, 반장님."

"그야, 평화로워서 좋긴 한데……. 어이, 스가와라. 그래서 일기는 안 내고 온 거야? 담임도 왔을 거 아냐?"

스가와라는 아직까지 리카와 다투고 있었지만, 다카노의 말에 입씨름을 멈추고 이쪽을 돌아본다. 한번 내던졌던 일기를 다시 손에 들고 팔락팔락 흔들어 보였다.

"아직 안 왔더라고, 사카키. 회의실에서 직원회의 하는 거 아닌가? 교무실엔 아무도 없어."

"헤에, 불은?"

"켜져 있었어. 불이랑 히터 둘 다. 눈이 이렇게나 많이 왔으니까 오늘 쉬자고 회의하는 거 아닐까. 히로시, 아무 말도 못 들었냐?"

"응, 아무 말도."

다카노가 어깨를 으쓱하자 스가와라는 조금 전의 미즈키처럼 교실을 한 바퀴 돌아보았다. 교실 앞쪽에 스가와라와 게이코. 중앙 부근에 미즈키와 아키히코. 뒤에 다카노와 리카.

다 해서 6명. 그게 전부였다. 확인을 끝낸 스가와라가 얼굴을 찌푸린다.

"뭐냐 이거! 다른 애들은 전부 땡땡이야? 전철 안 다니나."

"글쎄. 아직 눈도 그렇게까지 심하진 않아. 전철도 아직은 다닐걸. 정상운행할 거 같은데."

"그렇지?"

스가와라는 이상하다는 듯이 고개를 갸웃했지만, 미간을 살짝 찡그렸을 뿐 조용히 의자에 앉으려 한다.

미즈키는 교실 벽에 걸린 시계를 쳐다본다. 바늘은 벌써 9시 가까운 곳을 가리키고 있다. 평상시라면 지각, 아니면 결석. 그중 하나가 될 시간대였다. 시계를 확인하고 미즈키는 책상 위로 시선을 돌렸다. 바로 그때였다. 문득 이상한 기분이 들어, 미즈키는 황급히 숙였던 고개를 들었다.

"……아키히코."

"응?"

가까이 있던 아키히코를 부르고 미즈키는 이번엔 자신의 손목시계를 본다. 얼마 전에 산 손목시계. 그 시계는 교실 시계와 똑같은 시간을 가리키고 있었다. 하지만 그렇다면 더욱 이상하다.

"저기, 종. 언제 울렸어?"

속삭이는 듯한 목소리로 미즈키가 물었다.

2

"회의실에는 아무도 없어."

3학년 2반 교실의 문을 열자마자 들어온 게이코가 그렇게 말했다.

지금까지 교사가 안 오는데다가 종도 울리지 않는 것은 뭔가 이상하다. 그래서 게이코가 회의실까지 교사를 부르러 갔었지만, 아무래도 그 일은 헛걸음으로 끝난 것 같았다. 다카노가 턱을 만지면서 일어났다.

"아무도?"

스스로 표정이 굳는 것을 느낄 수 있었다. 게이코는 살짝 끄덕였다.

"응. 혹시나 해서 들여다봤는데 아무도 없었어. 간 김에 교무실도 봤는데 거기도 아무도 없었어. 스가와라가 말한 대로 전등이랑 히터는 켜져 있었으니까 오긴 온 것 같은데 말이야. ──다카노, 달리 선생님들이 모여 있을 법한 데가 어디지?"

"……학생회실, 2층 제2회의실, 시청각실, 제2교무실……, 이런 추운 날 체육관에 있진 않을 테고."

다카노는 몇몇 장소를 꼽아 본다. 다른 곳이 더 있는지 생각해 보았지만 생각나지 않았다. 직원회의라면 보통 교무실이나 회의실에서 하는 법이다. 다른 장소는 생각하기 어렵다.

게이코는 문을 닫고 가까운 벽에 기댄다.

"종도 안 울리고, 담임도 안 오고. 뭔가 있어. 다른 반에도 가 봤는데, 사람이 있는 듯한 기척은 전혀 없었어."

"지금 다른 반은 스가와라랑 아키히코가 보러 갔는데——. 그렇구나. 어떻게 된 거지?"

교실 문 옆의 히터 온도조절기를 만지면서 미즈키가 말한다. 추운지 설정 온도를 높이고 있다. 다카노는 창밖을 쳐다보았다.

창밖은 완전히 하얗다. 안쪽의 열 때문에 흐려진 탓도 있겠지만, 그래도 눈이 심해진 것은 부정할 수 없었다. 그걸 보고 혀를 차고 싶은 기분이 든 다카노는 시계를 확인했다. 9시 15분, 평소라면 완전 지각인 시간에다 수업도 시작했을 터였다. 하지만 변함없이 학생도 교사도 자신들 외에는 아무도 보이지 않는다.

"그냥 자습하고 있으면 되나?"

미즈키가 유난히 느긋한 말투로 내뱉었다. 게이코가 말을 받았다.

"상관없겠지, 그야. 하지만 가도 되는 거라면 집에 가고 싶은데. 그렇지?"

"응. 그야 그렇지만. 집에 차로 데리러 오라고 할 수도 없을 정도로 내리기 시작하면 정말 죽도 밥도 안 되는데."

사카키샘은 어디에 간 걸까. 그렇게 중얼거리는 미즈키 옆에서 리카가 책상 위에 앉아 꼰 다리를 흔들고 있다. 원래 참을성이 별로 없는 성격이다. 신경이 날카로워진 것을 주변 공기로 알 수 있었다. 엷게 매니큐어를 바른 긴 손톱을 깨물면서 리카가 말한다.

"있잖아, 오늘 원래 쉬는 날이었던 거 아냐? 리카, 속고 있는 기분이 드는걸. 사카키샘, 우리들한테만 연락 안 하고 놀리는 거 아냐?"

"우리들만 일부러 불렀다는 거야? 뭣 때문에?"

고민하듯이 팔짱을 끼고 게이코가 묻는다. 웃음기 없는 살벌한 표정을 하고 있었다.

"아직도 그런 장난을 칠 만큼 어린애는 아니겠지, 담임도. 어쨌든 나는 호출 받을 일은 없는데. 리카, 넌 뭔가 짚이는 게 있나 보지?"

"……잘 모르겠지만 그래도 말이야, 게이코. 너도 아르바이트한 적 있잖아. 우리 학교 그거 금지라는 거 몰라?"

"알아."

게이코가 그렇게 대답했을 때, 교실 문이 다시 열렸다. 교복 앞섶을 풀어헤친 스가와라가 얼굴을 내민다.

"실패야."

짧게 외치고는 추운 듯이 어깨를 움츠린다. 건물 안이라고는 해도 복도는 더욱더 추워진 것 같았다.

"다른 반 녀석들 아무도 안 왔던데. 1학년 교실하고 2학년 교실도 가 봤는데, 아무도 없어."

스가와라는 교실로 들어와 얼어버린 양손을 계속 비볐다.

"일단 아키히코가 전교조회일지도 모른다고 체육관을 보러 가긴 했는데. 다른 애들도 안 왔으니까 가도 되지 않겠냐? 난 간다."

"일주일만의 학교가 반갑지도 않니?"

리카가 어이없다는 듯이 스가와라를 쿡 찌르는 시늉을 하자 그가 익숙하게 그 손을 피한다. 삐친 표정을 짓고는 그게 말이야, 하고 말을 이었다.

"눈 많이 오면 집에 못 가는걸, 나는. 다른 애들이 오면 안부 전해줘 ──. 너희들은 안 가냐? 우리 말고는 아무도 안 왔잖아."

말하자마자 냉큼 자기 가방을 책상에서 집어 들고는 돌아갈 준비를 한다. 이럴 때만 이 남자는 정말로 행동이 빠르다. 어쩌면 좋을지 서로 시선을 주고받는 다카노와 친구들 앞에서 가방을 멨다.

"어차피 전교조회도 아닐걸. 어딜 가 봐도 자리에 가방도 없고. 사람이 온 듯한 흔적도 전혀 없음. 그럼 간다. 사카키한테 일기장 좀 전해줘. 그리고 너희들, 내 일기 절대 보지 마. ──특히 거기!"

"안 봐, 이런 지저분한 글씨. 읽을 수 있어야 보지."

거기라고 지적받은 리카가 스가와라의 일기장을 손에 들고 파닥파닥 흔들어 보인다. 불만스러운 한숨을 크게 쉬고는 가까운 책상 위에 앉았다.

"스가와라, 진짜 갈 거야? 진짜 아무도 못 봤어?"

"못 봤어."

그는 다시 한 번 똑 부러지게 단언한다.

"진짜 아무도 없었다니까. 그렇게 의심스러우면 네가 직접 가서 보든지. 어쨌든 난 간다. 바이바이."

"그럼 내일 봐, 스가와라."

"응."

스가와라는 학교에 대한 미련이라고는 손톱만큼도 없다는 듯이 서둘러 교실을 나가버린다. 결단이 빠른 것이 진짜 스가와라다워서 미즈키는 무심코 쓴웃음을 지었다.

스가와라가 나간 문을 바라보면서 다카노는 우울한 듯이 속삭였다.

"나도 갈까."

"집에 전화해 보면 어때? 무슨 연락이 있었을지도 모르잖아."

"그래도 소용없을 것 같은데. 선생님들이 안 온 것 자체가 있을 수 없는 얘기잖아. 온 거면 안 보이는 게 이상하고. 어딘가에 있는 거겠지?"

"그야 그렇겠지."

미즈키가 동의한다. 하지만 그래도 전화해 볼 생각이 들긴 했는지 다카노가 핸드폰을 꺼내어 집 번호를 누른다. 그가 전화기를 귀에 댔을 때 후지모토 아키히코가 교실로 돌아왔다.

스가와라와 마찬가지로 추운 듯이 어깨를 움츠리고 있다. 문을 닫자마자 오른손을 크게 저으면서 부정의 제스처를 취했다.

"없어. 체육관에도 아무도 없어. 진짜로 아무도 안 왔어. 불은 켜져 있는데 말이야. 다들 어딜 간 거야?"

"다른 교실도 불은 켜져 있는 거지? 사람만 없고?"

"응, 맞아. ……어? 스가는? 아직 안 왔어?"

"집에 갔어, 벌써."

얄밉다는 듯이 리카가 대답한다. 그러자 아키히코가 어이없는 말투로 '집에 갔어? 자식' 하고 중얼거렸다.

"별난 놈이지, 진짜로. 원래 그런 녀석이라니까."

"응. 우리도 집에 갈까 하는 얘기를 하고 있었는데 ──. 다카노, 전화는?"

미즈키가 보니, 다카노는 귀에 대고 있던 전화를 끊고 액정 화면을 응시하고 있다. 그 자세 그대로 고개를 저었다.

"안 돼. 수신 불가 지역이래."

"어? 말도 안 돼."

놀라서 미즈키는 자신의 가방에서 전화기를 꺼낸다. 폴더 타입의 분홍색 핸드폰을 열어보고는 아연실색한 표정으로 '진짜네!'라고 작게 속삭였다.

미즈키가 있는 교실은 전파가 잘 닿지 않는 곳은 결코 아니다. 최근에는 수업 중에 핸드폰이 울리는 일도 종종 있어서 학교 전체의 문젯거리가 될 정도였다.

"이상하네, 리카는 미즈키랑 기종이 다른데도 역시 수신 불가야. 왜지?"

"아마 눈 때문이 아닐까? 날씨에 따라서 전파도 영향을 받는지도 모르지."

눈썹을 찌푸리며 다카노가 말한다. 하지만 곧 '뭐, 상관없지' 하더니 전화기를 집어넣었다.

"집에는 교무실 전화로 전화해 볼게. 아무도 없다면 무단으로 사용해도 괜찮겠지?"

"아, 그렇구나. 다카노 똑똑한데."

아키히코도 열었던 자신의 전화기를 닫는다.

"근데 오늘은 확실히 쉬는 날인 것 같긴 한데, 담임이 우리들한테만 연락을 안 한 것 같아. 어떻게 생각해?"

"틀림없어! 그래도 이런 날엔 선생님 두세 명은 학교에 와 있어야 하는 거 아냐? 어딜 간 거야, 선생들이. 다 같이 사이좋게 집에 간 거 아냐?"

"설마 그러진 않았을 걸, 리카."

게이코가 옆에서 끼어든다.

"학교 문이 열려 있었잖아. 다른 교실에 전부 불이 켜져 있는 것도 이상하고. 누군가 분명히 학교에 있을걸."

"어디에 있다는 거야? 게이코."

"어딘가에."

게이코가 퉁명스럽게 툭 말을 뱉었다. 멍하니 보고 있던 다카노가 불쑥 자신의 머리에 떠오른 결론을 흘렸다.

"결국엔 담임이 우릴 놀린 거군."

"응? 그렇지만 담임 자체가 없는데?"

아키히코가 반론했지만 다카노는 고개를 저었다.

"어딘가에 있을 거야. 그리곤 분명히 우리들한테 잡일을 시키려고 이러는 거 같아. 일손이 필요한 일을 시키려고 하겠지. 예를 들면 자료 만드는 걸 도와달라거나, 어쩌면 눈 치우는 거라든가. 이제 슬슬 등장할 때가 된 것 같은데."

다카노가 말을 끝낸 그때였다. '야──!' 하는 소리와 함께, 교실 문이 난폭하게 열린다.

그 소리에 전원이 깜짝 놀라 어깨를 움츠리며 문 쪽을 바라보니, 거기에는 조금 전과 똑같이 돌아갈 준비를 마친 스가와라가 서 있었다. 상당히 기분이 나빠 보인다. 심기가 불편한 게 확실한 얼굴로 한 마디, 강한 어조로 모두에게 호소했다.

"못 나가는데."

"……뭐?"

아무도 그 말의 의미를 바로 알아듣지 못했다. 의아한 얼굴로 모두가 스가와라를 바라본다. 그는 조바심 내며 다시 한 번 반복했다.

"못 나간다니까. 현관문이 안 열려."

"무슨 소리야? 스가."

아키히코가 말했다. 현관문이 안 열린다니 그런 말도 안 되는 일이 있을 리가 없다. 다카노와 미즈키도 조금 전 그 문으로 들어왔다. 무엇보다 현관문은 안에서 잠그게 되어 있을 터였다. 자물쇠가 잠겨 있다고 해도 안쪽에서 손잡이만 돌리면 간단하게 열리게 되어 있다.

그러나 모두의 반응이 기대에 미치지 못했는지 스가와라의 짜증 지수는 더욱 높아진 것 같았다.

"시끄러워——. 안 열리는 걸 어떡해. 잠겨 있는 것 같지도 않은데 뭐라고 하나, 문손잡이? 그게 안 돌아가. 문 세 개 있는 게 하나도 안 열려."

"언 거 아냐?"

상대할 생각이 없다는 듯이, 리카가 느긋한 말투로 말한다. 스가와라는 '뭐라고?' 하고 심기가 불편한 표시를 하며 그녀를 가볍게 노려보고는 목소리를 높여 말을 이었다.

"이렇게 단시간에 어냐? 있는 힘껏 돌렸다고. 근데 꼼짝도 안 하지, 자물쇠도 건드려 봤지만 전혀 반응 없지. 뭐냐고, 그 문!"

"뒷문은? 스가와라."

다른 애들보다는 심각성을 띤 낮은 목소리로 다카노가 묻는다. 스가와라는 바로 고개를 저었다.

"가 봤어. 딴 문이랑 똑같아."

"이상하군."

"진짜 언 거 아닐까?"

게이코가 말한다.

"교무실 창문은 어때? 거기 창문은 밖으로 나 있는데다가 크니까 나갈 수 있을 텐데."

"해 봤어. 안되더라. 창문도 안 열려."

스가와라는 게이코의 의견에도 곧바로 고개를 저었다.

그제야 겨우, 사태가 심상치 않다는 것을 깨달은 불안한 공기가 그곳에 퍼지기 시작했다. 분명 지금 스가와라의 말은 납득할 수 없는 면이 많지만, 그렇기 때문에 더더욱 그것이 사실이라고 생각하면 으스스하다.

그때.

문득 무언가가 떠오른 듯이 아키히코가 창 쪽으로 걸음을 내딛는다. 창문 하나를 천천히 열었다. 그러자 바로 공기가 교실 안으로 흘러들어온다. 쏴아아 하고 한 줄기 바람이 교실 안으로 불어 들어온다. 매서운 냉기를 품은 바람이었다.

"안 얼었어."

다시 창문을 닫으며 그가 말했다. 창은 아키히코의 손이 움직이는 대로 부드럽게 열리고 닫혔다. 조금도 얼어붙은 기색이 없는 움직임이다. 그가 말을 이었다.

"하지만, 그렇다면 더욱 이상한 거지? 내가 아래 보고 올까?"

"아냐, 됐어. 내가 갈게. 가는 김에 담임도 찾아오려고. ──아마 그 사람이 뭔가 꾸미고 있는 거야. 나 참, 수능까지 얼마나 남았는지 알고나 있는 거야? 담임 그 인간."

"아──, 나도 그럴 가능성이 높다고 생각해. 틀림없이 문을 손봐 둔 거겠지. 사카키샘, 고생 좀 했겠는데."

다카노의 생각에 미즈키가 동조한다.

"그럼 말이지, 나도 교무실에 뭔가 없는지 찾아볼 테니까, 너희도 일단 사카키샘을 찾아보는 게 좋을 것 같다. 장난친 건 친 거고, 어쨌든 우리한테 볼일이 있는 것 같으니까."

"찬성. 리카, 빨리 집에 가고 싶어."

책상 위에 앉아서 다리를 흔들흔들 흔들고 있던 리카가 훌쩍 뛰어 내린다. 집에 가서 뭔가 할 일이 있는 것도 아니겠지만, 분명 다른 애들이 집에서 편안히 쉬고 있다고 생각하니 배가 아픈 것이다. 더 이상 참을 수 없다는 표정을 하고 있었다.

"그럼 나도 잠깐 아래 가서 문을 보고 올게. 스가와라, 같이 가자."

"응."

다카노는 스가와라를 데리고 교실을 나왔다.

3

자신의 사촌 형 사카키에 대한 다카노의 평가는 그렇게 좋지 않다. 약간 복잡하고 미묘한 감정이 섞여 있다.

어렸을 때부터 잘 알고 지낸 8살 위의 사촌 형 사카키. 사촌이니까 그렇게까지 똑 닮은 건 아니겠지만, 예전부터 자주 닮았다는 소리를 들었다. 얼굴이 닮은 탓에 그를 다카노의 형이라고 착각하는 사람은 예전부터 많았지만, 겉모습만 보고 판단한 거라고 다카노는 생각한다. 사카키는 자신과는 180도 다른 성격을 가졌다. 자신들이 닮았을 리가 없다.

원래부터 색이 옅은 갈색 머리와 개성이라며 빼지 않는 오른쪽 귀의 피어스. 그를 선생님이라고 소개했을 때 그 말을 믿을 사람이 대체 얼마나 있을까. 호스트라고 하는 편이 이해가 빠를 것이다.

우선, 사카키에게는 나이에 어울리는 차분함이 통째로 빠져 있다.

어렸을 때부터 다카노는 사카키만큼 모든 일을 낙관적으로 생각하는 사람을 본 적이 없었고, 어쩌면 뭐든지 그렇게 건성으로, 그것도 자기 중심적으로 생각할 수 있는지 궁금했다. 언제나 자신의 사정, 자신의 감정대로 행동하고, 주위를 차분하게 돌아볼 줄을 모른다. 좋은 의미로든 나쁜 의미로든 자신의 감정에 솔직한 것이다. 그의 속을 들여다보면 아마 그것밖에 없을 것이다.

그것은 다카노에게는 숙부, 숙모인 사카키 부모님을 보아도 분명히 알 수 있다. 다카노는 초등학생 때부터 그들이 아들의 소행에 대해 이리저리 사죄하러 다니는 모습을 자주 보아왔다. 성적은 매우 우수하며, 머리도 좋고 인기도 많은데 뭔가 결함을 가진 매력적인 사촌형.

어렸을 때, 사카키가 미즈키네 집 감을 몰래 따려고 나무를 타고 오르다 잘못해서 결국 떨어진 적이 있었다. 지금도 다카노가 종종 쓴웃음을 짓는 추억이다.

"미즈키랑 놀다가 떨어졌어."

삔 오른쪽 발목을 감싸면서 그렇게 주장하는 사카키를 아무것도 모르는 미즈키가 눈을 말똥말똥 뜨고 쳐다보던 모습이 생각난다. 나쁜 짓을 하려다 자신의 잘못으로 떨어진 사카키는 그 말 한마디로 벌을 피한 건 물론이고 '우리 애 때문에 다쳐서 미안하다'며 미즈키네 어머니가 비싼 고급화분을 들고 사카키네 집으로 사과하러 가기까지 했다.

다카노는 그런 사카키를 타산지석으로 삼아 오늘까지 자라 왔다 해도 과언이 아니다.

그리고 사카키는 다카노가 지금 다니고 있는 세이난 고등학교의 졸업생이다. 현 내에선 진학률이 제일 높다는 세이난에 당시 수석으로 합격했다. 특별 학비 면제 학생이었다. 다카노 학년에서는 지금 같은 반에 있는 부반장, 시미즈 아야메가 그렇다.

그 후 사카키는 도쿄의 유명 사립대에 전부 합격하고서도 국립대를 노린다고 전부 제 발로 차버린 후 결국 '재수 중에 너무 놀아 학력이 떨어졌다'며 1년 전에 합격했던 사립대보다 등급이 한 단계 아래인 사립대에 입학, 졸업했다. 경력만 봐도 대체 무슨 생각으로 사는지 알 수 없는 남자다.

즉, 사카키는 자신이 즐겁기만 하면 다른 사람이 무슨 피해를 보든 알 바 아닌 것이다. 아마도.

생각하는 게 젊은데다 가끔 학생들 측면에서 봐도 대책이 없는 사카키. 그런 그가 어째서 세이난의 교사라는 직업을 택한 것인가. 사정을 잘 모르는 다카노는 그것을 늘 궁금하게 생각했다. 바보짓을 되풀이했다는 학생 시절보다는 확실히 지금 사카키는 어느 정도 안정되고 즐거워 보인다. 부모님과의 사이도 매우 좋다. 하지만——하고 다카노는 생각한다.

생각하는 게 너무 젊다 보니, 교무실에서 사카키가 일종의 아웃사이더 취급을 받고 있는 것도 사실이었다. 올해 사카키가 다카노의 반 담임으로 결정되었을 때, 학생주임이 농담처럼 다카노에게 말했었다.

"사촌이라면서? 같은 반이 됐으니 사카키 선생님 좀 돌봐주련?"

초등학교나 중학교라면 친척이 수업을 맡거나, 하물며 담임을 맡는 것은 무슨 수를 써서라도 피하고 싶은 일이지만, 세이난 같은 '진학 전문'이라 불리는 고등학교에서는 별로 상관없는 일인가 보다.

대학 수험이라는 명확한 목적을 가진 학생들에게 있어, 고작 수업 하나에 담임의 평가가 다소 작용한다고 해서 큰 문제는 없다.

다카노는 1학년 때부터 매년 학급위원을 맡았으며 중학교 때부터 해온 육상부 활동에서도 제법 좋은 성적을 올렸다. 자신의 등에 붙어 있는 우등생이라는 딱지가 눈에 선하다. 말하자면, 사촌인 네가 '문제 교사'를 올바른 길로 인도해 달라는 얘기였다. 사카키는 자신의 처지를 어떻게 파악하고 있는지는 모르겠지만, 다카노한테는 절호의 기회였다. 사카키라면 별로 신경 쓸 필요도 없고, 서로 오래 알고 지낸 만큼 그는 다카노의 기분을 잘 알아준다. 고3 1년간, 담임이 사카키라니 정말 편한 상대였다.

갈색 머리에 오른쪽 귀의 피어스. 다카노는 학생들 사이에서도 '선생님 같지 않다'는 불만의 목소리가 있다는 것을 안다. 하지만 다카노는 이상하게도 사카키가 좋았다. 교사답지 않은 그 외모를 포함해서 전부. 자신한테 피해를 끼치지 않는다는 점이 전제이긴 하지만, 기본적으로는 사카키가 뭘 하든지 용서하게 된다.

그러고 보니, 다카노는 왠지 스가와라를 보고 있으면 사카키를 떠올리게 된다. 어딘가 통하는 데가 있는지도 모른다. 거기까지 생각하고 그는 자신의 옆을 걷는 친구를 힐끗 훔쳐본다. 애들한테 문이 열리지 않는다고 했다가 무시당한 것 때문에 더욱 기분이 나빠진 듯 계속 입을 다문 채다.

"무지 춥네."

눈 때문에 희끄무레하게 비치는 복도를 걸으면서 다카노는 속삭이듯이 말한다. 스가와라는 '음——' 한 마디로 응수한다.

어두운 건물 안, 모든 교실에 켜져 있는 형광등의 노란 빛이 유난히

인공적인 느낌을 강조한다. 어제까지는 별로 그렇게 느끼지 못했는데 하룻밤 사이에 느낌이 완전히 달라졌다. 스가와라와 아키히코가 말한 대로, 다른 학생의 모습은 하나도 보이지 않는다. 그것은 단순히 복도를 돌아다니는 학생이 아무도 없다는 말과는 다르다. 뭐라고 하면 좋을까. 건물 전체에 사람이 있는 기척을 전혀 느낄 수 없다. 자신들 이외에는 아무도.

"아까 신발장 열어봤는데, 정말 아무도 안 왔어. 누가 와 있는 건 우리 반뿐이야."

현관까지 와서 퉁명스럽게 스가와라가 말했다. 다카노는 실내화를 신은 채로 현관으로 나가서 문으로 향한다. 은색으로 빛나는 문손잡이가 평소보다 더 차갑게 느껴진다.

현관을 지나니 문 한 장 너머는 눈 내리는 밖이라서인지 역시 춥다. 내쉬는 숨이 하얗게 보이기 시작했다. 다카노가 말했다.

"우리 반도 온 애들 보면, 담임의 고의가 느껴지지. 담임을 괜찮게 생각하는 애들뿐이잖아."

"그럼 그렇지, 담임 짓이냐? 이거."

평소 하던 대로 다카노는 손잡이를 잡았다. 있는 힘껏 돌려보지만, 스가와라가 말한 대로 현관문은 움직이지 않았다. 얼어붙었다는 느낌이 아니다. 말 그대로 꼼짝하지 않았다.

허리를 숙여 열쇠 구멍을 들여다보지만, 잠겨 있진 않았다. 잠겨 있다고 해도 원래 이렇게 단단히 잠기던 문이었는지 의문스러웠다. 정말로 아무런 반응이 없다. 단지 움직이지 않는다는 사실만이 있을 뿐.

"와, 진짜로 안 움직이네. 게다가 잠겨 있는 것도 아니란 말이지."

"거봐. 언 것도 아니라니까. 문 세 개가 전부 그래."

"접착제를 쓴 흔적도 안쪽에는 없는 것 같고. 밖에서 고정한 건가? 장난이 지나친데. 이거 어떻게 된 거야?"

웬만한 일엔 꿈쩍도 않는 다카노도 표정이 굳는다. 겉으로 보기에 현관문은 아무 이상이 없었지만, 순서대로 시험해 본 세 개의 문은 아까와 똑같은 반응뿐이었다. 다카노가 일어선다.

"뒷문하고 교무실도 마찬가지야?"

"마찬가지."

얼굴을 찡그린 채로 스가와라가 대답한다.

"교무실은 창문이잖아? 걸쇠가 걸려 있는데 아무리 용을 써도 안 돌아가. 그렇게 허술한 걸쇠인데."

"이상하군……."

"이상하지."

"어쨌든 교무실에 가보자. 우선 거기서부터 담임을 찾아보자고."

"짚이는 데가 있는 거야? 반장."

"책상을 뒤져 보지."

태연한 얼굴로 다카노가 대답하자 스가와라가 휘익 가볍게 휘파람을 불었다.

"너도 제법 괜찮은 생각을 하는구나, 히로시."

"긴급사태잖아."

다카노는 스가와라와 함께 현관을 뒤로했다.

마음에 들지 않았다. 무엇인가가 자신이 모르는 곳에서 착실히 진행되고 있다. 여기에는 확실히 뭔가 있다는 예감이 들었다. 그 무엇인가가 사카키 짓이라면 사카키 짓이라서 불쾌하고, 그게 아니라면 아닌 대로 말이 안 된다. 납득할 만한 이유가 필요하다.

한 발짝 늦게 다카노 뒤를 따라가던 스가와라가 갑자기 복도 중간에 멈춰 서서, '야——' 하고 낮은 목소리로 다카노를 불러 세웠다. 다카노가 돌아섰다.

"왜?"

"지금 든 생각인데, 좀 이상하지 않냐?"

"뭐가."

스가와라는 잠시 뜸을 들였다. 입을 다문 채 바로 앞에 있던 빛이 새어 나오는 교실 문을 연다. 안에 한 발 들여놓더니 '틀림없어'라고 중얼거렸다.

"왜 그래?"

다카노도 안쪽으로 머리를 들이민다. 팻말을 보니 '1-5'라고 쓰여 있다.

밤처럼 불을 환히 밝힌 교실. 칠판은 청소가 막 끝난 듯 분필 흔적 하나 없이 깨끗하다. 나란히 정렬된 책상 위에는 물건이 하나도 보이지 않는다. 사람이 있었던 흔적도, 있는 기척도 전혀 없었다.

스가와라가 말했다.

"교실이 너무 깨끗해."

"깨끗하다니——."

다카노와 스가와라의 목소리만 울리는 교실. 다카노는 말하다 말고 아아, 하고 납득했다. 확실히 그렇다. 어제까지 평상시대로 수업이 진행되었을 교실. 어째서 칠판을 이렇게 반짝반짝하게 닦을 필요가 있었을까. 이렇게 닦으려면 상당한 시간을 들여 청소를 해야 하는데.

귀를 기울여 보니, 히터가 내뿜는 온풍 소리가 들린다. 마치 누군가가 끄는 것을 잊어버리고 집에 가버린 것처럼.

그제야 다카노도 겨우 스가와라가 하고 싶은 말을 알아차렸다. 분명히 묘하다.

"다른 교실도 이래?"

"응. 책상 줄이 너무 완벽해. 칠판도 새것같이 닦여 있지, 전등이랑 히터는 켜 놓은 채고. 우리 교실도 여기랑 똑같아. 왔을 때는 이미 전등도 히터도 켜져 있었어."

"이상한데. 학교에서 한 거라고 보기엔 너무 친절하고. 오늘 임시 휴교할 거면 그럴 필요도 없을 테고. 누가 켜 놓은 걸까······. 스가와라, 네 생각은 어때?"

"고등학교 입학시험일 오늘 아니지?"

"아니지."

다카노가 대답한다. 물론 고교입시 수험생을 대비한 것이라면 교실이 이렇게 정리되어 있어도 이상하지 않다. 하지만 아니다. 시기가 맞지 않는다.

"추천 입학시험도 1월 되고 나서고, 그런 얘기도 못 들었어. 게다가 너는 사카키가 정학 오늘 끝나니까 나오라고 한 거 아냐?"

"아, 그렇다. 그러고 보니 그러네."

뭔가 이해되지 않는다는 듯이 중얼거리는 스가와라를 내버려두고 다카노는 교실로 들어가 히터와 전등 스위치를 껐다.

"왜, 꺼 놓게?"

"에너지 절약. 쓸데없이 전기를 낭비할 필요는 없지."

불이 꺼진 교실에서는 춤추듯 내리는 눈이 창문에 하얗게 비칠 뿐이었다. 창밖의 눈은 바람이 불기 시작한 탓인지 지금은 마치 창문을 힘껏 때리듯이 휘날리고 있었다.

이대로라면 집에 갈 수 없을지도 모른다.

그런 생각이 현실감도 맥락도 없이 불쑥 떠올라, 조용히 다카노의 등을 쓰다듬고 지나갔다.

4

사에키 리카는 미즈키와 교무실에 있었다.

선생님들이 출근했다면 교무실에는 뭐가 됐든 왔다간 흔적이 남아 있을 것이다. 미즈키와 리카는 아까부터 그것을 찾고 있다. 아키히코와 게이코는 다시 한 번 다른 교실의 상태를 확인하러 나간 참이었다.

교무실 안에는 여전히 누구 한 사람 왔던 흔적이 없었다.

"안 되네, 역시 안 열려. 어떻게 된 거지, 이거."

교무실 창문을 밀어 보던 손을 떼고 미즈키가 무겁게 한숨을 내쉬었다.

스가와라가 말한 대로였다. 창문은 열리지 않는다. 잠겨 있는 걸쇠는 아무리 힘주어 돌려도 꼼짝하지 않았다. 힘을 주었던 손가락이 차갑게 식은 걸쇠 때문에 아프다. 미즈키가 교무실을 둘러보며 작게 숨을 들이켰다.

"리카, 어떡하지?"

"다른 선생님들 책상을 뒤져 볼까?"

리카는 그런 제안을 한다.

"분명 뭔가 알 수 있을 거야. 그래도 리카는 도쿠다 책상만큼은 안 볼래. 나중에 들키면 엄청 혼날 거야."

"도쿠다 선생님 말이지. 응, 거긴 맨 마지막에 보자."

도쿠다는 리카네 반에 들어오는 영어교사다. 학생주임을 맡고 있는 완고해 보이는 선생으로, 세이난의 교사들 중에서도 학생들이 제일 무서워하는 존재였다. 학생주임이라고는 해도 보통 생각하는 폭력적인 체육교사 같은 타입은 아니고, 관록 있는 미남 배우 같은 외모를 가지고 있다. 하지만 그렇기 때문에 더욱 느껴지는 위압감이랄지, 박력은 더욱 무서웠다. 작년 세이난에 부임했을 당시, 리카는 몇 번 그에게 호출을 받았었다. 자신의 행동거지와 생활 태도에 대한 주의를 면전에서 줄줄이 들은 이후로, 리카는 수업 중에도 도쿠다와 눈이 마주치면 반사적으로 고개를 숙여버린다. 그가 말하는 내용이 하나도 틀린 점이 없어서 반론할 수가 없는 것이다. 승복하긴 싫지만, 리카도 인정하게 된다. 그래서 더욱 불편하고 무섭다.

그때의 일이 떠올라, 이유 모를 씁쓸함 비슷한 감정이 번진다. 그것을 털어버리려는 듯 리카는 혼자서 고개를 흔든다. 기분 전환이라도 하려는 듯 교무실에 나란히 자리 잡은 교사들의 책상 위로 시선을 돌렸다.

교사 각각의 성격을 반영하듯 깨끗하게 정리되어 있는 책상, 난잡한 책상, 살풍경한 책상 등 가지각색이었다. 그중 하나에 리카의 시선이 멈춘다.

입구에서 가장 가깝고 제일 어지러운 책상. 그 앞에서 리카는 무릎을 꿇고 책상 아래를 들여다보았다.

"뭔가 있어? 리카, 그거 사카키샘 책상이지?"

"응, 근데 ── 어라, 이상하다."

책상 아래에 무릎을 꿇은 채 리카가 대꾸했다.

"컴퓨터가 없는데?"

"컴퓨터?"

"……응, 사카키샘이 매일 들고 다니는 노트북. 가방도 없고, 그게 제일 중요한 도구잖아."

보통 사카키는 교무실에서 컴퓨터를 보고 있는 시간이 많다. 최근에는 성적표나 교재 작성도 전부 노트북 작업일 터였다. 오늘 그가 일을 할 생각이었다면 노트북을 가지고 오지 않았을 리 없다.

노트북과 가방이 없다는 것은, 사카키가 아예 출근을 안 했을 가능성도 있다는 것이다.

"사카키샘, 안 온 거 아닐까?"

"그렇다면, 건물 열어놓고 교실 불 켜둔 사람은 누구야? 다른 선생님이 한 걸까?"

"그건 모르겠지만——."

리카는 말하면서 다른 책상을 보았다. 사카키 이외의 책상에도 교사들의 소지품 같은 것은 거의 보이지 않았고, 누군가 사람이 있었던 흔적도 없는 것 같았다. 잘 덮여 있는 교과서와 정돈된 프린트물. 어제 돌아가면서 정리해 둔 상태 그대로인 듯하다. 미즈키가 '이상하네'라고 중얼거린다. 옆을 천천히 걸으면서 책상 하나하나를 체크한다.

리카는 일어서서 무릎과 치마를 툭툭 털었다. 사카키의 책상을 보았다. 그의 책상 위는 물건이 많은데다가 온통 어수선하게 흩어져있다. 한가운데에 노트북을 놓을 만한 면적이 겨우 확보되어 있을 뿐이고, 수학교재와 펜 나부랭이가 남은 구석구석을 채우고 있다. 꽂아둔 수학참고서도 옆으로 쓰러져 있고, 프린트의 산은 분류된 흔적도 없이 그냥 쌓여 있을 뿐이다. 너무나도 사카키다웠다.

그의 이런 점이 좋아 무심코 리카는 미소를 띤다. 어지럽혀진 책상 위, 프린트의 산 너머에 캐릭터 액자가 보이자 리카는 그것을 집어 들었다.

젊은데다가 생김새도 단정한 사카키는 학년을 불문하고 여학생들한테 인기가 높다. 자칭 사카키의 팬이라는 학생들로부터 같이 찍은 사진을 받는 일도 많다. 이 액자는 리카가 그와 함께 찍은 사진을 넣어서 사카키에게 선물한 것이었다. 이후로 사카키는 그 액자를 이렇게 책상 위에 놓아두고 있다. 다른 학생들한테 받은 사진도 잔뜩 있을 텐데, 유독 자신이 준 사진을 놓아두고 있다는 것. 그것이 리카는 기뻤다.

손에 든 사진을 보고 있으려니, 미즈키가 말을 걸어왔다.

"아아, 그거, 다 같이 찍은 사진? 11월 말쯤이었나? 수업 끝나고 다 남았을 때."

"응. 유지가 찍었을걸."

말하면서 리카는 그 당시를 떠올린다. 11월 말, 지금으로부터 한 달쯤 전. 방과 후 교실에서 찍은 사진이었다. 수업이 끝난 후 학급위원들끼리 얘기할 사안이 있어서 리카와 학급위원들은 조금 늦게 돌아가게 되었다. 교실을 나가려고 할 때, 리카가 제안했었다.

(애들아, 사카키 선생님이랑 같이 사진 안 찍을래? ……축제 때 학급위원들 고생 많았습니다, 하는 기념사진. 끝나고 나서 아무 뒤풀이도 없었으니까 다 같이 기념사진 한 장 못 찍었잖아)

그때.

문득 두통이 느껴져, 리카는 사카키 책상에 손을 짚었다. 이 불쾌한 느낌. 아아, 또 불쾌한 이 느낌이다. 리카는 입술을 살짝 깨문다. 그때의 일을 생각하면 리카는 항상 가슴이 답답해진다.

그 당시 리카의 반 3학년 2반은 전체적으로 어딘가 서먹서먹했다. 모두가 말 한 마디 한 마디를 조심하며 서로를 감싸는 듯한, 그런가 하면 서로를 상처 주려는 듯한 극단적인 공기가 함께 존재하고 있었다. 그러다 마지막 HR이 끝나면 다들 그것을 갈망하고 있기라도 했던 듯이 앞다투어 도망치는, 그런 인상이 있었다. 사진을 찍은 것은 그 당시의 일이었다.

(내가 찍어줄 테니까 줘 봐. 모처럼 2반 학급위원들이 모였잖아? 한 명도 빠짐없이 다 찍어야지)

사진을 찍은 사람은 한 학기 전까지 학생회장을 맡았던 스와 유지였다. 그는 원래 옆 반 학생이었지만, 학생회에서 그의 파트너로 부회장을 맡았던 게이코가 2반이었기 때문인지 수업이 끝난 후 자주 리카네 반에 얼굴을 내밀곤 했다. 이날도 그랬다. 그가 리카의 손에서 카메라를 받아든다.

(사카키샘, 기운 내세요……)

(그건 사카키샘 잘못이 아니에요……, 그러니까)

사진 속의 학급위원들은 모두 웃고 있었다. 교실 칠판을 등지고, 사카키를 둘러싸고 웃고 있다.

10월 중순에 있었던 세이난 고등학교의 축제. 그날을 대비해 반의 중심이 되어 열심히 준비해온 학급위원들. 성격도 취미도 전혀 다르지만, 사카키를 중심으로 한 그 결속력은 정말 강했다. 누구나 이 테두리 안에 있는 게 편했을 것이다. 리카도 예외는 아니었다. 자신에게 이런 친구들이 생긴 것이 믿을 수 없을 정도로 기뻤던 순간이 있었다.

그런 기억들을 떠올리고 있던 바로 그때.

사진을 바라보는 리카의 눈이 약간 건조해졌다. 눈이 아프다. 그 생각이 듦과 동시에, 관자놀이 주변에 갑자기 아픔이 느껴졌다. 리카는 건조해진 눈을 천천히 깜박인다. 왠지 모르겠지만, 가슴속에 심한 위화감이 느껴진다. 위화감? 무엇에 대한? 다음 순간 미간이 뜨거워진다. 머릿속이 하얗게 흐려져 간다. 리카의 사고가 진행되는 것을 방해라도 하는 듯이, 위화감을 느낀 그 무엇의 이미지가 점점 멀어져 간다. 심한 위화감, 머릿속에 일순간 스친 급격한 동요. 그 자체는 명확한데 무엇 때문인지를 알 수 없다.

뭔지 모르겠지만, 이 사진은 이상하다.

"이거 봐, 리카. 사카키샘, 코트도 없는데."

그런 리카의 상태를 조금도 눈치채지 못한 듯 교무실 구석에서 미즈키의 태평한 목소리가 들려왔다. 그 목소리에 리카가 퍼뜩 정신을 차리고 등을 폈다. 그 순간, 관자놀이의 통증과 미간의 열이 거짓말처럼 사라졌다. 도대체 뭐였던 것일까.

리카는 액자를 책상 위에 내려놓고 서둘러 미즈키 쪽으로 돌아섰다.

"미즈키, 사카키샘 거 맘대로 열지 마! 그건 리카의 역할이란 말이야."

"응——? 좀 열면 어때. 어차피 아무것도 없는데. 본다고 닳는 것도 아니고."

"그래도 기분이 안 그렇잖아! 우리들 사이에서 사카키샘 일은 리카

담당이야."

입을 삐죽거리며 미즈키의 어깨 너머로 리카가 로커를 들여다본다. 역시 코트가 없다. 로커 안에는 아무것도 걸리지 않은 옷걸이가 몇 개 있을 뿐. 이런 눈 내리는 날에 코트를 안 입고 온다는 것은 자살행위에 가깝다. 그렇게 생각하면 사카키는 오늘 진짜로 안 왔던가, 아니면 지금 코트를 입고 뭔가 활동을 하고 있던가 둘 중 하나다.

그럼 도대체 뭘 하고 있는 걸까? 하고 생각했을 때였다.

"오, 너희 여기 있었냐? 뭔가 알아냈어?"

스가와라와 다카노가 교무실에 들어왔다.

미즈키가 사카키의 로커를 닫고 노골적으로 인상을 찌푸린다. 팔을 크게 교차시켜 '가위표'를 그렸다.

"없어. 다른 선생님들도 사카키샘도 안 온 것 같아. 진짜 뭐야, 오늘. 영문을 모르겠네. 현관문은?"

"안 열리더라, 완벽하게."

한 책상에 기대어 서서 두 손 들었다는 말투로 다카노가 대답했다.

"교무실 창문은?"

"열려고 해 봤는데, 딱 붙은 것같이 안 열려. 근데 이상하다, 현관은 조금 전까지 아무 이상 없었는데."

미즈키가 말하면서 한숨을 쉬었다. 리카도 동조한다.

"그래도 진짜 안 열리다니, 말도 안 돼. 리카는 틀림없이 스가와라가 헛소리하는 거라고 생각했는데."

"뭐냐, 헛소리라니. 리카, 너 맞고 싶냐?"

"관둬. 리카는 빨리 집에 가고 싶단 말이야."

"누군 안 그러냐?"

스가와라가 그렇게 말했을 때 다카노가 들어온 문이 다시 열린다. 다른 교실을 돌고 있던 아키히코와 게이코가 돌아온 것이었다.

"어땠어?"

다카노의 질문에 아키히코가 고개를 젓는다.

"없어. 진짜로 아무도 없고, 별로 발견한 것도 없어. 사카키샘은?"

"이쪽도 마찬가지. 다른 선생님도 사카키샘도 없어. 오늘 학교 원래 쉬는 날이었나 봐."

"응? 그런 거야?"

미즈키의 말에 아키히코가 놀란 목소리로 반응한다. 여기저기 뒤지느라 지쳤는지, 교복 셔츠의 목 부근을 잡아 늘이면서 천장을 쳐다본다. 뭔가 생각하는 듯 잠시 말이 없더니, 근데 말이야, 하고 말을 이었다.

"아무래도 오늘 학교 오는 날 맞는 것 같은데. 눈 때문에 임시 휴교라면 모를까, 원래 쉬는 날은 아니었을걸. 나 어제 유지랑 오늘 방과 후에 만나서 문제집 빌리기로 약속했거든."

"유지? 그 녀석이 그랬다면 틀림없는데……."

다카노가 수긍했다.

한 학기 전의 학생회장, 스와 유지와 다카노는 고등학교 입학 후 바로 친구가 되었다. 머리 회전이 유난히 빨라서 회장 같은 자리에 적임인 사람으로 학생들과 교사로부터 신뢰를 받고 있었다. 그가 학교가 쉬는 날을 파악하고 있지 못했다고는 생각할 수 없다.

다카노는 고개를 숙인 채 목 뒤를 만지작거리다 한숨을 쉬었다.

"수능 한 달 전. 황금 같은 휴일에 담임선생님이 학생을 몇 명만 학교에 오도록 꾸몄습니다. 우리들은 전원 대학 수험생이고, 수능은 중요한 첫 관문입니다. ——물론 저도, 여기서 이렇게 허송세월을 하는 것은 피하고 싶습니다. 자, 담임의 목적은 무엇일까요?"

"잡일."

"에이, 아무리 사카키샘이라도 잡일 시키려고 이런 짓을 하진 않을 거야. 뭔가 다른 생각이 있겠지."

미즈키의 대답에 바로 리카가 반론한다. 다카노는 과장되게 어깨를 으쓱했다.

"다만, 그 예측에는 하나 고려해야 할 문제가 있지. 놀랍게도 담임은 상식이 없습니다."

"……굉장한 문제군."

리카는 삐친 표정을 지으면서 사카키를 감싼다. 그녀는 로커 쪽을 보더니 말했다.

"야, 그러고 보니 사카키샘 코트가 없었어. 그거 입고 어디 밖에 나간 거 아닐까."

"뭐냐, 그거. 그러면 담임은 학교에 오긴 왔다는 거잖아? 아키히코랑 게이코, 너희 잘 찾아본 거야?"

"——신발이 없는데도 말이야? 스가와라."

그 대답에, 일순 긴장이 흐른다.

목소리가 난 쪽을 모두가 돌아본다. 지금까지 다른 이들이 얘기하는 모습을 방관자처럼 보고만 있던 게이코가 심기가 불편한 듯 가늘게 뜬 눈으로 일동을 노려보더니, 입구 부근의 벽에 아무렇게나 기대고 있던 몸을 일으켰다.

"아까 보고 왔는데 사카키샘 신발이 없어. 다른 교직원들 신발장도 몇 개 열어봤는데 마찬가지야."

"진짜로?"

스가와라가 말한다. 게이코는 말없이 고개를 끄덕였다.

"그럼, 담임은 안 왔다는 거야? 정말로? 아니면 신발이랑 코트까지 숨긴 건가. 그건 너무 나쁜 거 아냐? 뭐 때문에 그렇게까지 하는데?"

미즈키의 질문에도 게이코는 한 마디로 대답했다.

"몰라."

"어이, 잠깐만. 담임이 안 왔다면, 이번에는 현관문이 열려 있던 거랑 히터가 켜져 있던 걸 설명할 수가 없어지잖아? 아니면 여기 있는 애들 중에 누군가가 했다는 거야?"

다카노의 말에 모두 조용해져 버린다. 누군가가 했다면 설명이 된다. 하지만…….

"그럴 리가 없지. 우리들이 제일 먼저 왔는데, 네 사람이 함께 들어왔단 말이야."

아키히코가 침묵을 깨고 말했다.

"우리들이 왔을 때는 학교 전체에 전등과 히터가 이미 켜져 있었는데다 교실도 제법 따뜻해져 있었어. 게다가 나 혼자 힘으로는 학교를 쉬는 날로 지정 못 하고……. 담임한테 그런 권한이 있는지는 모르겠지만. 있나?"

"그런 게 있겠냐."

대답하고 다카노는 큰 한숨을 쉬었다. 그런 다카노를 보던 리카가 갑자기 뭔가를 생각해 내고 '그러고 보니'로 말문을 열었다.

"얘들아, 여기 있는 거 전부 학급위원 멤버들이지? 축제가 끝난 후에는 다 같이 모이는 일도 없어졌지만."

"그러고 보니 그러네."

미즈키가 끄덕이고 전원의 얼굴을 둘러본다.

"게이코는 원래 부학생회장이었으니까 학급 운영도 도와주고 있었지. 다카노는 반장이고, 아키히코가 부반장. 내가 의장에다 리카가 서기, 스가와라도 ——."

순서대로 얼굴 위에 시선을 멈추면서 미즈키가 말한다.

"원래부터 축제를 좋아했었으니까. 같이 준비했었지?"

"뭐, 응."

스가와라가 끄덕이고 나서 얼굴을 살짝 들어 올리고는 고개를 갸우뚱 기울였다. 가까이 있던 교사 책상 위에 앉아 경박하게 다리를 흔든다.

"근데, 그러면 두 명 모자라잖아. 여자 부반장이랑, 주판 사무라이."

"주판 사무라이 ——? 아아, 회계 말이지?"

미즈키가 말을 받자 다카노가 끄덕인다.

"시미즈와 미쓰루 말이지? 그러고 보니 안 왔네. 그럼 역시 우연일까? 어쩌다 보니 이 멤버가 모였을 뿐인가?"

다카노의 말이 채 끝나지도 않았을 그때.

교무실 문이 끼익, 하고 신음 소리를 내며 열렸다. 일순 모두가 움찔 어깨를 떤다. 누군가가 짧게 숨을 들이키는 소리가 들렸다.

"아, 다행이다. 다들 여기 있었구나."

문 너머에서 얼굴을 내밀며 가타세 미쓰루가 태평한 목소리로 그렇게 말했다.

5

"눈 때문에 완전 다 젖었어 ──!"

시미즈 아야메는 한숨 섞인 불평을 내뱉었다.

"역에서, 버스를 타든가 아니면 택시라도 잡아야겠다고 할 정도로 눈이 엄청났거든. 그런데 역 택시도 다들 손님 태워 갔는지 없더라고. 할 수 없이 걸어왔어. 발은 차갑지, 바람이 세서 우산을 써도 눈은 다 들이치지. 진짜 죽는 줄 알았어. 현관 열고 무사히 안에 들어왔을 때는 진짜 안심했다니까."

교무실 포트로 갓 끓인 커피를 양손으로 감싸들고 그녀는 깊게 숨을 내쉰다. 상당히 젖은 모양인지 수건으로 닦았는데도 머리카락에서 물방울이 검게 빛나고 있다. 젖은 머리에 교복을 입은 모습이 수영 교육을 받은 직후 같다. 언 손을 녹이려는 듯 그녀는 아까부터 자꾸 커피가 든 컵에 손을 비비고 있었다.

"근데 지각을 각오하고 교실에 갔더니 가방만 있고 아무도 없잖아? 그래서 미쓰루랑 교무실로 내려와 본 건데……, 왜 선생님들이 아무도 없어? 오늘 쉬는 날이야?"

"내가 묻고 싶다."

책상 위에 떡하니 올라앉은 채 스가와라가 말했다.

"것보다, 시미즈. 너 지금 현관으로 들어왔다고 했지? 그거 진짜야? 방금 보러 갔을 때는 안 열렸는데."

그 말에 미쓰루가 고개를 갸웃한다.

"에? 그냥 아무렇지도 않게 들어왔는데. 특별히 힘을 쓴 것도 아니고, 뻑뻑하다거나 문이 무겁다는 느낌도 없었어. 그렇지? 시미즈."

"응. 아무 이상도 없었어."

"그럼 뭐야. '밖에서는 열리지만, 안에서는 열 수 없다'는 건가?"

다카노가 속삭이듯이 말했다. 이제 될 대로 되라는 듯이 천천히 고개를 젓는다.

"어떻게 된 거야, 이게."

"그러면, 그럼 리카가 말한 대로잖아. 분명 사카키샘이 한 짓이야, 이건."

미즈키가 리카의 말을 이었다.

"학급위원들이 전부 모였고 말이지……."

"맞아. 그럼 왜 안 오는 거야? 사카키샘. 리카는 이제 찾아다니는 거 질렸어. 그만하고 나오면 좋을 텐데."

리카는 크게 기지개를 켜면서 느릿느릿 말했다. 그녀는 앉아 있던 사카키의 책상에서 내려왔다.

"저기, 밖에서는 문 열 수 있다니까, 아무한테나 전화해서 학교까지 오라고 하면 되잖아. 핸드폰은 연결 안 된다니까 교무실 전화 쓰자."

"아, 그거 해보자."

아키히코가 손뼉을 치고 가까이 있던 전화기로 손을 뻗는다. 그러나 금방 표정이 굳는다. 이상하다는 표정으로 수화기를 다른 손으로 바꿔 들더니 다카노에게 물었다.

"다카노, 학교 전화는 어떻게 쓰는 거지? 일반 전화에 걸 때, 뭐 딴 거 눌러야 되니?"

"0번 누른 다음에 그냥 번호 누르면 될 텐데……. 왜, 안 걸려? 뚜——하는 소리가."

"안 나."

아키히코는 수화기를 귀에서 떼었다.

"0번 눌러도 반응 없어. 이거 고장 났나?"

불쑥 다카노에게 수화기를 건넨다. 다카노는 그것을 받아 귀에 대보고는 아키히코처럼 얼굴을 찌푸렸다.

아키히코가 말한 대로다. 아무 소리도 나지 않았다.

폭설로 전선에 눈이 쌓여 전화 회선이 끊겼다는 얘기는 어디선가 들은 적이 있다. 그런 생각이 언뜻 다카노의 머릿속을 스쳤지만, 그는 바로 혀를 차고는 그 생각을 지워버렸다. 여기는 그렇게까지 눈이 많이 오는 지역은 아니다.

"이 전화도 마찬가진데."

다른 위치에 있던 전화를 들어 확인한 미즈키가 고개를 저었다.

"뭐야——. 이거, 어쩌지? 왜 이런 곳에서 조난 같은 걸 당해야 해?"

"내 말이 그거야! 시간도 제법 됐다고, 벌써."

스가와라가 동조하며 교무실 시계를 쳐다본다. 그러나 그 직후, 그는 시계를 주시한 채 눈을 크게 떴다. 그 눈을 천천히 찡그리더니 크게 숨을 들이쉰다.

"뭐야 이거……."

화가 치민다는 말투로 스가와라가 말한다.

"우리들 완전 바보 된 거 아냐? 시계가 안 맞아."

"어?"

전원이 벽의 한 점을 바라본다.

5시 53분.

시계는 바로 그 시각을 가리킨 채 멈춰 있었다. 초침이 그곳에서 옴짝달싹하지 않는다.

──5시 53분.

그저 시계가 멈춰 버린 것과는 명확히 다르다. 아까 마지막으로 시간을 확인했을 때, 바늘은 아직 9시대를 가리키고 있었다. 도대체 어떻게 고장이 나면 이런 시간에서 시계가 멈출 수 있는 것일까. 정확하게는 기억나지 않지만, 교무실 시계는 정상적으로 가고 있었던 것 같다. 도대체 언제, 시계가 멈춘 것일까.

깜짝 놀란 듯이 시미즈가 시선을 내려 자신의 손목시계를 본다. 그녀는 믿을 수 없다는 듯이 크게 눈을 깜박이고는 얼굴을 들고 모두를 향해 말했다.

"내 것도 그래."

그 말에 출렁, 공기가 흔들렸다. 그것을 확실히 피부로 느낄 수 있었다. 다카노와 미즈키를 포함해 시계를 찬 모두가 자신의 시계를 내려다본다. 그리고는 숨을 삼킨다. 5시 53분, 벽에 걸린 시계와 같은 시각. 그 시간을 가리킨 채 시계가 멈춰 있다.

"어떻게 된 거야?"

갑자기 심각성을 띤 목소리로 시미즈가 물었다. 질문을 받은 다카노도 갈라진 목소리를 낼 수밖에 없다.

"어떻게 된 일인지, 나야말로 묻고 싶은데. 사카키샘 짓일까? 이 모든 일이? 시계가 멈추고, 전화가 불통이 되고, 학교엔 아무도 오지 않는 게……."

다카노는 천장을 쳐다보았다.

"그렇다면 그 인간의 정체가 궁금하군. 뭘 하고 싶은 걸까? 이런 정신없는 시기에."

"—— 굉장하다, 이거 '심령현상' 아닐까?"

그때 가슴 깊이 감동한 목소리로 아키히코가 그런 감탄사를 내뱉었다. 그 말에 다카노의 가슴속에 참을 수 없는, 위화감이라고도 혐오감이라고도 할 수 있는 감정이 스친다. 다카노는 아키히코를 응시했다.

심령현상.

다카노의 머릿속에 색 바랜 빈곤한 이미지가 흘러갔다. 어디서 유령을 봤다든가, 사후세계를 보고 왔다든가, 아이가 아무도 모르게 사라졌다든가 하는 종류의 얘기다. 그런 이야기들은 다카노에게 있어서 어디까지나 미디어 안에 존재할 뿐인 오락의 일종이었다. 그런 일과 지금 자신들이 처한 이 상황이 같은 것이란 말인가.

비현실이라고 하기엔 이곳은 너무 리얼하다. 게다가 누가 뭐라고 해도 모든 현상은 뚜렷한 이유가 있지 않은가. 그것이 괴기현상이라고 해도.

"야, 진짜 사카키 선생님 안 왔어? 너희가 나랑 미쓰루 놀리고 있는 거 아니야?"

조심조심 시미즈가 묻는다. 갑작스러운 사태에 뭐가 뭔지 잘 모르겠다는 모습이다. 다카노가 무표정하게 대답한다.

"그건 아니야. 우리들은 정말로 아무것도 몰라."

"어이, 그럼 이거 진짜로 심령현상이야? 진짜로?"

스가와라가 약간 뒤집힌 높은 목소리로 묻는다. 다카노는 벽에 기대면서 얼굴을 찡그렸다.

"심령현상이라는 것이 어느 정도의 범위까지를 말하는 건진 모르 겠지만, 일단 '심령현상'임에는 틀림없겠지. 사카키샘이 했다고는 볼 수 없는 점이 너무 많아."

"⋯⋯있잖아, 다카노."

아직 마르지 않은 머리카락을 수건으로 닦으며 여태까지 아무 말 없이 듣고 있던 미쓰루가 약간 코맹맹이 소리로 조심스레 말을 꺼냈 다. 모두가 일제히 그를 돌아보자 미쓰루가 약간 곤란한 듯한 표정으 로 고개를 숙이며 천천히 말을 이었다.

"이거, 다카노는 벌써 알고 있을지도 모르겠지만——그래도, 일 단 말할게. 나도 어제 엄마가 학부모회 운영회의에서 듣고 와서 알게 된 건데——. 사카키 선생님, 지금 상당히 안 좋은 상황인지도 몰라."

"무슨 소리야?"

다카노가 몸을 일으켜 물었다. 미쓰루는 말을 멈추고 일순 입을 다물고는 또 고개를 숙였다. 잠시 후에 불쑥 말을 꺼낸다.

"그만둘 각오를 하고 있었던 것 같아. 우리들 졸업하고 나면 세이난 도, 교사직도."

"거짓말!"

리카가 눈을 크게 떴다. 웅성, 하고 공기가 곤두섰다. 거기에 있던 모두가 숨을 삼켰다. 다카노도 처음 듣는 사실이었다. 아무것도 몰랐 다.

미쓰루는 정말로 곤란한 듯 힘없이 고개를 끄덕였다. 미쓰루는 요 즘 남자애치고는 보기 드물게 섬세한 면이 있다. 그는 당장에라도 울 것 같은 눈을 깜박였다.

"다카노, 몰랐어?"

"응, 아무 말도 못 들었어. 눈치도 못 챘고."

"어이, 왜 담임선생님이 그만둬야 하는데? 난 싫어."

초조한 말투로 아키히코가 말하자 미쓰루는 '나도 싫어'라고 속삭였다.

"위에서 뭐라고 그랬는지, 아니면 선생님이 직접 결정한 건지는 모르겠지만, 그래도 확실한 것 같아. 축제 때 있었던 일에 대한 책임을 지고, 그래서——. 그 일 때문에 선생님이 우릴 부른 게 아닐까? 문이 안 열린다고 그랬지만 시미즈랑 나는 들어왔잖아. 선생님이 우리한테 뭔가 할 얘기가 있는 게 아닐까."

"축제 때 있었던 일에 대한 책임이라니——. 미쓰루."

울음을 터뜨릴 듯한 얼굴로 미즈키가 얼굴을 든다. 소란스러웠던 분위기가 그녀의 말 한마디에 단번에 차가워진다. 아무 소리도 들리지 않았다. 말 속에 묻혀있는 지뢰를 밟았을 때 흐르는 한순간의 정적. 미쓰루는 거북한 듯 고개를 숙인다.

지난 2개월간, 너나 할 것 없이 모두가 입을 다물어 금구가 되어버린 화제. 말없이 서로의 반응을 기다리듯이, 각자 시선을 둘 곳을 찾는다. 그렇게 오래된 얘기도 아니다. 그래서 오히려 기억이 너무 선명해서인지, 모두가 그 기억을 가슴속 깊은 곳에 감춰왔다.

"그건, 사카키샘한테는 책임 없잖아? 근데 왜 그만두는 거야. 세이난뿐만 아니라, 교사직까지."

침묵을 견디다 못한 듯이, 리카가 말한다. 1학년 때에 사카키가 부담임이었던 것을 계기로 리카는 사카키를 따르게 되었다. 사카키를 생각하는 마음은 아마도 여기 있는 사람들 중에서 가장 강할 것이다. 무척 초조한 말투였다.

"그 사건이 확실한 원인이라면……. 그 사건은 결국 유서도 없었고, 그래서 제대로 밝혀지지 않았잖아? 그걸."

"그게 이상한 거야, 이상하다고……!"

리카의 말을 막듯이 미쓰루가 소리를 질렀다. 반쯤 울음이 섞여 목소리가 쉬어 있었다. 그는 고개를 숙인 채 자신의 어깨를 안고 움츠렸다. 가느다란 손이 약하게 떨리는 것처럼 보이기까지 했다.

마른 침을 삼키며 입을 다문 리카를 향해 그는 울음이 섞인 미소를 지었다.

"지금 알았는데, 나, 오늘 아침 시미즈하고 그 얘길 하면서 학교까지 걸어왔는데, 그때 축제에서 자살한 애 얘기도 했어. 왜 죽은 걸까 하고. 그때는 별로 아무 생각 없었는데, 그런데……. 생각이 안 났어."

"응?"

미쓰루의 목소리는 마지막 부분이 다 쉬어서 잘 들리지 않았다. 되물으니 미쓰루는 될 대로 되라는 듯이 다시 한 번, 이번에는 큰 소리로 반복했다.

"그 사람의 얘기를 하고 있는데, 생각이 안 난다고! 그 애 얼굴도, 이름도. 그 애가 누구였는지도……!"

"어이, 미쓰루. 그런 말도 안 되는 얘기가……."

굳은 얼굴로 웃으며 무언가 반론하려고 한 아키히코가 말문이 막힌 것은 그때였다. 생각지도 못했던 사실에 생각이 미친 듯이, 갑자기 입을 다문다. 이윽고 그는 얼굴을 찌푸리고는 '어——'라고 말했다.

전원의 시선을 받으며, 그는 묘하게 건조한 목소리로 중얼거렸다.

"어쩌지. 나도, 잊어버렸어. 누군지 모르겠어."

6

"도대체 어떻게 된 거야?"

창백한 얼굴로 일어선 사람은 미즈키였다. 긴장으로 굳어진 목소리다.

그녀는 한 명 한 명의 얼굴을 뚫어지라 쳐다본 뒤, 있지, 하고 다시 한 번 말했다.

"대체 어떻게 된 거야? 아무도 생각이 안 나? 이런 말도 안 되는 일이 있을 수 있어? 우리들 다 같은 반이었잖아? 2학년 3학년, 2년간이나 같은 반이었는데⋯⋯. 자살했을 때 우리들 다 그렇게 충격을 받았는데. 다카노도 시미즈도 생각 안 나는 거야?"

"믿을 수 없지만, 진짜로 기억 안 나."

다카노의 대답에 시미즈도 그를 따라 고개를 끄덕였다. 둘 다 멍한 얼굴을 하고 있었다. 그도 그럴 것이었다. 있을 수 없는 일이었다.

축제 마지막 날 저녁에 이 학교 옥상에서 뛰어내려 자살한 아이가 있었다. 그 직후 사람들의 동요와 울음소리, 비명. 그런 것들은 얼마든지 떠올릴 수 있다. 그것은 기분 나쁠 만큼 선명한데, 정작 자살한 사람이 누구인지는 전혀 생각나지 않는 것이었다.

눈앞에서 뛰어내렸는데도. 눈앞에서, 죽었는데도.

이렇게 여러 사람이 있는데, 그 사람의 이름, 얼굴, 성별조차 아무도 기억하지 못한다는 것은 분명히 이상했다. 그리고 입구가 닫힌 채 자신들 외엔 아무도 오지 않는 학교. 미쓰루와 시미즈가 등교하자마자 기다렸다는 듯이 일제히 멈춰버린 시계. 불통인 전화도 그렇고, 뭐가 뭔지 도저히 이해가 되지 않는다. 도대체 무슨 일이 벌어지고 있는 것일까.

"잠깐 기다려. 그럼 왜 같은 반 애들 중에서 하필 우리들만 이런 일을 당하는 거야? 그건 이상해. 그 자살한 애가 우리를 원망하고 있는 거야? 이건 그 애의 유령이 한 짓이라는 거야?"

"유령이라니, 리카. 너 제정신이냐?"

그때까지 잠자코 있던 게이코가 리카를 보며 기막힌 목소리로 말한다. 하지만 리카는 물러서지 않았다.

"하지만, 그렇게라도 생각하지 않으면 이상하잖아. 자살이라는 게 그렇게 쉽게 잊힐 만한 사건도 아니고, 누가 장난친 거라고 해도 어떻게 하면 다른 사람의 기억을 조작할 수 있겠어? 말해 봐, 게이코."

"그야 뭐, 그렇지만."

그렇게 게이코가 어물어물 대답했을 때였다.

갑자기 리카는 관자놀이 부근에 희미한 통증을 느끼고 옆 책상을 짚었다. 사카키의 책상이었다. 아아, 리카는 생각했다. 이 통증은 아까도 느꼈다. 사카키의 책상 위. 그렇다. 자신은 무언가 생각해내야만 하는 것이 있다. 아까, 사카키의 책상 위에서 본 액자의 사진. 11월 말, 그 자살이 있고 나서 촬영한 자신들의 사진.

가슴속을 답답하게 하는 위화감의 정체, 그것을 어렴풋하게나마 알 것 같은 기분이 든다.

지금 여기 있는 리카의 반 학급위원들. 두 달 전에 열린 축제를 위해 함께 준비했고, 그러는 동안 자연스럽게 사이가 좋아진 멤버.

리카는 슬그머니 지금 눈앞에 있는 사람들 하나하나의 얼굴을 따라

차례차례 시선을 옮겼다.

다카노와 아키히코, 스가와라에 미쓰루. 미즈키와 게이코, 시미즈
와……, 그리고 리카다. 남녀 4명씩 전부 8명. 평소와 다름없는 멤버
다.

하지만 왜일까, 어째서일까. 마음이 안정되지 않는다. 그래, 아까
본 사진이다. 사카키의 책상 위에 놓여 있던 그 액자 속, 사카키를
둘러싸고 있던 제자들의 얼굴. 그리고 그것은…….

리카는 갑자기 깨닫고 입술을 깨물었다.

—— 한 명 부족했다. 8명이 아니다, 7명밖에 없었다.

틀림없이 생각난다. 그때 느낀 위화감. 그 사건 직후에 찍은 사진
에, 자신들 중 누군가 한 명이 없었다.

"리카, 왜 그래?"

미즈키의 목소리에 문득 현실로 돌아와, 리카는 얼굴을 든다. 미즈
키가 걱정스러운 표정으로 자신을 보고 있다.

"괜찮아? 몸 안 좋아?"

"……아냐. 그냥 11월 말에, 다 같이 사진 찍은 거 기억나? 수업
끝나고 사카키샘이랑 우리랑. 리카가 사카키샘한테 줘서, 아까 미즈
키랑 보고 있던 사진."

그것이 만약 사실이라면, 대체 어떻게 된 것일까. 불길한 예감이
커져간다.

—— 이 중에, 누군가 한 명.

"그거 매일 모이던 학급위원인 우리들이 찍혀 있는데. 지금 우리
8명이잖아? 그런데……. 아까 본 그 사진엔 사카키샘을 둘러싸고
있는 학생이 7명밖에 없었어. 누구누구가 있었는지까지는 확실히 기

억나지 않지만, 그래도 분명 한 명 부족했는데."

"그거 찍은 건 기억나는데."

게이코가 고개를 끄덕였다.

"사카키샘 책상 위에 늘 놓여 있었지. 그 자살사건 후에."

"맞아. 리카가 액자에 넣어서 줬는데, 아까 봤을 때 뭔가 좀 이상한 것 같거든. 지금 생각난 거야. 그래서……. 여기 있는 사람 중 누군가 한 명이."

"자살한 당사자가 아닐까, 유령이 아닐까, 라는 말이 하고 싶어?"

리카의 말을 게이코가 끊었다. 게이코의 날카로운 눈이 협박하는 듯이 보인다. 그 시선에 리카는 기가 죽었다. 그리고는 짧게 고개를 저었다.

"그런 건 아니지만. 그럼, 너희들도 봐봐. 분명히 뭔가가 이상하다고!"

그렇게 말하고는 사카키의 책상 위, 액자를 들려고 했을 때였다. 리카는 자신의 등에 무언가 차가운 것이 흘러내리는 기분을 느꼈다. 무심코 눈을 부릅뜬다.

"어라……?"

아까와 변함없이 난잡한 책상 위. 화려한 장식이 달린 캐릭터 액자. 그러나.

조금 전 본 사진은 그 안에 들어 있지 않았다. 액자는 텅 빈 채, 그저 그곳에 놓여 있었다.

방해되는 물건을 누군가 빼 버린 듯, 사진은 그곳에서 사라지고 없었다.

※

‘호스트’는, 이곳에서 기다리고 있었다.

어딘가 무척 시끄러운, 통곡 같은 목소리가 들린다. 아아, 분명히, 그렇다. 저것은 바람 소리. 바람이 울부짖는, 그 울음소리.

시야는 전부 어둠으로 일그러지고, 지금까지 자신을 구성하고 있던 것들이 모두 파괴되고 찌부러져 없어지는 듯한 둔한 압박감만이 끊임없이 가슴속에 치밀어 오른다.

창밖은 희뿌옇게 흩날리는 눈. 여기에 ‘호스트’는 혼자 계속 앉아 있다.

춥다, 고 생각했다.

빛이 없는 교실. 책상, 의자, 칠판. 모두 낯익은 물건인데도, 지금은 그것들 모두가 자신과 멀게만 느껴진다. 자칫하면 그 고독과 떨림은, 오열이 되어 자신의 입에서 쏟아져 나올 것 같다. 하지만 그것이 어떤 것인지 들어 줄 사람도 이해할 수 있는 사람도, 지금 자신에게는 단 하나도 없다.

여기는 너무나 춥다.

어둡고, 그리고 조용하다.

어둠 속에서 눈에 힘을 주니, 떠올리고 싶지 않은 정경이 하얗게, 하얗게 떠오른다.

(………… 떨어진다)

(내려와, 어서어서, ……어서!)

(왜 그래, 왜 그러는데, 그러지 마, 제발)

(너……뭘 하는)

(떨어진다!)

흥이 깨진 기분으로 어둠 속에 뱉는 숨이 하얬다. 손도 머리도 어깨도, 전부 차갑게 얼어붙어서 감각이 거의 없다. 하지만 처음부터 '호스트'의 머릿속에는 그 추위에서 벗어나야겠다는 생각은 털끝만큼도 존재하지 않았다.

이런 일 정도로 자신의 몸이 얼어붙을 리 없다는 것을 이미 알고 있었고, 생명의 위험이나 죽음의 징후가 자신의 몸에 그렇게 간단히 나타날 리 없다는 것도 잘 알고 있었기 때문이다.

여기, 세이난 고등학교의 건물. 그 맨 위층에서.

자신도 무엇인지 모르는 것을, '호스트'는 혼자서 계속 기다리고 있다.

이곳은, 너무나도 춥다.

제3장
여자 친구

1

상당히 예전 일이지만, 미즈키가 한밤중에 방 창문 아래까지 걸어온 적이 있었다.

다카노 히로시는 참고서를 덮는다. 오랫동안 애용해 온 책갈피를 덮기 전 페이지 사이에 끼우고 크게 기지개를 켰다. 다음 날은 교내 모의고사 날이라, 일요일인데도 학교에 가야 한다. 빨리 잘 것인지 그렇지 않으면 모의고사를 대비한 최후의 발버둥으로 영어 단어라도 두세 개 더 외우고 잘 것인지 고민하고 있을 때였다.

바람이 찬 겨울밤, 오전 2시.

책상 구석에 놓인 핸드폰에 메시지 수신음이 울린 것이 시작이었다. 츠지무라 미즈키한테서 온 메시지였다.

〈아직 안 자니?〉

확인하는 중에 핸드폰이 한 번 더 새 메시지를 수신한다.

〈밖을 봐〉

바로 샤프를 내려놓고 창밖을 보니, 커튼 너머 창문 아래에 미즈키가 서 있었다. 다카노의 방은 2층에 있다. 방 안의 불빛이 아래에 서 있는 미즈키의 얼굴을 창백하게 비추고 있었다. 다카노와 눈이 마주치자 그녀는 입술 양 끝을 살짝 올려 웃었다. 그녀의 입에서 나오는 숨이 하얗게 변하는 것을 이렇게 떨어진 거리에서도 확실히 알 수 있었다.

생각하건대 사람은 진심으로 울고 싶은 기분일 때 그럴 수 있는 장소를 발견하면 분명 이런 표정을 지을 것이다. 울고 싶은 주제에, 일단은 예의를 차리듯 억지로 지어 보인 웃음. 지난 반년 동안, 다카노는 세상에는 그런 표정도 존재한다는 것을 알았다. 미즈키 때문이다.

창문을 열고, 아래를 향해 다카노는 말을 걸었다. 차가운 공기가 난방 잘 된 방 안으로 선뜻하게 흘러들어온다.

"무슨 일 있어?"

미즈키는 거짓 웃음을 지은 채 다카노를 쳐다보고 있다.

"문 열어 줄래? 방에 가도 돼?"

"응."

미즈키의 지금 목소리는 평소와 다를 바 없다. 오히려 밝은 인상을 준다. 이런 목소리를 내고 있는 동안은, 그녀는 아직 울 수 없다. 울고 싶은데 그럴 수 없으니까, 울기 위해 자신을 찾아온다. 틀림없다.

다카노는 잠든 부모님을 깨우지 않도록 살금살금 걸어서 아래층으로 내려가 현관문을 열어 주었다.

이럴 때, 바로 옆에서 보는 미즈키의 얼굴에는 언제나 거의 핏기가 없다. 굳어버린 웃음과 그 안색이 정말 안쓰럽다. 늘 그렇게 생각한다.

미즈키는 쉽게 상처받는다.

다른 사람이 한 말을 그 뒤의 뒤에 감춰진 뜻까지 생각해서 신경을 쓰고, 꾹꾹 눌러 담아두고는 결국 운다. 남이 던진 작은 돌을 스스로가 총알로 바꾸는데다가 일부러 심장을 맞추려는 경향이 있다. 그렇게 해서 자기 자신을 한계까지 몰고 간다.

"미안, 밤늦게."

"괜찮아, 심심했거든."

"뭐 하고 있었어?"

"국공립대학 입학을 위해 노력하고 있었지."

"뭐라는 거야."

담담한 다카노의 말투에 겉으로만 잠깐 웃는 듯하더니 바로 심각한 얼굴이 된다. 마치 자신의 몸이 그녀 자신의 힘으로는 어떻게 해도 말을 듣지 않게 되어버린 듯, 팔을 굳게 껴안고 있다. 무언가를 감싸는 동작과도 닮았다.

다카노의 방에 들어오더니, 그녀는 고개를 숙인 채 침대 위에 앉아 입술을 깨물었다.

"뭐 마실래?"

그렇게 묻는 다카노에게 '괜찮아, 미안'이라고만 대답했다.

다카노가 물었다.

"무슨 일인데?"

대답이 없다. 얼버무리려는 듯한 침묵은 그녀가 지금부터 불평하려는 상대에 대한 마지막 변호일 것이다. 상대를 나쁜 사람으로 만드는 것을 주저하고 있다. 하지만 그것이 그녀의 본심인지 겉치레인지 다카노로서는 알 수가 없었고, 또 흥미도 없었다. 어쨌든 이 녀석은 돌을 맞은 것이다.

고개를 숙이고 있던 미즈키가, 이윽고 어깨를 살짝 긴장시킨다. 잠시 시간을 둔 후에 갈라진 목소리로 말을 꺼낸다.

"있잖아, 이건 내 문제라서, 너하고는 관계없는 거야. 그러니까 이런 걸로 너한테 폐를 끼치고 싶지 않은데……, 그래도 구역질도 나고, 떨리는 건 어쩔 수 없어서──미안."

"괜찮아."

다른 사람에게 미움 받는 것을 극도로 두려워하는 미즈키.

하나하나, 별거 아닌 자신의 행동에 지레 겁먹고 사과하는 그 성격을 사카키 같은 뻔뻔한 녀석이랑 섞어서 반으로 나눌 수 있으면 얼마나 좋을까 한두 번 생각한 게 아니다.

미즈키의 목소리가 떨리기 시작하는 것은 언제나 이즈음부터다. 숙이고 있던 얼굴을 들고, 갈라진 목소리로 그녀가 울기 시작한다.

"어떡하지, 어떡해, 다카노. 나……."

"……또 하루코니?"

"나 어떡하면 돼? 어떡하면 하루코가 날 용서해 줄까? 하루코는 왜 그렇게 날 싫어하는 거야? 난 좋은데. 난 하루코가 좋은데. 어떡하지. 나 어쩌면 좋을까?"

(솔직히, 왜 미즈키 네가 나랑 친구로 있고 싶어 하는지 모르겠어. 알다시피 나는 성격도 머리도 나쁜데다, 더 이상 널 좋아하지도 않아.

너랑 얘기하고 있으면 지친다고. 이젠 됐어. 미안하지만 이제 왠지 진짜로 싫어질 것 같다.

미즈키, 너한테는 나 같은 애보다 좋은 친구들이 많잖아?

그리고 네가 나한테 사과해도 역시 난 그렇게 생각해.

아니라면 어떻게 반 애들 전부랑 웃으면서 얘기할 수 있는 걸까 싶어.

다카노한테도 내 욕을 했지?

교실에서 네가 웃고 있으면, 나는 상처받아.)

2

마치 밤이 되어버린 듯한 교실.

방과 후, 학생이 전부 돌아간 뒤 아무도 없는 교실과 지금 이곳의 인상은 조금 비슷하다. 인기척이 완전히 사라진 교실. 방과 후 마지막까지 혼자 남아 있다가 그곳을 떠나는 것이 다카노는 싫지 않았다. 하지만 지금 이곳은 아무리 그 상황과 비슷하다고 해도 역시 다르다. 무언가 묘하게 이상했다.

이 가슴에 있는 묘한 현실감과 위화감을 어떻게 설명하면 좋을까. 지금 이 공간에 이렇게 자신이 있는 것. 그것은 다카노에게 있어서 어디까지나 현실이다. 꿈도 백일몽도 아니라고 생각한다. 평소와 같지만, 무엇인가 다른 교실. 이곳은 대체 어디인 것일까?

책상에 엎드렸던 얼굴을 천천히 위로 들고, 다카노는 아직 반은 꿈속에 있는 듯한 상태의 머리를 가볍게 누른다. 자신이 일어난 것을 알아챘는지, 교실 앞쪽에 앉아 있던 시미즈 아야메가 다카노 쪽을 보고 웃었다.

"안녕, 잘 잤어?"

"그냥."

앉아서 책상에 엎드린 불편한 자세로 자서 그런지, 뺨과 어깨 언저리가 쑤신다. 옆에 놓아두었던 안경을 들고 다카노는 눈을 꼭 감았다가 뜬 다음 그것을 쓴다. 안개가 낀 듯 흐렸던 시야가 색을 되찾는다.

"여기 현실이야?"

그렇게 묻는 다카노에게 시미즈가 쓴웃음을 짓는다.

"꿈은 아닌 것 같아, 저거 봐."

시미즈가 가리킨 방향을 보니 교실 시계가 5시 53분을 가리킨 채 멈춘 것이 보였다. 자신이 얼마나 잤는지를 물으려던 다카노는 그것을 보고 쓴웃음을 지었다. 그렇군, 하며 고개를 끄덕였다. 너무나 바보 같은 이야기지만, 잠이 깬 이상 여긴 현실임이 틀림없었다.

"시미즈, 나 대충 얼마나 잤어?"

"잘 모르겠지만, 30분 이상 한 시간 미만 아닐까. 다카노, 수면 부족 아니야? 매일 잠은 잘 자고 있는 거야?"

다카노는 쓴웃음을 지으며 대답했다.

"그런가, 별로 못 잤는지도 몰라. 특별히 뭘 하는 것도 아닌데, 정신 차리고 보면 이미 밤늦은 시간이거든. 그런 적 없어?"

"아아, 응. 알 것 같아. 나도 시간 활용은 엄청 서투르니까."

시미즈의 말에 다카노가 고개를 젓는다. 그것은 겸손이다.

"그럴 리가 있나, 시미즈가. 그만한 성적을 유지하면서 동아리 활동도 그렇게 잘하고 있다니 굉장해."

시미즈 아야메는 미술부 활동을 하고 있다. 수험을 의식하기 시작한 이번 가을에도 콩쿠르용 그림을 완성했고, 지금도 활동을 계속하고 있을 터였다. 다카노도 봄까지는 육상부 소속이었지만 이미 완전히 은퇴하고 공부에만 집중하기로 한 지 제법 되었기 때문에, 그런 시미즈에게 순수하게 감탄하고 있었다. 그리고 전교 1등의 성적을 유지하면서 그렇다는 것이 더더욱 존경스러웠다.

동아리 활동에서의 활약도 시미즈의 그림은 전국 콩쿠르에서 입상할 정도의 실력이라 다카노와는 차원이 다르다. 다카노는 기껏해야 현 대회에 나가는 정도다.

다카노도 그녀가 그린 그림을 한 번 본 적이 있다. 그림을 잘 모르는 다카노의 눈으로 봐도 상당히 매력적인 작품이었다. 전원 풍경. 무엇 하나 특별할 것 없는 시골길의 정경이었지만, 꼼꼼하게 색깔이 입혀져 캔버스 너머에도 끝없는 세계가 펼쳐져 있다는 것을 이쪽에게 보여주는 듯한 그런 풍경화였다. 그 그림을 보면서 세상에는 이렇게 재주 많은 사람도 있구나, 하는 감상을 느꼈었다.

다카노의 칭찬에 시미즈는 필요 이상으로 당황하며 크게 손을 저어 부정했다.

"그렇지 않아. 내가 뭘——."

"아니, 진짜 굉장하다고 생각해. 나는 절대로 그렇게 못하니까."

다카노는 웃으며 콧등의 안경테를 올리고 시미즈에게 물었다.

"그런데 다른 애들은? 교실에 남은 건 너뿐이야?"

"응. 다들 한 번 더 학교 안을 둘러보고 온대. 나보고는 여기까지 오느라 교복도 많이 젖고 몸도 얼었을 테니까 남아 있으라더라."

"호오, 다들 기운이 넘쳐나는구나."

몸이 언 것은 시미즈와 함께 같은 길을 걸어온 미쓰루도 마찬가지였겠지만, 늘 그렇듯 스가와라나 다른 애들한테 강제로 끌려간 게 틀림없다. 안 봐도 훤하다.

미쓰루는 마음이 약하고 상냥했다. 놀림을 받기 쉬운 성격 탓인지, 사카키도 자주 자잘한 잡일을 떠맡기곤 했다. 마음이 약해서 거절하지 못하는 것이다. 하지만 그런 미쓰루를 다카노는 내심 상당히 높게 평가하고 있었다.

그를 대단하다고 생각하는 이유는, 모두의 놀림이 그를 친근하게 여기기 때문이라는 것을 미쓰루 자신이 확실히 알고 있다는 점이다. 그래서 발끈하며 거절하거나 화를 내지 않는다. 한 발 뒤에 물러서서 자신보다 다른 사람을 먼저 배려할 줄 아는 친구라고 다카노는 늘 생각하고 있었다. 그것은 그에게 잡일을 시키는 사카키 본인도 마찬가지로, 보고 있으면 그들이 정말로 미쓰루를 귀여워하고 있다는 것을 알 수 있다. 다만 지금은 추위가 심하다. 미쓰루가 젖은 교복을 입고 돌아다니다 감기라도 걸리면 어쩌나 하고 조금 걱정이 된다.

시미즈가 의자에서 천천히 일어서더니 창문으로 다가가 밖을 쳐다본다. 자신의 뒷모습을 다카노가 눈으로 좇고 있는 것을 눈치챘는지 시미즈가 돌아보았다.

"다카노, 넌 안 가? 이럴 때에 잘도 잔다고 다들 어이없어하더라. 이런 와중에 갑자기 잔다고 그래서 깜짝 놀랐어."

"어제도 늦게 자서 말이야."

다카노는 쓴웃음을 지으며 변명한다.

"졸리면 머리도 안 돌아가고, 그럼 깨어 있어도 소용이 없잖아. 그건 그렇고, 뭔가 찾았어?"

"아니, 아무것도."

다카노의 물음에 그녀는 바로 대답했다.

"담임선생님이 있는 것 같지도 않고, 다들 슬슬 진짜로 기분 나빠하고 있어. 문은 여전히 안 열리지, 전화도 안 되지, 시계도 멈춘 상태이고…… 무엇보다 정말로 생각이 안 나는 자신들의 기억에 관한 불안이 무서운 거거든."

뭔가를 생각하는 듯이 시미즈가 고개를 갸웃거린다. 다카노는 반사적으로 자신 안에서도 시미즈가 말하는 그 '기억'의 그림자를 찾는다. 하지만 발견할 수 없었다. 머릿속에 찾고 있는 얼굴과 일치하는 기억의 반응이 없다.

힘없이 고개를 숙이며 의자 등받이에 체중을 실으니 삐걱거리는 소리가 났다. 그 소리를 들으면서 다카노는 조금 전에 리카가 한 말, 미쓰루가 한 말의 의미를 머릿속에서 반추해본다. 하지만 결국 잠들기 전에 잠시 생각했던 것과 아무 차이가 없다. 다카노는 일어섰다.

올해 10월. 그러니까 지금으로부터 2개월 전 일이지만, 이 세이난 고등학교에는 축제 분위기가 흘러넘치고 있었다. 체육대회를 대비해 간단한 연습을 하는 아이도 있었고, 축제를 대비하여 전원이 열심히 준비하는 반도 있었다. 당일의 화려함, 설렘, 학급무대 발표, 찻집, 영화 상영, 평소에 아무리 엄한 선생님이라도 그날만큼은 학생과 함께 신 나게 즐기고 있었다…….

즐거웠던 그 날의 일들은, 막상 떠올리려 하면 전부 물에 번진 잉크처럼 흐려져 버린다. 누가 무엇을 하고 있었는지. 단편적인 장면을 떠올리기는 쉽지만, 그 전부가 띄엄띄엄 끊긴 짧은 단편영화를 모아놓은 것 같다. 전체적인 인상으로 보면, 어느 고등학교에서나 있을 만한 흔한 축제 중 하나, 그런 감상밖에 없다.

하지만.

(············다, ···········진다)

(떨어진다············!)

그 장면이 떠올라, 다카노는 구역질이 났다.

폐회식이 끝난 뒤, 그때까지 전력을 다해 축제를 치른 탓에 하루의 피로가 한꺼번에 밀려온 저녁. 교정에 나와 있던 자신을 불러 세운 사람은 아마 옆 반의 친구였을 것이다. 그때 아직 학생회장이었던 스와 유지. 쓰레기를 버리러 교정에 나왔다가 교실로 돌아가려던 때의 일이었다.

(다카노, 잠깐 이리 와봐. 저기, 너희 반 애 아니냐?)

말하는 곳을 올려다보자 눈에 확 들어온 옥상의 광경. 3층짜리 건물의 가장 높은 곳에, 교복 차림의 사람 그림자가 서 있었다. 올려다본 목이 아플 정도로 다카노는 그 인물의 얼굴을 응시했다. 그 모습도 기억하고 있다. 하지만 지금, 다카노는 그 인물의 얼굴을 생각해 낼 수 없다.

어째서인지, 아무리 해도.

다만 울타리를 넘어 아래를 내려다보고 있던 검은 그림자가, 얼어붙은 듯 움직이지 않았던 모습은 기억하고 있다. 저 아이가 뭘 하려고 저러나, 하는 어울리지 않는 감상이 들었었다.

두 달 전에 있었던 축제의 마지막 날, 정확히 말하면 10월 12일. 다카노의 반 아이 중 한 명이 이 건물의 옥상에서 뛰어내렸다.

너무나 갑작스러운 일에, 다카노는 그때 망연자실할 뿐이었다. 전혀 현실감이 없었다. '자살'이라는 개념은 다음 날 신문의 활자로 실려 있는 것을 보고 비로소 이해할 수 있었다. 실감이 났다. 그 뒤에 있었던 그 아이의 장례식과 텔레비전 와이드 쇼에서 방송한 부모님의 슬픔도 다카노는 알고 있었다. 하지만 그 반면, 장례식 영정사진 안의 그 인물의 표정과 울고 있던 부모님의 얼굴은 아무리 해도 생각나지 않는다.

이런 말도 안 되는 일이 있을 수 있는 건가.

같은 반 친구의 경기를 일으킨 듯한 높은 울음소리가 귓가에 되살아난다. 떨어지는 친구를 앞에 둔, 안타까운 울음소리. 그런 소리를 다카노는 달리 들은 적이 없었다. 쳐다보며 그저 눈을 부릅뜰 수밖에 없었던 다카노 자신도, 마음으로는 그렇게 큰 소리로 울고 있었는지도 모른다. 그렇다, 지금 생각해 보면 그렇다. 친한 친구였다면 특히 더 그렇다.

울타리에서 멀어지는 그 검은 그림자.

비명. 순식간에 멀어져가는 자신의 청각과 시각.

뒤에 남은 것은……

"시미즈, 어떻게 생각해?"

다카노가 물었다.

"아까 리카가 유령이 한 짓이라고 그랬는데, 시미즈도 그렇게 생각해?"

"나는 글쎄. 믿을 수는 없지만, 사실 슬슬 그런 생각이 들어. 달리 설명할 방법이 없으니까. 그리고 난 리카가 말한 사진 얘기가 마음에 걸려. 한 명 부족하다는 거, 그거 역시 기분 나쁘지."

리카가 말했던 그 사진은 미즈키의 증언으로 존재가 확인되기는 했지만, 아무리 찾아도 결국 발견되지 않았다. 그리고 그것이, 결과적으로 그들의 불안을 더욱 부채질했다.

(여기 있는 사람들 중 누군가 한 명이, 자살한 애의 유령이라는 거야?)

지금의 다카노에게 이 중 누군가 한 명이 그때 봤던 '자살한 친구' 였다는 기억은 없다. 그 사건 후에도 사이좋게 잘 지내온 사이라는 느낌이 들 뿐이다. 그러나 자살한 인물의 이름이 머릿속에서 사라져 버린 이상, 그 기억도 어디까지가 정확한지 확신할 수가 없다.

자신의 기억에 대한 불안은 무서운 법이라고 시미즈가 말했다. 다카노도 100% 동감이지만, 그런 일이 이렇게 집단적으로 일어나고 있다고 생각하니 그런 불안 자체가 마비되어 버리는 것이 신기하다.

무엇이 진짜고, 무엇이 거짓인지. 아니면 처음부터 거짓이란 건 없었는지. 자기 자신의 일조차도 불분명하다. 이게 대체 무슨 꼴인가.

"만약, 게이코가 말한 대로 이 중 누군가가 '일을 꾸민 사람'이라면, 대체 그 사람은 우리들한테 뭘 원하는 걸까. 우리들 때문에 자살한 건가?"

다카노가 일부러 '일을 꾸민 사람'이라는 말을 사용하자, 시미즈가 뭔가를 생각하듯이 다카노에게서 시선을 떼어 창밖을 쳐다보았다. 눈은 변함없이 그칠 기미가 없다. 그녀는 한숨을 쉬었다.

시미즈 아야메는 다카노 학년에서 A급 장학생이었다. 입학금에 수업료도 면제인 우등생인데다 성적도 뛰어나다. 다카노는 입학금이 면제되는 B급 장학생이었기 때문에 시미즈와 성적이나 진로에 관해 얘기하는 경우가 많았다.

평소 신중한 그녀답게 지금도 다카노에게 답할 말을 천천히 고르고 있는 듯하다.

"나는 그렇게 생각하고 싶지 않지만……."

"자살의 원인은 분명 수험 노이로제였던가 그 비슷한 거라고 나왔었지. 유서도 없었다고 그랬던가. 그런데 실은 그 인물이 이렇게 많은 사람에게 원한을 가지고 있었다?"

"그건 아닐 것 같은데. 만약 이 중 누군가가 자살했다 해도, 우리들한테 원한이 있어서는 아니라고 생각해. 다카노, 실제로 우리들 사이에 뭔가 문제가 있었다고 생각해?"

"아니."

시미즈는 창가를 떠나 다카노를 마주한다.

"나라면 이렇게 생각할 거야. 뭔가 속으로 고민하던 문제가 있어서 그것 때문에 목숨을 끊었다면, 만일 그게 나라면 나는 분명 자살한 걸 후회할 거야. 후회하고, 외로워질 거야. 그러니까 그 애도 같은 이유로 우리들을 '부른' 게 아닐까."

"부르다니?"

다카노의 질문에 시미즈는 대답한다. 무척 쓸쓸하게 들리는 말투였다.

"놀고 싶은 거 아닐까? 다시 한 번 우리들하고."

3

세찬 바람이 한 줄기, 불었다.

복도 창틀에 손을 올린 채 아키히코는 앞머리에 달라붙은 눈을 떨어낸다. 2층이라는 높이 때문인지, 여기에서 내려다보는 지면은

103

유난히 낮고 멀게 느껴졌다. 한층 심해진 눈이 언 볼 위에도 사정없이 불어닥친다. 추위를 견디다 못해 아키히코는 목을 움츠리고 창문을 닫았다.

"안된다니까. 여기서 뛰어내리면 한 마디로 끝장이라고. 발 디딜 데도 없고."

어둑어둑한 복도를 돌아보며 스가와라에게 말한다. 그 말에 스가와라는 노골적으로 인상을 찌푸리고 기분 나쁜 목소리로 말했다.

"확실한 사실이야?"

"틀림없어. 못 믿겠으면 스가, 네가 뛰어내려 보든가? 난 절대로 안 할 거야. 아직 죽고 싶지 않아, 꿈이 있거든."

"뭐야, 그거. 그럼, 진짜로 못 나가잖아? 아래 창은 전부 안 열리고, 깨지지도 않고. 2층에서는 못 내려간다니. 이거 진짜 한번 해 보자는 건가?"

"스가와라. 창문 깨려고 그랬어? 진짜로?"

투덜거리는 스가와라의 말에 이번에는 옆에서 듣고 있던 미쓰루가 목소리를 높인다. 스가와라는 당당하게 대꾸했다.

"엉? 비상사태잖아. 누가 신경 쓰냐. 어떻게 됐는지 결과가 알고 싶냐? 깨려고 한 파이프의자만 3개 박살이 났지. 창문은 때도 안 묻더라. 아무리 그래도 그렇지. 그 정도 하면 보통 깨지지 않냐? 우리들 분명히 뭔가에 홀린 거야."

"스가, 넌 비행청소년이잖아. 뭐 없어? 화염병이나 더 위력 있는 거. 아니면 성냥 같은 걸로 무언가 못 만들어?"

아키히코의 말에 스가와라가 불퉁한 얼굴로 입을 내민다.

"내가 테러리스트냐."

"──그럼 어떡하지. 1층 창문은 전부 안 열리고, 2층 이상은 높아서 위험하고. 결국, 갇혔다는 건가. 왜 이렇게 된 거지?"

미쓰루가 멍하니 중얼거린다.

도대체 얼마나 시간이 흘렀는지 짐작도 안 되지만, 밖으로 이어지는 출구가 막혀 있다는 것을 깨달은 후부터 밖으로 나가려고 시도해 본 일은 전부 헛고생이었다. 다시 한 번 확인 겸 구석구석 돌아본 건물 안도 변함없이 인기척이라고는 전혀 없고, 넓은 학교 건물 안을 뛰어다닌 탓에 기분도 체력도 꺾여버릴 것 같았다. 스가와라도 미쓰루도 아키히코도, 조금 지치기 시작했다.

스가와라는 겉옷 주머니에서 말보로 담뱃갑을 꺼낸다. 한 개비를 손가락 사이에 끼워 물고 바지 주머니에서 라이터를 찾는다. 아키히코가 어이없다는 표정으로 스가와라를 보았다.

"스가, 너 말이야. 아무리 그래도 일단 여긴 학교거든? 교복 입고 뻐끔거리는 건 좀 그렇지 않냐?"

"시끄러워, 이제 한계야."

말이 끝나자마자 라이터를 꺼내 담배에 불을 붙인다. 익숙한 손놀림으로 다시 손가락에 끼우고 미쓰루를 힐끗 보았다.

"필래, 미쓰루?"

"……됐어. 피운 적도 없고, 시미즈가 예전에 담배 연기 싫다고 그러지 않았나?"

"지금 여기 없으니까 괜찮잖아. 아키히코는?"

"필요 없어. 별로 안 좋아하거든. 뭐가 맛있냐? 그게."

엷게 어둠이 깔린 복도에 연기가 피어오른다. 스가와라는 한 번 깊이 숨을 내쉬어 연기를 내뿜고 '이 맛을 모르다니, 넌 아직 멀었어'

라고 말했다.

　조용하고 어두운 복도, 반딧불처럼 빨간 담뱃불 한 점. 그 불빛을 곁눈질하면서 아키히코는 벽에 기대어 그대로 주저앉는다. 잇따라 스가와라와 미쓰루도 그 자리에 앉았다. 차갑게 식은 바닥이 바지 너머 다리 속까지 절절히 전해졌다.

　미쓰루가 입을 열었다.

　"역시 이 상황은 이상하지?"

　"진짜로. 장난이 아닌데."

　스가와라도 말한다.

　"그럼, 리카가 말한 대로 이건 유령이 벌이는 심령현상이야? 그럼 여긴 어디야. 그 녀석 머릿속이야? 그럼 어떻게 나가지?"

　"제일 마음에 걸리는 건, 그 사진이야."

　아키히코는 스가와라가 뿜은 연기가 귀찮다는 듯 머리 위로 손부채질을 한다.

　"한 명 모자란다……, 그건 우리들 중에 누가 죽어서 그때 없었다는 걸 암시하는 것 같아 마음에 걸려."

　"그건 그래, 아직 잘 모르겠지만. 분명히 자살사건 이후에 있었던 일을 생각해 내려고 해도 애매해진 게 많은 것 같아. 슬프고 괴로웠던 건 잘 기억나는데 그게 도대체 얼마나 슬펐는지, 얼마나 괴로웠는지가 분명하지 않아. 나는 만약 우리 중 누군가 하나가 죽었다면 정말로 슬플 것 같고 극복하기도 힘들었을 거야. 우린 그냥 같은 반 친구가 아니잖아. 확실히 더 관계가 깊은 친구들이잖아."

　미쓰루는 한숨을 쉬었다.

　"그런데 내가 느끼는 슬픔은 그냥 '자살'이라는 커다란 사건이 있어서 괴로웠다는 정도일 뿐이야. 누가 죽었든 똑같이 느꼈을 듯한 충격과 슬픔뿐. 그런 약한 감상밖에 생각이 안 나. 정말, 우리들 중 한 명일까?"

거기까지 말한 미쓰루는 그 이상 뒷말을 잇지 못하고 고개를 숙인다. 아키히코가 벽에 기대어 앉은 채 긴 다리를 뻗으며 미쓰루에게 말했다.

"그래도 말이야, 미쓰루. 어쨌든 나는 이 상황이 유령이 한 짓이라고 인정할 수도 있을 것 같아. 그렇다고 하면, 이 중 누군가가 그 '범인'이라는 게 제일 타당한 설이잖아? 자살한 사람이 여기에 있는 애들 말고 우리랑 별로 관계없는 사람이라면 우리를 여기에 가둘 이유가 없잖아. 우리들이 괴롭히기라도 했다면 모를까, 여기 있는 애들은 천성이 착해서 그런 거 하고는 거리가 멀고. 원한이 있었던 게 아니라면, 그냥 사이가 좋았으니까, 라는 선택결과가 우리들이었다는 거지. 자살한 후에 유서고 뭐고 아무것도 발견되지 않았으니, 그게 후회가 되어서 뭔가 하고 싶은 얘기가 있었다든가."

"우리들하고 한 번 더 만나고 싶어서라든가?"

담배를 입에 문 채 스가와라가 묻는다. 아키히코가 고개를 끄덕였다.

"바로 그거야, 그게 제일 그럴듯한 것 같은데. 확실히 자살에 대한 기억은 나도 긴가민가한 데가 많지만, 그 외의 일들은 똑똑히 기억나. 담임을 걸고 맹세할 수 있지만 난 아무도 안 괴롭혔어, 진짜로."

"여기 있는 녀석들 중에선 그런 짓 할 애가 없지."

스가와라가 고개를 끄덕이자 담뱃재가 복도에 떨어진다. 본인은 신경 쓰는 것 같지 않지만, 미쓰루는 그것을 보자마자 인상을 찡그렸다. 이러니저러니 해도 학교 안인 것이다. 담뱃재로 더럽히는 것에 저항감이 생긴다.

"나중에 잘 치워, 스가와라."

"귀찮아서 싫어. 신경 쓰이거든 네가 치우지 그래?"

"싫어, 뻔뻔한 녀석."

입을 삐죽이며 그렇게 말한 미쓰루는 한숨을 쉬고 아키히코와 스가와라를 번갈아 쳐다본다. 어딘가 외로워 보이는 눈빛이었다.

"근데, 둘 다 사고방식이 의외로 드라이하네. 이 중에 누가 자살한 애가 있을지도 모르는 거잖아? 그렇게 생각하면 왠지 안타깝지 않아? 자신과 사이가 좋았던 친구 하나가 실제로는 이미 죽었고, 이 학교에서 나가 바깥 세계로 돌아가면 그 아이에겐 이미 있을 곳이 없게 돼. 그럼 그 애는 굉장히 외로울 거라는 생각이 드는데. 그걸 생각하면, 난 어째야 좋을지 모르겠어."

"그야 그렇지. 그래도 어쩔 수 없잖아. 실제로 우리 반에서 자살한 사람이 있었으니."

별로 고집부리는 기색 없이 아키히코가 대답한다. 있는 그대로의 사실을 받아들이는 것이 중요하다고 생각하는 그는 만사에 여분의 해석이나 억측을 넣지 않는다. 기껏해야 감상 비슷한 것이 붙을 뿐이고, 따라서 그만큼 그는 사실에 들어맞는 직선적인 사고밖에 하지 않는다. 어떻게 해도 그 점은 바꿀 수 없었다.

지금 이런 상황에 처해서도 그런 사고방식은 변함이 없다. 상식적으로 이해할 수 없는 이상 이것은 심령현상일 테고, 유령이 있다면 그럴 수도 있을 것이다. 다른 해석을 할 수 없는 이상, 받아들일 수밖에 없다고 생각한다.

"그래도, 그렇게 생각하니 확실히 묘하네. 구체적으로 누구냐, 하는 얘기가 되면 아무도 떠올릴 수 없는데."

"미쓰루, 너 아냐?"

무책임하게 스가와라가 말한다.

"사랑하는 리카한테 차였다든가."

"스가와라……, 그 정도만 하지? 아무리 나라도 화낸다."

미쓰루가 약하게 반론한다. 스가와라는 담배를 입에 문 채 '뭐 어때' 하며 여전히 놀리는 말투를 바꾸지 않는다.

미쓰루가 리카를 좋아하는 것. 그것이 도대체 언제부터인지 스가와라도 아키히코도 정확한 건 모르지만, 그 사실은 리카 본인을 포함하여 그들 반에서는 모르는 사람이 없는 주지의 사실이었다. 미쓰루 자신의 소심한 캐릭터 때문인지, 소문은 흐뭇한 뉘앙스를 가지고 눈 깜짝할 새에 반 전체로 퍼져버려 그 후로 미쓰루를 놀리는 단골 화제가 되었다.

"그런 걸로는 안 죽어. 이루어질 가망이 없는 건 나도 알고 있다고. 차이고 뭐고, 고백할 생각도 없어."

"네가 그 모양이니까 안 되는 거야. 리카는 말이야, 조금 세게 나가면 바로 넘어온다니까. 뭐하면 내가 시범을 보여줄까?"

"됐어, 이제 그만해."

"그래도 일단 네가 말이야."

"알았어, 알았어. 이제 그만! 나중에 하자."

점점 풀이 죽어가는 미쓰루를 도우려는 듯 아키히코가 중간에 끼어든다. 한숨을 쉬더니 스가와라의 머리를 가볍게 쿡 찔렀다.

"진짜, 스가도 미쓰루도 생각 좀 해. 실제로 이 중 누군가에게 심각한 고민거리가 있었던 건지도 모르잖아?"

그런 아키히코의 말에 놀림 받던 당사자인 미쓰루가 얼굴을 들었다.

"맞아. 그래도, 나는 우리들 중에서도 스가와라는 절대로 아닐 거라고 생각해. 아키히코, 넌 안 그래?"

"어, 그야 당연하지. 다행이다, 스가. 넌 분명히 살아 있어."

"어째서? 어째서 난 아니라는 거지?"

"절대 자살 따위를 할 성격이 아니니까."

거의 이구동성으로 두 사람이 대답한다.

"그도 그럴 것이, 의기소침해진 적도 없을 거고, 고민도 없어 보이잖아."

"응, 응. 자살 같은 거랑은 거리가 멀지."

"너희, 내가 어딜 봐서 그러냐! 나도 사실은 섬세한 사람이라고! 실례라고 생각 안 하냐?"

짧아진 담배 끝을 복도 바닥에 눌러 끄면서 스가와라는 불쾌한 듯이 입을 삐죽인다. 하지만 아키히코는 오른손을 과장되게 흔들며 상대할 가치도 없다는 듯이 가볍게 코웃음을 쳤다.

"스가, 넌 그런 점이 아니라니까. 진짜로 섬세한 사람은 자기 입으로 그렇다고 얘기 안 하거든. 그러니까 넌 절대 아니야. 스가, 너 그럼 죽고 싶다고 생각한 적 있어?"

"당연하지."

"언제?"

"글쎄. 지금?"

"얘기가 안 통하는군."

아키히코가 어깨를 으쓱하자 스가와라는 더욱 발끈해서 고개를 들었다.

"야, 그러다 만약 내가 자살한 사람이면 너희 어쩔 거야?"

"왜 죽었는데? 자살의 동기는?"

미쓰루가 되물으니 스가와라는 '내가 알겠냐?'라며 자포자기해서 외친다. 웃으면서 아키히코가 미쓰루에게 물었다.

"미쓰루, 넌 뭘 거라고 생각해? 스가가 자살한다면 그 이유."

"으──응. 스가와라는, 눈에 띄는 외모밖에 장점이 없으니까. 호스트로 먹고살 수밖에 없다는 것을 알고서 절망한 나머지……, 아닐까?"

"……."

"음, 미쓰루 생각은 그렇군. 난 끽해야 빚 때문일 거라고 생각했는데."

"너희들, 다 죽었어."

삐친 듯이 그렇게 말하고는 스가와라가 고개를 홱 돌린다. 그걸 보고 아키히코가 야아아아하며 달래는 척을 좀 하더니, 잠시 후 이번에는 진지한 얼굴로 말했다.

"어쨌든 좋은 일이잖아. 나는 그런 것 같은데. 지금은 아직 괜찮지만 이런 데서 오랫동안 있다 보면 여자애들 분명히 신경이 날카로워질 거야. 누가 죽은 사람인지 범인을 찾겠다고 서로 의심하기 시작하면 특히 더. 그럴 때에 스가만은 아니라는 보장이 붙어 있으니, 분명 분위기가 부드러워질 거라니까."

"혼자서 상상한 걸 가지고 멋대로들 좋아하지 마! 너희들이 모르는 것뿐이야, 나의 이 상처받기 쉬운 내면을."

"거짓말."

미쓰루가 말한다. 그러자 스가와라가 미쓰루의 볼을 힘껏 잡아당겼다.

"미——쓰——루. 너, 내가 누구라고 생각하는 거지? 벌로 1층 유리창 하나 책임지고 깨. 명령이니까."

"스가와라가 못 깼는데 내가 깰 수 있을 리가 없잖아."

비명에 가까운 목소리로 미쓰루가 대꾸한다.

진저리를 내며 일어서서 스가와라의 손을 피한 미쓰루는, 다시 한 번 창틀에 손을 가져갔다. 창을 살짝 연다. 섀시가 드르륵하고 부드러운 소리를 낸다.

"진짜 잘 모르겠어. 2층 창문은 이렇게 열리는데. 이상한 말이지만, 높은 곳이 열린다는 건 마치 '떨어지기'를 유발하는 것 같아……. 조금 무서워."

"그래? 난 이대로 안에서 담배가 다 떨어지는 게 더 무서운데. 못 참아."

"있잖아, 아까 하던 얘기 말인데. 스가, 넌 진짜로 호스트나 도박사 말고 건전한 진로에 대해 생각하고 있어?"

아직도 복도 바닥에 주저앉은 채, 어이없다는 듯이 아키히코가 묻는다.

"우리 학교, 학교 방침 때문에 반은 자신의 의사랑 상관없이 당연히 대학에 가는 분위기잖아? 너도 대학 가? 그야 머리가 나쁜 편도 아니고. 스가, 넌 신기하게 공부 안 해도 수업만 받으면 꽤 성적이 나오는 것 같은데. 학부는 어디?"

"교육학부."

스가와라가 대답한다. 그 말에 아키히코는 조금 당황한다. 담배꽁초를 한 손에 든 스가와라의 얼굴을 뚫어지라 쳐다본다. 놀란 것이다. 반응이 약간 늦어진다. 잠시 후에 아키히코는 물었다.

"교사가 될 거야?"

"응. 나 교사 지망. 몰랐어?"

담배꽁초를 복도에 던지면서 스가와라가 말한다. 아키히코는 '헤에' 하며 살짝 끄덕였다. 갈색 머리와 한쪽 귀의 금 피어스를 찬찬히 살펴보며, 고개를 갸웃거린다.

"왜 하필이면?"

"어쨌든."

스가와라가 흘깃 아키히코를 노려본다.

"옛날부터 좋아했다고, 열혈교사가 나오는 드라마나 만화 같은 거. 불량청소년을 갱생시키기라도 하면 진짜 눈물 난다니까. 그렇게 되고 싶어."

"헤에……, 그거 진심이구나. 음——."

"뭐야, 너 지금 비웃었지?"

"아니, 뭐랄까 담임보다 더 만화 같은 교사가 나오겠다 싶어서. 아, 괜찮아, 비웃는 거 아니야."

"네 그런 말투가 열 받아."

그렇게 말하며 스가와라가 두 대째 담배를 꺼내려고 했을 때였다.

미쓰루가 기대고 있던 창밖을 보던 스가와라의 눈이 갑자기 가늘어진다. 담배를 꺼내려던 손을 멈추고 살짝 몸을 앞으로 내밀어 의아한 듯 창을 쳐다보는가 싶더니 이번에는 갑자기 그 눈을 크게 떴다.

"야."

숨을 죽인 목소리였다.

그 목소리에 이끌려, 아키히코와 미쓰루도 밖을 본다. ㄷ자 형태인 건물은 똑같은 창문이 서로 마주 보는 구조로 되어 있다. 창밖의 창문들이 눈을 반사하며 무기질적으로 빛나고 있다. 몇 개인가 늘어서 있는 맞은편 창문을 반사적으로 슥 훑어보지만, 아무것도 특별한 점은 보이지 않았다. 스가와라의 관심을 끌 만한 것은 아무것도 없었다.

"왜, 뭔데?"

아키히코가 말한다. 스가와라는 대답하지 않는다. 입을 다문 채 일어서서 미쓰루 옆으로 다가오더니 살짝 상체를 구부린다. 그리고 겨우, 그의 입에서 낮은 목소리가 나왔다.

"아키히코, 우리 학교 분명히 3층 건물이었지?"

"으응?"

스가와라의 말에 아키히코는 고개를 갸웃한다. 하지만 그것도 일순, 그 말이 의미하는 것을 깨닫고 무의식중에 일어선다. 창밖을 다시 응시한다.

ㄷ자 모양, 마치 거울에 비친 듯이 이쪽과 같은 외관을 가진 건물. 아래에서부터 순서대로, 하나하나 그 층수를 세어본다. 아래에서 위로, 정확히.

1층.

2층.

3층.

그리고…….

4층, 5층.

4

──슬슬 정오쯤 되었으려나.

벽을 등지고 창을 보면서 기리노 게이코는 멍하니 그런 생각을 하고 있었다. 스가와라한테 하나 빼앗은 담배를 피우면서, 팔짱을 끼고 눈을 가늘게 뜬다. 담배 끝에서 피어오르는 하얀 연기가 잘난체 하는 이 학교와 너무 어울리지 않아 낯설었지만, 왠지 그 불안정함도 나쁘지 않다. 오늘의 게이코에게는 그렇게 생각되었다. 학교에서 당당하게 담배를 피울 수 있다니, 선생님이라도 되지 않는 한 영원히 기회가 없을 것 같았는데.

손끝에 끼운 담배를 살짝 빨아들이고는 길게 숨을 내쉬어 연기를 벽에 뿜어본다. 머리를 옆으로 흔들자 몸이 공복감을 느끼고 있는 것을 자각할 수 있었다. 원래부터 아침에 약한 게이코는 아침을 먹지 않는 습관이 있다. 그 공복감도 더해서, 지금의 그녀는 매우 기분이 안 좋았다. 초조해서 어쩔 수가 없다.

미즈키와 리카가 벽 옆에서 불쑥 얼굴을 내민다. 미즈키가 물었다.

"게이코, 역시 없는 거야? 계단."

"없어. 3층까지밖에. 어제하고 똑같아."

그다지 감정이 담기지 않은 목소리로, 게이코는 담담히 대답했다.

담뱃재가 떨어진 그녀의 발치. 거기에서 계단은 끝나 있었고, 그것은 게이코가 말한 대로 어제와 무엇 하나 다를 것이 없었다. 하얗게 언 벽으로 앞이 막혀 있을 뿐.

머리가 아프군, 불쑥 게이코가 중얼거렸다.

"스가와라가 한 말이었으면 안 믿어도 되었을걸. 실제 눈으로 보고 있으니 그럴 수도 없고. 어떻게 된 거야?"

"응? 그러니까, 애당초 여기는 우리들이 어제까지 다니던 학교가 아닌 거야. 일단 이것만 봐도 이게 '심령현상'이라는 건 확실해. 이상하잖아? 모든 사람의 기억을 조작하고, 하루 만에 건물 층수를 높이다니, 아무도 그렇게 못 해."

리카가 갈색 머리를 쓸어 올린다.

"게다가 4층이 생겼다고 해도 올라가는 계단이 없잖아? 여기가 평범한 '학교'라면 4층하고 5층이 왜 있겠어? 이상하잖아?"

"리카, 너희는 다들 적응을 너무 잘한다. 난 아직 이해 못 하겠어."

얼굴을 찌푸린 게이코가 한숨을 쉬며 말한다. 짧아진 담배를, 원래라면 4층으로 가는 계단이 있어야 할 위치의 벽에 눌러 끄고는 다시 팔짱을 꼈다.

'유령'이라는 것의 존재를 어떻게 이 녀석들은 이렇게 쉽게 받아들일 수 있는 것일까?

게이코는 자타공인의 현실주의자고, 실제로 오늘까지 그에 맞게 살아왔다고 생각한다. 지금까지 '심령현상'이라는 것에 신세를 진 적도 없는데다, 그런 부류의 얘기에도 특별한 흥미가 없어 남 얘기라 생각하며 지내 왔다. 그렇기 때문에 이해할 수 없는 것이다. 지금 이 상황은 무엇일까, 하고.

모든 것이 꿈을 꾸고 있는 듯 모순되고 바보 같은데, 의심할 여지도 없는 현실감은 떨쳐지지 않는다. 그것이 불쾌했다.

"분명히 지금 상황은 어떻게 봐도 이상하지. 나한테 설명하라고 해도 무리야. 하지만 그렇다고 바로 '유령'이라는 둥 뭐라는 둥 너무 대충 넘어가는 거 아냐? 나는 좀 그런 것 같아."

"그래도 어쩔 수 없잖아. 현실이 이러니까."

아무렇지도 않은 말투로 리카가 말한다. 미즈키도 동의한다.

"게이코, 네가 말하는 것도 알겠는데, 다 같이 세운 추론 쪽이 왠지 납득이 되거든. 사진도 그렇고. 새로 생긴 4층이랑 5층에 어쩜 누가 있는 거 아니냐고 다들 그래."

"자살한 애가? 아니면 사카키샘?"

똑 떨어지는 말투로 말하고 게이코는 쓴웃음을 짓는다.

"어느 쪽이든 왜 이런 일을 하는 거지?"

"그건……. 역시, 자살한 애가 후회해서 그러는 게 아닐까 싶은데."

"맞아, 맞아. 우리들하고 한 번 더 만나고 싶었던 거 아닐까?"

리카가 뒤를 받는다.

"리카는 그렇다고 생각해. 기꺼이 동참할 건데?"

리카의 말을 듣고 게이코가 스윽 눈을 가늘게 떴다. 가볍게 숨을 들이쉬자 공기 중에서 코끝을 간질이는 담배 냄새의 끈끈함이 느껴져, 담배를 피운 것이 약간 후회되었다.

"뭐, 좋아. 어쨌든 여기가 그 '자살한 인물'의 손바닥 위라고 치자. 알았지? 더 이상 어쩔 수가 없어서 자살한 그 인물이, 지금 다시 사이 좋았던 애들을 불러 모은다 —— 학교생활로 돌아오고 싶어한다고 치자고."

"응."

"왜 사카키샘이 없는 거지?"

그 말에 미즈키도 리카도 눈을 동그랗게 떴다. 허를 찔린 얼굴이었다.

"······응?"

"우리들 이 멤버는 학급위원이라는 공통점이 있지. 그건 부정할수 없어. 우리들은 같은 반 친구라는 관계를 가진 아이들이야. 무언가일을 시작하려고 발안할 때도 늘 누군가가 사카키샘을 끌어들였었고, 축제 준비로 늦게 귀가하면서 밥 먹으러 갈 때도 보통 사카키샘도같이 있었잖아? 실제로 사이가 좋은 사람들이라는 공통점으로 묶는다면, 사카키샘은 빠질 수 없는 존재야. '사카키샘이 있어야만 존재하는 학교생활'인 거지. 그 인물이 사카키샘을 빼고 우리들하고만 즐겁게 놀고 싶다는 건 납득이 안 돼. 그렇지 않아?"

"그건 그렇지만······. 생각 못 했어."

좁은 어깨를 추운 듯이 움츠리며 미즈키가 작게 속삭였다. 허공을보고는 곧 그 시선을 게이코에게 돌린다. 검고 큰 눈이 게이코를 바라본다.

"그럼, 게이코는 자살한 인물은 이 중에 없다고 생각하는 거야? 다른 반 애가 우리들에게 원한이 있다든가, 그쪽을 생각하는 거야?"

"모르겠어."

게이코는 솔직히 대답한다.

"그저, 그쪽도 생각해 볼 가치가 있는 것 같아. 그리고 4층에 누군가 있다면 '이 중의 한 명'이라는 건 이상하잖아? 그럼 이 '세계'에서는 한 인물이 동시에 두 곳 이상의 장소에 존재할 수도 있다는 건가? 그것도 하나의 가능성이긴 할 테지. 하지만 그보다는 다르게 생각하는 게 타당할 거야. ······4층에 누군가 있다고 하자. 그러면 늘 같이 있던 사람들 중에, 지금 여기 없는 건 누구지?"

"짜증 나."

리카의 낮은 목소리가 게이코의 말을 가로막는다.

미즈키는 당황해서 리카를 돌아본다. 리카는 불만스러운 듯이 게이코를 보고 있었다. 곤란해 하는 미즈키를 슬쩍 보고는 게이코 앞으로 거침없이 걸어갔다.

"게이코, 하고 싶은 말이 있으면 똑바로 해. 리카는 빙빙 돌려 말하는 걸 들으면 화가 나."

"하고 싶은 말이라니?"

게이코는 태연하다. 리카는 기어코 흥분으로 상기된 목소리로 게이코에게 소리를 질렀다.

"지금 네 말을 들으면 이번 일이 전부 사카키샘 짓이라는 거잖아! 사카키샘이 4층이나 5층에 있고, 우리를 가둬둔 거라고, 그렇게 들리는데?"

"가능성을 얘기하고 있을 뿐이야, 리카."

게이코는 감정이 거의 들어가지 않은 목소리로 말했다. 하지만 부정하지는 않았다. 리카는 그 말에 미간을 찡그리며 게이코를 노려본다.

"사카키샘이 어떻게 이런 짓을 할 수 있는데? 사카키샘이 초능력자라도 되는 거야? 유령도 아닌데, 사카키샘이 이런 일을 할 수 있을 리가 없잖아."

"몰라. 아까도 말했지만, 이건 어디까지나 가능성에 지나지 않아. 그런 의미로 보자면 다른 가능성도 얼마든지 있어. 예를 들면 자살한 사람의 동기가 사카키샘이였을 수도 있지."

"사카키샘 때문에?"

긴장한 목소리로 리카가 앵무새처럼 중얼거렸다. 게이코는 긍정한다.

"그래, 그 애의 목적이 다시 예전처럼 모두 같이 '노는' 거라면, 그 안에 자살의 원인인 사카키샘은 필요 없겠지. 그럼 이 공간에 초대되지 않은 게 당연해. 이거라면 앞뒤가 맞잖아?"

리카는 입을 다물었다. 입을 다문 채 무언가 말하고 싶은 듯한 눈으로 게이코를 쳐다볼 뿐이었다.

'사카키샘을 나쁘게 말하는 사람은 용서하지 않겠어.'

사카키 이외의 다른 선생님한테는 제대로 인사도 하지 않고 교무실 같은 덴 꼭 필요한 경우가 아니면 드나들지 않았던 리카가, 사카키에게 질문하러 가고 싶은 마음만으로 열심히 수학을 예습하게 된 것을 게이코도 미즈키도 잘 알고 있다.

게이코와 리카는 초등학교 때부터 친구다. 그만큼 게이코가 리카에게 하는 말은 거침이 없고, 그것은 리카가 게이코에게 하는 말도 마찬가지일 것이다. 옛날부터 서로를 잘 알고 있다.

미즈키가 곤란한 듯이 리카와 게이코의 얼굴을 번갈아 쳐다본다. 잠시 후, 리카가 갈라진 목소리로 말했다.

"사카키샘은, 누군가를 자살하게 만들 만한 사람이 아니야."

"알아. 그래도, 자신도 모르는 사이 다른 사람을 상처 입히는 건 누구한테나 잘 있는 일이잖아. 다시 말하지만 어디까지나 이건 가능성일 뿐이야. 흘려들어, 리카."

"──응."

형식적으로 그러겠다고 대답하긴 했지만, 리카는 아직도 납득할 수 없다는 듯이 아랫입술을 깨물고 고개를 숙여버린다. 이대로 두면 울어버릴 것 같다는 생각마저 든다.

리카가 고개를 든다. 게이코 쪽은 거의 보지도 않고 혼잣말처럼 중얼거렸다.

"먼저 내려간다. ⋯⋯배도 고프고, 식당에 있을게."

말하자마자 휙 몸을 돌려서 그녀는 계단을 내려간다. 지켜보는 미즈키와 게이코 앞에서 사라져가는 뒷모습. 흰 양말을 신은 가느다란 다리가 굉장히 쓸쓸해 보였다.

아까부터 계속되는 불쾌함이 왠지 모르게 심해져, 게이코는 리카가 사라진 방향에서 눈을 돌리고 미즈키에게 말했다.

"미즈키, 여기 말고 위로 연결된 계단은 없었어?"

"에? 아아, 스가와라를 비롯해서 다들 찾고 있는데 역시 없는 것 같아. 스가, 천장에 구멍 뚫는다고 그랬었는데. 유리도 안 깨졌으니까, 거의 희망 없을걸."

"다카노는?"

"자고 있어. ——왠지 긴장감 없지. 정말 그 아이는 어이없을 정도로 마이페이스라니까. 그보다, 리카 말대로 식당에 안 가 볼래? 몇 시인지는 모르겠지만, 평소대로라면 슬슬 점심시간인 것 같은데. 배 고파."

"그렇군. 확인해 둘까. 먹을 게 없으면 장난이 아니지. 닥친 일부터 어떻게든 하자. 안 그러면 이거 정말 조난이랑 다를 게 없잖아."

이런 시내 한복판의 건물에서 조난이라니.

그런 생각을 하면서 게이코는 손가락에 끼운 담배꽁초를 꺾는다. 손수건을 꺼내어 발치에 떨어진 담뱃재를 집어 들었다.

"스가와라가 한 거야?"

미즈키가 쓴웃음을 지으며 묻는다.

"벽에 눌러 끈 거지? 흔적이 남았어."

"진짜 학교도 아니라고 너희가 그랬잖아."

"그러네, 그것도 그렇구나."

어딘가 외로워 보이는 미소를 지은 미즈키가 문득 진지한 얼굴을 한다. 리카가 사라진 계단을 보며 한 번 입을 다물더니, 잠시 후 시선을 게이코 쪽으로 옮겼다.

"지금——."

"응?"

"지금, 스가와라가 계단을 찾고 있고, 아키히코도 여기저기 뭔가 없는지 교실을 둘러보고 있거든. 이러고 있으니 우리들 진짜로 잘 뭉치는구나. 단결되었다고 할까, 이렇게 다 같이 한 가지 일에 집중하고 있는 시간이 말이야, 축제 때도 그랬지만 너무 편안해."

숨을 쉬는 것이 괴로운 듯 미즈키는 거기에서 말을 일단 끊는다. 무엇을 어떻게 말하면 좋을지 모르겠는지, 신중하게 말을 고르는 듯이 보였다. 미즈키가 웃음을 짓는다. 울다 웃는 듯한 표정이었다. 그녀는 독백처럼 말을 이었다.

"난 맹세코 자살한 기억은 없어. 그리고 분명히 그 자살사건 뒤에 그 아이 장례식에 참석하거나, 충격을 이겨내려고 노력했던 기억이 있어. 그게 누구인지는 모르겠지만."

"응."

"그걸 전제로 생각해 보면, 만약 자살한 애가 외로워서 모두를 부른 거라면, 그 애는 자신이 이미 죽었다는 사실을 기억하고 싶을까? 자기 혼자만 다른 애들하고 다르잖아. 여기에서 모두를 내보내는 것도 안에 가둬둔 채로 두는 것도, 사실은 자기 마음대로 할 수 있으면서 모두와 함께 출구를 찾는 척하고 있는 거잖아? 그건 하나도 재밌지도 않고, 오히려 허무할 뿐일지도 몰라. 나라면 분명 견딜 수 없을 거야. 전부 잊어버리고 처음부터 우리랑 똑같은 선상에 서고 싶다고, 그렇게 생각할 것 같아."

"미즈키."

"……생각이 지나친 거였으면 좋겠어. 그러면 좋겠는데, 내 머릿속에서 그 자살에 관한 기억이 일부이긴 하지만 없어져 버린 이상, 무엇을 어디까지 믿어도 되는지를 모르겠어. 정말로 난 그 자살을 '본' 쪽이었을까, 축제가 있던 그 날부터 오늘까지 있었던 일들은 정말 나 자신의 기억일까? 어쩌면 그것도 전부 가짜 기억이고, 사실은 ……."

미즈키는 말하기 힘든 듯 목소리 톤을 떨어뜨린다.

"잊으려고 해서 잊고 있는 것뿐이고, 자살한 건 나일 수도 있지 않을까. 그걸 생각하면, 너무 무서워서 견딜 수가 없어."

말을 마친 미즈키는 궁지에 몰린 듯 발끝을 응시했다.

5

계단을 내려가 1층 식당에 들어서니, 히터 앞에서 몸을 떨고 있는 남학생의 모습이 보였다. 식당 안쪽에 놓인, 직접 온풍을 뿜어내는 하얗고 네모난 구식 히터 앞이다.

리카는 식당 안에 들어가 그의 곁으로 다가갔다. 가타세 미쓰루였다.

"미쓰루, 뭐해?"

"아아, 리카."

히터 앞에 있던 미쓰루는 아무래도 언 몸을 녹이고 있었던 것 같다. 리카를 보고는 놀란 듯이 눈을 끔벅이더니 서둘러 옆으로 비켜 히터 앞에 리카의 자리를 만들어 주었다.

리카는 '고마워' 하고 짧게 감사를 표하고 미쓰루 옆에 섰다. 미쓰루는 멋쩍은 듯 볼을 긁었다.

"아니, 스가와라하고 4층으로 가는 계단을 찾아봤는데……. 아무리 찾아도 없고 너무 추워서 도망쳤어. 여기 있는 거 들키면 다들 화내지 않으려나."

"머리, 아직 많이 젖어 있는 것 같은데?"

미쓰루가 학교에 도착했을 때를 떠올리고 리카는 걱정스럽게 말을 걸었다. 그때 미쓰루는 홀딱 젖어 있었다. 코트는 입으나 마나 한 상태였던 것 같으니 몸이 상당히 얼었을 것이다.

뭐든지 찾아보자고 미쓰루를 끌고 가던 스가와라의 얼굴을 떠올리고 리카는 한숨을 쉬었다.

"있잖아, 미쓰루. 몸이 안 좋다든가, 춥다든가, 할 말이 있으면 제대로 해야 해! 시미즈도 잔뜩 젖어서 어쩔 수 없이 위에서 쉬고 있고, 다카노는 멀쩡한데도 자고 있잖아. 스가와라도 그렇게 나쁜 놈은 아니니까――. 이런 데서 감기라도 걸리면 어떡해?"

"아아, 응. 고마워, 리카."

미쓰루는 온화하게 미소 짓는다. 히터 바람에 양손을 쬐면서 그는

'그래도——'라고 말을 이었다.

"나도 정말 싫거나 몸이 안 좋을 때는 꼭 얘기해. 무리하는 거 아니야."

"그럼 괜찮지만."

미쓰루는 너무 사람이 좋아, 하고 리카는 생각했다.

주변 사람이 부탁하면 거절을 못 해서 자신이 조금쯤 힘들거나 추워도 참는, 참을 수 있는 성격이다. 그 반면 자신 이외의 누군가가 무리하고 있는 것을 보면 참지 못하고 대신해서 일을 떠맡아 버린다. 리카는 그를 볼 때마다 마음이 여리고 착한 사람은 힘들구나, 하고 늘 생각한다.

"미쓰루를 보고 있으면 가끔 되게 걱정이 되거든. 사람이 너무 좋아, 미쓰루는."

"응, 리카. 고마워."

미쓰루의 말에 리카는 '천만에'라고 답하고, 히터에 기댄다. 수건을 꺼내어 젖은 머리카락을 닦는 미쓰루를 리카는 가만히 눈으로 좇았다.

가타세 미쓰루가, 자신을 좋아한다고 한다.

그 말을 처음 들은 것은 언제였을까. 그 소문이 처음 자신의 귀에 들어왔을 때 리카의 감상은 '가타세 미쓰루가 누구야?'라는 꽤 매정한 것이었다. 솔직히 리카는 학교 사람들의 얼굴이나 이름은 잘 기억하지 못했다. 2학년이 되어서 사카키가 담임이 된 후로 많이 개선되기는 했지만, 정학 처분을 받기도 한 1학년 때는 원래 학교라는 공간 자체에 흥미가 없었다.

미쓰루는 같은 반이 되고 나서 바로, 리카를 좋아하기 시작한 것 같다. 심각성이 별로 없는 그 소문은 마치 초등학생들의 연애 얘기처럼 현실감이 없어, 미쓰루가 직접 무슨 말을 한 것도 아닌데 바로 리카가 알게 되었다. 조금 의식하기 시작하자, 미쓰루의 태도는 너무나 알기 쉬웠다. 리카가 말을 걸 때마다 긴장하고, 누군가가 놀리면 얼굴이 새빨개져서 부정한다. 리카로서는 별로 싫은 것도 아니고, 그렇게 기쁜 것도 아니었다. 그런 상태로 벌써 2년이라는 세월이 흘러가고 있었다.

"리카, 너는 뭐 하고 있었어?"

수건 사이로 얼굴을 내밀며 미쓰루가 묻는다.

"미즈키랑 게이코와 같이 있었지?"

"응, 배가 고파서 뭔가 없을까 하고 와 봤는데. 게이코가 좀 열받는 소릴 해서 혼자 먼저 왔어."

"열 받는 소리?"

수건을 테이블 위에 조용히 내려놓은 미쓰루의 얼굴이 걱정스럽게 흐려진다. 리카는 히터 앞으로 다리를 뻗어 비비면서 미쓰루를 쳐다보지 않고 말했다.

"응, 뭐랄까——. 이거 전부 사카키샘 짓이 아니냐고 그래서 좀 화가 났어. 뭐, 일단 게이코의 말도 일리는 있지만, 그래도 역시 참을 수 없었어."

게이코에게 나쁜 뜻이 있는 게 아니고, 말하는 내용이 이치에 안 닿는 얘기도 아니다. 다만, 설명할 수는 없지만 참을 수 없었다. 그뿐이었다.

겉옷 주머니에 양손을 찔러 넣고, 리카는 입을 다문다. 그것을 보고는 미쓰루가 '그렇구나'라고 짧게 대답했다.

미쓰루가 리카를 좋아한다는 사실 이상으로, 리카가 사카키를 좋아한다는 사실도 잘 알려져 있다.

미쓰루가 뭔가 다른 코멘트를 하지는 않을까 하고 리카는 뒷말을 잠시 기다렸다. 하지만 그가 계속 말이 없자 고개를 들고 히터에서 조금 떨어졌다.

"있잖아, 미쓰루. 리카가 좀 곤란한 거 물어도 돼?"

"응? 뭔데?"

미쓰루는 살짝 긴장한 표정으로 리카를 본다. 별로 대단한 건 아니니까 그렇게 겁먹지 않아도 되는데…… 리카는 그렇게 생각하면서 작게 숨을 내쉬었다.

"미쓰루, 너 말이야. 축제 때 자살사건 있던 날, 4반의……. 야마우치, 쇼코던가? 그 아이한테 고백 받지 않았어?"

"어…….."

미쓰루는 짧게 신음했다. 무심코 당황한 모습을 보이더니, 미쓰루는 리카의 얼굴을 뚫어지라 쳐다보았다. 미쓰루의 그런 태도에 리카는 자신도 모르게 짓궂은 웃음을 띠고 그를 보았다.

"딱 맞췄구나, 헤에."

"자, 잠깐만. 리카, 그거 누구한테 들었어? 저, 난 정말 아무한테도 말 안 했는데."

"아, 리카는 본인한테 직접 들었어. 축제 좀 전에."

그렇게 말하면서 리카는 3학년 4반 야마우치 쇼코의 얼굴을 떠올린다. 머리가 길고 성실해 보이는, 얌전한 인상의 학생이었다. 한 번도 얘기해 본 적 없는 상대여서, 방과 후 집에 가려는 자신을 부른 그녀가 누군지 리카는 몰랐다. 처음 보는 그녀는 초조한 모습으로 리카에게 살짝 머리를 숙였다.

'나는 가타세를 좋아해.'

그녀는 말했다. 그러나 고백을 듣긴 했어도 처음에 리카는 그녀가 말하는 '가타세'가 누군지 떠오르지 않았다. '아아, 미쓰루 말이구나' 하고 생각한 것은 그녀의 얘기가 한참이나 진행된 뒤였다.

'축제 마지막 날에 고백하려고 해. 리카는 가타세하고 사귀는 거야? 2반 애들이 다 그렇게 얘기하길래.'

리카를 만나러 오는 행동만으로도 상당히 용기가 필요했을 것이다. 그렇게 묻는 그녀의 목소리는 작고 약했다.

아니야, 하고 리카는 대답했다. 사카키샘 이외는 흥미가 없다든가 하는 말을 덧붙였는지도 모른다. 그 말에 야마우치 쇼코의 얼굴이 밝아졌다. 그녀는 몇 번이나 반복해 리카에게 사과하면서 복도 너머로 떠나갔다.

"흐응, 아무한테도 말 안 했구나. 스가와라나 사카키샘이 알았으면 진짜 좋아했을 텐데."

리카가 남 얘기처럼 말을 잇자, 미쓰루는 어쩔 줄을 모르겠다는 듯이 그저 곤란한 표정을 하고 있었다. 어떻게 된 일인지 아직 잘 이해를 못 한 것 같았다. 그는 이마를 짚더니 '큰일 났네!'라고 중얼거렸다.

"리카. 저, 스가와라나 다른 사람한테는 얘기하지 말아 줬으면 좋겠는데. 야마우치하고 약속했거든. 아무한테도 얘기 안 하겠다고."

"그러지 뭐. 리카도 이런 기회라도 없었으면 너한테 물어볼 일도 없었을 테고……."

리카는 거기서 다시 히죽 웃었다.

"그럼, 그런 거야? 그 애랑 사귀는구나, 미쓰루."

"아니야!! 그건 아니지만…….."

"얼레, 아니야?"

"응."

미쓰루는 더욱 곤란한 듯이 머리를 긁더니 그대로 고개를 숙였다.

"야마우치한테 고백받긴 했지만. 거절했어."

"어라, 왜 그랬어?"

"나한테는, 좋아하는 사람이 따로 있으니까."

미쓰루는 쓴웃음 비슷한 약한 웃음을 지으며 그렇게 말했다. 리카에게서 시선을 피하더니, 히터에서 떨어져 식당 테이블에 앉는다.

자신이 말을 꺼내긴 했지만, 리카는 물어본 것을 후회했다. 너무 무신경하게 얘기가 흘러가는 것 같아, 이대로는 미쓰루가 곤란해질 것이 뻔하다.

리카는 일부러 흥미 없다는 듯이 말했다.

"……야마우치는 미쓰루, 너랑 잘 어울릴 것 같았는데."

"그럴 리 없어, 야마우치는 예쁘잖아. 나 같은 걸 좋아하다니, 잠깐 착각한 거야."

"그럴까?"

리카는 겉옷을 대충 고쳐 입는다.

"정성을 다할 것 같은 타입 아니야? 얌전해 보이던데. 그런 애는 분명 순정적일 거고. 아까운 일을 했어."

"아니, 그래도. 그러면 더더욱 나한테는 아까워. 내가 멋대로 딴 애를 좋아하는 거니까 어쩔 수 없어."

별로 긴장한 것 같지도 기가 죽은 것 같지도 않게 미쓰루가 그렇게 말하는데, 리카에게는 그것이 약간 의외였다. 지극히 온화한 목소리로 미쓰루가 말을 이었다.

"그래서 야마우치를 거절한 거야. 나 같은 애한테 차였다고 그러면 불명예스러운데다 창피하잖아. 그래서 아무한테도 말 안 하겠다고 약속했어. 그러니까 리카도 비밀을 지켜줬으면 좋겠어."

"잠깐만. 그거 누가 제안한 거야?"

리카가 묻는다. 뭐야, 그거. 이상하다는 느낌이 들었다.

"미쓰루, 네가? 미쓰루, 그건 너무 비굴하지 않아?"

"아니, 야마우치가 비밀로 해달라고 그래서."

왜 그런 걸 묻는지 이유를 모르겠다는 듯, 미쓰루는 어리둥절한 표정으로 리카를 본다. 리카는 어이없는 마음 반 화나는 마음 반이 섞인 기분으로 '그게 뭐야'하고 내뱉었다.

"뭐야, 그거. 너한테 차인 게 어째서 불명예가 되는 거야? 야마우치 쇼코, 그 애 어디 아픈 거 아냐? 미쓰루, 너도 그래. 그건 화내야 마땅한 상황이라고! 그걸 자기가 인정하면 어떻게 해? 너 바보야?"

"아니, 그게."

"아아, 진짜. 왠지 정말 화난다. 미쓰루, 그런 여자 잘 찼어. 정말로 널 좋아하는 게 아닌 거야."

화가 나서 어쩔 수 없다는 듯이 리카가 말한다. 화가 나서 가슴이 답답할 정도였다.

"진짜, 왜 리카가 화를 내야 해? 미쓰루, 넌 좀 더 당당해져야 해. 뭣하면 내가 확 다 퍼뜨려줄까?"

"아냐, 됐어. 고마워, 리카."

미쓰루는 조용히 웃었다. 겉옷 옷깃을 세우고 테이블 위에서 내려온다.

"벌써 제법 된 얘기고, 이제 됐어. 나 슬슬 스가와라한테 가볼게. 날 찾고 있을지도 모르고."

"그래?"

미쓰루는 고개를 끄덕이더니 식당을 나가려고 문까지 가서는 문득 리카를 돌아보았다.

"리카."

"응?"

"나도 너처럼, 이 일은 사카키 선생님 짓이 아니라고 생각해."

미쓰루는 진지한 얼굴이었다.

"선생님은 뭔가 고민하고 있었는지도 모르지만, 아무 말도 없이 이런 짓을 할 사람이 아니야. 반드시 우리들한테 말로 얘기해 주는 사람이잖아."

"……응."

리카에게 손을 흔들어 보이고, 미쓰루는 그대로 식당을 나갔다. 혼자 남겨진 리카는 문이 닫힐 때까지 미쓰루의 뒷모습을 지켜보다가, 그 모습이 사라짐과 동시에 천장을 올려다보았다.

미쓰루는 정말로 착하다, 너무 착한 사람이다.

히터의 온풍 앞에서 다리를 문지르면서, 리카는 조금 전 미쓰루가 한 말을 되돌아본다.

'야마우치는 예쁘잖아. 나 같은 걸 좋아하다니, 잠깐 착각한 거야.'

눈을 감고, 리카는 작은 목소리로 중얼거려 보았다.

"미쓰루도, 완전히 착각하고 있는 건데 말이야."

미쓰루가 자신을 좋아한다는 소문을 처음 들었을 때.

리카가 떠올린 의문은 '미쓰루가 누구?'라는 것 외에도 사실은 하나 더 있었다.

'리카 같은 애가 어디가 좋다는 걸까.'

그때도 지금도, 리카는 여전히 다른 사람이 자신을 좋아하는 이유를 하나도 찾지 못하고 있다.

왠지 개운하지 않은 기분으로 리카는 창밖을 바라보았다. 창문 밖의 눈은 계속해서 펑펑 내릴 뿐이었다.

6

세이난 고등학교에서는 기출문제집 대여 서비스를 하고 있다.

교무실 바로 옆에 진로상담실이라는 교실이 있어서, 거기에 커다란 책상과 모의시험 자료, 역대 선배들이 남긴 문제집과 참고서들이 놓여 있다. 그리고 그 옆에, 명문이라 불리는 대학교들의 기출문제집 5년 치가 가득 놓여 있었다. 현 내 유수의 진학 명문 학교라는 이름이 장식이 아닐 만큼, 세이난의 설비는 근처 고등학교 중에서는 으뜸이었다. 자신들이 입학하기 전년도인 4년 전 건물을 대폭 개축한 뒤부터, 더욱 설비가 좋아졌다고 들은 적이 있었다.

종이 냄새가 코를 찌르는 그 진로상담실에서, 다카노는 기출문제집을 펼쳐 놓고 수학 문제를 풀고 있었다. 평소에 쓰던 공책을 집에 놓고 와 버렸기 때문에 인쇄실에서 갱지를 슬쩍해 왔다. 슬슬 식에서 해답이 나올 차례인데, 왠지 아까부터 그 작업에 몰두할 수가 없다. 풀어도 생각해 봐도 그것은 의미 없는 단순한 시간 죽이기인 것 같아,

자연히 집중력이 떨어졌다.

우선 시간을 알 수가 없다. 문제 아래의 괄호 속에 적힌 제한 시간 내에 자신이 문제를 풀었는지 아닌지 감이 잡히지 않는다. 그러니 문제를 풀었다고 해도 느껴지는 성취감은 무언가가 부족한 인상을 준다.

샤프를 손에 든 채 식당에서 가져온 종이컵의 커피를 입술로 가져 간다. 싫증이 나려고 할 때에 마침 진로상담실 문이 열렸다. 추운 듯 양손을 비비면서 아키히코가 들어온다. 다카노를 보더니 어이없 는 표정으로 다가왔다.

"다카노, 여기 있었어?"

"아아, 수고한다. 마실래?"

다카노는 커피를 아키히코한테 넘긴다. 아키히코는 그것을 잠자코 받아들더니, 다카노 앞에 놓인 기출문제집 표지를 뒤집어 본다. 그러 더니 눈을 찌푸렸다.

"xx년도 K대?"

나직하지만 또렷한 목소리로 말하더니, 그는 다시 원래 페이지로 기출문제집을 펴 두고 못마땅한 얼굴로 다카노 앞의 의자에 앉았다.

"이상하군. 이거 내가 집에 빌려 간 건데. 2주쯤 전에 빌리고 아직 반납 안 했거든."

"그래? 어쩐지 아무리 찾아도 없다 했다. 너였구나."

"응. ……뭐랄까 무섭다."

"뭐가?"

"이런 일에 일일이 놀라지 않게 된 자신이."

"뭐 그렇지."

짓궂은 웃음을 지으면서 다카노는 턱을 괴었다.

무엇이 일어나고 있는 것인지 아무것도 모르겠지만, 자신은 어차피 그 일에 휘말려 들었고, 그것은 아키히코도 마찬가지다.

커피를 아키히코에게서 돌려받아 한 모금 마셨다. 평소보다 조금 쓰게 느껴졌다. 아키히코가 말한다.

"네가 자는 동안, 여러 가지를 발견했어. 들었어? 학교 건물이 5층이 됐어."

"그렇군."

"다카노, 별로 안 놀라는 것 같다?"

"그야, 일단 놀라긴 했지만. 그래도 나빠진 거 없지? 두 층 늘어났다고 해 봤자 아무것도 달라지지 않았잖아."

"대단한데, 원래 3층이었던 건 기억하고 있구나."

반은 놀리는 듯한 아키히코의 말에는 반응하지 않고, 다카노는 안경을 밀어 올리고 벽시계를 올려다본다. 5시 53분. 여기 시계도 멈춰 있다. 확인하고 나서 다카노는 다시 아키히코를 보았다.

"미즈키는 괜찮을까? 아까 자신의 기억을 믿을 수 없게 되었다는 둥 얘기하더라. 자기 자신이 의식적으로 자살한 것을 잊고 있을 가능성이 있다나."

"미쓰루나 동의할 듯한 의견이군."

"뭐, 자살한 애가 이 상황에 어떤 식으로 섞여 들어와 있는지 모르니까 말이야. 이제 슬슬 여긴 '비현실'이라는 것을 인정해야겠지. 미쓰루는 마음이 약하니까, 어쩌면 자신이 아닌가 생각하기 시작했을지도 몰라."

"안 할 거야, 자살 따위는."

내뱉듯이 말하고는 아키히코가 다리를 반대로 꼰다. 바보 같다는 말투였다.

"아무리 마음이 약하다고는 해도, 이유도 없이 자살할 녀석은 못 돼. 심각한 고민 같은 거 없었잖아, 미쓰루한테는."

"그럴까? 인간이란 속으로는 무얼 생각하고 있는지, 겉으로만 봐선 알 수 없는 법이야."

"그야 그렇지만. 그래도 아까 미쓰루와도 얘기했지만, 우리들 중에서도 스가는 절대 아니야. 본인은 억울해하는 것 같았지만. 다 드러나잖아, 스가는."

아키히코의 말에 다카노는 희미하게 웃었다.

"그 자식은 좋은 놈이야. 속셈도 없고, 부러울 정도지. 심지가 굳으니까, 나도 그 녀석은 아니라고 생각해."

"죽을 각오라면 스가는 뭐든지 할 수 있을 거야. ……그야, 그건 누구라도 그럴 테지만. 충동적으로 죽는 건 바보 같은 짓이야."

"충동적인 생각의 연속이 인생이라더군. 자살은 수명이야."

"그거, 다카노 네 생각이야? 뭔가, 너답지 않은데."

"아냐, 스와 유지가 한 말. 학생회장 녀석, 자살사건 후에 나한테 그러더라."

"흐응."

흥미를 못 느꼈는지, 아키히코는 휙 고개를 돌렸다.

다카노와 아키히코는 반에서 반장 부반장 콤비다. 원래 집 방향도 같은 탓에 같은 반이 되고 나서는 미즈키하고 셋이서 집에 가는 일이 많아졌다.

문득 다카노는 생각한다. 만약 죽은 사람이 아키히코였다면 다카

노는 울었을까. 자살한 사람이 다카노였다면 아키히코는 슬퍼했을
까.

"이거 그냥 가져왔어?"

갑자기 커피 컵을 가리키며 아키히코가 물었다. 내용물이 줄어든
컵에서는 그래도 아직 희미하게 김이 오르고 있다.

"응."

다카노는 대답했다.

"식당에 이것저것 있어. 요리 재료도 대개는 다 갖춰져 있고. 만약
밤까지 이 상태라면 게이코가 뭔가 만들어 줄 모양이야. 다만, 뭐로
밤이 되었는지를 판단해야 할지 모르겠지만."

"뭔가 낙관적이네."

그 말에 쓴웃음을 띠고 다카노는 얼굴을 든다.

"누가?"

"다카노, 너."

"남 말 할 처지냐? 너도 별로 동요하는 것처럼은 안 보여."

"최소한 나는 기출문제를 풀 마음은 안 든다고."

아키히코는 그러면서 집에 빌려 갔다는 기출문제집을 휘리릭 넘겨
보인다. 다카노는 '그런가'하고 중얼거리고, 의자 등받이에 기대며
온몸의 힘을 뺐다.

"정말로 시간의 경과가 없다면, 이런 횡재도 없다고 생각해. 수능
까지 공부할 시간을 다른 애들보다 많이 확보할 수 있는 거잖아. 그
사이에 공부를 하면 좋은 거고, 안 하면 안 하는 대로 쉴 시간이 있으
니까 역시 좋지. 그렇게 뭔가 초조해해 봤자 뾰족한 수도 없잖아?"

"쪼잔한 생각이구나."

"불가항력이지. 내가 하고 싶어서 하고 있는 게 아니잖아. ——
그보다, 아키히코. 얘기할 게 좀 있었는데, 지금 해도 돼?"

"뭔데? 나도 너한테 할 얘기 있는데, 혹시 같은 걸지도."

아키히코가 끄덕이더니 다카노를 똑바로 바라보았다. 다카노는 잠
시 침묵하고, 커피로 손을 뻗었다. 어떻게 말을 꺼내면 좋을지를 잠시
생각하다가, 결국 좋은 말이 떠오르지 않아 조용히 컵을 책상에 내려
놓았다.

"심각한 얘기야. 잘 들어, 난 이제 '여기의 존재'를 받아들일 거야.
기억이 이상한 것도 건물의 4층과 5층도 전부. 그걸 전제로 생각해보
면, 역시 우리들의 추리는 어느 정도 맞는다고 생각해. 우리들 중에
자살한 애가 있고, 뭐 때문인지는 모르겠지만 우리들을 불러 모아
학교에 가뒀어. 그렇게 보면……, 그렇군. 여기는 그 인물의 정신세
계나 뭐 그런 곳인지도 몰라. 아무래도 납득하기 힘들지만, 이 8명
중 누군가 한 명이 자살한 거라고, 억지로라도 가정해 보자. 좀 알아
듣기 힘들겠지만 이해해. 너, 그게 누구라고 생각해?"

아키히코의 눈이 스윽 가늘어진다. 그러고 나서 천천히, 눈을 한
번 깜박인다. 하지만 그 대답은 매우 간결했다.

"미즈키."

일말의 주저도 없이, 평소 목소리로 그렇게 말했다.

7

다카노는 잠자코 있었다.

진로상담실에서 아키히코와 마주앉아, 아무런 말도 오가지 않는 짧은 시간 동안 커피 컵 테두리를 손으로 쓰다듬고 있었다.

방 안에 퍼져있는 종이 냄새에 취할 것 같았다. 차갑고 거북한 침묵이 흐른 후, 다카노가 입을 열었다.

"역시 너도 그렇게 생각해?"

"미즈키는 약해. 소심하기로는 미쓰루랑 막상막하에다, 1년 전에 미즈키가 어땠는지 알고 있으니까. 그렇게 생각하지 말라는 게 무리지."

"그래. 그 아이는 오랫동안 고민했었지. ……사실, 나는 미즈키가 성급한 행동을 하지 않을까 하고 진심으로 걱정한 적이 손가락으로는 셀 수 없을 만큼 많아."

말하면서 다카노는 그 당시의 일을 떠올린다.

모든 것이 귀찮은 듯했던 미즈키. 한밤중의 전화. 전혀 손대지 않은 식사. 세면대에 토하는 모습. 스스로를 탓하는 그녀의 울음소리. 창백한 얼굴과 푹 꺼진 눈. 정신과 통원 치료.

궁지에 몰려서 순식간에 야윈 그녀는 처음에는 아무한테도 상담조차 하지 않았다. 고민을 전부 자신 안에 짊어지고, 억지웃음을 띤 얼굴 뒤로 계속해서 자기 자신을 욕하고 비난했다.

다카노와 친구들이 사실을 안 후에도, 미즈키는 친구들 사이에서 스스로가 웃는 것을 거부했고, 또 자신에게 상담할 친구가 있다는 상황마저도 무서워했다. 아무리 괜찮다고 말해도, 네가 나쁜 게 아니라고 말해도 그녀는 자기 자신이 발견한 하나의 마이너스 요소로 모든 플러스 요소를 제로로 만들어 버린다. 그것이 애가 타서, 정말 어떻게든 뜯어고쳐 주고 싶었다. ……그때를 떠올린다.

모든 것은 2년 전 봄으로 거슬러 올라간다.

세이난에서는 2학년이 됨과 동시에 이과, 문과로 반이 나뉜다. 그리고 거기에서 정해진 반이 3학년까지 이어져 졸업할 때까지 같이 지내게 되는데, 미즈키는 그때 츠노다 하루코와 처음 알게 되었다. 밝고 남을 잘 챙기는 하루코와 미즈키는 잘 맞아서, 다카노도 그 당시를 잘 기억하고 있었다.

(하루코가) (하루코가 말이야) (하루코……)

미즈키는 다카노가 속해 있는 육상부의 매니저를 맡고 있었다. 올해 봄 다카노가 은퇴한 후에도 변함없이 그녀는 자신의 학업에 지장이 없는 범위에서 후배들을 돌보고 있을 터였다. 예전부터 자신의 몸이 그다지 튼튼하지 못했던 탓에 지금까지 운동과 적극적으로 연관된 적이 없었던 미즈키에게, 매니저 일이라는 것은 정말로 신선하고 즐거운 일인 듯 보였다. 미즈키를 육상부로 데려온 사람은 다카노였고, 그것은 결과적으로 좋은 일이었다고 생각한다. 미즈키는 성적도 나쁘지 않았다. 성적을 유지하면서 하는 동아리 활동은 그녀에게 좋은 의미의 휴식이 되었다.

츠노다 하루코도, 그때는 미즈키의 일을 도와줬었다고 생각한다. 스코어 표를 정리하거나 명부를 작성하는 일을 도와주는 등 힘이 되었다. 그랬다, 미즈키는 기뻐하고 있었다.

하지만 2학년이 끝날 무렵. 시간이 흘러 진학과 수험을 준비하는 분위기가 반 내에 단숨에 짙어질 즘.

미즈키는 하루코가 점점 짜증 내는 것을 느꼈다고 한다. 그녀와 진학 이야기를 하는 것이 무서워졌다고. 우연히 미즈키와 하루코가 지망하는 대학이 같은 곳이었다. 같은 대학을 지망하는데, 미즈키가 하루코보다 모의고사 성적 결과가 좋았던 것이다. 하루코는 매일 학원에 다니며 늦게까지 공부하는데, 미즈키는 자신이 좋아하는 매니저 일을 하고 싶은 만큼 하고 있다. 어째서 미즈키는 아직도 육상부를 그만두지 않는 걸까? 어째서 그렇게 여유가 있는 것일까?

하루코의 내면에 쌓인 불만이 커지는 것은 불을 보듯 뻔했다. 미즈키가 나쁜 게 아니고, 자신이 나쁜 것도 아니다. 그래도 미즈키와 자신을 비교하고 만다. 웃고 있는 미즈키를 보는 것이 점점 힘들어진다. 어째서 지망하는 학교에 대한 성적은 나아지지 않는 걸까. 어째서, 어째서, 어째서? 아마도 그녀는 갈 곳 없는 울화를 쏟아 낼 상대가 필요했던 것 같다. 쏟아내고 싶다, 미즈키에게 불만을 전부 토해내고 싶다, 하지만 그러면 자신이 비참해진다. 그것은 너무나 분명한 사실이었다.

어떻게 하면 미즈키를 나쁜 애로 만들 수 있을까. 흠이 필요해, 미즈키의 결점이 필요해……. 그런 생각을 계속 해 오다가, 그녀는 그것을 발견해 버렸다.

요즘 미즈키의 태도가 이상해. 그 애 나한테 차갑게 굴어.

생각해 보면 특별히 이상할 것도 없는, 당연한 전개에 따른 사소한 변화다. 하루코의 태도가 점점 신경질적이 되어서 가까이하기 어려워졌다고 미즈키는 어쩔 줄을 몰라 했다. 그러다 보니 하루코를 대하는 태도가 자연히 조심스러워졌다. 그뿐이었다. 변한 것은 오히려 하루코의 태도지, 미즈키 자신은 아무것도 변하지 않았다. 하루코도 마음속 어딘가에서는 그것을 알고 있었을 것이다. 그럼에도 불구하고 하루코는 사실로부터는 눈을 돌려버렸다. 겨우 그것뿐이었던 일을, 자신에게 유리하게 각색하고 싶었다. 겨우 발견한 스트레스의

해소 상대. 미즈키의 결점. 그녀는 모든 것이 잘되어가고 있으니까 속으로 자신을 업신여기는 건 아닐까. 그녀는 친구와 놀고 동아리 활동을 하면서, 옆에서 필사적으로 공부하고 있는 자신을 비웃고 있는 것은 아닐까.

……다른 친구에게, 근거 없는 자신의 악담을 하고 있진 않을까.

미즈키는 고민하고 있었다. 어째선지 모르겠지만, 하루코가 자기와 얘기하려 하지 않는다. 정말, 정말로 이유를 모르겠다. 그렇게 고민하는 동안에, 그녀는 하루코보다 다른 사람, 같은 학급위원이었던 다카노들과 함께인 시간이 자연히 길어지게 되었다. 그리고 그것이, 하루코에게는 최후의 일격을 가하는 요소가 되고 말았다.

(나보다 리카나 시미즈랑 노는 게 좋잖아? 그게 더 재미있어 보이네)

(내 욕하지 마. 우월감에 젖어서 날 비웃지 마)

(나랑 친구 하고 싶은 건 날 비웃고 싶어서지?)

나중에 미즈키에게서 그 얘기를 들었을 때, 다카노는 얼른 그 말을 믿을 수 없었다. 하루코가 말한 것은 전부 그녀가 미즈키에게 가진 콤플렉스에서 나온 것이다. 말하자면, 그것은 피해망상일 뿐이었다. 비뚤어진 시각으로 미즈키를 바라보면서, 하루코 자신도 어쩔 수 없다는 것을 잘 알고 있었을 것이다. 그래서 더욱 그녀는 미즈키에게 말했다.

친하게 지낼 수 없다고. 더 이상 얘기하고 싶지 않다고.

겨우 친구 한 명에게 그런 말을 들은 정도로 세상이 끝나지는 않는다. 어른들은 그렇게 말할지도 모르고, 다카노도 그렇게 생각하지 않는 것은 아니었다. 다만 자신들에게 있어 학교의 교실 안이라는 좁은 공간은 중요한 생활의 중심이다. 그 작은 공간 안에서 생긴 커다란 불화가 얼마나 중요한 것인지는, 조금만 생각해 보면 금방 알 수 있었다. 게다가 원래부터 미즈키는 정이 깊어서, 한 번 친해진 상대에 대한 마음을 끊어버리기가 쉽지 않았다. 미즈키는 병적일 정도로 하루코에게 매달렸다.

그녀는 용서를 구했다. 자신도 어쩔 수 없는 현실이 존재하는 것을, 그저 사과하는 수밖에 없었다. 내가 어떻게 하면 되느냐고 계속 외칠 수밖에 없었다.

그러나 하루코의 피해망상은 더욱 심해질 뿐이었다. 자신의 마음에 있는 꺼림칙함이 거들어선지, 그녀는 미즈키가 누군가와 하는 얘기 전부를 자신의 험담이라고 해석하기에 이르렀다. ……하루코에게서 잠깐 떨어져 다른 친구와 얘기하는 것까지 전부 악의로 치부하는 비뚤어진 해석.

하루코가 미즈키 앞으로 썼다는 편지를 봤을 때, 다카노는 돌이킬 수 없는 곳까지 와 버린 하루코의 악의를 느꼈다.

(그리고 네가 나한테 사과해도 역시 난 그런 생각이 들어)

(아니라면 어떻게 반 애들 전부랑 웃으면서 얘기할 수 있는 걸까 싶어)

(애들한테 내 험담 그만해. 말했잖아?)

한참 나중에서야, 다카노는 이 편지를 미즈키의 손에서 빼앗았다. 사실 미즈키가 하루코의 험담을 한 적은 없다. 그러긴커녕 상담조차 하지 못하고 혼자서 계속 고민하고 있었다.

그러나 이 하루코의 편지 때문에, 미즈키는 결국 아무하고도 말할 수 없게 되어버렸다. 다카노에게도 말하지 못하고, 사카키에게도 아키히코에게도 말하지 못했다. 그저 표면상 아무 일도 없었다는 듯이 행동하며, 여봐란듯이 시끄럽게 노는 하루코의 웃음소리를 등으로 듣고 있을 뿐이었다.

이렇게까지 되고 나서야 겨우, 하루코에게 안정이 찾아왔다. 고립되어 가는 미즈키에게 우월감을 느끼게 되고 나서도 하루코의 공격은 멈추지 않았다. 피해망상에 끝은 없었다.

(다카노가 나한테 인사하지 않은 건 어째서지?)

(게이코가 나한테 별로 말 걸지 않게 된 건?)

그런 건 알 바 아니라고 다카노는 생각한다. 전자는, 아침이라면 다카노가 졸렸거나 바빠서 하루코를 미처 못 봐서일 것이고, 후자도 그녀가 지나치게 의식하고 있는 것일 터였다. 어이없다고 생각했다.

결국, 미즈키의 어깨에 놓인 스트레스는 그녀로부터 식욕을 완전히 앗아갔다.

"미즈키는 고민이 있으면 전혀 먹을 수 없게 되는 것 같아. 삼켜도 바로 토하고."

아키히코가 말한다. 의자에서 자세를 바르게 고쳐 앉고는 다카노의 얼굴을 주시한다.

"나도 너한테 말하려고 했어, 미즈키 얘기. 다카노, 나한테 이 얘기를 하는 것도 그때 미즈키가 이상한 걸 내가 제일 먼저 눈치챘기 때문이지? 지금 이런 상황에서 다른 애들한테 말할 수 있는 얘기도 아니고."

"그래, 얘기할 상대는 너뿐이라고 생각했지."

"그때 점심시간에, 난 미즈키가 아무것도 안 먹는 걸 보고 처음으로 뭔가 있다고 생각했어. 그렇게 되어서까지도 미즈키는 평소대로 밝

143

아서, 무슨 일이 있었다고는 밖에서 봐서는 절대 모르겠더라. 그냥 좀 말랐다고 생각한 정도였지. —— 지금 생각해보면 안쓰러워. 계속 참고 있었던 거니까."

점심시간. 음식을 보면서 '먹어야 해, 먹어야 해' 하고 미즈키의 머릿속에는 매일 초조함만이 가득 차 있었다고 한다. 울고 싶을 정도로 마음이 절박해진 바로 그때에.

친구들과 즐겁게 놀고 있는 츠노다 하루코의 웃음소리가 들렸다고 한다.

초조함이 전부 토할 것 같은 기분으로 변해, 미즈키는 울면서 입을 눌러 막고 웅크려 앉았다. 그리고는 신음하듯이 말했다.

'토할 것 같아.'

"우리들한테 아무 말 못 한 것도 괴로웠을 거야. 그동안 혼자서 여러 가지 많이 생각했겠지. 그 녀석 자기 입으로 그랬어. 죽고 싶었다, 창문에서 떨어져서 사라져버리고 싶었다고. 아키히코, 네가 눈치 채는 게 조금만 늦었더라면 어떻게 됐을까, 하고 생각한 적이 있어."

갑자기 책상에 엎드려버린 미즈키에게 게이코가 놀라서 달려갔다. 그대로 양호실에 데려갔다. 둘이 나가고 난 후 책상 위, 미즈키가 가지고 온 도시락은 손댄 흔적이 전혀 없었고, 우연히 그것을 본 아키히코가 다른 여자애에게 물어보고 나서야 겨우 안 것이었다.

무슨 일인지 모르겠지만, 요 한 달 정도 계속 그랬어, 라고.

양호실에서 다그치는 게이코를 향해, 미즈키는 그 와중에도 꺼질 듯이 웃어 보였다.

'다이어트 하는 중인데……, 잘 안 되네. 시작할 때 조금 빠지더니 안 빠져.'

전부 다카노가 모르는 곳에서 일어난 일이었다. 기지를 발휘한 아키히코가 교실에 돌아온 미즈키를 집까지 데려다 주겠다며 억지로 데리고 나가서 그녀의 입에서 사정을 들었다. 아무한테도 말 안 할게, 다카노한테도 사카키샘한테도 안 할 테니까 고민하는 게 있으면 얘기해 줬으면 좋겠어, 그렇게 입을 열었다.

아키히코가 부드럽게 묻자, 참고 있던 게 터졌는지 미즈키는 울면서 얘기했다.

험담 안 했어, 안 했는데 왜. 나는 웃으면 안 되는 건가, 나는 하루코를 좋아하는데 친하게 지내고 싶은데. 부탁이니까 내가 지금 한 말 아무한테도 하지 마. 하루코가 그렇게 된 건 내 탓이야, 하루코는 정말 밝고 재미있는데……. 짜증 나게 만든 내가 잘못한 거야, 내가 나빠…….

잘 보이려고 좋은 말만 하는 것도, 착해 보이려고 하루코를 감싸는 것도 아니다. 그런 것과는 동떨어진 차원에서 그저 미즈키는 비굴할 정도로 용기가 없었다. 답답할 정도로 자신을 책망할 뿐이었다.

하루코의 태도 문제를 넘어서, 그녀는 이미 대인공포증에 가깝다는 인상을 주었다. 좋아하는 하루코가 자신을 이렇게 미워하고 있다는 사실. 그 사실을 누군가가 눈치챈 게 아닐까에 대해 의심하는 것만으로도 미즈키는 전철조차 탈 수 없는 상태가 되어 버렸다. 중학교 때부터의 친구가, 가족이, 친구로부터 이런 취급을 당하고 있다는 자신을 알면 어떻게 생각할까? 그것이 부끄럽고, 또 한심했다고 한다.

다카노랑 친구들한테는 절대로 말하지 말아 줘. 미즈키는 몇 번이나 울면서 아키히코에게 부탁했다.

"난 그때 아키히코랑 미즈키가 사귀는 게 아닌가 생각했어."

쓴웃음을 지으며 다카노가 말했다.

"아무 말도 없이 둘이서 몰래 집에 같이 가곤 했으니까 틀림없다고. 그런데 아키히코도 미즈키도 사귀고 있다는 얘길 안 해 주니까, 난 그렇게 신뢰받지 못하고 있었나 하는 생각을 했었는데."

"그럴 리가 없잖아, 얼마나 힘들었는데."

불안정한 상태의 미즈키를 내버려둘 수 없어서, 아키히코는 그때 매일 미즈키를 집까지 데려다 주었다. 하지만 미즈키의 도를 넘는 자학은 두고 볼 수 없을 정도여서, 처음엔 아키히코의 그 호의마저 거절하려고 했다.

'나 같은 애랑 같이 있으면 아키히코도 안 좋은 소리 들을 거야. 나 같은 애랑 있으면 창피하지 않아?'

비굴하긴 했지만 그렇게 말하는 그녀의 얼굴은 진지함 그 자체였고, 그런 프라이드 없는 말을 입에 담게끔 하는 비밀의 존재를 마음 깊이 부끄러워하는 모양이었다. 처음에야 아키히코도 그녀의 의사를 존중해서 다카노에게 비밀로 했지만, 점점 그걸 참을 수 없게 되었다.

그래서 다카노에게 부탁했다. 고민거리가 있는 것 같으니 캐물어서 끄집어내 주라고. 싫어해도 반드시 말하게 해야만 한다고.

"미즈키의 가치관을 바꾸게 하는 것도 힘들었어."

중얼거리듯 다카노가 말했다.

"없는 게 나은 친구도 있는 법이라고 몇 번 말했는지 모르겠다. 스가와라였나, 인내심이 끊어져서 하루코한테 직접 뭐라 할 뻔했다고 그랬었지."

"그래, 내가 말렸어. 정말 단세포라니까, 그 녀석. 말보다 주먹이 먼저 나갈 게 뻔한데 말이야."

지금과 다름없는 표표한 말투로, 아키히코는 그때도 하루코에게
화를 내는 친구들을 말렸다.

'너희들이 그러는 것으로 해결될 문제였으면 진작 내가 했을 거다.
다 늦게 나와서 잘난 척하기는.'

아키히코의 냉정한 말투에, 미즈키가 고민을 처음 털어놓을 상대
로 그를 택한 기분을 알 것 같았다. 타고난 페미니스트인 그 태도에,
친구들은 압도당할 뿐이었다. 아키히코의 이러한 기지가 없었다면,
미즈키는 지금쯤 어떻게 되어 있었을까.

친구들에게 사정을 털어놓을 수 있게 된 미즈키는 그때부터 느리게
나마 조금씩 회복되기 시작했다. 사카키의 배려로 그녀의 가족들도
사정을 알게 되었고, 미즈키는 어머니의 권유로 정신과에 상담을 받
으러 다니게 되었다. 미즈키의 심신은 그렇게 해서 치유되어 온 것이
었다.

아키히코가 목 뒤에 손을 얹고 머리를 살짝 젖힌다.

"생각해 보면 말이야, 우리 반 학급위원들이 이렇게 친해진 것도,
반은 미즈키를 고립시키지 않으려는 노력 때문이었던 것 같아. 여자
애들이 만든 그룹에 하루코가 있으면 그것만으로도 미즈키는 거기에
못 끼니까. 하루코랑 사이가 좋은 애들한테는 당연한 얘기지만 미즈
키 평판이 나쁠 거고. ……별거 아닌 얘기라도 본인에게 있어서는
큰일인 거야. 미즈키한테는 우리가 있어서 다행이었어."

아키히코는 누구에게라고 할 것도 없이 깊게 고개를 끄덕였다. 그
리고 말을 잇는다.

"담임선생님은——. 그 사람은 선생님이니까, 하루코도 많이 두둔

해 줬지만. 우리가 여러 번 미즈키가 불쌍하다고 그래도, 이 문제에서 만큼은 절대로 미즈키 편을 들어주지 않았지. 뭐, 어쩔 수 없는 거겠지만. 오히려 하루코가 반에 있기 어려워지지 않게, 사카키 선생님이 잘해 줬었지."

"대단했지. 담임한테 미즈키는 여동생이나 다름없는데. 속으로는 미즈키 편을 들어주고 싶었을 텐데 자신을 잘 눌렀지. 미즈키를 돌보면서도, 절대 하루코를 비난하지 않았어."

"뭐, 하루코를 생각하면 그러는 게 옳다고 생각해. 죄 없이 공격당한 미즈키는 상당히 힘들었겠지만."

다카노는 거기에서 한숨을 쉰다.

"아아. 미즈키는 굉장히 약한 부분을 끌어안고 있어."

"그러니까 이런 거 아닐까? 초봄부터 지금까지 받은 상처가 조금씩 아물고 있던 미즈키한테, 축제 중에 하루코가 뭐라고 말했든지 무슨 짓을 했든지 해서, 일거에 그 상처를 전부 헤집은 거야. 그래서 충동적으로 죽고 싶어졌다?"

"그럴 수 있지. 자살의 동기가 불명인 것은 표면상으로는 미즈키가 하루코와의 문제에서 벗어난 것처럼 보였기 때문이고. 그 일로부터는 벌써 반년이 지났지. 우리들하고 사이가 좋아져서 미즈키의 상처는 나은 듯 보였으니까. 다음은 하루코가 자신이 한 짓이나 말, 미즈키를 몰아붙인 것에 대해 입만 다물면 끝인 거지."

"진짜 그럴 것 같다. 미즈키도 츠노다 하루코도."

"그렇지? 내가 생각하기에 미즈키는 아직도 하루코와의 일을 질질 끌고 있었어. 우스운 일이지. 우리들이 노력과 시간을 들여 메워 온 미즈키의 상처가, 하루코의 한 마디에 얼마든지 깊어질 수 있다는 것이. 만약 정말로 자살한 사람이 미즈키라면, 그런 상황에서라면 유서도 안 남기지 않았을까? 그 녀석, 츠노다 하루코를 여전히 좋아했으니까. 하루코에게 책임을 지우고 싶지 않다는 이유로."

자신이 말하면서도 다카노는 가슴이 먹먹해져 왔다.

지금 밖에서 친구와의 대화에 열중하고 있는, 적어도 여기에서는 살아 있는 미즈키. 그런 그녀를, 어쩌면 죽은 사람이 아닐까 하고 추측하는 행위의 부자연스러움과 어리석음에 구토감이 치민다.

"그리고."

다카노는 입술을 질끈 깨문다. 한 가지, 다카노의 마음속에 걸리는 기억의 그림자가 있다. 그는 아키히코를 보았다.

"아키히코, 너 지난 축제 마지막 날의 기억은 어디까지 확실해?"

"애매한 데도 많아, 솔직히."

아키히코는 바로 대답했다.

"자살한 누군가에 관한 것만이 아니라, 전체적으로. 좀 지난 일이고, 누가 의도적으로 지웠다기보다 나 자신이 잊어버린 부분도 제법 있다고 생각해."

"그렇군."

"왜?"

"나는 축제 당일, 유지가 나한테 말을 걸었던 기억이 나."

다카노는 목소리를 낮춘다. 분명히 생각난다. 그 기억이 축제의 언제쯤이었는지, 그 시간대까지는 모른다. 오전 중이었는지, 오후였는지——자살 전인지, 후인지. 다만, 유지가 자신에게 말한 그 내용을 기억하고 있을 뿐이다. 그리고 다카노는 아까부터 그 기억의 그림자가 자신 안에 있다는 사실을 버거워하고 있었다. 혼자서 떠안기에는 너무 무거운 내용이다.

"유지가 나한테, '미즈키가 너를 찾고 있었다'고 했어. '창백한 얼굴로 너를 필사적으로 찾고 있었는데. 못 봤어?' 나한테 그렇게 물었어."

"그건——."

아키히코가 숨을 삼킨다. 다카노는 천천히 말을 이었다.

"그것이 그 자살과 연관이 있는지 없는지는 몰라. 물론, 전혀 관계 없다고 생각할 수도 있어. 창피한 얘기지만, 그 이후가 생각이 안 나. 그다음에 미즈키를 만났는지 못 만났는지. 그것도 모르겠어. 어쨌든 나는 그걸 생각하면 다시 영문을 모르게 돼. 자살이 있었던 후에도 미즈키와 등하교를 같이 한 듯한 기분도 들고, 어딘가 같이 놀러 간 적도 있었던 것 같아. 내 기억을 스스로 의심하는 건 이제 그만하고 싶다. 그리고 아키히코, 지금 말한 건."

"알고 있어. 걱정 안 해도 아무한테도 말 안 해."

다카노는 엷게 웃었다.

"아키히코는 눈치가 빨라서 좋아."

"그래도 말이지, 다카노. 미즈키 이외에도 보이지 않는 문제를 가지고 있었던 사람은 분명히 있어. 확신하기는 아직 일러."

"어, 알고 있어."

다카노는 거의 다 마신 커피 컵 옆구리를 눌러본다. 종이컵은 약한 소리를 내면서 순식간에 찌그러졌다. 그것을 보다가, 문득 다카노는 쓸데없는 것이 궁금해져서 아키히코를 쳐다보았다.

"야, 아키히코. 너 여자애들한테 인기 있지?"

"여자애들? 응, 꽤 있지."

사실을 듣고 싶었던 것이 아니라 아키히코가 어떻게 대답하는가가 알고 싶어서 물어본 거였지만, 완벽히 예상한 그대로의 대답이다. 아키히코가 일어섰다.

　"그래도, 다카노. 너도 남부럽지 않을 정도지? 나 다 알아."

　"글쎄, 잘 모르겠는데. 그리고 아키히코. 하나 더 물어봐도 돼?"

　"뭔데? 웬만한 건 대답하지."

　"아니, 별거 아니고. 그때, 네가 진짜로 미즈키 문제를 자기 일처럼 걱정했었지. 그래서, 좀."

　다카노의 말에 아키히코의 표정이 굳는다. 문으로 걸어가려던 발을 멈추고 다카노의 얼굴을 뚫어지라 본다. 소소한 흥미가 그 얼굴에 떠올라 있는 것을 알 수 있었다. 어딘가 기쁜 듯한, 반은 놀리는 목소리로 아키히코가 다카노에게 묻는다.

　"뭐야, 다카노. 신경 쓰이냐? 내가 미즈키를 좋아하는지 어떤지."

　"아니, 유감이지만 그건 아냐. 내가 신경 쓰는 건 좀 더 현실적인 거야. 네 기대에는 부응할 수 없는 것."

　"현실적?"

　"응. 아키히코, 너 사사쿠라 중학교 출신이지? 그게 네가 그렇게 자기 일처럼 미즈키를 걱정하는 것과 관계가 있는가 하는 거. 그게 좀 신경 쓰여서."

　지나가듯 가벼운 말투로 다카노는 물었지만, 예상외로 큰 반응이 있었다.

　아키히코의 얼굴이 '사사쿠라 중학교'라는 말을 들은 순간 명확하게 굳은 것이다. 다카노가 끝까지 말하기도 전에 그는 고개를 숙인다. 잠시 숙였던 고개를 다시 들고, 다카노를 보았다. 그리고 말했다.

"── 알고 있었어?"

"알고 있었지만, 특별히 얘기할 만한 것도 아니라 지금까지 아무 말 안 했지. 물으면 안 되는 거였어?"

"아니, 그런 건 아니지만……. 너무하네, 그렇게 물어보면 대답해야 하잖아. 진짜, 다카노한테는 못 당하겠다니까."

과장되게 곤란하다는 표정을 지어 보인 후, 아키히코는 다카노 쪽으로 돌아섰다. 어쩔 수 없다는 일종의 단념 어린 표정이었다.

"질문에 대답할게. 확실히 말해 상당히 관계가 있어."

"그럼……."

"미안하지만, 그 이상은 묻지 말아 줬으면 좋겠어."

다카노의 말을 아키히코가 딱 잘랐다.

"그다지 떠올리고 싶지 않은 일이지만 물어보면 대답해야 하니까. 나, 다카노 너한테는 거짓말하고 싶지 않아."

아키히코의 진지한 말투는 정말로 그 질문이 그의 핵심 부분을 건드리고 있다는 사실을 다카노가 알아차리게 하는 데 충분했다. 아키히코다운 성실한 대답이었다.

"알았어."

"응, 미안. 식당 안 갈래? 분명히 다들 거기 있을 거야."

아주 자연스럽게 웃으며 아키히코는 문을 가리켰다. 기출문제집과 필통을 갱지더미 위에 올려놓고 다카노도 일어선다. 히터와 조명 스위치를 끄고, 함께 진로상담실을 나왔다.

식당으로 가는 복도의 중간쯤에 누가 서 있었다. 게이코였다. 눈이 마주치자 그녀가 다카노를 불러 세웠다.

"공부는 때려치웠어?"

그 말에 다카노도 쓴웃음을 띠며 대답한다.

"덕분에."

"넌 거물이 될 거야, 어이없을 정도로."

게이코는 그렇게 말하며 웃고, 이번에는 아키히코 쪽을 보았다.

"너희들, 여기 오는 도중에 라이터 못 봤어?"

"라이터? 게이코 거?"

"아니, 내 거 말고. 난 안 가져와서 스가와라한테 빌려달라고 했는데 그 녀석, 어디다 떨어뜨렸다나 봐."

"아아, 조금 전까지 쓰는 거 내가 봤는데. 뭐야, 스가 그거 잃어버렸구나."

아키히코가 말한다. 게이코는 고개를 끄덕였다.

"응. 모르는 새에 없어졌나 봐."

"헤에. 못 본 것 같은데, 색깔은?"

팔짱을 낀 채 게이코가 무뚝뚝하게 대답했다.

"검은색이고, 표면에 'DARK'라는 로고가 들어가 있어."

※

'호스트'는 창문을 열고, 밖을 내려다보았다.

살짝 바람이 부는 탓에, 눈은 사선으로 흩날리며 내리고 있다. 바람은 피부를 찌르는 듯이 차갑다. 내뿜는 숨이 새하얗다. '호스트'는 천천히 얼굴을 기울인다.

얼어붙어 굳은 손에 한 장의 사진. '호스트'는 그것을 눈앞까지 가져와서는 눈을 가늘게 뜨고 바라본다. 시끄러운 웃음소리까지 들려오는 듯한, 그런 시끌벅적한 사진. 학교생활의 평범한 한 컷.

익숙한 교실.

잘 아는 그들의 얼굴, 얼굴, 얼굴…….

자신이 생활하던, 자신이 있던 공간.

멍하니 생기가 부족한 눈으로 그것을 보고, 천천히 사진 위의 얼굴들을 손가락으로 쓸어 본다. 네모난 종이의 오른쪽 아래, 오렌지색으로 새겨진 그 날의 날짜. 11월 21일. 이 건물에서 자살이 있은 지 아직 한 달 남짓밖에 지나지 않은 날짜다.

그런데도, 시끄러운 웃음소리까지 들려오는 듯한 이 사진.

눈을 가늘게 뜨고 그 사진을 바라보고 있자니, '호스트'는 토할 것 같아졌다. 학생과 말이 통하는 담임교사, 그를 둘러싼 7개의 얼굴.

사진을 왼손으로 바꿔 들고 자신의 윗옷을 뒤진다. 오른손으로 검은 라이터를 꺼내 들고, 잠시 무언가에 홀린 듯한 표정으로 눈이 내리는 하늘을 올려다보았다. 이곳은 하늘이 가깝다. 아무도 올 수 없는, 자신만을 위한 교실과 복도다.

라이터를 누르자 불이 켜진다. 깜박깜박 흔들리는, 그 불꽃을 바라본다.

잿빛 하늘 아래, 붉게 타오르는 작은 불꽃. 라이터 끝의 불을 '호스트'는 사진에 가까이 갖다 댄다.

푸드득, 불꽃이 사진 구석을 감쌌다.

붉게 타들어 가는 그들의 사진. 교실, 얼굴. 불꽃이 그들을 순식간에 덮어간다. '호스트'의 흰 왼손이 그 사진을 천천히 눈 속에 던진다.

창밖으로 아주 천천히, 그것이 하강한다. 떨어져 간다.

오렌지색 나비가, 팔락팔락 춤추듯이.

몸을 내밀어 아래를 보니 오렌지색 빛은 점점 작아져 간다. 보고 있는 동안에 하얗게 시야 저편으로 사라져 간다. 그리고 그것이 자신의 손이 닿지 않는 지면에 떨어져 움직이지 않게 된 것을 확인하고 '호스트'는 급속도로 흥미를 잃은 듯 조용히 지상에서 고개를 들었다.

오른손에 들고 있던 라이터를 창문 밖으로 던진다.

사진보다 무거운 탓에, 떨어지는 속도가 빠르다. 검은 라이터. 정면에는 흰 로고 인쇄. 눈으로 흐려진 시야 속에서 그 문자가 빛났다.

'DARK'

제4장
사건 당일

1

올해의 축제는 예년 이상의 성공을 거두었다고 할 수 있었다.

10월 12일 오후 5시 45분.

다카노 히로시는 양손으로 들어야 겨우 들 수 있을 만큼의 모조지 다발을 껴안고 서둘러 교정으로 가고 있었다. 어느 층이나 아직 각 반의 행사 PR 포스터와 알록달록한 장식은 붙은 채였다. 하지만 그것들 모두 앞으로 한 시간도 안 되어 전부 쓰레기로 변해, 지금 다카노가 끌어안고 있는 모조지처럼 소각로로 직행할 운명이었다. 지난 한 달간 학생들이 심혈을 기울여 만든 서투른 예술 작품은 축제 마지막 날인 오늘로 그 역할이 전부 끝나는 것이다.

다카노가 2층 계단을 내려가려고 할 때, 갑자기 누가 등을 툭 쳤다. 위태롭게 균형을 잡으며 뒤를 돌아본다. 그곳에는 학생회장인 옆 반의 스와 유지가 서 있었다.

"다카노, 너도 쓰레기 당번이냐? 그거 왠지 버리기 아까운데."

"유지."

보자니 그도 검은 비닐봉지를 두 개 들고 있었다. 그걸 든 채로 다카노 옆에 서 걷는다.

"2반 평이 좋던데. 아직 개표 도중이지만, 너희 반 공연이 어트랙션 부문에서 1위 할 것 같아. 그거, 네 아이디어냐?"

"아니, 말 꺼낸 건 여자애였어."

쓴웃음을 지으며 다카노는 대답한다. 손에 든 반으로 접은 모조지 안에 그려져 있는 그림을 떠올린다.

세이난 고등학교에서는 축제가 되면 반이나 동아리는 하나씩 공연을 하게 되어 있다. 연극이나 합창 같은 무대 발표를 하든지 교실에서 유령의 집이나 찻집 같은 가게를 한다. 매년 그중 하나를 골라 축제 이틀째에 체육관 스테이지에서 무대 발표를 하고, 축제 마지막 날에는 가게를 연다.

다카노가 속한 3학년 2반은 올해 교실에서 영화를 상영했다. 상영 작품은 히치콕의 영화 중에서 3편. '사이코'와 '이창' 그리고 '열차 안의 낯선 자들'. 관람객이 제법 들어서, 영화 상영 어트랙션으로는 예년보다 앞섰다고 조금 전 사카키한테 들은 참이었다.

두 개의 교실을(한쪽은 무대 발표에 전념하느라 쓰지 않는 1반 교실이지만) 사용해, 한쪽은 영화 상영실, 다른 한쪽은 히치콕의 간이자료실로 꾸몄다. 상영한 3편의 영화를 중심으로 자신들이 전시물을 만들어둔 곳으로, 이 자료실도 제법 평가가 좋았다. 독자적으로 만든 팸플릿은 한 권에 100엔이었는데 오전 중에 매진되었다.

각 반의 공연물은 학생들이 직접 그 완성도에 점수를 매긴다. 학생 회의 집계로 순위가 매겨져 무대 발표와 가게 부문에서 각각 상위인 반이 표창을 받는다. 친구들의 반응을 보고 있으니 다카노는 올해 제법 기대해도 좋을 것 같다는 기분이 들었다.

"그거 시미즈가 만든 PR 포스터지? 굉장히 멋지던데. 그거 버리려면 나 줄래? 내일 학생회 바자회를 하거든, 제법 비싸게 팔릴 거야. 그러면 미술부 예산으로 시미즈한테 돌릴 테니까."

"아아, 그거라면 본인도 기뻐하지 않을까. 뭐 좋아, 어차피 복사한 거고. 원본은 갖고 싶다는 후배한테 준 모양이야. 시미즈 그림은 팬이 많으니까."

"그 길로 나갈 생각이 있는 건가? 시미즈는."

쓰레기 봉지를 둘러메면서 유지가 다카노에게 묻는다.

'쿨하고 조금 콧대가 높음. 하지만 그게 멋지다'고 자주 평가받는 세이난의 유능한 학생회장은, 같은 반이었던 1학년 때에 그가 반장, 다카노가 부반장으로 콤비를 짰었던 인연으로 꽤 친해져서 지금까지도 사이가 좋다.

키도 크고 머리도 좋고, 어른스러운 면모 덕분인지 여자애들한테 인기도 많고 선생님들 사이에서도 평판이 좋았다. 다카노와 똑같이 유지는 입학금 면제인 B급 장학생이다. 무뚝뚝한 말투와 길게 찢어진 눈매 탓인지 차가운 사람이라는 오해를 종종 받지만, 실제로는 묘하게 붙임성 있는 녀석이라서 그런 점이 다카노의 마음에 들었다.

다카노는 대답했다.

"글쎄다, 시미즈는 성적도 진짜 좋잖아. 역시 T대 들어가지 않을까?"

"그런가. 미대 지망이 아니구나."

"진짜로 하고 싶은 일이라면 어느 대학에 들어가도 할 수 있겠지."

"나도 그 녀석 그림 좋아. 난 팸플릿도 못 사서 지금 게이코한테 부탁해서 한 부 받으려고 그랬는데. 안 남았냐?"

"응, 가격도 100엔이라 싸서 금방 다 팔렸어. 오후에 추가분 찍긴 찍었는데, 그것도 매진."

실제로 100엔은 상당히 싸다고 생각한다. 동전 한 개 가격으로 해야 나중 계산이 편하다는 점이 가격을 정했을 때의 모두들 생각이 었지만, 지금 생각하면 진짜 아깝다.

"항상 생각하는데, 너희 반 애들 뭉치는 거 보면 부럽더라. 우리 반은 눈뜨고 보기 민망할 정도야. 나도 학생회 때문에 바빠서 거의 신경 못 썼지만, 하는 걸 보면 초등학생 학예회나 마찬가지야. 학급 발표보다 각자 속한 동아리에서 하는 가게가 중요한 거겠지. 단결력 이 없어서 글렀어."

"뭐, 괜찮잖아? 그 대신 학생회 연극이 상당히 호평을 받았으니까. 우리 반 게이코를 빌려준 보람이 있었어. 그야 게이코는 너랑 달리 학급에서도 열심히 일했지만 말이야."

"원래 게이코는 이런 시끌시끌한 축제 같은 일을 돕는 걸 좋아하니 까. 너도 재미있었냐? 학생회 패러디극."

"뒤집어지게 웃겼지."

계단을 내려가 1층에 도착하자 그곳에서도 이미 포스터를 떼어내 기 시작하고 있었다. 다카노의 육상부 후배가 복도에 떨어진 포스터 를 정신없이 줍고 있다. 다카노를 알아보고는 고개를 꾸벅했다.

다카노는 미끄러져 떨어질 뻔한 손안의 모조지를 고쳐 들며 후배에 게 웃어주고 유지를 돌아보았다.

"그 연극, 용케 게이코가 OK 했구나. 그거야말로 원안이 누구야? 무대 발표 인기투표 그게 단연 1위였지?"

"응. 내가 생각한 건데, 평판이 좋아서 다행이야. 호응이 없었으면 그렇게 썰렁한 발표도 없었을 거야."

축제 이틀째인 무대 발표의 날. 세이난고의 학생회는 명작 동화 〈잠자는 숲 속의 공주〉 연극을 상연했다. 단, 처음부터 끝까지 웃음이 터져 나오게끔 각색해서. 그도 그럴 것이 그 연극의 배역 자체가 패러디였던 것이다. 스와 유지가 주인공인 잠자는 숲 속의 공주. 이웃 나라 왕자가 기리노 게이코.

특별 주문한 하얀 뿡소매 드레스로 몸을 감싼, 키가 180을 넘는 공주의 모습에 모두가 배를 움켜쥐고 웃던 게 생각난다. 무뚝뚝한 왕자가 어쩔 수 없다는 듯이 공주의 손을 잡는 장면도 애교스러웠다.

"뭐 여러 가지로, 올해는 대성공인 것 같다. 고생 많았어. 이걸로 회장 일도 끝이군."

"응. 좋아서 맡은 일이기는 했지만, 역시 공부에만 전념할 수 있다는 게 편해. 뭐 다음 회장이 제대로 일을 할 수 있게 될 때까지는 자주 신경 써 줘야 되겠지만."

"후임을 누구로 할지는 정했어?"

"5반의 와다. 내가 지지 연설하기로 했어."

말을 마치고 유지는 교정으로 나간다.

현관에서 조금 떨어진 교정 한편에 작은 트럭이 서 있는 것을 확인할 수 있었다. 매년 축제날 이 시간대가 되면 쓰레기가 많이 나오기 때문에, 학교 측에서 트럭을 준비한다. 학생들은 그 짐칸에 쓰레기를 쌓기만 하면 되고, 가득 찬 쓰레기를 트럭이 소각로까지 가져가 학생들의 일손을 덜어준다. 다카노와 유지가 도착했을 때 트럭의 짐칸에는 벌써 쓰레기봉투가 산처럼 쌓여 있었다.

"너희 반은 끝나고 나서 뒤풀이 같은 거 해?"

트럭 짐칸을 겨냥해 유지가 비닐봉지를 던진다. 그의 손을 떠난 봉지는 이미 쌓여 있던 쓰레기 안으로 가라앉는다. 그것을 확인하고 유지는 다른 손의 봉지도 똑같이 던졌다.

다카노가 쓴웃음을 짓는다.

"내일도 뒷정리가 있잖아. 체력이 안 따라 줘. 내일 성적 발표랑 뒷정리 끝내고 오후에 할 예정이야. 어제도 제대로 못 갔으니 오늘은 집에 가서 푹 자려고. 뭐, 한다고 해도 애들이 다 안 모일 거고, 학급위원들 주축으로 하게 될 것 같아."

다카노는 한 장만 남기고 트럭 짐칸에 포스터를 복사한 종이 다발을 버린다. 그 포스터를 유지에게 넘겨주자 고맙다면서 받아든다. 그러더니 유지가 다카노에게 말했다.

"학생회 뒤풀이도 내일 하려고 했는데, 그럼 게이코는 또 우리를 버리겠네. 가끔은 학생회를 택해 줬으면 좋겠어."

"유지, 네가 이쪽으로 오면 되잖아."

교복 바지 끝을 손으로 털고, 다카노는 유지의 얼굴을 들여다보았다.

"게이코도 미즈키도 좋아할 거야. 학생회 뒤풀이가 끝나고 나서 시간 여유가 있을 때 얘기지만, 생각해봐. 네가 오면 분명히 더 재미있을 거야."

"그렇군, 일단 장소나 말해줘. 학생회 쪽이 재미없으면 갈게."

"알았어."

대답하고 나서 다카노는 무심코 손목시계를 본다. 6시 조금 전. 오늘은 분명 6시 반에 학교 문을 잠근다고 들었으니, 슬슬 마무리하는 게 좋을 것 같았다. 내일 본격적인 정리도 남아 있으니.

그걸 생각하니 마음이 무거워 한숨을 쉰 그때, 트럭 위의 모조지가 털썩하는 소리를 냈다. 강해진 바람 때문에 비닐봉지 표면이 마치 파도치는 것처럼 움직인다. 교정의 모래가 바람에 날린다. 그게 눈에 들어갈 것 같아서 다카노는 두 눈을 찌푸렸다.

그때는 몰랐다.

교정의 한쪽 구석이 갑자기 웅성댄다. 어이 ——. 한 명이 하늘을 가리킨 것을 시작으로 교정에 있는 사람들의 시선이 전부 한 곳으로 집중되기 시작했다.

다카노는 그 모습을 무의식적으로 시야의 한쪽에 담았을 뿐이었다. 처음에는 관심도 없었다. 빨리 교실로 돌아가 남은 쓰레기를 마저 가져와야지, 그것밖에 생각하지 않았다. 하지만 그때, 다시 주위가 크게 술렁여 걸음을 내디디려던 다카노는 그 발을 멈추었다. 문득 옆을 보니 유지가 없었다.

이상하다고 생각하며 주변을 둘러보니 유지는 사람이 몰린 근처에 서 있었다. 다카노를 향해 '어이 ——' 하고 부르고 있다.

"왜 그래, 유지?"

"다카노, 저기 너희 반 애지."

그런 말을 듣고 올려다본 하늘.

처음 본 것은 울타리였다. 그곳을 넘으려는 교복의 모습. 울타리를 잡은 두 팔.

그리고 다음 순간. 눈을 깜박이고 나자.

울타리를 등지고, 잘 아는 얼굴이 서 있었다.

2

사립 세이난 고등학교는 현 내 제일의 진학 명문 학교다. 그중에서도 이번 3학년은 특히 성적이 좋다고들 했다. 전국 모의고사 성적 순위에서 상위를 차지하는 학생이 여러 명 있는데다, 예년과 비교해도 평균 편차가 월등히 높다. 그리고 거기에는 이유가 있었다. 다카노 연령층은 예년보다 입학시험 응시자가 많아서 경쟁률이 높았다. 힘든 경쟁을 뚫고 들어온 사람들이 모인 결과, 전체적으로 성적이 올랐다.

그 이유는 다카노가 입학하기 전년도에 세이난이 학교 건물을 대규모로 개축했기 때문이었다.

전통 있는 사립 진학 명문 학교. 역사도 제법 길어서 몇 년 전까지 이 건물은 상당히 낡았던 모양이었다. 6년 전, 자신들이 아직 중학생이었을 때 학교 건물을 새로 짓자는 의견이 나와 낡은 건물을 헐었다. 그리고 다카노가 입학하기 전년도에, 지금의 교사가 완성되었다. 다카노의 교실이 있는 이 건물이다. 그때까지의 낡은 설비를 싹 갈아치운 덕분에 현재 세이난은 이 일대의 고등학교 중에서는 최고의 시설을 자랑하게 되었다.

자동판매기나 매점, 도서실 등이 이렇게 충실한 고등학교는 유례를 찾아보기 힘들다. 다카노는 교사들이 자랑스럽게 역설하는 것을 들은 적이 있다. 실제로 다른 학교 학생들도 많이 부러워한다.

중학교 3학년 여름, 고등학교 수험을 준비하며 참고삼아 다카노는 미즈키와 함께 세이난을 견학하러 왔었다. 냉난방 완비의 새 건물과 식당, 샤워룸 등의 설비를 눈앞에 두고 감탄했던 것을 잘 기억하고 있다. 그 해의 세이난이 수험생들에게 인기가 높았던 이유가 그 점이었다.

흠잡을 데 없는 사립 고등학교의 건물. 그중에서도 식당의 설비는 최고라고 할 수 있었다. 잘 설계된 넓은 플로어는 웬만한 근처 패밀리 레스토랑보다 훨씬 깨끗하다. 그리고 그런 부분이 다카노에게는 자유로운 인상을 주었다. 어느 정도 자신들의 자주성을 인정해 주는 듯한 기분도 들고, 무엇보다 숨이 트였다.

새 단장을 하기 전에는 냉방 시설도 없고, 식당과 매점도 구색만 갖춘 재미없는 학교였다고, 졸업생인 사카키는 자주 다카노를 부러워하곤 했다. '너희 너무 혜택 받고 사는 거 아냐?' 그렇게 불평도 했다.

100엔 동전을 넣고 자동판매기에서 블랙커피를 꺼내고는 다카노가 중앙 테이블을 돌아본다. 누구에게랄 것 없이 중얼거렸다.

"지금 진짜 몇 시일까?"

전혀 도움이 되지 않는 손목시계를 노려보고, 이어 원망스러운 듯이 식당 시계를 쳐다본다.

"내 알 바 아냐, 그런 거."

스가와라가 짜증스러운 목소리로 받아친다.

식당에 전원이 모이긴 했지만, 이러고 있어도 사태는 아무런 진전도 보이지 않는다. 식사를 하려고 해도 시간을 알 수 없으니 언제 먹어야 하는지 타이밍도 알 수 없다. 여전히 아무 진전이 없는 상황에 스가와라가 신경이 날카로워진 것도 무리는 아니었다.

마시던 콜라를 책상에 놓고 스가와라가 말한다.

"있잖아. 천장은 역시 안 부서지더라. 해 봤는데 구멍이 안 뚫려. 전기톱 같은 거 없냐? 역시 무슨 짓을 해도 위로는 못 간다는 거야? 그럼 왜 붙어 있는 거야, 4층 5층은?"

"뭐야. 스가 진짜 천장 뚫으려고 했어?"

아키히코가 어이없다는 듯이 말하며 한숨을 쉬었다.

"여기가 누군가의 머릿속이라면 그렇게 함부로 아무 데나 부수는 건 안 좋지 않아. 그런 부분은 아주 민감할 것 같잖아. 나 같으면 싫을걸. 자기 머릿속에 스가 같은 게 하나 들어와서 의자를 힘껏 던지거나 불을 내거나 그러면 끝장이잖아. 스가를 자신 안에 넣다니 글자 그대로 자살행위지, 이 사람 용기가 있어. 난 존경할래."

"아키히코, 너 죽고 싶냐?"

"왜? 사실이잖아, 스가."

아키히코가 가볍게 웃더니 일동을 둘러보고는 약간 진지한 말투로 말했다.

"있잖아, 이 중에서 재작년 미국에서 있었던 비행기 집단실종사건 기억하는 사람? 비행기가 공중에서 행방불명됐다가 2, 3개월 후에 갑자기 공항에 돌아왔던 사건……, 한참 화제가 됐던 유명한 사건인데."

"나, 기억해."

손을 든 사람은 시미즈였다.

"나도 그 사건 생각하고 있었어. 그래서 말인데, 너희들한테 알려 주고 싶은 게 있어. 그때, 나 그 사건 보도를 열심히 봤고, 그 사건뿐만 아니라 집단실종사건에 대해서 직접 조사하기도 했어. ……옛날부터 드물지 않게 있었던 것 같고, 지금 우리가 그런 경우에 해당하는지 아닌지는 아직 모르겠지만."

"집단실종사건?"

리카가 얼굴을 찡그리고 시미즈를 본다.

"뭐야 그거, 리카는 모르겠어."

"나도 조금밖에 모르지만."

미즈키도 말한다.

"여객기가 비행 중에 레이더에서 사라졌는데, 한참 후에 비행기가 승객들을 태우고 멀쩡하게 불쑥 공항에 돌아왔다는, 그 사건을 말하는 거지?"

"그래. 그때 화제였잖아. 상식적으로는 도저히 설명이 안 되고, 대체 무슨 일이 일어났는지 모르겠다고."

아키히코가 고개를 끄덕였다.

"그게, 이번 우리들 상황하고 비슷한 것 같은데 어떻게들 생각해? 시미즈, 네가 조사한 것 기억나면 자세히 얘기해 줄래?"

"응, 나 원래 그런 기이한 현상 같은 거에 흥미가 있었거든. 그 사건에 완전히 빠졌었어."

"결국, 어떻게 결론이 났어? 나도 그 일이 있었다는 건 기억나는데 어떤 해석이 내려졌는지는 몰라."

게이코가 커피를 한 손에 들고 말했다.

"타고 있던 승객들의 증언은 차원의 틈에 갇혔다든가 새하얀 빛 안에 있었다든가, 가지가지였던 것 같아. 그중에는 전혀 기억나지 않는다고 진술한 사람도 있었어."

당시 모든 텔레비전 방송이 그 사건을 보도했다. 하지만 무사히 돌아오긴 했어도 승객들은 모두 심하게 쇠약해진 상태라, 기억에도 애매한 부분이 많았다. 그렇다, 다카노는 기억하고 있었다. 결국 사태를 명확히 설명할 다른 방법이 없었는지, 당시 한 방송 프로그램에서는 승객 한 명이 말한 '차원의 틈에 빠져 있었다'는 관점에 서서 그쪽의 전문가를 불렀던 것 같다.

"〈랭고리얼 사건〉이라고 불리는데, 그거……. 스티븐 킹이라는 호러 작가가 쓴 소설에 '랭고리얼'이라는 게 있거든. 그게 비행기가 행방불명되는 얘기라는 점이 비슷하니까 매스컴들이 그렇게 부르게 됐지. 뭐 실제 상황과 소설은 사실 전혀 다른 얘기지만."

시미즈는 자신의 기억을 신중히 더듬고 있는 듯했다.

"사건의 개요는 아까 미즈키랑 아키히코가 말한 대로인데, 하나 잘못 알고 있는 부분이 있어. 랭고리얼 사건은 승객 전원이 무사했던 게 아니야. 희생자라고 하기는 애매한데, 행방불명된 사람이 한 명 있었어. ……로베르토 포드였던가? 자원봉사나 복지사업을 적극적으로 하던 미국 학생인데, 끝까지 돌아오지 않았어."

"그 사람만 죽어버린 거야?"

리카가 묻는다.

"비행기에서 떨어졌으면 아마 죽었겠지?"

그 물음에 시미즈는 고개를 저었다.

"아냐. 비행기에서 떨어진 게 아니라, 순수하게 행방불명. 공항에 돌아왔을 때, 분명 같이 타고 있었을 텐데 없었어. 정말로 돌아오지 않았다. ……좀 딴 얘긴데, 이런 사건은 랭고리얼 사건 말고도 옛날부터 전 세계 여기저기에 비슷한 기록이 남아 있어. 끝이 막힌 종유굴로 소풍 간 초등학생들이 들어간 후에 돌아오지 않았다는 네덜란드 사건, 버스가 터널에 들어간 상태로 그 양쪽이 무너져 갇혔는데 복구된 다음 구조하러 들어갔더니 차내의 승객이 없어졌다는 얘기. 이건 아마 독일이었을 걸."

"뭐야 그거. 호러잖아. 그만해, 시미즈. 리카는 그런 얘기 싫어."

리카가 자신의 어깨를 껴안고 몸을 떨었지만, 시미즈는 쓴웃음만 지었다.

"그렇지도 않아. 제법 재미있는 얘기라고, 이거. ……우선, 첫 번째 종유굴 얘긴데, 이 사건 때는 상황을 보러 들어갔던 그 지방 사람이 안에서 소풍 온 아이들 중 한 명을 발견했어. 덜덜 떨면서 웅크려 있더래. 소풍 온 애들은 전부 20명이었던 것 같은데, 그 애 말고는 다른 애들도 인솔하던 선생님도 보이지 않았대. 혼자 발견된 그 애도, 뭘 물어봐도 대답할 수 있는 상태가 아니었어. 도대체 무슨 일이 있었던 것인지, 알 수 없는 소소한 미스터리 사건. ……그때도, 한 달 정도 있다가."

"돌아왔다는 거야?"

스가와라가 몸을 내밀며 묻는다. 시미즈는 고개를 끄덕였다.

"그래. 행방불명이라고 한참 난리가 났을 때 불쑥. 혼자 발견된 그 애가 집 정원에서 놀고 있는데, 눈앞에 행방불명이었던 선생님과 친구들이 갑자기 나타난 거지."

"전원이 같이?"

"아니, 이때도 돌아오지 않은 아이가 한 명 있었어. ……이게 재미있는 거지, 아이가 한 명, 여기서도 없어져 버렸으니까."

"독일 버스 사건은?"

흥미가 생긴 듯, 이번에는 미즈키가 묻는다.

"그 사건도 똑같이 한 명 안 돌아왔어?"

"응. 독일 버스 사건 쪽은 정말 신기해. 버스가 터널에 들어감과 동시에 터널 양쪽이 무너져서, 이틀 동안 버스와 그 안의 승객 7명이 갇혀있었어. 그런데 복구 후에 구조하러 들어갔을 때는, 버스 안에는 승객이 한 명밖에 없었어. 창백한 얼굴을 한 여자 혼자 안에 쓰러져 있었어."

"그래서? 이번에도?"

다카노가 다음을 재촉하자 시미즈는 조용히 끄덕였다.

"맞아. 그 여자는 병원에 입원했는데, 구출된 지 일주일 만에 갑자기 일어나서 말했다고 해. '모두 돌아올 겁니다'라고. 그리고 그 말대로, 그날 행방불명이었던 전원이 터널 옆에 쓰러져 있는 것이 발견되었어. 이번에는 아무도 없어지지 않고, 운전기사까지 포함해서 6명 전원이 돌아왔지."

시미즈는 말을 이었다.

"여기에서 처음 말한 랭고리얼 사건으로 돌아가는데, 그 비행기 사건이 있었을 때 증언자 중에 초등학생 소녀가 있었어. 그 아이는 비행기 타는 게 처음이어서 굉장히 긴장하고 있었어. 사실은 안 타고 싶었지. 타기 싫은데 어머니가 억지로 타라고 자기에게 강요한 거야. 사건이 있던 날 날씨도 무척 나빴거든. 그것도 소녀의 긴장감을 부채질한 것 같아. ……그 애는 정말 비행기를 타고 싶지 않았어. 그 애는 나중에 이렇게 증언했어. '내가 비행기를 삼켜버렸어. 삼켜버려서 괴로웠는데, 오빠가 구해줬어'라고. 구해줬다는 그 '오빠'의 이름이 로베르토 포드. 랭고리얼 사건의 행방불명자, 바로 그 사람이야."

"거기까지는 나도 알고 있어."

아키히코가 고개를 끄덕인다.

"텔레비전에서 봤어. 그 아이 말고도 승객 몇 명인가, 그 로베르토라는 사람 덕분에 살았다고 증언했었지?"

"응. 네덜란드의 종유굴 얘기도 이 이야기하고 조금 비슷해. 간단하게 말하면 종유굴에서 혼자 발견된 아이는 전형적인 왕따였던 거야. 그 소풍날도 동굴 안이 어두워서 무서웠는데, 다른 애가 놀렸어. 이 사건에서 돌아오지 않은 한 명이 그 애를 그때 놀렸던 애고, 결국 지금까지 발견되지 않았어. ……이 사건은 아마 1970년대에 있었을 거야."

시미즈는 기억을 더듬듯이 허공을 쳐다본다. 누구에게도 시선을 두지 않고 그녀는 말을 이었다.

"그것 말고도 이해하기 힘든 집단실종사건 기록은 전 세계 어디든 있는데, 지금은 잘 생각이 안 나네, 미안. 어쨌든 사건들의 공통점이라고 할 수 있는 것은 '한 명이 돌아오지 않았다'는 것. 그리고 하나 더. 한 사람의 안에 행방불명자들 전원이 갇혀 있던 게 아닌가 하는 가설이 성립된다는 것."

"나 그거 읽은 적 있어. 아마 히스테리를 일으킨 사람에게서 일어나기 쉽다는 현상이지?"

미즈키가 끼어든다.

"극도의 흥분 상태나 긴장 상태에 빠진 사람에게 일어날 수 있는 일인데, 아이……, 특히 여자아이한테 일어나기 쉽다고 들었어. 폴터가이스트나 초능력의 일종으로 생각할 수 있다고 하더라."

"응. 또 일반적으로 얘기하는 건 생사의 기로에 서 있는 사람한테도 일어날 수 있다는 설인데, 문제는 여기서부터야. 미국 오컬트 연구

권위자 중에 젤드 박사라는 학자가 있는데, 그가 이런 몇 개의 현상으로부터 대담한 가설을 세운 거야. 어떤 사람이 정신적으로 궁지에 몰렸을 때, 그 사람은 자신 안에 주변 사람을 가둬버릴 수 있다. 그것은 없어졌으면 하고 바라는 사람일 수도 있고, 악의 없이 우연히 끌어들인 사람일 수도 있는 것 같은데, 어쨌든 그런 게 사람한테는 가능하다. 그리고 그때 그 인물의 정신세계는 전부 본인의 주관으로 성립된 본인의 희망이나 소망이 반영된 세계고 그 본인한테는 아주 아늑한, 자신을 절대로 상처 입히지 않는 장소래. 자신의 세계 속에서 그 사람은 완전한 신이 될 수 있어. 그걸 거스르고 누군가가 밖으로 나가려고 하면 거기에는 상당한 스트레스와 왜곡이 생겨. 사람의 정신세계는 극히 섬세한 법이지. 그걸 바탕으로 박사는 이렇게 생각했어. 어떤 사람이 자신의 머릿속에 누군가를 가뒀다면, 제자리로 돌아오기 위해서는 누군가가 그 사람의 머릿속 문을 안에서 닫아줄 필요가 있는 게 아닐까. 집단으로 사람들을 가뒀을 때 누군가 한 명이 그 안에 남아야만 한다는 가설을 젤드 박사는 세웠어. 그것이 랭고리얼 사건의 로베르토나 네덜란드 동굴 안의 놀리던 애라고 생각하면 전부 납득이 되지. 로베르토는 비행기를 지상에 돌려보내기 위해 스스로 그 역할을 맡은 것이고, 네덜란드의 놀린 애는 어쩔 수 없이 그 역에 '발탁된' 거지. 자신이 그 아이를 괴롭혔기 때문에 갇힌 거니까."

"아, 잠깐 기다려봐, 시미즈. 독일 터널 사고는? 그건 전원이 돌아왔다고 아까 그랬잖아."

그때까지 잠자코 듣고 있던 미쓰루가 조심스럽게 고개를 든다. 시미즈는 마치 그 질문이 나올 것을 예상하고 있었다는 듯이 끄덕였다.

"맞아. 터널 사고 쪽은 분명 전원이 돌아왔어. 다만 이 사건에서는

행방불명된 승객들한테 행방불명 당시의 기억이 다 남아 있었다고
해. 그 안에서 그들은 그 여성의 머릿속에 자신들이 갇혀 있다는 상황
을 이해하고 있었어. 게다가 그들의 머릿속에는 왠지 '누군가 한 명이
남아야 한다'는 강박관념이 강하게 남아 있었다고 해. 이 안에서 탈출
하기 위해서는 누군가 한 명 남아야만 한다, 누군가가 남지 않으면
모두가 영원히 이곳에 있어야 한다──. 결론부터 말하자면 그들은
대답을 낼 수 없었어. 내지 못한 채 어떻게든 밖으로 나가려고 발버둥
쳤고, 그래서──그 여성의 안에서 탈출했어."

"뭐야, 그냥 다 나갈 수 있다는 거 아냐."

왠지 실망한 듯한 모습으로 스가와라가 중얼거린다. 어이없게 한
방 먹었다는 말투였다. 테이블 위에 앉아 흔들고 있던 다리를 다시
꼰다.

"그럼 그 아무개 박사의 가설이 틀린 거잖아? 괜히 놀랐네."

"그게, 그렇게 단순한 얘기가 아니야."

시미즈는 조금 곤란한 듯이 이마를 누른다. 스가와라가 얼굴을 찡
그리는 모습을 보고 그녀는 말을 이었다.

"그들은 모두 무사히 그녀의 안에서 나올 수 있었지만, 그들을 가뒀
던 그 여성은 '모두 돌아올 겁니다'고 말한 걸 끝으로 그대로 병원에
서 숨을 거뒀어. ──아무도 남지 않는 대신, 그녀 자신이 죽어버린
거지."

거기까지 말하고 시미즈는 일동을 둘러본다. 꺼림칙하다는 표정을
짓고 '골치 아프게 됐어'라고 중얼거렸다.

"만약, 지금 여기가 그 이야기와 비슷한 상황이라면, 정말로 골치
아프게 됐지. 여기가 누구의 머릿속인지는 모르겠지만, 그 사람은

누구를 여기에 가두고 싶은 걸까. ──우리들이 여기를 나가려면 누군가 한 명이, 이곳의 문을 닫기 위해 남아야만 하는 거야."

3

"기도 안 차는 얘기로군."

시미즈의 이야기가 끝나자 조용해진 식당에서, 처음 입을 연 사람은 스가와라였다. 그는 입을 삐죽였다.

"난 싫어. 우리들 중 누구 하나가 그런 식으로 희생되어야 한다니. 누구도 희생되어선 안 돼. 물론 내가 희생되는 것도 싫어. 절대로."

"동감이야."

스가와라와 같은 낮은 목소리로 게이코가 말한다. 다 마신 종이컵을 구기는 그녀의 얼굴도 기분이 좋지 않은 듯 일그러져 있었다.

"하나 얘기해도 돼? 이곳의 주인은 처음부터 죽은 사람일 수도 있는 거잖아? 그러면 지금 그 가설은 성립하지 않는 거 아닌가? 아무도 남지 않을 경우 그 세계의 주인이 대신 죽는다는 법칙이 있다면, 지금 이 상황에선 어떻게 되는 건데? 그 가설은 이미 죽은 사람한테는 적용할 수 없어."

"나도 전문가가 아니니까, 거기까진 몰라. 모르지만, 그래도 젤드 박사 책에 한 가지 예외가 실려 있었던 게 기억나. 읽었을 때에도 그게 이상했었거든. 이번 일이 그 경우와 비슷한지는 모르겠지만."

시미즈는 다시 자신의 머릿속을 뒤지는 듯 입을 다문다. 잠시 후 고개를 들었다.

"이건 집단실종사건은 아닌데. 자신의 딸을 학대하던 아버지가 그 딸 안에 갇힌 얘기야. 두 사람은 부녀가정이었어. 어머니는 딸을 낳고 바로 세상을 떠났지. 그는 딸 머릿속에 갇혀서 자신이 한 일을 깊이 반성했어. 자신이 해 온 일이 얼마나 무거운 죄인가를 깨닫고 견딜 수 없게 되어서, 여기에서 나가 딸을 껴안아 주고 싶다고 생각했어. 결과적으로 그는 딸 안에서 나올 수 있었는데, 그때 이렇게 말했다고 해. '아내가 자기 대신 딸 안에 남아 주었다. 딸의 마음을 안에서 닫아 주었다'고."

"그 사람 부인이라면 이미 옛날에 죽었다고 했잖아?"

자신의 무릎을 껴안고 앉은 리카가 의아해한다.

"응. ……이 부분이 복잡한데, 책의 저자인 젤드 박사는 오컬트 연구에 물들어 있던 데다가 ESP나 폴터가이스트 현상도 믿었는데, 유령의 존재만은 전혀 인정하지 않는 입장이었어. 그래서 이 사건에도 어떻게든 타당한 이유를 붙이려고 노력했지만 아무래도 설득력이 없었지. 그래서 이 부분은 내 생각인데, 이 문제에 한해서는 유령의 존재를 어느 정도는 인정해야 할 것 같아. 누군가 한 사람이 마음의 뚜껑을 안에서 닫아야 한다. 그 한 사람은 죽은 사람이 될 수도 있다. 그렇다면 이미 죽은 사람이 우리들을 자신의 머릿속에 가뒀을 가능성도 충분히 있지 않을까?"

"시미즈는 어떻게 생각해?"

시미즈가 말을 끝내기를 기다려서 다카노가 물었다.

"아까부터 마음에 걸렸어. 우리들 중 누군가 한 명이 여기에 남지 않으면 안 될 가능성을 시미즈는 한참 전부터 알고 있었던 거지? 그런데도 시미즈는 꽤 담담했어. 시미즈가 이 상황을 어떻게 생각하는지, 그걸 듣고 싶어."

"——역시 반장이군. 냉정하고 믿음직스러워."

시미즈는 그렇게 말하고 웃었다. 의자에 등을 기대며 깊숙이 고쳐 앉더니 조금도 거만한 구석이 없는 말투로 그 뒤를 이었다.

"여기 우리들을 가둔 사람은 이미 자살했어. 그렇다면 아무것도 조급해할 필요 없어. 그 사람은 분명히 악의를 가진 게 아닐 거야."

"어째서?"

"한 명 남을지, 본인이 죽을지. 어느 쪽을 선택하든 희생되는 건 그 사람 자신이니까."

미쓰루의 질문에 시미즈는 딱 부러지게 대답했다.

"이미 죽은 사람은 지상으로 돌아갈 수 없어. 그걸 알면서 이 세계의 주인은 우리들을 부른 거라고 생각해. 그 사람의 목적은 모르겠어. 모르겠지만, 그 사람은 기분이 풀리면 우리들을 무사히 현실로 돌려보내 줄 거야. 때가 되면 확실히 그럴 거야. ——내 강의는 이상으로 끝. 자살한 본인 이외에는, 모두 무사히 돌아갈 수 있을 거야."

말해 버리고 나니, 그 '자살한 사람'의 존재에 짚이는 데가 있었던 것인지 시미즈는 괴로운 듯이 얼굴을 숙였다.

4

그날, 투신자살한 사람은 누구인가.

팽팽해진 공기가 전원이 같은 것을 생각하고 있다는 듯 전해진다. 적막이 감도는 식당 안에서 불편한 듯 아무도 다른 사람과 눈을 마주치려고 하지 않는다.

침묵을 견디지 못하고 얼굴을 든 건 미쓰루였다.

"지금 이렇게 얘기하고 있는 내가 유령일지도 모르겠지만."

말하는 목소리는 갈라진데다 말을 무척 더듬는다.

"그렇게 생각하니, 꼭 일을 서두를 필요는 없는 것 같아. '현실'로 돌아가면, 그게 내가 아니었더라도 이 중 누군가는 죽고 없는 거잖아. 그건 싫어. 그럼 당분간 이대로 여기에 있는 것도 나쁘지 않을 것 같아. 여기라면 다들 함께 있을 수 있고, 재미있고, 하고 싶은 거 맘대로 해도 되고……."

"뜨뜻한 물에 몸 담그고 그냥 늘어져 있고 싶다고? 그 점이 여기로 우릴 부른 사람이 노리는 거 아닐까?"

게이코가 쓰게 웃는다.

"확실히 이곳의 분위기는 그렇게 나쁘지 않지. 먹을 거 걱정도 없고, 자기랑 사이좋은 사람들만 있는 곳이니 편안하겠지. 하지만 이 중에 자살한 애가 정말 있다면 그것이 누군지, 왜 죽었는지 나는 그 동기를 알고 싶어. 잘 기억나지 않지만 사건 직후, 죽은 게 나 이외의 누군가였다면 나는 그 이유를 알고 싶었을 거야. 겉으로만 사이좋게 지냈을 뿐 죽은 이유도 모른다면 기분이 안 좋을 것 같아. 그런 건 싫어. 지금이 그 이유를 알 수 있는 기회라면 어떻게든 알고 싶어. 안 그래?"

"그건 나도 그래, 게이코."

식어버린 커피에 입을 대며 다카노가 동의했다.

"하나 제안이 있는데. 축제날 사건 전후에 있었던 일들을 기억나는 대로 다 같이 이어보자. 이대로는 뭐가 맞고, 뭐가 애매한지조차 확실하지 않잖아? 어디까지 가능할지 모르겠지만, 뭔가가 떠오르거나 기억날 수도 있으니까. 생각해 보면 우리들은 그날 일을 언급하는 것을 의도적으로 피하고 있었어."

"그거엔 동감. 지금 생각하면 그 아이는 그래서 더욱 외로웠던 건지도 모르고."

미즈키가 약한 목소리로 말하자, 그 옆에서 스가와라도 동의했다.

"찬성. 좋은 생각이야. 어쨌든 축제 때 있었던 일이라든가 자살 직후의 일이라든가. 그런 것만이라도 생각해 보자."

"축제란 말이지."

갈색 머리카락을 손가락으로 빗으면서 리카가 느긋한 목소리로 말했다.

"왠지 그립네. 축제가 끝나고 나서 학교 진짜 재미없어졌지. 그 일 때문에 안 그래도 캡 침울한 분위기였는데, 토요일 일요일도 모의고사 보느라고 못 쉬었잖아. 저기, 축제 준비 시작한 것은 언제부터였지?"

"—— 대체로 축제 한 달 전부터. 여름방학 끝나고 바로 시작해서 전날인 10월 9일까지. 그리고 3일간이 축제 기간이었어. 첫째 날인 10일에 체육제, 둘째 날이 11일, 무대 발표. 셋째 날이 문제의 자살이 있었던 날이고, 학교 안에 가게가 섰어."

자료라도 읽는 듯 시원시원한 말투로 게이코가 말한다. 시미즈가 끄덕였다.

"기억나. 영화를 상영하는 걸로 의견이 모아져서, 우선은 거기서부터 시작했지. 포스터와 팸플릿 만들기 얘기도 하고. 영화 프로그램도 히치콕으로 정해질 때까지 제법 말이 많았지."

"맞아. 그래도 결과적으로 그게 상당히 평이 좋았지. 시미즈가 그린 포스터 덕도 있었고, 어트랙션 부문 인기투표 집계 결과 1위였어. 그 전날 체육제도 우리 반이 준우승이었으니까, 그대로 잘 끝났으면 축제 종합 우승은 두말할 것 없이 우리 반이라고, 유지가 그랬어."

"유지가, 그랬었구나."

게이코의 말에 다카노는 스와 유지의 얼굴을 떠올렸다. 분명 어제 만났을 텐데도 한참 얼굴을 못 본 듯한 기분이 들었다.

세이난 고등학교에서는 통상 학생회장이 축제를 기점으로 아래 학년의 후임과 교대한다. 그래서 필연적으로 축제는 학생회 최대이자 최후의 일이 되는데, 역대 회장들도 모두 축제가 끝난 시점에 학생회 활동에서 손을 떼고 수험 준비에 전념했었다. 특히 다카노 대의 회장인 스와 유지는 모의고사 성적도 좋다. 본격적으로 대학 수험을 위해 노력해야 할 시기다.

그러나 올해만은 학생회장 역할은 거기서 끝나지 않았다. 오히려 최대의 일은 그날 시작되었다. 심적으로 시험공부에 전념할 수 없었던 것은 다카노도 마찬가지지만, 유지는 그야말로 눈이 핑핑 돌 정도로 바빴을 것이다.

자살사건의 뒤처리.

다음 날 체육관 스테이지 위에서 침통한 표정으로 학생이 자살했다는 소식을 전하던 그의 목소리가 다카노의 귀에 아직 생생하다.

"그러고 보면 여기 그 녀석도 없네. 사카키샘만큼 자주는 아니지만, 그 녀석도 바쁘지 않으면 우리랑 자주 놀았었는데."

"유지는 반이 달라서 그런 거 아냐?"

리카가 끼어든다.

"축제 때만 해도, 당연한 얘기지만 유지는 우리 반이 한 일에 참가하지 않은데다 그 전후로는 학생회 일만 했잖아. 게이코는 그렇지도 않았지만, 역시 그 아이는 회장이잖아? 우리 학교 학생회는 뭐랄까, 유지가 독재하는 듯한 분위기였으니까. 둘째 날 그 연극도, 아이디어 낸 거 유지지? 게이코가 엄청 멋졌던 거."

"아, 그거 괜찮았지. 나 너무 좋았었는데."

"——하고 싶어서 한 게 아니야."

아키히코의 말에 게이코가 싫은지 눈썹을 찡그린다.

"그냥 유지 녀석이 드레스가 입고 싶었던 거뿐이겠지. 개인적인 취미로."

"에이. 그래도 귀여웠잖아, 유지."

미즈키가 놀리듯이 말했다.

"1반 남자애들 잘 놀더라. 일어서서 소리친 사람 유지 친구 맞지? '공주, 나와 결혼해 주시오!'하고. 과연 유지라 태연하게 '18세는 넘었나?'라고 받아쳤었는데. 확실히 예쁘긴 했어."

"응. 우리 학교 학생회라 다행이야. 나 가끔 다른 학교 친구한테 '세이난 학생회에 엄청 멋있는 애 있지?'라는 말 듣는데. 그때마다 유지 얘긴지 게이코 얘긴지 헷갈리거든."

스가와라는 칭찬으로 한 말이지만, 칭찬받는 게이코는 듣기 싫다는 듯 얼굴을 찌푸렸다.

이럴 때, 다카노는 게이코가 마치 말썽꾸러기 동생을 둔 누나처럼 느껴지곤 한다. 평소에는 담백한 말투에 세상일을 삐딱하게 보는 듯한 태도를 유지하는 그녀가 문득 본모습으로 돌아가는 듯한 인상을 준다.

놀리는 게 재미있어졌는지, 리카가 웃으면서 말을 더했다.

"맞아, 맞아. 그래도 말이야, 게이코. 너 득 본 거라니까. 유지가 이러쿵저러쿵 말은 많지만 엄청 인기 많은 데다, 너하고는 진짜 사이 좋잖아. 그런 모습을 보고도 게이코랑 겨뤄보겠다는 애가 있다면 진짜 용감한 사람일 거야."

"유지라면 얼마든지, 포장까지 해서 넘겨주지."

딱 잘라 말하고 게이코는 다카노를 마주한다.

"그래서, 다카노. 알고 싶은 건 사흘째잖아. 나는 첫째 날, 둘째 날에 뭔가 특별한 일이 있었을 거라고는 생각 안 해. 누군가 그렇게 궁지에 몰려 있었다든가 하는 기억은 전혀 없어."

"그건 나랑 게이코 말고도 다들 그럴 거야. 그러니까 그 자살에 그렇게 놀랐던 거고, 동기도 아직 수수께끼로 남아 있지."

다카노는 남은 커피를 전부 입에 흘려 넣는다. 차가운 액체가 천천히 목을 내려간다. 씁쓸한 이 감각은 지금 이 상황과 조금 비슷하다. 왠지 뒷맛이 나쁜, 정체 모를 기분이 달라붙어 사라지지 않는다.

"우선 먼저 묻고 싶은 건 이 중에서 그 자살을 실제로 아래에서 보고 있었던 건 누구누구인지야. 있어? 상황이 듣고 싶어."

"나, 봤어."

미즈키가 말했다. 조심스레 손을 들고, 그녀는 다카노의 얼굴을 응시한다.

"다만, 이건 어디까지나 내가 '봤다고 생각하고 있는 거'라서. 어쩌면 거짓말도 포함되어 있을지 모르지만, 그렇다면 그건 내가 일부러 거짓말을 하려고 하는 게 아니야. 그건 알아줘. 만약 모순이 있으면 지적해도 돼."

"알았어, 미즈키. 네가 봤을 때 어떤 상황이었어?"

"처음엔, 교실에서 뒷정리를 하고 있었어. 그런데 갑자기 복도가 시끄러워지더니, 같이 정리하고 있던 사카키샘을 누가 부르러 왔어. 나는 그걸 보면서 쓰레기를 버리려고 교실에서 나왔어."

그때가 떠올랐는지, 눈을 내리깔고 미즈키는 천천히 고개를 저었다.

"밖으로 나오니까 난리였지. 그때에는 벌써 울타리 옆에 사람이 서 있었어."

그 사람이 지금부터 하려는 것을. 뛰어내리려고 한다는 것을.

본 순간에 눈치챌 수 있었다. 그 사람의 부자연스러운 자세와 표정. 그 모습을 다카노도 그때 본 것이다.

"그건, 나도 봤어. 마침 밖에 있었으니까."

스가와라도 생각난 듯이 말했다.

"쓰레기 버리고 오라고 여자애들이 시끄러워서 말이야. 버리러 가려고 건물을 나왔는데 왠지 소란스럽기에 위를 봤더니 옥상에 사람이 서 있었어. 나중에 문제가 되기도 했지만 지금 생각해 보면 우리 학교 옥상, 안전 관리가 엉망이었지. 열쇠도 안에서 쉽게 딸 수 있고. 나중에 자물쇠가 채워지긴 했지만 생각해 보면 자살하려는 애한텐 안성맞춤인 장소였어."

"나도 그때 밑에서 보고 있었는데, 그럼 다른 애들은? 나랑 미즈키하고 스가와라. 3명뿐이야?"

다카노가 묻지만 아무도 대답하지 않는다. 다카노는 게이코를 보았다.

"게이코, 너는?"

"체육관에서 스테이지를 정리하고 있었어. 학생회가 해야 할 일이었으니까."

눈도 깜짝하지 않고 게이코가 대답한다.

"의자랑 마이크 정리. 교사로 돌아가지도 않았으니까, 교정이 시끄러웠던 것도 몰랐어. 자살이 있었던 걸 안 것은 이미 떨어진 후에 체육관 밖에 있던 녀석이 뛰어 들어와서야. '옥상에서 사람이 뛰어내렸다'고 외치면서 들어왔지. 죽은 사람이 누구인지 안 건 좀 더 뒤."

"리카는 교문 있는 데서 포스터 뜯어내고 있었어."

리카가 말했다.

"리카는, 우리 반 가나에랑 같이 그거 담당이었는데, 교문 근처에서는 학교 건물이 잘 안 보이잖아? 아무도 자살에 대해서는 눈치 못 채고 평소처럼 정리하고 있었거든. 그랬는데 비명이 들려서 다들 깜짝 놀랐어. 무슨 일인지 리카가 상태를 보러 건물로 왔는데, 그때는 이미."

그 당시를 떠올렸는지 리카가 말을 흐린다.

"건물 아래에는 애들도 선생님도 다들 엉엉 울고 있지, 땅에 주저앉아 있는 애들도 잔뜩 있지, ……그다음부터는 잘 기억이 안 나. 다만 리카도 무섭고 놀라서 가나에랑 둘이 엉엉 울었어."

(왜, 왜 그랬어)

누구 목소리였는지는 정확하게 모르겠지만, 그때 분명히 들었던 울음소리. 그 오열이 다카노의 귀에 되살아난다. 괴로워하는, 돌이킬 수 없는 일을 그저 슬퍼하는 목소리. 그것이 얼마나 가슴 아픈 목소리였는지.

다카노는 눈을 감는다. 가볍게 눈 위를 누르며 천천히 눈을 깜박이고는 미쓰루를 보았다.

"미쓰루, 너는?"

"아, 나는——, 담임이었는지 스가와라였는지 확실치 않은데, 누군가가 부탁해서 반 애들 수만큼 주스를 사러 갔었어. 가까운 편의점에."

"아아, 그러고 보니 내가 너한테 부탁했었지. 잊고 있었어."

"······맞아. 나 자전거로 등교하지 않아서 자전거 없다고 했는데, 아키히코한테 빌리든지 걸어서라도 갔다 오라고 스가와라가 떠밀어서 결국 아키히코 자전거를 빌려 갔는데, 정말 장난 아니었어."

"으아, 그랬는데 자살한 애가 너였다면 난 울어버릴 거야. 내가 부려 먹은 게 자살의 동기가 된 거야? 너 그게 명예면 명예였지 죽을 이유는 아니잖아?"

"누가 그런 걸로 죽는대!! 어쨌든 내가 편의점에 갔다 돌아왔을 때에는 벌써 일이 벌어진 뒤였어. 구급차가 떠나고 있었거든······. 그리고 나, 그 사람이 떨어졌다는 건물 옆 땅바닥을 우연히 봤어. 그래서 뭔가 큰일이 났다는 걸 알았지."

거기까지 말하고 미쓰루는 어두운 얼굴로 말을 멈춘다. 그 모습만으로도 다카노는 미쓰루가 본 것이 무엇인지를 알 수 있을 것 같았다.

땅바닥.

중간이 끊긴 다카노의 회상에 항상 한 박자 늦게 따라오는 개념이다. 울타리를 넘어 떨어지는 사람. 하지만 현실이 전부 거기서 끊긴 것은 아니었다. 사람의 몸이 옥상 높이에서 지면에 내동댕이쳐지는 소리. 그 소리가 어떤 소리였는지 다카노는 정확히 떠올릴 수가 없었지만, 그 소리를 들었다는 것만은 기억하고 있다. 듣기 좋은 소리는 아니었다.

그리고 내동댕이쳐진 그 사람의 몸은 대체 어떻게 되었을까. 뛰어
내린 그 사람의 주변으로 학생들이 다가오지 못하게 하려고 비명에
가까운 소리를 지르며 바리케이드를 치던 선생님들이 문득 떠올랐다.

장례식 때 그 사람의 부모님은 관 속에 누워 있는 자신들의 아이를
똑바로 볼 수 있었을까. 즉사였다는 사실을 다카노는 나중에 들었다.

미쓰루의 눈에 비친 땅바닥은 그 흔적이었을 것이다.

"됐어. 고마워 미쓰루. ──아키히코, 너는?"

그 이상 미쓰루에게 질문하는 것을 포기하고 다카노는 무표정하게
다리를 꼬고 있는 아키히코를 돌아본다.

"별로 떠올리고 싶지 않지만, 어쩔 수 없지."

잠시 허공을 노려보고, 아키히코는 꼬고 있던 다리를 아래로 내려
놓았다.

"나는 미쓰루나 리카처럼 완전히 그 장소에 없었던 건 아니야. 아래
엔 없었지만, 나는 위에 있었어."

"위?"

"그래."

말하기 거북한 듯이 말을 일단 끊고, 아키히코는 짧게 숨을 들이쉬
었다. 모두의 시선으로부터 도망가려는 듯 고개를 돌렸다.

"나는 아마 3층 복도에 있었던 것 같아. 그런데 갑자기 학생주임,
도쿠다 선생님이라고 있잖아. 그 사람이 안색이 변해서 굉장한 기세
로 달려왔어. 하마터면 나랑 부딪힐 뻔했지. 놀라서 왜 그러시냐고
물어봤어. 그랬더니……."

"그랬더니?"

"잘됐다, 너도 같이 가자. 너랑 같은 반이잖아."

아키히코는 나머지 아이들을 돌아본다.

"물어도 대답도 안 해 주고 무슨 일인지 전혀 모르고 있었지만, 어쨌든 심각한 분위기였으니까. 딴 건 둘째 쳐도 도쿠다 선생님은 거스를 수 없잖아. 영문도 모르고 선생님한테 옥상까지 끌려가서 ……. 그리고 도쿠다 선생님은 문을 열자마자 필사적으로 외쳤어. 그 아이의 이름을."

"생각 안 나?"

"안 나. 아까부터 계속 혼자서 생각해 보고 있었단 말이야. 나 그때, 그 애가 뒤돌아봤을 때 한순간 눈이 마주친 건 기억 나. 처음엔 도쿠다 선생님을 보고, 그리고 내 쪽을 보고. 그래서 나랑 눈이 마주쳤어."

펑펑 내리는 창밖의 눈은 그칠 기색이 없다. 아키히코는 잠시 창밖을 힐끗 보더니 심각한 목소리로 말을 이었다.

"얼굴하고 이름 같은 건 전혀 기억이 안 나는데, 그 눈만은 어쩐지 기억날 것 같아. 뭐, 무슨 실험처럼 눈만 보고도 누군지 구별할 수 있을 것 같진 않지만, 왠지 느낌은 기억해. 그리고 그 후에, 그 애는 '오지 마'라는 뜻의 말을 했어. 오지 말라든가 오지마세요라든가, 말투라도 기억나면 그걸로 성별이라도 알 수 있을 듯한데 그건 정말 생각 안 나. 목소리도 물론이고. 섣불리 자극하게 될까 봐 나도 도쿠다 선생님도 그 이상은 아무 말도 못 했어. 근데 이상하지. 난 정말 아무것도 모르고 옥상에 갔는데, 울타리에 있던 그 애를 본 순간 이 아이는 곧 죽겠구나, 나는 그걸 보게 되겠구나 하는 직감 같은 걸 느꼈어. 옛날 싸구려 드라마에 자주 나오잖아? 그런 바보 같은 짓은 그만두라는 둥 하면서 자살하려는 사람을 말리는 거. 그거랑 비슷한 상황이라고 멍하니 생각하고 있었는데, 묘하게 현실감이 없어서 결국 아무 말도 못 했어. 다카노처럼 그저 아래서 보고 있을 수밖에 없는 것도 무섭고 괴로운 일이었겠지만, 눈앞에서 그 사람의 등이 울타리에서 멀어지는 걸 상상해봐. 울타리 건너편으로 손을 내밀었다면, 어쩌면 잡을 수 있었을지도 모르는데. 아무것도 할 수 없었어. 이미 늦었다는 말, 이거에 비하면 정말 하나도 괴롭지 않은 편한 변명이야. 뭔가 할 수 있었는데, 늦지 않았었는데……. 그 사람은 눈앞의 울타리에서 뛰어내렸어. 그걸 난 죽어도 못 잊을 거야."

담담히 그렇게 말한 아키히코는 고개를 돌렸다.

5

"그 이야기, 나 도쿠다 선생님께 들었어."

다시 침묵이 찾아온 식당 안에서, 시미즈가 입을 열었다.

"자살사건 후에 선생님이 그랬어. 지금 아키히코가 말한 것처럼, 살릴 수 있었는데도 죽게 내버려뒀다는 기분이 든다고."

"이해가 안 되는군. 왜 너희가 그렇게 그 일에 책임감을 느끼는 건데?"

기가 막힌다는 듯 스가와라가 끼어들었다. 그 목소리에 일제히 모두의 시선이 그에게 쏠렸다. 그는 더욱 불만스러운 표정으로 뒤를 이었다.

"못 말렸다든가, 살릴 수 있었는데도 죽게 내버려 뒀다든가. 죽어버린 건 어쩔 수 없는 사실이고, 그게 아는 사람이었다는 건 무척 괴롭지. 그렇게는 생각해. 하지만 죽을지 그만둘지 그 순간, 그 시점에서 결정한 건 본인이라고. 자살하려는 녀석을 억지로 살려냈더니 원망하더라는 얘기도 있잖아? 그건 가까이 있던 아키히코 탓도 우리들 탓도 아니야."

"정말 넌 단세포구나."

아키히코가 조용히 스가와라를 노려보았다.

"스가, 네가 말하는 건 논리일 뿐이야. 생각은 그렇게 해도 심정이 그렇지가 않으니 어쩔 수 없잖아. 이 세상에 너 같은 단세포는 손꼽을 만큼밖에 없어. 자기 생각을 이 세상의 불문율처럼 말하는 거, 그만 좀 하지?"

"딴 건 그렇다 치고 아까부터 단세포, 단세포 하는데 넌 뭐가 잘났냐? 할 얘기 있으면 똑바로 해."

"그래? 한번 해 볼까?"

"아키히코, 스가와라, 둘 다 그만해."

곤란한 표정으로 미즈키가 중재에 나섰다.

"스가와라의 그런 점은 단점이기도 하지만 장점일 때도 있잖아."

"그래도 미즈키. 저 녀석은 지나쳐. 차별용어라 이 말은 안 하려고 했는데, 스가는 새대가리야."

"……말만 잘하네."

스가와라가 토라진 듯 옆으로 몸을 돌렸다. 다카노는 쓴웃음을 지으며 그 모습을 보았다.

스가와라의 존재는 구원이라고 생각했다. 이곳의 분위기가 너무 무거워지지 않도록 조절하는 역할을 한다. 입이 얼어버리지 않도록 아이스크림에 곁들여 나오는 과자 같은 존재. 이런 말을 하면 본인은 또 화를 내겠지만.

다카노는 들고 있던 종이컵을 반으로 접어 손장난을 쳤다.

"나는 아키히코 마음도 스가와라 마음도 다 알 것 같은데. 괴로운 마음도 알겠고, 결국은 본인이 답을 낼 수밖에 없는 문제였다고도 생각해. 그럼 하던 얘기로 돌아가자. 마지막은 시미즈인가? 시미즈, 넌 그 자살 못 봤지?"

"응, 나는 영사실 정리하고 있었어."

시미즈는 바로 대답했다.

"1반 교실 빌려서 커튼을 검은색으로 바꿔 달았었잖아? 그래서 그거 원래대로 하얀색으로 바꾸고 있었거든. 흑도 전부 바꿔 달고 있는데 에무라가 뛰어 들어왔어."

에무라는 같은 반 남학생이다. 그의 얼굴을 떠올리니, 다카노는 그 광경을 선명히 상상할 수 있었다.

"이름은 나도 생각 안 나는데. '누구누구가 옥상에서 떨어졌어'라고 소리쳤어. 처음에 난 '떨어졌다'는 얘길 들었을 때, 설마 그게 스스로 뛰어내린 거라고는 생각 못 하고 사고라고 생각했거든. 자살이었다는 건 나중에 딴 애한테 들었어. 왠지 거짓말 같았어."

누구라도 그럴 것이다. 힘없이 말하는 시미즈를 응시하며, 다카노는 그렇게 생각했다.

분명히 실제로 보지 않았다면 다카노 자신도 얼른 믿을 수 없었을 것이다. 실제 자신의 눈으로 본 모습. 그 사람이 울타리를 넘어서, 몸을 던질 때까지의 일련의 행동. 거기에는 어떤 말로도 대적할 수 없는 힘이 있었다.

시미즈는 천천히 눈을 깜박이고 말했다.

"슬프다든가, 괴롭다든가 그런 거보다 그냥 너무 놀랐어."

"그럼, 결국 이 중에서 자살을 실제 가까이서 본 사람은 나와 미즈키와 스가와라. 아키히코까지 넣으면 4명이네. ……절반이군."

다카노가 가볍게 혀를 찼다.

"그것도 전부 다 다른 장소라서 여기 있는 누군가와 함께 있었다는 증언이 없어. 기억을 모두 신용할 수 있을지 없을지는 일단 여기서는 넘어가더라도, 나쁘게 말하면 전원 '알리바이'가 없어. 누군가와 같이 있었다는 얘기도, 전부 여기 없는 사람과의 얘기니까 확인할 수 없다는 거지."

"무리해서 여기 있는 사람만으로 한정할 필요가 있나?"

"아냐, 그럼 사진 문제가 남아. 그 사진이 아까는 존재했었는데 없어졌다는 점이 아무리 생각해도 부자연스러워."

"그렇구나. 그거 대체 어떻게 된 걸까? 무슨 의미가 있는 걸까."

미즈키가 중얼거렸다.

"그건 도대체 뭐 때문에 없어진 거지?"

"한 명 없는 사람이 누군지, 그걸 보이고 싶지 않았던 거 아냐? 우리들한테."

리카가 아무렇지도 않게 말한다. 이 중에서 그 사진을 실제로 본 사람은 그녀뿐이다.

"그 사진, 우리들 전부 같이 찍은 거잖아. 거기에 없는 애가 '범인'인 거야."

"'범인'이란 말이지."

리카가 사용한 말에 쓴웃음을 지으며 다카노는 '어쨌든'하고 말을 이었다.

"나는 스가와라나 미즈키처럼 밖으로 쓰레기를 버리러 나갔다가, 거기서 그 자살사건을 봤어. 교실로 돌아가려는 길에 유지가 불러서 보게 된 건데……."

거기까지 말하다, 문득 다카노의 말이 끊겼다. 뭔가, 지금, 위화감이 있었다.

떨어지기 직전. 자신을 부르던 유지, 올려다본 학교 건물. 일순 느껴진 위화감은 일종의 섬광에 가까웠지만 어떻게 말로 잘 표현할 수가 없다. 이게 아니다, 라는 느낌만이 남아 있다. 이런 건 기분이 나쁘다. 자신이 무언가 중요한 일을 눈치채지 못하고 있는데, 그것이 무엇인지 그 정체를 파악할 수 없다. 그리고 그런 직감은 처음에 정체를 놓쳐버리면 의도적으로 되돌릴 수 있는 종류의 감각이 아니다. 포기할 수밖에 없다는 것을 다카노는 경험으로 알고 있었다.

다카노는 끝없이 흘러가려는 사고에 강제로 마침표를 찍고 다음으로 넘어가기로 했다.

"건물을 올려다보니 울타리 앞에 교복을 입은 사람이 서 있었는데, 그걸 보고 잠시 몸이 굳었던 게 기억나. ——6시, 조금 전이었어."

"그 얘기 말인데, 다카노. 자살한 시간이 혹시 5시 53분 아냐? 기억나?"

"응?"

갑작스러운 시미즈의 말에 다카노가 그녀를 보았다. 시미즈는 다카노에게 벽시계를 가리켜 보였다.

"조금 전부터 생각하고 있었어. 왜 저런 어중간한 시간에서 시계가 전부 멈춰 있는 걸까. 지금 다카노 말을 듣고 생각났어. 어쩌면 5시 53분이 그 사람이 뛰어내렸던 시간이 아닐까. 그래서 이 안의 시계가 그 시간에 멈춰 있는 거 아닐까?"

"그럴듯한데. 뛰어내려 죽은 사람의 시간은 그때 멈췄을 테니까. 말 된다, 말 돼. 그렇게 생각하면 역시 우리들은 시간의 틈 사이에 빠진 듯한 상황일지도 몰라."

"아까까진 몰랐는데."

게이코가 동의했고 다카노도 벽에 걸린 시계를 쳐다봤다.

"분명히 이 정도 시간이었던 것 같아. 그래, 그렇구나. 이 시간이었구나……."

"뛰어내릴 때까지 그 녀석 울타리에서 꼼짝도 하지 않았어."

흥미도 없다는 듯한 말투로 스가와라가 말했다.

"점점 소동이 커지고, 그 녀석을 말리려는 목소리도 높아졌는데. 그래도 계속 아래를 보고 있었지. 하지만 지금 생각해 보면 그렇게 길게 망설이고 있다는 느낌은 없었어. 오히려 설득 같은 건 이미 귀에 들어오지도 않는 것 같았어."

"어떻게 그런 결심을 했을까. 그렇게 높은데."

견딜 수 없다는 듯이 미쓰루가 말했다. 게이코가 차갑게 '죽기 위해 서니까 당연하지'라고 말을 받았다. 그녀는 팔짱을 끼고는 다카노에게 말을 건넸다.

"나는 직접 자살을 본 건 아니지만, 얘길 들어보니 그 녀석한테 뭔가 의도가 있었던 게 아닐까 싶어. 잘 생각해봐. 자살이라는 건 얼마든지 조용히 할 수 있어. 손목을 긋는다든가, 목을 맨다든가, 얼마든지 집에서 혼자 할 수 있는 일이지. 실제로 이전에 괴롭힘 때문에 자살사건이 많았을 때도 보통 목을 맸었지, 투신자살했다는 얘기는 들은 적이 없어. 게다가 축제 후, 그것도 가장 사람들의 주의를 끄는 장소에서."

"하고 싶은 말이 뭔지는 알겠어, 게이코. 확실히 그 자살은 다른 사람을 의식하고 있다는 인상을 줬지. 그 후 매스컴 취재가 엄청났던 것도 그 탓이 아닐까. 자살 뒤의 상황이 너무 잘 꾸며져 있었던 탓인 것 같아. 자신의 고교생활 마지막 축제, 그것도 마지막 날. 반 애들 앞에서 유서도 없이 투신자살. 확실히 거기엔 무언가 노리는 것이 있었다고 생각해. 그렇지 않으면 너무 부자연스러워. 아마도 그냥 죽고 싶다는 것과는 다른 뭔가 그 이상의 목적이 있었어."

"동정을 받고 싶었던 거야? 그렇다고 진짜 죽어버리면 어떡하냐? 수지가 안 맞잖아."

적나라하게 말하고는 스가와라가 들고 있던 콜라 캔을 찌부러뜨렸다.

"그리고 투신자살이란 건 원래 아무 생각 없이 할 수 있는 일인 거 아냐? 뭔가 충동적이잖아. 갑자기 죽고 싶어졌는데, 거기 우연히 옥상이 있었을 뿐인지도 모르잖아?"

"그런 말을 하면 그런 것 같기도 하고. 그래도 여러 요소가 있어서 그게 전부 합쳐져서 하나의 동기가 되는 거잖아? 난 의미가 없었다고는 생각할 수 없는데."

죽음의 결의를 마음에 품은 사람. 그런 사람의 생각을 추측하기는 쉽지 않다. 그 당시 어느 방송국이라 할 것 없이 텔레비전 뉴스에서 세이난 건물을 비추고는 스튜디오에 심리학 전문가를 불러왔던 장면을 다카노는 떠올렸다.

(현대의 고등학생은)

(옛날과 달라서 요즘은)

(현실과 허구를 혼동하는 경향이)

'현대의 고등학생들'이라고 해서 세대 전부가 모두 똑같은 생활을 하는 것은 아니다. 개개인이 안고 있는 문제를 그 세대 모두의 문제로 보는 것은 비약이다. 자신들을 너무 바보로 아는 것 같다고 다카노는 생각했다. 무엇보다 자살의 동기는 같은 교실에서 책상에 나란히 앉아 생활하던 다카노와 친구들조차 알 수 없는 것이다. 그런 것을 제삼자가 분석한다고 해봤자 자신들은 절대로 믿지 않는다.

그날, 사람들의 주목을 한 몸에 받으면서 계속 아래를 내려다보던 얼굴. 허둥대며 당황하는 아래 세상을 내려다보면서 그 사람이 생각하고 있었던 것은 무엇일까. 화려한 자살을 계획한 그 인물이 기대하고 있던 광경은 과연 그곳에 펼쳐지고 있었을까. 그리고 그 눈은 무엇을 보았을까.

"떨어진 직후 일은 잘 기억이 안 나."

불쑥, 중얼거리듯이 미즈키가 말했다.

"나 아래에 있긴 있었는데, 그게……. 울타리에서 그 사람이 떨어진 순간, 무서워져서 눈을 감은 것 같아. 쓰러질 것 같았어."

"난 다 기억나."

다카노는 다시 기억의 가장자리를 더듬었다. 그날 저녁, 옥상에서 그 사람의 그림자가 사라진 후. 차가워진 바람이 강하게 다카노의 볼을 할퀴듯이 스치고 지나갔다. ——그걸 어떻게 잊을 수 있겠는가.

한층 높아진 울음소리와 비명.

믿을 수 없을 정도로 가슴속이 차갑게 식고 메말라, 금이 가는 듯한 느낌마저 들었다. 그런가 하면 갑자기 뜨거운 것이 치솟아와, 다카노는 숨을 제대로 쉴 수도 없었다.

유지가 아무 말도 없이 잠자코 옆에 서 있었다. 마른 입술이 한동안 움직이지 않게 되어버린 듯 말이 없었다. 다카노와 눈이 마주쳐도 마찬가지였다.

더 이상 참을 수 없어져서, 다카노는 혼잡한 사람들을 돌아보았다. 누군가에게 도움을 청하며 시선이 이리저리 방황한다. 모든 것이 색을 잃은 듯한 그곳에, 혼자 멍하니 서 있는 장신의 그림자를 발견했다.

"나 분명히, 거기서 사카키샘과 눈이 마주쳤어."

혼자서 허공을 쳐다보던 사촌 형. 얼어붙었다는 표현이 딱 들어맞을 정도로 그는 움직이지 않았다. 아무 말도 없이 그저 거기에 멍하니 서 있었다.

(사카키 형……)

턱이 덜덜 떨렸다. 갈라진 목소리로 다카노가 부르자, 그제야 천천히 그가 돌아본다. 마치 불쾌한 것을 보고 있는 듯 서서히 표정이 굳어지던 사카키의 시선은 다카노의 얼굴에서 멈춘다.

"그 자식, 엄청나게 기분이 나쁘다고 해야 하나, 참을 수 없다는 얼굴이었어. 표정은 없었지만. 딱딱한 목소리로 이렇게 말했어."

……히로시.

"왜 저 녀석이 뛰어내리는 거야."

숨을 내쉬는 것과 비슷한, 그것은 신음에 가까운 목소리였다.

6

어렸을 때부터, 늘 이런 세계가 자신의 이상이라고 생각해 왔다.

츠지무라 미즈키는 교무실에서 창밖을 보고 있었다. 심하게 내리는 눈이 하얗게 시야를 덮어 지면과 유리창도 그 눈으로 얼어붙어 있다. 창문 너머로 보고 있을 뿐인데 무심코 한숨이 새어나왔다. 밖은 상당히 추울 것 같다.

현실의 이 거리에도 이렇게 눈이 내리고 있을까. 무엇보다 진짜 학교는 지금 어떻게 되어 있을까. 이곳이 친구들과 대화한 시간과 시간의 틈이라면 그나마 다행이지만, 만약 아니라면 현실 세계에서는 큰일이 났을 것이다. 그러면 안 되는데, 사카키의 입장이 더 곤란해질 텐데. 물론 정말로 오늘 눈이 왔으면 출석률도 평소와는 비교도 안 되게 낮았을 테고, 학교도 평소보다 일찍 끝났겠지만.

창가에서 끊임없이 내리는 눈을 보고 있는 동안에 점점 기분이 어두워져서 미즈키는 밖에서 시선을 돌렸다. 교무실 안에서는 스가와라가 사카키의 책상 앞에서 상체를 숙이고 있는 모습이 보였다. 스가와라 말고는 아무도 없다.

"뭐 하는 거야?"

"응?"

스가와라가 몸을 일으켜 미즈키를 보고 질문에 대답했다.

"사카키샘 담배랑 라이터. 나 라이터 어딘가에 떨어뜨렸거든. 담배도 슬슬 다 되어서 불안해. 담임 나랑 똑같은 말보로잖아, 제일 위 서랍에 사둔 게 있을 텐데."

"우와, 그런 것도 알아?"

"뭐 나랑 사카키샘은 사이가 좋다고."

"음. 나랑 있을 땐 상관없지만, 시미즈는 담배 연기 엄청 싫어하니까 주의해."

"네——. 최선을 다해 노력하도록 하겠습니다."

장난스러운 스가와라의 목소리에는 성실함이라고는 전혀 느껴지지 않는다. 이런이런, 미즈키는 한숨을 쉬었다.

"다른 선생님들 담배는?"

"대충 봤는데 없었어. 아까 도쿠다 책상 뒤져봤는데 안 나오더라, 스즈키나 시마다 같이 안 피우는 녀석도 많고."

몇몇 교사 이름을 들면서 스가와라는 고개를 젓는다.

"하여튼 말이지. 매점에 담배 정도는 팔아야 하는 거 아니냐?"

"잊어버린 것 같으니까 말해 주겠는데, 여긴 학교라고! 다른 애들은 지금 다 뭐 하고 있을까?"

"글쎄."

건성으로 대꾸하면서 그는 사카키의 책상에 놓인 연필꽂이 하나를 들어 올렸다. 그 아래에 있던 작은 은색 열쇠를 집어 들고는 익숙한 솜씨로 그것을 책상 제일 위 서랍에 끼워 넣는다. 서랍이 열리자 안에서 잽싸게 담뱃갑을 꺼내 안을 들여다보고는 말한다.

"다행이다, 거의 새것이네."

"진짜 제멋대로구나, 스가와라! 코앞의 일밖에 생각 안 하니?"

"응? 괜히 이것저것 고민해 봤자 소용없잖아."

스가와라는 손에 든 담뱃갑에서 서둘러 담배를 한 개비 꺼내어 입에 물었다. 열린 사카키의 책상 서랍에서 이번에는 라이터를 꺼내 들었다. 미즈키의 얘기를 진지하게 들을 생각 같은 건 처음부터 없었던 것 같다. 스가와라의 태평한 성격은 정말 존경스럽기까지 하다. 미즈키는 진심으로 그렇게 생각했다.

라이터 불을 담배 끝에 가져가면서 그는 사카키의 책상 위에 걸터

앉았다.

"너야말로 뭐냐. 기억 못 할 뿐이지, 자기가 죽은 사람일지도 모른다고 그랬다며? 너 정말 생각하는 게 평소에 비관적이긴 했지."

"그렇지만 어쩔 수 없잖아. 세상엔 스가와라처럼 언제나 자신 있는 사람만 있는 게 아니라고. 그야 나는 부정적인 사고를 자주 하는 타입이라고 스스로도 생각하지만, 그래도 많든 적든 다들 비슷한 생각은 하지 않아? 그래서 나는 너의 사고방식을 굉장하다고 생각해. 나는 만날 여러 가지를 걱정하거나 고민하거나 하는데 스가와라, 넌 처음부터 고민이란 게 머릿속에 없잖아? 정말 굉장해. 일종의 문화적 차이를 발견한 것 같아."

"저기요, 왠지 칭찬 같지 않은데요."

"칭찬하는 거라니까. 애들도 모두 스가와라만은 절대로 자살할 타입이 아니라고 인정하잖아. 부러울 정도야."

죽고 싶다고 생각하는 것.

미즈키에게 있어서 그것은 경험한 적이 있는 감정이었다. 익숙한 감각이 되어버렸다고 할 수도 있다. 가끔 스스로도 진저리가 나는 이런 소극적인 사고방식은 올해 들어서 더욱 심해진 것 같다. 스스로를 비하하는 습관은 끈질기다.

"그야 아키히코나 다카노도 스스로 죽으려는 생각은 안 하겠지만 말이야. 그 녀석들은 생각하는 게 건실하잖아. 특히 아키히코는 굉장히 강한 사람이라고 생각해."

미즈키는 조금 전 아키히코가 한 얘기를 떠올린다. 자살이 있던 그 날, 눈앞에서 그 아이가 죽는 모습을 보고만 있었다는 것에 대한 후회. 후지모토 아키히코라는 사람은 좋은 의미로도 나쁜 의미로도 진지함이 지나치다. 무책임한 말은 절대로 입에 담지 않지만, 한 번 결정한 자신의 의견은 양보하지 않는다. 타협도 하지 않는다.

"나 예전에 한 번 아키히코랑 자살에 관해 얘기한 적이 있어."

"자살에 관한 얘기?"

깊게 연기를 내뿜으면서 스가와라가 얼굴을 찌푸린다. 미즈키는 '응'하고 끄덕였다.

"아직 축제 전이었던 것 같아. 내가 하루코 때문에 아키히코한테 상담을 받고 있었는데, 그게 어느 정도 익숙해졌을 때였어. 아키히코한테 내가 성급한 결단을 내리지 않아서 다행이다, 걱정했었다는 말을 들었어."

방과 후에 둘이서 귀가하던 길에서였다. 그렇게 말을 꺼낸 아키히코는 문득 무서울 정도의 진지한 얼굴로 중얼거렸다.

"자살하는 건 절대로 용감한 게 아니다는 말도 들었어. 그 얘기에 나 정신이 들었거든. 그래서 이번 자살은 아키히코가 아니야. 난 그 아이는 절대로 아니라고 생각해."

"그렇군."

사카키 책상 위의 재떨이를 손에 들고 스가와라는 담뱃재를 떨었다. 손가락에 끼운 담배를 고쳐 들고, 다리를 바꿔 꼰다. 짧은 침묵 후, 스가와라는 '그래도 말이지'라며 말을 이었다.

"아키히코가 아니라는 건 나도 같은 의견이야. 그렇지만 난 역시 자살이라는 건 상당한 용기가 필요하다고 생각해. 그 부분은 그 녀석 말에 동의할 수 없는걸. 죽는 건 아픈데다, 뭐랄까 정말 거기서 모든 것이 끝나는 거잖아? 어떻게든 해 보면 상황은 개선될 수 있을지도 모르는데, 분명히 어디에도 그 방법이 없었던 걸 거야."

"그건──, 그럴지도."

"그러니까, 만약 자살한 게 너라면 나도 진짜 열 받았을 거야. 우리들 중 누구라도 그랬겠지만."

"왜?"

"혼자서 끙끙 앓으면서 고민하지 말고, 말을 하라는 거지."

불쾌한 듯 말하고 스가와라는 담배를 비벼 껐다.

"너 생각 좀 해봐라. 넌 만날 귀찮게 굴기 싫다는 둥 자신이 한심한 생각이 든다는 둥 하면서 고민을 아무한테도 말하지 않는데, 내가 보기엔 이미 늦은 일이라는 거지. 동기를 알 수 없다는 건, 그 녀석이 아무한테도 아무 말도 안 했다는 얘기잖아? 열 받지 않을 수 있겠어?"

"그렇지만 다른 사람한테 말하기 어려운 사정이라는 것도 있는 법이잖아?"

"그런 건 알 바 아니고. 어쨌든 난, 너 자신이 어떻게 생각하고 있는진 모르겠지만 자살한 건 절대로 네가 아니라고 본다. 네가 침울해져 있으면 아무리 아닌 척해도 얼굴에 다 나오거든. 넌 진짜 알기 쉬우니까 반드시 내가 집요하게 추궁했을 거고, 다카노나 아키히코도 그랬을 거야. 틀림없어. 네가 궁지에 몰리기 전에 누군가가 나섰을 거야."

"그랬을까?"

무심코 소리 내 묻자 그가 뻔뻔한 얼굴로 끄덕였다.

"그렇다니까. 것도 그렇고 너, 아까 아무렇지도 않게 '하루코'라고 불렀잖아? 제일 심했을 땐 그렇게 부르지도 못했으니까, 좋은 현상이야. 인제 걱정 없어. 그리고 너, 자신이 지금 유령이라는 자각 없지?

그럼 아니라니까, 틀림없어."

"그럴까⋯⋯."

"그렇다니까."

시원스럽게 단정하고 스가와라는 기지개를 한 번 켠다. 미즈키는 창가에 기대어 감탄하면서 스가와라를 바라봤다. 무책임한 건 틀림없지만, 그렇게 단호하게 단정 지어주니 가슴속의 꺼림칙함이 묘하게 가벼워진다. 뚫어지라 보는 시선을 느꼈는지 스가와라가 '왜' 하고 말을 던졌다. 미즈키는 쓴웃음을 지었다.

"아니, 아키히코가 스가와라의 사고방식을 단세포, 단세포 그랬지만, 그게 도움이 될 때도 있다고 생각한 것뿐이야. 아키히코의 방식하고는 전혀 다르지만, 스가와라가 말하는 것도 나름대로 설득력이 있네."

"왠지 화난다, 너. 꼭 쓸데없는 말을 한단 말이야."

"응. 그렇지만 칭찬하면 기어오르잖아?"

그렇게 말하고 웃으며, 미즈키는 다시 창밖으로 시선을 돌린다. 눈이 창 바깥의 표면에 얼어붙은 것을 보고 그 위를 살짝 자신의 손바닥으로 덮어보았다.

이 눈은 아마도, 영영 그치지 않을 것이다. 이곳의 지배자가 바라지 않는 한, 아마도 영원히. 이 눈은, 뭔가 하나의 계기인지도 모른다. 차가운 창문을 느끼며 그렇게 생각한다.

미즈키는 창에서 손을 떼고 스가와라를 돌아보았다.

"나, 사실은 이런 거 제법 동경했었거든. 만화 같은 데 잘 나오잖아, 사이좋은 친구들 모두 어딘가에 갇혀서 서로 협력하는 거. 틀림없이 즐거울 테고, 공부나 귀찮은 일에서도 해방이니까 나의 이상이었어.

스가와라, 어렸을 때 '십오 소년 표류기' 같은 거 보고 그 세계를 동경했던 적 없어? 그거랑 비슷한 느낌."

"뭐, 기분은 알겠어."

"아까 미스루도 그랬지만, 현실로 돌아가서 이 중에 누군가 하나가 죽고 없는 거라면, 여기에 더 머물러도 괜찮지 않냐고 했잖아. 너는 안 그래? 시험까지 앞으로 며칠 남았다고 초조해할 필요도 없고, 별로 안 좋아하는 불편한 사람도 여긴 없잖아. 남을 신경 쓰지 않아도 된다는 거, 편하다."

"그야 그렇지만."

동의한 스가와라가 또 담배로 손을 뻗는다. 미즈키가 그 손을 흘깃 노려보았다.

"줄담배 피우기야? 폐암 걸려도 난 몰라."

"그렇게 쉽게 걸리지는 않네요."

스가와라는 두 번째의 담배에 불을 붙였다. 희끄무레한 연기가 교무실 안에 피어오르는 광경을 보며 미즈키는 어이없다는 한숨을 쉬었다.

"진짜 어떡할 거야? 교복에 냄새 배겠다."

"뭐 어때? 진짜 네 교복인지도 확실치 않은데. 그거보다 미즈키. 너희들 전부 머릿속에서 나를 범인 대상에선 제외하고 있는데, 이런 건 가장 의외의 인물이 범인이게 마련이거든. 추리소설은 대체로 그렇잖아? 그런 법이라니까."

"그래? 아니지 않아? 지어낸 얘기라도 범인이 스가와라라면 독자가 납득할 수 없을걸? 설득력이 전혀 없다고 할까, 무리가 있다고 할까. 그거보다 스가와라, 너는 자신이 범인이면 좋겠어? 말이 씨가 되는 거 몰라?"

"으으. 너 딱 죽였으면 좋겠다. 그럼 넌 누구라면 납득할 건데?"

"글쎄……. 그거야말로 누군가가 보이지 않는 곳에서 고민하고 있었다고 생각할 수밖에 없겠지."

머리 위의 담배 연기를 손으로 휘휘 저으며 중얼거리듯이 미즈키가 대답한다.

자살의 동기.

그런 건 여기 있는 사람들 중에는 털끝만큼도 보이지 않는다. 가벼운 고민쯤이야 있었을지도 모른다. 하지만 그것이 그렇게 간단히 자살이라는 발상과 연결되어 버리는 것일까. 그렇지 않으면 그것은 자신이 전혀 알지 못하는 곳에서 어미 새가 알을 부화시키듯 그저 끊임없이 그 목적만을 향해 데워지고 있었다는 얘기일까.

알 수 없는 원인. 친구가 가진, 자신이 모르는 얼굴.

그런 것이 있었다면, 미즈키는 쓸쓸해서 참을 수 없었을 것이다. 친구가 그것을 끌어안은 채 결국 죽어버리다니 너무 괴롭다.

그런 생각을 한, 바로 그때였다.

적막한 가운데, 어울리지 않는 전자음 소리가 났다.

뚜르르, 뚜르르, 뚜르르.

뚜르르, 뚜르르, 뚜르르.

손가락에 담배를 끼우고 있던 스가와라의 표정이 얼어붙었다. 담배 냄새가 나는 교무실 안의 공기가 갑자기 팽팽해진다. 뭐라 말할 수 없는 긴장감이 미즈키의 등을 타고 흘렀다.

"······어?"

짧게 내뱉은 뒤 미즈키는 서둘러 자기 겉옷을 뒤진다. 전자음은 끊이지 않는다. 잘 알고 있는 소리다. 긴장한 시선으로 스가와라가 미즈키를 본다.

미즈키의 휴대폰 벨소리다.

"네 거······지, 울리는 거."

여기서는 못 쓸 텐데, 라고 생각했다. 어느 번호나 다 수신불가 지역이라 도움이 안 된다. 오늘 아침, 다들 그렇게 얘기하지 않았던가. 그런데 왜.

미즈키가 서둘러 주머니에서 휴대전화를 꺼낸다. 손바닥에서 전화 램프가 계속 깜박이고 있다. 붉게 빛나는 램프 아래에, 착신을 알리는 화면 표시. 번호 표시는 없다. 발신번호표시 제한 전화였다.

그리고 전파상황은 여전히 수신불가 상태였다. 수신불가 상태인데, 이 전화가 어딘가에서 지금 걸려온 것이다.

"—— 여보세요."

긴장으로 굳어진 손으로 통화 버튼을 누르고 미즈키는 그것을 귀로 가져다 댔다.

당장은 아무 소리도 들리지 않았다.

"여보세요?"

상대는 대답하지 않는다. 전파가 잘 통하지 않을 때처럼, 그저 하얗게 도려내진 듯한 침묵이 돌아올 뿐.

"여보세······."

더 이상 기다리지 못한 미즈키가 다시 말을 건, 그때.

전화 안에서, 문득 공기가 흔들리는 듯한 기분이 들었다. 웅성웅성

소란스러운 소리가 들려온다. 외부에 있는 사람과 통화할 때처럼, 파도 소리와도 같은 혼잡한 곳의 웅성거림.

밖에서 걸려온 건가?!

놀란 듯이 얼굴을 들고 미즈키는 전화기를 다시 고쳐 쥐었다.

"여보세요!? 누구? 엄마?!"

궁금한지 스가와라가 책상 위에서 몸을 일으킨다.

전화기 저편에서 대답은 없다. 그저 웅성웅성 시끄러운 여러 사람의 목소리가 들릴 뿐이다.

"……사카키 오빠?"

미즈키의 목소리가 낮아진다. 대답은 없다.

"유지? 가나에?!"

몇 명인가 짚이는 이름을 부른다. 그러자 전화기 저편에서 공기가 술렁이는 소리가 들려왔다. 수면에 바람이 한 줄기 스치고 지나갈 때처럼, 별안간 전화기 저쪽의 분위기가 소름 끼치게 변한다.

영문을 모른 채 듣고 있는 미즈키의 귀에 목소리다운 목소리가 들린 것은 바로 그때였다.

'왜 그러는 거야, 왜 그러는데, 내려와——!!!'

미즈키가 눈을 부릅떴다.

말도 못하고, 천천히 숨을 삼킨다. 손끝이 체온을 잃어가는 느낌이 들었다. 그래도 손이 굳어서 전화를 놓을 수가 없다.

전화기 너머에서 높아져 가는 술렁임. 들은 적 있는 목소리들이 그곳에서 서로 아우성치고 있다.

'너, 대체 뭘 하는……'

다른 목소리.

작게 멀리서, 높은 곳에 설치된 녹음기를 향해 외치는 듯한.

'빨리, 누가 선생님을………,

………죽으려고 그러는 거야!?

야, 저기 2반의………,

뭐야, 저거 이벤트야……?

……뭘 하는 거냐!!

누가 좀 말려……….

왜, 어째서……, 죽을 거야, 저런 데서 떨어지면,

내려와, 어서, 어서, ……어서——!!

어이, 저거 누구야, ………이런 짓 해봤자 아무것도 안,

뭐야……, 진짜야……?

도와줘!!

늦었'

다리가 마비된 듯 그 장소에 몸이 얼어붙어 움직일 수가 없다. 자기 자신의 다리로, 지금 이렇게 서 있는 것은 현실일까. 이것은 뭘까, 이것은 뭘까, 이것은…….

"어이, 미즈키. 왜 그래?"

심상치 않은 분위기를 눈치채고 스가와라가 일어선다. 그러나 혀 끝이 오그라들어 목소리가 나오지 않는다. 대답할 수가 없었다.

목구멍까지, 급격하게 공포가 밀려 올라왔다.

"어이. 전화 줘 봐."

'——떨어진다……!!!'

메마른 미즈키의 목에서, 높은 비명이 새어 나왔다.

오른손에 들고 있던 전화를 불길한 것이라도 되는 듯 바닥에 내팽

개친다. 그것은 건조한 소리와 함께 바닥에 부딪혀, 달려 있던 캐릭터 휴대전화 줄이 그 충격으로 본체에 가볍게 감겼다.

"뭐야, 이거……."

울 듯한 가냘픈 목소리가, 겨우 입에서 새어 나온다.

내던진 휴대전화를 서둘러 스가와라가 주워 올리지만, 그것을 귀에 대 보더니 바로 얼굴을 찡그렸다. 그 표정을 보고 미즈키는 전화가 이미 끊겼다는 것을 알았다.

토할 것 같다.

기분이 나쁘다.

현기증이 덮쳐온다…….

자신에게 무언가를 선고하는 듯한 그 목소리가, 귀에 달라붙어 떨어지지 않는다.

(── 떨어진다……!!)

"뭐야, 이거……, 지금."

"어이, 미즈키."

"지금 그거……, 뭐냐고!"

떨리는 입을 손으로 막고, 무릎을 꿇고 주저앉은 다음부터는 비명 같은 목소리 외에는 나오지 않았다. 미친 듯이 오열하며 필사적으로 구역질을 참는 게 전부였다.

자신의 어깨를 잡고 말을 하는 스가와라에게 대답할 말을 찾을 수 없었다.

── 떨어진다.

※

　높은 비명이 전화기 속에서 울려 퍼졌다.

　불이 켜진 전원 버튼을 얼어붙은 검지로 누르자 대기화면에 무뚝뚝
한 시간표시가 나타난다. 오후 5시 53분.

　차갑게 서리가 내린 옥상 울타리에 기대어, '호스트'는 깊이 숨을
쉬었다. 오른손에 든 휴대전화를 차가운 눈으로 한 번 바라본다.

　하늘을 쳐다보자 납빛 구름에서 끊임없이 눈이 쏟아진다. 얼굴에
떨어지는 차가운 눈으로 의식 깊은 곳까지 하얗게 얼어붙어 가는
기분이 들었다.

　무심코, 쓴웃음으로 얼굴이 일그러진다.

　퍼붓는 눈에 속눈썹 끝이 얼어간다. 얼마나 여기에 이러고 있었는
지, 손끝이 완전히 굳었다. 감각이 거의 없는 그 손을 보며, '호스트'
는 생각한다.

　자신은 이곳의 창조주인 것이다.

　제멋대로 그들을 이곳에 초대한 것은 자신.

　그리고 그대로 이 밑에 그들을 가두어 놓고 있는 것도 자신.

　이곳은 자신이 바라는 세계. 이 좁은 세계에서는 어디로도 갈 수
없다. 그래도 이 세계 안에서만은 모든 것이 자기 뜻대로 된다. 되어
버린다.

　건조한 눈으로 올려다본 하늘의 눈이 눈부시다. 앞머리에 내린 눈

을 떨어내려고도 하지 않고 멍하니 서 있는 '호스트'의 몸 깊숙이, 뜨겁게 빛을 내는 듯한 목소리가 울리기 시작한다.

하얗게, 하얗게. 의식의 가장자리에 활자가 되어 흘러들어오는 듯한, 그 목소리.

그날, 자살한 사람은 누구인가.

생각해 내려고, 그들은 노력해야 한다. 오직 후회와 죄책감만을 가슴에 품기 위해서.

울타리 너머로 땅바닥을 내려다보니 눈으로 하얗게 덮인 대지가 무표정하게 빛나고 있었다.

그들은 생각해 내야만 한다.

제5장
유령 따윈 없어

1

"야, 다카노 히로시라고 했나? 너, 성은 다르지만, 혹시 사카키 선생님 동생 아니니?"

세이난에 입학해서 아직 한 달도 지나지 않은 어느 날. 학년 위원회 회의가 끝난 후 그녀는 다카노를 불러 세웠다.

그냥 주위에서 권하기도 했고, 예전부터 그런 일을 해 온 버릇도 있어서인지, 다카노는 1학년 당시 부반장을 맡고 있었다. 아마 그날은 반장 유지가 교무실에서 볼일을 마치고 돌아오기를 혼자 기다리고 있었던 것 같았다. 회의가 끝난 회의실에서는 아이들 대부분이 돌아갈 준비를 하고 있었다. 그때까지 얌전히 자리에 앉아 있었던 사람은 다카노 뿐이었다.

고개를 들자 늘씬하게 키가 큰 여학생이 자신을 내려다보고 있었다. 몇 번인가 본 적이 있는 얼굴이다. 짧은 머리에 중성적이고 활기찬 인상의 미인. 눈에 띄는 얼굴이었다. 다만 그 느낌은 단순히 그녀의 얼굴이 예뻐서가 아니다. 그녀의 용모 중에서 가장 다카노의 눈길을 끈 것은 예리한 빛을 띤 눈동자였다. 그 눈이 진지하게 자신의 얼굴을 들여다보면 그 시선만으로도 움찔 긴장이 되는, 그런 위압감을 가진 눈이었다.

"기리노 게이코……, 였지? 7반의……."

"응. 얘기하는 거 처음이던가? 난 7반 반장."

"7반이면 사카키 선생님이 부담임인 반이지? 힘들겠다."

별로 깊이 생각지 않고 인사 정도로 말을 건네자, 기리노 게이코는 팔짱을 끼고는 부드럽게 쓴웃음을 지었다.

"아니, 우리 반은 부담임보다 오히려 담임 쪽이 문제라서. 사카키 선생님께는 늘 신세를 지고 있지."

"헤에……, 아. 나 사카키쌤 친동생은 아니야. 외가 쪽 사촌이라 성도 다르고. 생긴 게 닮아서 자주 형제냐는 소릴 듣긴 하지만."

"흐응. 그야 그렇게 비슷한 얼굴을 들고 걸어 다니면, 무리도 아니겠구나."

"뭐 그렇지, 좋을 때랑 나쁠 때가 3대 7 정도."

다카노가 웃으며 대답하니 게이코는 어른스러운 동작으로 고개를 기울였다.

다카노는 옛날부터 '여자'라는 인종을 어딘가 한 발짝 물러서서 보는 버릇이 있었다. 뭐랄까 그것은, 그녀들에 대해 두려움 비슷한 느낌을 가지고 있기 때문이리라. 물론 다카노한테도 사이좋은 여자 친구들도 있고 그녀들 모두에게 그런 식으로 거리감을 느끼고 있는 건 아니지만, 그래도 어딘가 그녀들은 알 수 없는 구석이 있었다. 보일 듯 말 듯 본심을 모르겠는 것이다. 같은 반 누구누구가 사이가 좋고 누구누구가 그렇지 않은지. 밖에서 보고 있는 것만으로는 알 수 없다. 남자들의 우정에 비해 여자들의 우정은 다카노에게는 어딘가 복잡하게 여겨졌다. 좁은 마을에서처럼, 서로의 험담을 하고 있을 것 같다는 선입관.

그러나 기리노 게이코는 직감적인 느낌으로는 그런 '여자다움'을 전혀 느끼게 하지 않는 타입의 여자였다. 비좁은 마을의 음험함과는 평생 인연이 없을 듯한 사람이었다.

"게이코, 중학교는 사립이었어? 집은 가까워?"

"응, 나는 T 중학교 다녔어. 집은 중학교 때보다 가까워졌지. 걸어서 다녀."

"헤에. 국립 중학교였구나. 공부 잘하나 보다."

"운이 좋았지."

말을 하면서 게이코는 책상 위에 놓여 있던 파일을 들었다. 그때 회의실 문이 열리고 다카노의 파트너인 스와 유지가 돌아왔다.

"오, 게이코."

무거운 듯이 갱지 자료를 수십 장 안은 자세로 이쪽을 보고 유지가 말했다. 긴 다리로 성큼성큼 걸어오더니 다카노 앞에 자료를 내려놓는다. 언제나 방약무인한 그가, 게이코에 대해서는 성실하게 '게이코'라고 제대로 이름을 부르는 게 우스워서 다카노는 조금 웃었다.

유지는 마주 보고 앉아 있는 다카노와 게이코의 얼굴을 번갈아 바라보았다.

"다카노, 너 게이코랑 아는 사이였어?"

"아니, 지금 처음 봤어. 유지 너하곤 아는 사이인가 보네?"

"같은 중학교였거든. 게이코, 얘가 다카노야. 우리 반 부반장."

그러고 보니 둘은 사이가 좋아 보인다. 자신이 화제에 오른 적이라도 있었는지, 게이코는 가볍게 고개를 끄덕였다.

"알아. 방금 얘기했거든."

"그렇군. 그럼, 다카노는? 이 녀석, 기리노 게이코라고 하는데. 내가 중학교에서 학생회장이었을 때, 얘가 선거관리위원회 위원장이었어."

"헤에."

"외모가 이러니까 여잔데도 후배 여학생들한테 어찌나 인기가 많았는지, 팬클럽이 있었을 정도야.……넌 남자였으면 좋았을걸. 그랬으면 큰 병원 집 아들이니 신부는 바로 신데렐라 되는 건데."

"시끄러워. 국회의원 아들."

한 마디로 유지를 제압한 게이코는 가지고 있던 파일을 고쳐 들면서 다카노에게 시선을 향했다.

"그럼 난 가볼게. 또 보자, 다카노."

"게이코, 지금 집에 가는 거야? 그럼 셋이 같이 가자. 역 앞에 새 가게가 생겼잖아? 거기서 케이크 사줄게."

"유지, 난 됐어."

"아냐, 가자. 게이코랑 다카노가 모처럼 사이가 좋아졌잖아?"

"아까 처음 만났다고 그랬잖아."

"그럼 더욱 가야지. 친목을 도모해 둬서 나쁠 건 없으니까, 가자. 나 가방 갖고 온다."

말이 끝나자마자 대답도 기다리지 않고 유지는 회의실을 나가버렸다. 제멋대로인 그 태도에 어이없어하면서도 게이코의 눈치를 보니, 그녀는 부드럽게 쓴웃음을 띠고 그곳에 서 있었다.

"변한 게 없네. 고생 많지? 저 녀석이랑 일하려면."

"아직 뭐라 못하겠지만……. 글쎄, 힘든 건가. 게이코야말로 앞으로 큰일일 것 같은데. 지금은 아직 초기라 괜찮을지 몰라도, 사카키샘은 유지보다 몇 배는 골치 아플 거야. 그 형, 교사가 적성에 맞는 성격은 아니니까. 갑자기 세이난에 취직했다고 해서 우리 친척들이 난리가 났었지. 괜찮아? 잘하고 있냐?"

"글쎄, 학생들하고는 대충. 우리 담임하고는 잘 안 맞아."

게이코는 그렇게 지극히 객관적인 말투로 단정했다. 다카노는 그녀의 그런 말투에 조금 놀라는 동시에 적지 않은 호감을 느꼈다. 그녀가 사물을 보는 시선에서 어딘가 자신과 닮은 점이 엿보인 것 같았던 것이다.

게이코는 유지가 남기고 간 갱지 자료를 한 장 손에 들고 읽고 있다. 별 화제도 없고 해서 다카노도 똑같이 자료를 손에 든다. 활자를 눈으로 좇고 있으려니, '기다렸지?' 하는 목소리와 함께 유지가 돌아왔다.

"지금 마침 학교 문도 잠글 거래. 빨리 나가라고 도쿠다가……. 어이, 게이코. 왜 그런 쓸데없는 걸 읽고 있냐. 다카노랑 잡담이라도 하고 있지."

오른쪽 어깨에 멘 가방의 각도를 고치면서 유지는 게이코를 가볍게 흘긴다. '그럴 걸 그랬나?'라고 되묻는 게이코에게 그가 이번에는 왠지 슬픈 척하는 표정을 지어 보였다.

"게이코, 설마 다카노가 싫어?"

"……야, 아까도 말했고 지금도 또 말하지만, 나랑 다카노는 오늘 처음 만난 사이거든. 싫어할 리가 있냐?"

"그럼 좋아해?"

담담한 어조로 유지가 게이코에게 그런 질문을 했다. 다카노에게는 왠지 그것이 서로 장난치는 듯 보여 흐뭇했다. '바보냐, 넌' 그렇게 말하며 유지의 머리를 게이코가 오른손으로 내리친다.

"넌, 왜 진보가 없냐. 갈 거면 얼른 가자."

"좀 기다려 봐. 다카노, 너도 얼른 준비해. 간다."

"어어."

대답하고 다카노가 일어선다. 둘이서 콩트 같은 대화를 주고받는 모습을 보면서 눈을 가늘게 떴다.

그녀에게 반감을 가진 사람이 많을 것이라고 생각했던 것을 기억한다. 물론 그 반감은 그녀의 두터운 인망 때문에 생기는 거겠지만. 그리고 하나 더. 그런 그녀가 사카키를 잘 따르고 있다는 사실에 머릿속 어딘가에서 안심했었다.

복도에 나가니 기분 좋은 5월의 바람이 스윽 목덜미를 스쳐 지나갔다. 멍하니 창밖을 보며 다카노는 발을 멈춘다. 맑은 날이었다. 활짝 열린 창문에서 따뜻한 바람 냄새가 난다.

"다카노, 뭐 하는 거야? 두고 간다."

앞서 가던 유지가 불쑥 뒤를 돌아본다. 다카노는 서둘러 대답했다.

"미안, 지금 가."

당시 1학년 7반 담임, 야마자키가 폭력사건을 일으키고 세이난을 그만둔 것은 그로부터 딱 반년 후의 일이었다.

사카키를 때린 것이다.

2

지금, 눈앞에 3층 천장이 있다.

다카노는 고개를 위로 쳐든 채 계속 그 한 점을 주시하고 있었다. 오래 올려다보고 있자니, 천장이 바로 자신의 눈앞까지 내려오는 듯한 착각에 빠진다.

떠오르는 것은 스가와라의 말이었다.

'전기톱' '부숴버린다' '4층으로 가는 방법'

어느 말이나 무리한 방법이지만 밑져야 본전이라는 생각도 든다. 계단도 엘리베이터도 없는 이상, 위로 올라가기 위해서는 구멍이라도 뚫지 않는 한 길이 없는 것이다.

거만하게 책상 위에 앉은 채 위를 올려다보고 있는데, 문이 열리는 소리가 났다.

"뭐야, 너 이런 데 있었냐?"

스가와라의 목소리에 다카노는 겨우 고개를 내렸다. 얼굴을 돌려 스가와라를 보니, 다카노가 앉은 교실 중앙의 책상까지 걸어오고 있었다.

"2학년 교실이잖아? 뭘 하고 있었어?"

"특별히 한 건 없고. 그냥 위에 못 올라가나 싶어서."

무뚝뚝한 목소리로 대답하고, 다카노는 자신의 목덜미를 눌렀다.

"미즈키는?"

"양호실에 누워 있어. 조금 전까지 흥분해서 울긴 했지만 말이야.

215

지금은 진정됐고, 게이코랑 시미즈도 옆에 붙어 있으니까. 뭐, 괜찮겠지."

"자살한 아이의 귀가 되었다, 라고 그랬지, 미즈키."

"응."

스가와라는 고개를 끄덕이고 다카노처럼 책상 위에 걸터앉는다.

"'내려와'라든가 '바보 같은 짓 그만둬'라고. 그 자살사건이 있었던 날 뛰어내리기 직전 주변의 소리가 전부 들려왔다고 하더군. 마지막에 '떨어진다'는 외침이 들린 다음에 끊겼어."

"……음험하군. 안 그래도 미즈키는 지금 정신적으로 아주 약해져 있는데."

미즈키의 비명 소리는 아무도 없는 건물 전체에 크게 울려 퍼졌다. 반은 울면서 신음하듯 숨을 쉬고 있었다. 웅크려 앉은 채, 달려온 다카노와 친구들을 쳐다보지도 못했다.

(자살한 아이의 귀가 되었어)

(지금, 방금 그건 뭐야……? 왜 나한테?)

"그 전화는 이 세계의 주인이 걸어온 거겠지. 아마도 미즈키나 우리들에게 어떤 압력을 가하기 위해서. 하지만 그런 거라면 여기 주인은 우리들을 미워하고 있다는 게 돼. 스가와라, 짚이는 데는 있냐?"

"있을 리가 있냐. 난 하늘을 우러러 한 점 부끄럼도 없어. 하여튼 하고 싶은 말이 있는 것치곤 너무 빙빙 돌리는 거 아냐? 나 진짜 클레임 걸고 싶어졌어. 그 녀석 면상 좀 봤으면 좋겠네."

"그건 다들 그래."

다카노는 다시 천장을 올려다보았다. 이 천장 한 장 너머, 위층에는 무엇이 있는 것일까. 조금 전 미즈키가 받은 전화는 누군가가 이 위에서 걸어온 것일까. 이 세계를 만든 주인의 의사가 그것을 바랐다는 것일까.

그리고 그것은 이 안에서 웃고 있는 자신들 중 누군가 한 명의 뜻이기도 하다.

거기까지 생각하고 다카노는 한숨을 쉬었다. 도무지 영문을 알 수 없는 일뿐이다. 모든 것이 불확실하게 일그러진 토대 위에 서 있는 듯한 기분이 든다. 하나를 기준으로 생각하면 다른 모든 것이 형태를 바꾸는, 그런 애매한 정의 위에.

"어쨌든, 이번 일로 미즈키는 분명 자신을 몰아붙일 거야. 그 아이는 원래부터 걱정도 많은 데다 신경도 많이 쓰는 경향이 있으니까."

"……츠노다 하루코?"

스가와라는 그렇게 물으며 질렸다는 듯 노골적으로 인상을 찌푸렸다.

츠노다 하루코의 이름은 자신들 사이에서는 금기에 가깝다. 미즈키가 직접 말을 꺼내는 것이라면 괜찮다. 대화에 이름을 꺼낼 수 있을 정도로 미즈키가 그녀를 극복한 거라면 말이다. 하지만 그럴 때일지라도 하루코에 대해 깊게 얘기하면 안 된다. 그런 불문율이 그들 사이에서는 생겨났다. 그것은 미즈키가 없는 곳에서도 엄하게 지켜졌다.

다카노는 살짝 턱을 끌어당겨 끄덕였다.

"2, 3일 전에 졸업앨범 단체 사진 찍었잖아? 그때도 미즈키는 하루코와 사이좋은 애들 가까이엔 갈 수 없었어. 옆에 찍히는 것도 피했어. 자신을 어떻게 생각하는지, 그걸 생각하면 무서운 거겠지. 그 아이는 하루코와의 일을 근본적인 곳에서 해결하지 못하고 있어. 그러니까 걱정되는 거겠지, 죽은 사람이 자신이 아닐까 하고."

"또 못 먹게 되는 건 아니겠지."

떨떠름한 얼굴로 스가와라가 말했다.

"진짜로 농담이 아니라니까. 이런 뭐가 뭔지 모르는 곳에서, 식욕이나 체력이 떨어지면 끝장인데."

"뭐, 그렇게 되면 나도 하는 데까지 해 볼 테니까 너도 잘 부탁해. 하루코 사건 때도 그랬지만 그 녀석은 우리가 지탱하는 수밖에 없으니까. 물론 이번에는 우리들도 다른 사람 걱정만 하고 있을 순 없겠지만."

"그렇지. 그렇지만 난 진짜 미즈키는 아니라고 생각해. 이것만은 확신하고 말할 수 있어."

"이유는?"

"유서가 없잖아. 생각해 보라니까, 미즈키는 하루코와 편지를 주고받았지. 심한 말이 쓰여 있어서 울기도 많이 울었지만, 그래도 그만두지 않았어. 여자애들은 그만큼 편지를 좋아하거든. 죽더라도 다카노 너나 나나 아키히코, 하다못해 원인인 하루코한테라도 편지나 뭐 그런 거 하나쯤 남기고 죽을 것 같지 않냐? 그런데 그게 없었잖아."

"그 점은 나도 생각했지만, 그것만으로는 미즈키를 납득시키기엔 부족해. 이 중에서 미즈키 이외의 다른 사람에게서는 자살할 만한 동기를 전혀 찾을 수 없어."

다카노는 짧게 숨을 들이쉬었다.

"가정 사정으로 고민하고 있었다든지, 연애 문제로 고민하고 있었다든지. 사소한 고민으로 들어가면 모르는 것도 많을 거고 말이지. 그래도 겉으로 보기에는 그런 눈치는 없었어."

"뭐, 나도 아까 아키히코나 미쓰루랑 얘기했었는데, 미쓰루가 리카한테 차여서 그랬을지도, 하고 농담으로 말해 본 것 말곤 모르겠더라."

"그런 걸로 안 죽어, 미쓰루는. 약해 보여도 알맹이는 제법 강한 녀석이니까."

"그렇겠지. 근데 미쓰루 같은 녀석이 리카의 어디가 좋아서 반한 건지, 난 알 수가 없네."

"글쎄……. 하지만 리카도 겉보기와는 다른 점이 많다는 거 몰라? 축제 준비하는 것만 봐도, 정말로 열심히 했잖아. 겉모습이나 분위기로는 상상할 수 없을 정도로. 미쓰루가 리카한테 끌리는 이유, 난 알 것 같아. 오히려 그런 리카가 왜 사카키 따위한테 그렇게 열을 올리고 있는지 그게 더 의문이야."

"무슨 일이 있었겠지. 나도 잘 모르지만, 그 녀석 1학년 때부터 사카키가 담임이었잖아. 뭐 담임은 멋있으니까, 난 그쪽은 잘 알 것 같아."

"그래?"

멋있어? 그 녀석이? 라고 다카노가 말하려고 했을 때였다. 무언가 머릿속에 불쑥 떠오르는 기억이 있었다. 그것은 너무나 갑작스러운 감각으로, 직감에 가까웠다. 턱에 손을 대고 다카노는 살짝 고개를 숙였다. 그리고 다음 순간. 그는 스가와라가 방금 한 말을 되새긴다. 리카에 대해 생각난 것이 있었던 것이다. 1학년 때 리카의 부담임이 사카키였다.

세이난에 입학해서 얼마 지나지 않았을 때.

다카노는 교무실에서 리카를 여러 번 보았다. 지금보다 훨씬 금색에 가까운 머리카락, 반항적인 눈매. 누군가 무책임하게도, 올해의

신입생 중에는 이단자 같은 아이가 있다고 떠벌리고 다녔다. 그 이단
자가 바로 리카였다.

귀에 그 목소리가 되살아난다. 다카노는 그때 당시 담임의 호출로
교무실에 내려가 어떤 일에 대해 지시를 받고 있었다. 그 바로 옆에서
는 여학생 하나가 다른 교사에게 설교를 들으며 고개를 숙이고 있었
다. 불퉁한 얼굴이었다. 교사가 쏟아내는 폭언은 점점 심해져 간다.
가까이 있던 다카노는 자신이 잘못한 것도 아닌데, 그래도 왠지 민망
해서 그곳에 있기가 불편했었다.

그 교사는 몇 번이나 이렇게 말했다.

'사에키 리카, 너 차라리 학교 그만둬라.'

3

시미즈 아야메가 양호실 의자에 앉아 책을 읽고 있자니, 침대 사이
를 가르고 있던 커튼이 불쑥 흔들렸다. 하늘색 커튼 아래에 놓인 실내
화 위로, 하얀 다리가 내려온다. 미즈키가 일어난 모양이었다. 커튼을
젖히고 안에서 그녀가 얼굴을 내밀었다.

시미즈는 읽고 있던 책을 탁 덮었다.

"미즈키, 괜찮아?"

미즈키가 실내화를 제대로 신으려다가 앞으로 고꾸라진다. 하마터
면 넘어질 뻔한 그녀를, 시미즈가 서둘러 달려가 부축했다.

시미즈의 손을 잡으면서 얼굴을 든 미즈키의 안색이 아직 창백해서

마음이 아프다. 미즈키는 미안한 듯이 시미즈에게 사과했다.

"미안, 아직 좀 어지러운 것 같아. 그래도 괜찮아."

"더 누워 있어야 하는 거 아냐? 정말 괜찮겠어?"

"응, 괜찮아."

걱정하는 시미즈에게 미즈키는 꺼질 듯한 웃음을 보였다. 시미즈의 손을 놓고 이번에는 자신의 다리로 섰다.

"지금 몇 시? ——아아, 미안. 모르지 참."

"슬슬 저녁 먹자고 게이코가 그랬는데, 미즈키 넌? 아직 먹고 싶지 않으면 무리해서 안 먹어도 돼."

"메뉴는?"

"비프스튜. 식당에 재료가 다 있다면서 게이코가 만들고 있어."

"맛있겠다. 먹을래."

"그래."

미즈키는 무리하고 있다. 시미즈는 그걸 느꼈지만, 그 이상은 아무 말도 하지 않았다. 식당에 가려는 마음이 있다는 것은 좋은 생각이다. 내버려두면 그녀는 분명 또 아무것도 먹으려 하지 않을 것이다. 자신도 그럴 거라는 자각이 있나 보다. 그렇다면 약간의 무리는 하는 편이 낫다. 그게 미즈키를 위하는 일이다.

미즈키는 창백한 얼굴로 시미즈가 앉아 있던 책상으로 가서 그녀가 읽고 있던 책을 손에 들었다. 책에는 커버가 씌워져 있어서, 곁에서는 제목이 보이지 않는다. 미즈키는 시미즈 앞에서 책 속표지를 펼친다. 애교라고는 눈곱만큼도 없는 무기질적인 글자체가 나열되어 있었다.

'수능시험 경향과 대책 : 역사 B'

시미즈는 그 모습을 복잡한 기분으로 지켜보고 있었다. 책을 덮고 미즈키가 그녀를 돌아보았다.

"이거 보기 편해?"

"어? 아, 그냥 그래. 서점에서 봤을 땐 괜찮다고 생각했는데, 그렇지도 않더라. 별로 추천하고 싶지 않은걸."

"흐응. 너는 사회 선택과목 세계사였지. 그렇구나, T대나 K대 시험 보려면 사회 2과목 필수였었지?"

그렇게 말한 미즈키는 조금 전까지 시미즈가 앉아 있던 의자에 앉는다. 시미즈도 그 건너편 의자에 앉았다.

"응. 그래서 역사는 독학. 가끔 역사 담당인 마쓰키 선생님한테 수업도 안 들으면서 질문하러 가기도 하고. 귀찮게 하고 있지."

"귀찮지 않을 거야, 시미즈의 부탁이라면. 시미즈는 이해도 빠르고. 근데 처음 본다. 다카노도 사회 2과목 본다고 그랬지만, 보통 그럴 땐 지리나 정치경제 같은 걸 선택하잖아? 역사를 두 개 선택하면 공부해야 할 양이 장난 아니라고 다카노가 그러던데."

"아, 그렇구나. 다카노는 지리였나?"

전에 잠깐 다카노와 그런 얘길 한 적이 있다. 시미즈는 쓴웃음을 짓고 조금 전까지 읽고 있던 역사 문제집을 책상에서 주워들었다.

"역사, 세계사가 양이 많기는 하지만, 똑같이 세계 안에서 흘러온 시간에 대한 학문이잖아? 내가 보기엔 서로 연결되어 있는 데다, 응용도 되고. 게다가 흥미가 있는 쪽을 하는 게 같은 공부라도 재미있으니까. 그냥 그뿐이야."

"그렇구나. 역시 시미즈야."

"고마워."

시미즈가 웃으며 그렇게 대꾸하자, 미즈키는 조용히 창밖으로 시선을 옮겼다.

난방 열기로 하얗게 흐려진 유리창 너머, 보이는 것이 거의 없는 와중에도 눈이 계속 내리고 있는 모습만은 확실히 알 수 있었다. 미즈키는 일어서서 창가로 다가가 흐려진 창문을 오른손으로 문질렀다.

그런 미즈키의 옆얼굴을 눈으로 좇으며 시미즈는 자신이 내심 안심하고 있다는 것을 인정할 수밖에 없었다. 다행이다, 미즈키는 나를 어이없다는 눈으로 보지 않는다. 그 사실에 자신이 안도하고 있는 것을 느꼈다. 손에 든 역사 문제집을 살짝 책상 옆에 치워두고 시미즈는 가까이 있던 다른 책을 그 위에 얹어 미즈키의 시선으로부터 문제집을 떨어뜨렸다.

(벌써 다음 시험공부 하는 거야? 아직 몇 달이나 남았잖아. 너 좀 이상하다)

중학교 때 친구의 어이없다는 듯한 눈빛. 그 눈빛은 시미즈의 마음에 지금도 지워지지 않는 그림자를 드리우고 있다. 그것은 아마도 중간고사가 막 끝난 때였을 것이다. 교실 구석에서 시미즈가 영어 단어장을 넘기고 있는 모습을 귀신같이 발견한 친구가 자신에게 던진 말이었다. 학교 시험이 끝나긴 했지만, 학원은 아직 모의시험이 있었다. 단어장은 그 때문에 준비한 것이었지만, 그녀는 어딘가 경멸하는 듯한 눈으로 그것을 보고 있었다. 그렇다, 그것은 절대 어이없다는 정도가 아니었다. 질렸다는 시선이었다.

(머리가 좋은 사람은 진짜 굉장하구나. 저기, 시미즈. 너는 텔레비전 본 적 있어? 뉴스나 다큐멘터리 말고 오락 프로 말이야. 응? 만화도 본 적 없지?)

시미즈의 머리에 떠오르는 것은 그 중학교 친구의 얼굴이지만, 그녀에게 그런 말을 한 사람은 비단 그 친구만이 아니었다. 악의가 없고 말투가 부드럽긴 하지만 시미즈에게 비슷한 내용의 말을 하는 사람은 많았다. 시미즈도 그에 익숙해졌다고 생각하긴 했지만, 그래도 그런 말을 들을 때마다 마음 한구석에 가시가 돋는 것을 알 수 있었다. 시미즈도 텔레비전은 자주 보고, 책이나 만화도 그렇게 물어보는 아이들보다 훨씬 많이 읽었다고 자신 있게 말할 수 있었다.

좋은 성적을 받고 싶어서 시험공부를 빨리 시작했다고 해도, 그것은 그 사람 마음 아닌가. 그런 시선들에 싫증이 나서, 시미즈는 진학할 학교로 이 세이난을 택했다. 중학교에서 받은, 모멸과 종이 한장 차이인 특별대우에 안녕을 고하기 위해서.

현 내 제일의 진학 명문인 이곳에 입학했을 때, 그런 이유로 시미즈는 해방감에 가득 차 있었다. 특별장학생이라는 명분으로 입학식에서 신입생 대표 인사를 하고, 그리고 그 단상에서 내려올 때. 묘하게 개운한 기분이 들어 시미즈는 순수하게 기뻤다.

하지만. 그다음을 생각하며 시미즈는 눈을 내리깔았다.

우등생이라는 레테르는 시미즈를 계속 쫓아왔다. 주위에 자신과 비슷하게 웬만큼 '잘하는' 동기들뿐이어도, 동아리 활동으로 그림을 그리는 일에 몰두하게 된 후에도, 그것은 변하지 않았다. 소속된 미술부 안에서조차 시미즈는 그림이 콩쿠르에 입선할 때마다 다른 부원들이 변함없이 질렸다는 얼굴로 응시하는 것을 보아야 했다.

(시미즈는 정말 굉장해. 공부도 그림도. 역시, 우리하고는 달라)

하고 싶은 일을 계속하고 싶어서 그만큼 공부를 더욱 열심히 하는 것은 시미즈에게는 지극히 자연스러운 일이었고, 그게 맞는 거라고 생각한다. 하지만 자신이 그것에 대해 부담감을 느끼며 다른 사람들과의 사이가 불편해지는 것 또한 사실이었다.

지금도 미즈키가 역사 문제집을 손에 든 모습을 보고, 시미즈는 내심 가슴이 덜컹 내려앉았다. 이런 상황이 되어서까지 그런 것을 보고 있는 자신을 미즈키가 어이없게 여기지 않을까, 그게 걱정이었다.

고등학교에 입학하고 처음 1년 동안, 시미즈는 교실 이동도 점심 먹는 것도 혼자였다. 중학교 때와 같았다. 그런 고독에는 익숙해져 있었지만, 그렇게 혼자 있는 자신이 같은 반 아이들 눈에 어떻게 비칠까, 그것을 생각하면 시미즈의 마음에 엷은 그림자가 드리워진다. 만약 그것이 시미즈가 예상한 대로 주위에 비치고 있었다면, 이번에는 그렇게 보이고 있기 때문에 더욱 아무도 자신에게 말을 걸지 않는다는 것을 알게 된다. 알게 되어 버려서, 시미즈는 더욱 외로웠다. 시미즈가 마음을 터놓을 수 있는 친구를 갖게 된 것은 2학년으로 진급하고 미즈키들과 알게 된 것이 처음이었다.

지금 자신 앞에서 미즈키는 창백한 얼굴로 창밖을 쳐다보고 있다. 여기에서 나가고 싶은지, 그치지 않는 눈을 응시하고 있다.

그녀의 옆얼굴을 보며, 시미즈는 천천히 떠올린다. 아직 2학년이었을 때, 미즈키는 지금처럼 창백한 얼굴로 고개를 숙이고 있었다. 츠노다 하루코와 그녀 사이에 있었던 일은 얼마 후에 다카노에게서 들었다.

'그러니까, 시미즈도 가능하면 좀 돌봐주지 않을래?'

츠노다 하루코가 하는 행동은 말도 안 되는 것이었고, 그 행동에 상처를 받는 미즈키가 불쌍했다. 학급위원들의 무리 속에서 미즈키와 있는 시간이 즐거웠다. 미즈키가 퀭한 얼굴로 음식을 토하는데도,

시미즈는 그곳이 편했다. 자신에게 생긴 친구와 있을 장소. 그 대가로 시미즈의 마음속에는 부끄러운 의혹이 하나 숨어들었다. 나는 츠노다 하루코에게 감사하고 있는지도 모른다.

그 일이 없었다면, 시미즈에게는 친한 친구라고는 하나도 생기지 않았을지 모른다. 미즈키가 불쌍하다. 괜찮아, 옆에 있어 줄게. 그렇게 말하면서 자신은 어디에선가 '친구를 지킨다'는 사실에 도취해 있었던 것은 아닐까.

"시미즈, 슬슬 갈까?"

갑자기 고개를 들고는 미즈키가 말했다.

"다카노나 리카나, 다들 벌써 식당에 간 거지?"

"리카는 게이코 도와주러 갔어. 요리 잘한다면서 팔을 걷어붙이던데."

"헤에, 그럼 실력이 어느 정돈지 기대해 볼까?"

미즈키가 살며시 웃었지만, 아직 그 웃음이 어색했다.

친구. 자신의 친구. 시미즈는 확실히 미즈키나 다카노를 그렇게 생각하고 있다. 미즈키나 리카가 집에 갈 때 어디 들렀다 가자고 말을 건네준다. 그것뿐인데도 정말로 기뻐서 어쩔 수가 없었고, 그것을 마음 깊이 고맙게 생각한다. 하지만 한편으로 그들이 미묘하게 자신을 배려하고 있다는 것을 시미즈는 알고 있었다.

한 예로 잡담할 때도 그렇다. 성적 얘기, 친구 얘기, 선생님들에 대한 불평불만. 자신들이 하는 얘기는 주로 그런 것들이었다. 하지만 그 안에는 연애가 빠져 있다. 누구누구가 사귀고 있다더라, 누구랑 누가 헤어졌다더라. 미쓰루가 리카를 좋아한다든가, 리카가 사카키를 동경하고 있다는 귀여운 얘기를 비롯해 틀림없이 있을 적나라한 연애 이야기. 그 이야기들을 미즈키와 친구들은 절대로 자신에게는 하지 않는다. 시미즈는 자신의 세계관이 좁다는 것을 알고 있다. 다른 사람의 세계관은 학교 안에만 한정되어 있지 않고 좀 더 넓다는 것을 알고 있다. 하지만 그것을 눈앞에서 보는 것이 무섭다. 자신이 모르는 친구들의 얼굴을 보는 것이 무섭다.

친구에게 자신이 모르는 얼굴이 있다는 건 너무 쓸쓸하다. 그리고 자신의 세계가 좁다는 것을 알게 되는 것이 무섭다. 그것이 친구들에게도 전해진 것일까. 그들은 시미즈에게 학교 밖에서 일어나는 깊은 얘기를 해주지 않는다. 그것은 시미즈가 아무리 알고 싶어 해도 알 수 없는 것이기도 하다. 자신의 등에 붙어 있는 우등생이라는 레테르는 결코 스스로는 뗄 수가 없다.

지금, 무리해서 웃는 미즈키의 얼굴을 보면서 시미즈는 마음속에서 괜찮다고 말을 건넸다. 괜찮아, 자살했을지도 모르는 사람은 너만이 아니야. 나는 외로웠어. 외로워서, 너희들을 이곳에 가둔 건지도 몰라. 겨우 발견한 내 자리, 마음을 터놓을 수 있는 친구. 그것을 독점하고 싶어서, 지금 나는…….

"옛말에 시장이 반찬이라고 하잖아. 가자."

미즈키를 재촉해 함께 양호실을 나섰다.

미즈키와 나란히 걸어가던 시미즈는 갑자기 울고 싶을 만큼 괴로워졌다. 지금, 이 학교를 가장 아늑하게 느끼고 있는 사람은 틀림없이 자신이라는 것을 실감했기 때문이었다.

4

게이코가 만든 요리는 아주 맛있었다.

처음부터 재료도 준비되어 있었고 밥도 다 되어 있어서, 별로 대단한 걸 한 건 아니야. 그렇게 게이코는 말했지만, 그렇다고 해도 제법 가사에 재능이 있는 듯 정말 맛있었다. 그건 리카도 마찬가지였다. 눈앞의 접시에 귀엽게 놓여 있는 토끼 모양 사과가 그녀의 작품이라고 한다.

"잘 먹었습니다."

다카노는 빈 접시를 향해 예의 바르게 양손을 모았다. 그 모습을 보고 정면에 앉아 밥을 먹고 있던 게이코가 쓴웃음을 짓고는 스푼을 내려놓았다.

"간단한 건데."

"아냐, 겸손할 거 없어. 이런 때라도 배는 고프니까 말이야. 덕분에 살았다."

리카 작품인 토끼 사과를 들고 다카노는 식당 뒤를 돌아본다. 넓은 식당의, 조금 떨어진 곳에 있는 미즈키를 보고 다카노는 살짝 가슴을 쓸어내렸다. 시미즈와 리카와 함께 밥을 먹고 있는 그녀의 안색이 적어도 아까 보았을 때보다는 훨씬 좋아졌기 때문이었다.

미즈키는 잘 먹고 있나. 신경 쓰이는 것은 역시 그거였다. 전적이 화려한 만큼, 당연한 것이었다.

"걱정되네."

다카노의 머릿속을 들여다본 듯이 게이코가 말했다.

"세계관이 불안정한 만큼 불안도 클 거야. 기억에 자신이 없다는 것도 타격이 크지."

"얼마든지 추론이 성립하니까 말이야, 이대로라면."

말하고 나서 다카노는 입에 사과를 집어넣는다. 자신들은 학교 안에서 조난을 당했는데 입 안에 퍼지는 사과의 달콤한 맛은 묘하게 우아해서 조금 위화감이 든다. 다카노는 사과를 삼키며 결국 쓴웃음을 짓는다.

"웬만한 거 빼면 여긴 평소와 다름없는 학교야. 누군가의 정신세계인 것 같긴 하지만."

"웬만한 거? 난 상당히 이상하다고 생각하는데. 아까 아키히코한테 기출문제집 얘기 들었는데, 그거만 해도 그렇잖아? 여긴 아마, 누군가의 완전한 주관적인 세계일 거야. 누가 어디의 기출문제집을 가지고 갔든 그 사람은 알 바가 아닌 거겠지. 비슷하지만 달라. 난 이젠 그걸 인정하기로 했어."

"이제라니, 여태까지 인정하지 않았다는 게 난 더 놀랍다."

"이런 얘길 쉽게 믿을 수 있겠냐. 미즈키한테 걸려 온 전화 때문에 겨우 인정할 마음이 들었어. 여긴 장난이 아냐."

"웃긴다, 우리들. 물리적으로는 여기 있는데, 뭔가 조금씩 달라."

다카노는 빈 접시를 쟁반 위에 겹쳐 정리했다. 시간은 가지 않는데 배는 고파지니, 자신의 존재를 정의하기가 어렵다.

"언제까지 계속되는 걸까."

다카노가 중얼거리자, '글쎄'라고 대답한 게이코는 자신이 먹은 접시를 손에 들고 일어섰다. 여전히 의자에 앉아 있는 그를 내려다보며 잠시 뭔가를 생각하는 듯 가만히 있다가 그녀가 낮은 목소리로 물었다.

"다카노, 넌 죽은 게 미즈키라고 생각해?"

다카노의 뒤에서 스가와라와 아키히코의 말소리가 들린다. 그들의 결코 작지 않은 목소리 덕택에 지금 그녀의 목소리는 다카노한테밖에 들리지 않았을 것이다. 뭘 얘기하려는 거지. 미심쩍어하는 다카노를 보며 게이코가 말을 이었다. 단정적인 말투였다.

"그렇다면 다시 생각하는 게 좋아. 미즈키한테는 네가 있었어. 그 거면 충분해."

"그럼 게이코, 너는 어떻게 생각하는데? 자살한 건 누구인 것 같 아?"

"그건……."

게이코는 약간 망설이다 얘기가 길어질 거라고 생각했는지 접시를 내려놓고 어쩔 수 없다는 듯이 의자에 도로 앉았다. 그리곤, 게이코가 뭐라고 중얼거렸다. 그 목소리가 너무 작은데다 갑작스러워, 다카노 는 내용을 잘 알아들을 수 없었다.

"뭐라고?"

게이코의 목소리에, 이번에는 조금 망설임이 서렸다.

"다카노. 만약 네가 부모한테, 너 같은 건 태어나지 말았어야 했다 는 말을 들으면 어떨 것 같아?"

"화나지."

별로 깊이 생각하지 않고 생각한 그대로 대답한다.

"그런 말을 하는 자기네가 날 낳은 거잖아."

"리카네는 말이지, 그런 집이야."

전혀 생각지도 않았던 말로 게이코는 급소를 찔렸다. 다카노가 무심코 입을 다물자, 게이코는 뒤를 이었다.

"우리 집하고 리카네는 이웃이거든. 우리 집이 병원을 하고 있기도 하니까, 리카네 사정은 옛날부터 잘 알아. 부모님들끼리도 아는 사이고. 리카 부모님은 원래부터 사이가 안 좋아서 그 아이가 고등학교에 들어가기 조금 전에 이혼하셨어. 그 때문인지 중학교 때부터 고등학교 초기까지 그 녀석은 상당히 막 나갔지. 리카한테는 여동생이 둘 있는데, 부모님이 다툴 때마다 리카가 그 아이들을 챙기곤 했어. 하나는 사야라고 하는 데 고등학생이고. 다른 하나는 아직 초등학생인데 이름은 유미코."

"축제 때 오지 않았나?"

갑자기 떠올라서 다카노가 물었다.

히치콕 영화 상영 중, 복도 밖에 찾아온 손님. 리카랑 닮은 얼굴의 두 소녀. 한쪽은 가까운 공립고교의 교복을 입고 있었던 것 같다. 분명히 리카 이상으로 짧은 치마를 입고, 진하게 화장을 하고 있었다. 하지만 그녀가 데리고 온 좀 더 어린 소녀는 매우 얌전하고 어딘가 부끄러운 듯이 언니 뒤에 숨어 있었다. 그녀들을 '미인 자매'라고 사카키가 말하며 리카에게 소개해 달라는 둥 수작을 걸고 있었다. 리카가 엄청 화냈던 게 생각난다.

'사카키샘한테는 리카가 있잖아요.'

"굉장히 어른스러운 아이랑 그와 대조적으로 굉장히 얌전하고 조그만 아이."

"맞아, 리카 동생이야. 중학교 때부터 리카는 고생이 제법 많았지. 부모님이 이혼한 건 리카가 고등학교 올라오기 조금 전이었지만, 그

때부터 이래저래 안 좋은 일이 많았어. 리카네 어머니는 고집이 센데다 좀 이상한 사람이라, 리카가 고등학교에 진학하는 것도 반대했었어. 너 같은 게 고등학교에 가도 어차피 별수 없다고 하기도 하고, 머리가 나빠서 안 된다고 하기도 하고. 상당히 심한 말을 하곤 했지. 리카 중학교 때 담임선생님이 설득하느라고 고생 많이 하셨던 모양이야."

"……그렇구나. 리카는 잘하고 있는데 말이야. 특히 수학은 반에서도 상위권이잖아?"

물론 수학이 사카키가 가르치는 과목이라서 열심히 한 덕도 있겠지만. 그렇더라도 리카의 머리가 나쁘지 않다는 것은 확실하다. 이 세이난에 입학하는 것도 결코 쉬운 일은 아니다. 특히 다카노가 입학한 연도는 학교가 막 새로 지어졌을 때라 경쟁률이 제법 높았을 터였다. 지금 게이코가 한 말에 따르면 리카는 중학교 시절에 막 나갔으면서도 합격했다는 것이니, 타고난 머리는 상당히 좋았던 것이다.

다카노는 리카를 흘끔 본다. 그녀는 웃는 얼굴로 미즈키와 뭔가를 한창 얘기하고 있는 중이었다. 게이코의 이야기에서 느껴지는 그늘은 눈곱만큼도 보이지 않는다. 게이코가 말했다.

"얼마 전에, 미즈키랑 리카가 교실에서 잡담을 하고 있었거든. 어느 반 누구는 누구랑 사귄다, 헤어졌다. 뭐 그런 얘기. 난 그걸 시미즈랑 같이 교실 구석에서 별생각 없이 듣고 있었어. 진학 명문인 탓도 있겠지만 세이난에서 생기는 연애 얘긴 귀여운 수준이지. 매스컴에서 한탄하는 고교생의 현실에 비하면 초등학생이나 다름없는 수준일 거야."

다카노도 비슷한 경험이 있다. 다른 학교에 다니는 친구에게 농담

섞인 놀림을 받은 적이 몇 번이나 있었다. '너희들 진짜 고등학생이냐?'라는 말에 쓰게 웃었던 적도 종종 있었다.

"그런데 그때, 시미즈가 갑자기 그러는 거야. 리카랑 미즈키한테. '너희 정말 고등학생이야? 왠지 지저분해'라고."

"……그건."

"농담이었는지 진담이었는지 확실치는 않지만, 꽤 강한 목소리였어. 비난하는 듯 들려서 얘기하고 있던 애들도 나도, 순간 아무 말도 안 나오더라."

귀여운 수준이다, 중학생 같다. 그런 의미를 담아서 사용되던 말이, 완전히 반대 의미로 사용되었다. 그런 예를 다카노는 지금 처음 들었지만, 말한 사람이 시미즈라면 묘하게 납득할 수 있을 것 같았다. 물론 시미즈가 나쁘다는 게 아니다. 그녀는 분명히 체질적으로 받아들일 수 없었던 것뿐일 것이다. 환경이 달라서 오는 상식의 차이는 뭐라 할 수 없다.

게이코가 말을 이었다.

"그때 시미즈의 경멸하는 듯한 눈과 리카의 얼어붙은 눈, 둘 다 똑똑히 기억나. 그때 리카의 눈을 봤을 때 생각했거든. 리카는 지금 우리들 사이에 익숙해져서 안정되어 있긴 하지만, 동시에 마음 어딘가에서 자신이 자라온 환경, 자신이 지금 처해 있는 환경을 부끄러워하고 있는 건 아닐까, 하는 생각."

"게이코."

"나는 죽은 게 리카라고 생각해."

확실한 말투로 게이코는 단언했다.

"내 입으로는 이 이상 말할 수 없어. 다만 그 애가 안고 있던 사정은 결코 만만한 게 아니었어. 그 당시부터 정말 어떻게 해 볼 도리가 없었어."

거기까지 말하고 게이코는 다시 접시를 들고 일어나 이번에야말로 다카노에게 등을 돌렸다.

그녀의 뒷모습을 지켜보며 다카노는 떠올렸다. 1학년 때 교무실에서 들었던 목소리.

'사에키 리카, 너 차라리 학교 그만둬라.'

그때 게이코와 리카는 같은 반이었다. 그리고 교무실 안에서 리카에게 폭언을 쏟아붓던 담임교사가 야마자키였고, 당시 신임이었던 사카키가 그 반의 부담임이었다. 야마자키는 그로부터 반년 후, 사카키를 때린 일로 세이난을 그만두었다.

도대체 그 반년 사이에 무슨 일이 있었던 것일까,

무심코 리카 쪽을 돌아보다가 다카노는 움찔 얼굴이 굳어졌다. 리카가 다카노를 응시하고 있었다. 다카노와 눈이 마주치고도 변함없이 그녀는 눈을 피하려고 하지 않는다. 그저 곧은 눈동자로 가만히 다카노를 보고 있을 뿐이었다. 어쩌면 지금 다카노와 게이코가 한 얘기를 들은 게 아닐까.

몸이 굳어버린 다카노 앞에서, 갑자기 리카가 고개를 숙인다. 아무 일도 없었던 듯 일어나서 식당 안쪽으로 사라졌다.

5

설거지를 다 끝내고 미쓰루가 식당 밖으로 나오자 복도의 공기가 피부를 찌르는 듯 차갑게 느껴졌다.

　어차피 정상적인 상황이 아니니까 설거지 같은 건 안 해도 돼. 그렇게 말한 건 스가와라였지만, 이런 건 논리가 아니라 성격 문제니까 어쩔 수가 없다. 맛있는 걸 얻어먹기만 하고 내버려 둘 수 없어서 설거지를 자청한 미쓰루는 그것을 끝내고 손수건으로 손을 닦으면서 복도에 나온 참이었다. 복도의 추위에 무심코 어깨가 움츠러든다.

　길게 이어지는 복도 끝을 보며, 그는 눈을 가늘게 떴다. 그리고는 곧 알아차렸다.

　식당에서 조금 떨어진 창문 앞에 리카가 서 있었다. 눈에 반사되어 창백하게 빛나는 벽과 바닥. 얼어붙은 듯한 복도에서, 그녀는 조용히 밖을 바라보고 있었다. 미쓰루가 다가오는 것을 알았는지, 리카가 이쪽을 본다.

　"수고했어, 미쓰루. 미안, 설거지 떠넘겨서."

　"응? 아냐, 신경 쓰지 마. 내가 맘대로 한 거니까."

　"손 시리지 않아?"

　미쓰루는 손을 닦고 있던 손수건을 겉옷 주머니에 넣는다. 미소를 지으며 고개를 저었다.

　"따뜻한 물이 나왔으니까 괜찮아. 리카는 뭐해? 바깥 보고 있었던 것 같은데, 뭔가 있었어?"

　"아니. 그냥 보고 있었을 뿐이야……. 결국 오늘 여기서 밤을 새워야 할 것 같네. 잘 준비 하라고 스가와라가 그러던데."

　"으아, 진짜로?"

　생각해 보면 그것 말고는 다른 수가 없으니 당연하다고 하면 당연한 것인데 그래도 미쓰루는 조금 놀랐다. 학교에서 잔다, 그런 기회가 오리라고는 생각하지 않았다. 졸업까지 앞으로 얼마 남지 않은 학교 생활에서, 남은 행사라고는 수험뿐. 그런 시기로 접어들고 나서 이런 일이 일어났다. 인생이란 무슨 일이 있을지 모르는 법이다.

리카가 웃었다.

"다카노나 스가와라는 잔소리는 많지만 신사잖아. 여자애들한테 양호실 침대 넘기겠대. 남자애들은 음악실에서 자려는 것 같던데? 거긴 카펫이 깔려 있으니까. 거기서 같이 잘 건가 봐. 남자애들은 다 벌써 거기로 간 것 같으니까, 미쓰루 너도 가 봐."

"응. 그렇게. 음악실이라고 했지?"

미쓰루도 가 봐, 라고 해 놓고 정작 리카는 여기에서 움직이려는 기색이 없다. 미쓰루가 가지 않고 있자, 그녀는 잠시 묵묵히 있더니 미쓰루 앞에 쪼그려 앉았다.

"리카 말이야⋯⋯."

양다리를 끌어안고, 불쑥 그녀가 말을 꺼냈다. 미쓰루도 바닥에 앉아 리카의 얼굴을 마주 본다.

"게이코는, 리카가 자살했다고 생각하나 봐."

"어째서?"

"아마도 리카네 엄마 때문에. 우리 집, 좀 이상하거든. 리카랑 엄마는 만날 싸우니까. 그리고 게이코는 그걸 잘 알거든."

말하면서, 리카는 약간 고개를 숙였다. 미쓰루가 잠자코 있자 그녀가 다시 말했다.

"그래도 말이야, 미쓰루. 리카는 그런 걸로는 절대로 자살 안 하지? 우리 집은 엄마 아빠가 이혼하긴 했지만, 그런 거야 흔한 얘기잖아? 딴 애들은 동정할지도 모르겠지만, 리카는 늘 그래온 데다 집이 그런 건 처음부터 당연한 거였으니 특별히 곤란하다고 생각한 적도 없고. 게다가……, 리카는 그런 식으로 자살 안 해. 그렇게 죽으면 사카키샘 입장이 얼마나 곤란해질지, 리카가 아무리 머리가 나빠도 안다고. 리카는 사카키샘한테 폐를 끼치는 짓은 절대로 안 해. 알지?"

미쓰루에게 묻는 그 목소리가 살짝 쉬기 시작한다. 미쓰루는 리카를 주의 깊게 내려다본다. 그녀는 미쓰루를 보고 있지 않았다. 옆얼굴이 당장에라도 울음을 터뜨릴 듯 굳어 있었다.

"리카는, 자살은 야박한 짓이라고 생각해."

그녀는 강한 어조로 딱 잘라 말했다.

"리카는 사카키샘이 그 자살사건 후에 무척 괴로워했던 걸 기억하고 있어. 그게 만약 리카가 한 일이었다면 리카는 자신을 절대로 용서할 수 없었을 테고, 정말로 리카한테는 죽을 만한 이유가 아무것도 없었어. 사카키샘한테 폐를 끼치는 일은 절대로 안 해."

"나도 그래."

입술을 깨물고 있던 리카가, 미쓰루의 말에 번쩍 얼굴을 들었다.

"정말?"

"응. 나 리카만이 아니고, 모두 그럴걸. 담임을 힘들게 만드는 짓은 여기 있는 누구라도 하기 싫을 거야."

침착한 목소리로 말하고 미쓰루는 웃어 보였다.

"그중에서도 리카는 절대 아니지. 그건 게이코도 분명 알고 있을 거야."

"정말로?"

"오랜 친구잖아? 그럼 괜찮아, 알아줄 거야."

"……응, 고마워, 미쓰루."

힘없이 웃으며 리카는 껴안고 있던 다리를 쭉 폈다.

"식당에 아직 누구 있어?"

"아니, 내가 마지막이었는데. 왜? 할 일 있어?"

"아까부터 목이 말라서 뭐 좀 마시려고. 그래서 양호실에서 나온 거야."

리카가 일어서서 식당 방향을 본다. 미쓰루는 아아 하며 고개를 끄덕인 후 물었다.

"어두운데 혼자서 괜찮겠어? 같이 갈까?"

"아냐, 괜찮아. 뭐 아무도 없으니 변태랑 마주칠 걱정도 없잖아?"

"응, 그것도 그래."

무서워할 존재조차 없다. 미쓰루는 무심결에 쓴웃음을 짓는다. 리카를 따라 일어서니 복도에 대고 있던 다리가 차가웠다.

"미쓰루는 음악실로 갈 거야?"

"응, 오늘은 이제 자야지. 잘 자."

"잘 자."

그녀는 걷기 시작한다. 등을 보고 나니 그 이상은 아무것도 말할 수 없었다. 미쓰루는 혼자 버려진 느낌이 들어서 그냥 멍하니 서 있었다.

리카의 등이 점점 작게 보인다. 그 등이 식당 문 안으로 사라질 때가 되어서야 미쓰루는 천천히 2층 음악실을 향했다.

리카가 담임을 너무 좋아한다고 생각한다.

(그렇게 죽으면 사카키샘 입장이 얼마나 곤란해질지, 리카가 아무리 머리가 나빠도 안다고)

슬플 만큼 기특한 말이라고 생각했다. 리카에게 어떤 사정이 있는지 미쓰루는 모르지만, 그것이 결코 가볍지 않다는 것만은 아까 리카의 말투만 봐도 명확했다. 하지만 리카가 '늘 그래온 데다 당연한 거'라고 말하는 이상, 그 말도 사실일 것이다. 제3자의 제멋대로인 견해에서 생겨나는 빗나간 동정심이 얼마나 상대에게 실례를 범하는 일인지. 미쓰루는 쉽게 상상할 수 있었다. 그렇게 생각하긴 하지만, 역시 걱정이 되긴 했다.

리카가 사라진 식당을 미쓰루는 문득 돌아본다. 조금 전 리카의 모습과 표정을 떠올린다.

리카를 좋아하는 마음이 이루어졌으면 좋겠다고 생각한 적은 한 번도 없다. 다만 그 아이의 저런 면이 정말 좋다. 그렇게 미쓰루는 생각했다.

6

음악실에 카펫이 깔린 것은 4년 전 학교를 다시 지었을 때인 것 같다.

다카노보다 8년 선배인 사카키가 어린애처럼 그것을 부러워했던 것이 생각난다. 자기 때에는 없었는데 너무하다면서. 실제로 음악실의 녹색 카펫은 누워 뒹굴기에는 딱 좋아서, 다카노의 친구들 중에도 이 방을 수업 땡땡이용으로 여기는 사람이 몇 명 있었다.

안경을 벗고 눈가를 누르며 다카노는 작게 하품을 했다.

"여자애들, 누구 한 명은 소파에서 자야 되지 않나?"

지금이 몇 시인지는 모르겠지만 어쨌든 자기로 하고, 다카노와 남자들은 여자애들에게 침대가 있는 양호실을 양보했다. 하지만 지금 생각해 보니 양호실 침대는 분명 3개뿐이었고, 그렇다면 누군가 한 명은 소파에서 자야 한다. 그렇게 큰 침대가 아니라서 둘이 같이 자는 것도 무리다.

"게이코 아닐까?"

다카노의 질문에 스가와라가 바로 대답했다. 눈길을 주니 카펫 위에 종이로 만든 수제 마작 패를 늘어놓는 중이었다. 아키히코가 수업 중에 시간 때우기로 만든 것이라고 하는데, 모두에게 유용하게 쓰이고 있었다. 교실에서 가져왔는지 아키히코와 스가와라, 그리고 미쓰루까지 그것을 둘러싸고 있다.

다카노는 쓰게 웃었다. 내기 마작을 하다 정학까지 받은 주제에, 게다가 이런 상황인데도 스가와라는 정말 어디까지나 스가와라였다.

"미즈키는 몸이 안 좋으니까 분명 침대에서 재워야 할 거고 말이지. 결국 게이코가 양보하지 않았을까? 아, 하지만 리카는 의외로 아무 데서나 잘 수 있을 것 같다."

"왠지 미안하네."

말을 하다가 뜬금없이, 만약 같은 일이 남자애들 사이에서 일어났다면, 하는 상상을 한다. 아마도 스가와라는 누가 말도 꺼내기 전에 침대 하나를 덥석 점령할 것이다. 그러면 소파로 만족해야 하는 사람은 분명 자신이다. 다카노는 쉽게 상상이 되었다.

"뭐 나름대로 궁리하겠지, 그 녀석들도. 그보다 미쓰루, 뭐하면 네가 리카 여기로 데려와라."

"……왜 자꾸 그런 말을 하는 거야, 스가와라는."

이젠 듣기 싫다는 얼굴로, 미쓰루는 토라진 듯이 고개를 휙 돌린다.

"나 이제 피곤하니까 잘래! 마작을 할 기분 아니야."

"뭐야, 김빠지게. 누가 밤새워 하자는 것도 아니고, 아침 되기 전에 5분은 자게 해 준다니까."

"싫어. 도대체 언제가 아침인지도 모르잖아."

"시끄러워. 그럼 어쩌라고? 나랑 아키히코 둘이서 하라는 거냐? 히로시, 너는?"

"좋아, 할게."

쓴웃음을 지으며 다카노가 대답한다. 아키히코와 스가와라 사이에 앉으니 아키히코가 헤에 하며 감탄했다.

"의외네, 다카노. 네가 끼다니."

"만날 학교 끝나면 바로 도서관이나 집으로 가버렸었지. 어이, 미쓰루. 히로시도 한다는데 네가 빠질 거야? 그거 상당히 빈축을 살 만한 일이라는 생각 안 드냐?"

사카키의 책상에서 꺼내왔다는 새 담뱃갑을 흔들면서 스가와라가 묻는다. 그것을 보고 미쓰루는 포기한 듯 한숨을 쉬더니 작게 고개를 끄덕였다.

"……알았어. 대신 나 먼저 샤워하고 와도 돼? 아직 몸이 찬 것 같기도 하고, 마작은 그다음에 낄래. 샤워실에 수건 있던가?"

"아마도. 만약 안 보이면 교실 내 로커 안에 있는 거 써."

다카노가 대답한다. 그리곤 덧붙였다.

"괜찮겠어? 복도가 썰렁하니 기분 나쁘던데."

"응, 익숙해졌어. 그야 조금 무섭긴 하지만."

약하게 웃으며 미쓰루는 혼자 음악실을 나갔다. 그 뒷모습을 지켜보고 나서 다카노가 쓰기 불편한 마작 패를 하나 집어 올렸다.

"할 일 되게 없다, 우리들."

"뭐 어때? 누가 자살했는지 골치 아프게 생각하는 것보다야 백 배는 건전하다."

아키히코의 말이다. 그에 '어'라고 동조하고 다카노는 다시 하품을 했다.

확실히 자살한 사람의 이름이나, 자신들이 있는 이 세계에 대해서 생각하는 것에도 슬슬 지치기 시작했다. 절박했던 이 상황도 점점 감각이 마비되어 긴장감이 떨어지고 있다.

하품을 한 탓에 눈물이 맺힌 시야에 들어온 창밖의 흰 눈도 갑자기 현실감이 떨어지는 것처럼 느껴진다. 다카노는 눈을 찌푸리며 안경을 다시 썼다.

7

붉은 지면.

미쓰루의 회상은 항상 거기에서 시작된다.

붉은 지면, 누군가의 외침, 경련을 일으킨 듯한 목소리. 옥상 너머로 보이는 하늘이 일그러지고 갈라져 가는 듯한 이미지.

그것을 떠올리고, 샤워 소리가 울려 퍼지는 곳에서 번쩍 고개를 든다. 이마와 볼에 물이 떨어진다. 약간 뜨겁다. 수도꼭지를 돌려 샤워기를 멈추니, 새삼스레 몸에서 발하는 열기가 느껴진다. 멍한 머리를 살짝 흔든다. 고여 있던 물이 거품을 녹이면서 배수구로 빨려 들어가고 나자, 귀가 아플 정도의 정적만이 남았다.

……붉은 지면. 미쓰루는 고개를 흔든다.

걸어 둔 수건을 손에 들고 머리에 뒤집어쓴다. 뜨거운 물을 맞아서인지 조금 전까지 졸리던 것이 많이 나아졌다. 의식은 맑고 또렷했다. 머리를 대충 박박 닦고, 미쓰루는 샤워커튼을 젖히고 탈의실로 나왔다.

미쓰루가 입학하기 전년도에 새로운 설비의 하나로 지어진 샤워룸. 흰 벽만이 무기질적으로 미쓰루의 앞에 펼쳐져 있다. 사람 냄새가 거의 나지 않는 그 안에 혼자 있으려니 미쓰루의 머릿속에 문득 그날의 일이 떠올랐다.

그 지면의 색깔. 미쓰루의 회상은 언제나…….

그날, 10월 12일 저녁. 미쓰루는 스가와라가 시켜서 반 애들이 마실 주스를 사러 학교 밖으로 나갔다. 미쓰루가 학교를 떠나 주스를 사러 갔던 시간은 겨우 10분 정도였다. 그리고 그 짧은 시간 동안, 학교의 공기가 순식간에 변해 버렸다. 아키히코에게 빌린 자전거를 타고 학교로 돌아왔을 때, 그곳은 아직 한창 혼란스러웠다.

건물을 붉게 비추는 구급차의 램프. 흰 벽을 흔드는 사이렌. 무거운 주스 봉지를 오른손에 든 채, 미쓰루는 그저 멍하니 그 모습을 보고 있었다. 그리고 그 땅바닥.

지면에 고인 붉은 물웅덩이를 봤을 때, 미쓰루는 처음엔 그게 무엇인지 몰랐다. 알게 된 것은 지금 막 본 구급차의 붉은빛과 그 붉은색이 직감적으로 연결되고 나서였다. 사정을 자세히 알지도 못하면서 미쓰루는 순간 옥상을 올려다봤다. 코 안이 찡하게 아팠다.

누군가가 조금 전, 옥상에서 뛰어내린 것 같다. 자기 반, 3학년 2반 아이라고 하는 것 같다. 나, 그 애 알고 있어, 그 애 분명히…….

미쓰루가 당시 들은 것은 그런 소리였지만, 지금 그 목소리는 묘하게 멀고 갈라져 있다. 그 사람이 누구였는지.

어째서 잊어버린 걸까.

옷을 갈아입으며 미쓰루는 그것을 생각했다.

여긴 그 자살한 아이의 정신세계인 듯한 곳이고, 그 사람은 지금 여기에 있는 자신들 중 하나다. 그리고 지금 자신들에게 무언가를 시키고 싶어 하는 것 같다고, 친구들은 가정하고 있었다. 미쓰루에게는 그 가정을 반박할 근거는 없지만, 그래도 아직 무언가 석연치 않았다. 정말로 이 중의 누군가가 그 지면 위에 떨어진 사람이라는 것일까.

나는 아니야, 미쓰루는 그렇게 생각한다. 자살의 동기가 자신에게는 전혀 없다. 무엇보다 그런 일을 할 배짱도 없다고 생각한다. 그 자살도, 그리고 지금 자신들이 갇혔다는 상황에 관해서도, 미쓰루는 그것과 자신 사이에 심각한 긴장 관계를 느낄 수가 없다. 어딘가 남의 일 같은 기분마저 든다. 자살 당사자에게 미움 받을 만한 짓을 한 기억이 없다. 그리고 그 당사자가 자기를 좋아했다거나, 흥미를 가지고 있었던 것도 아니라고 생각한다. 다만 대상이 '학급위원'이라는 모임 전체였기 때문에 지금 여기 이렇게 자신까지 불려 들어온 것이라고 추측했다.

자신은 주역이 될 그릇이 아니다. 그리고 그거면 된다. 그런 자신을 미쓰루는 어디까지나 인정할 수 있었다. 다만…….

(리카는 자살은 야박한 짓이라고 생각해)

리카의 말을 떠올리고, 미쓰루는 고개를 숙였다.

그 자살은 자신과 관계가 거의 없는 것 같다고 생각하는 한편, 그 자살이 자신에게 끼친 영향은 결코 작지 않다고도 생각한다.

예를 들면 사카키가 세이난을, 교직을 떠나려고 하고 있다. 그걸 생각하면 미쓰루는 울고 싶을 정도로 괴로워졌다. 사카키가 좋다. 고등학교에서 만나게 된 담임이 그래서 다행이라고 생각했다. 그랬던 사카키가 자기 잘못도 아닌 일로 지금 교사를 그만두려고 한다.

어제 그 얘기를 엄마한테 들었을 때, 미쓰루는 그 사실을 어떻게 받아들이면 좋을지 도무지 알 수가 없었다. 그저 괴로웠다.

(담임을 힘들게 만드는 짓은 여기 있는 누구라도 하기 싫을 거야)

아까 리카한테는 그렇게 말했지만, 자신의 반에서 자살이 일어난 것은 바꿀 수 없는 사실이었다.

젊고 유쾌한, 마치 친구처럼 자신들을 대해 주던 담임교사 사카키. 내가 왜 너희를 돌봐야 하느냐고 투덜대면서도 학생들이 매달릴 때마다 자기 담당이 아닌 과목까지 가르쳐 주기도 하고, 개인적인 고민도 진지하게 상담해 주었던 것을 미쓰루는 알고 있다. 말투나 태도가 엄해도, 혹은 대충대충 건성으로 대할 때도, 결국 그는 가까운 사람들에게는 끝없이 다정한 사람이라고 생각했다.

뭐가 어디서 어떻게 잘못된 것일까.

그런 면 때문에 사카키는 세이난의 선생님들 중 제일 인기가 있어서 2학년이 된 첫날 개학식에서 담임 발표가 있었을 때, 미쓰루네 반에서는 터질 듯한 박수와 환성이 올랐다. 그런데 그 사카키의 반에서 자신들의 친구가 자살한 것이다.

리카는 지금, 어떤 마음일까.

사카키가 그만둔다는 얘기를 듣고, 미쓰루가 제일 먼저 떠올린 사람은 리카였다.

미쓰루는 리카를 좋아했다. 자살한 사람이 리카만은 아니었으면 좋겠다고 절실하게 생각한다. 3일 전에 찍은 학급 사진. 그중에서 오직 한 사람 리카만이 검은 테두리가 쳐진 영정 사진으로 실리는 것은 외롭고, 너무 불쌍하다고 생각한다.

리카의 부모님이 이혼한 일은 미쓰루도 알고 있었다. 그 단편을 보여주는 듯한 리카의 막 나가는 행동은 미쓰루도 기억하고 있었다. 지금의 리카를 보면 상상도 할 수 없다. 리카는 지금 그런 자신의 사정을 털끝만큼도 밖으로 내비치지 않는다.

그래서 더더욱, 리카가 안고 있는 어둠에 미쓰루는 들어갈 수가 없다. 그렇지만 그것은 반장인 다카노라고 해도, 소꿉친구인 게이코라고 해도 마찬가지일 것이다. 아마도, 그만큼 깊이 그녀가 마음을 여는 것은 단 한 사람뿐인 것이다.

'사카키샘!'

입학 당시에는 구제불능이었던 그녀가, 어떤 시점을 경계로 묘하게 싹싹한 목소리로 그를 그렇게 부르게 되었다. 리카는 사카키에게 마음을 열었다.

리카가 변하기 시작했던 그때, 리카와 사카키의 관계는 작은 소문이 되었다. 근거도 없이 무책임하게 이리저리 퍼져 있던 얘기가 다른 반이었던 미쓰루한테까지 들려왔지만 결국 그 두 사람 사이에 무슨 일이 있었는지는 아무도 모른다. 같은 시기에 세이난을 그만둔 리카의 담임 야마자키와 관계가 있는 것 같다는 얘기도 들었다. 하지만 지금은 이미, 소문났던 그런 일들과 관계없이 그녀는 사카키를 한 사람의 인간으로서 좋아하는 것 같다. 보고 있으면 절절히 전해져 온다.

마음속에 감춘 어둠을 그녀가 사카키에게 상담할 수 없었다면?

그렇게까지 절박한 상황이었다면? 자살의 원인이 만약 사카키였다면?

그리고 그날 죽은 사람이 리카가 아니었다고 해도, 지금 사카키가 교사를 그만둔다는 얘기에 리카는 어떤 기분이 들었을까.

원인을 전혀 알 수 없는 갑작스러운 학생의 자살. 사카키는 그 사건을 어떻게 생각했을까. 미쓰루는 그가 견뎌야 했을 실망과 비난의 고통을 전부 알 수 있다는 대단한 말은 도저히 할 수 없었다. 리카가 사카키를 잃어버리는 아픔에 대해서도 마찬가지였다. 다만 사카키나 리카의 어깨에 놓인 짐의 무게가 분위기로 전해져와 자신의 목을 조르고 있는 듯한 느낌이 든다. 그뿐이었다.

어째서 자신들은 자살한 사람의 이름을 기억해 내야만 하는 것일까. 그리고 그 사람은 정말로 그것을 바라고 있는 것일까. 사라져버린 것을 생각해 내 줬으면 하는 것이다. 하지만 무엇 때문에?

그런 것들을 생각하면서 옷을 갈아입고, 손목시계를 차려던 때였다. 문득 탈의실 선반에 놓은 자신의 휴대전화가 눈에 띄어 미쓰루는 무심코 그것을 집어 들었다. 그리고 그 액정을 본 순간 미쓰루는 깜짝 놀라 눈을 크게 떴다.

휴대전화에 새 메시지가 들어와 있었다. 그것도 조금 전이다. 시간 표시는 변함없이 5시 53분, 여전히 이곳은 수신불가지역이다. 샤워를 하기 전엔 이런 메시지는 분명히 없었다. 물소리에 수신음이 묻혀 미쓰루에게까지 들리지 않은 것 같다. 보낸 사람 이름 표시는 없었다.

비어 있는 발신인 란. 그곳이 비어 있었던 일은 여태까지 한 번도 없었다. 이런 경우는 처음이다. 미쓰루는 숨을 삼켰다. 차가운 공기가 목을 통과한다.

버튼을 누른다. 화면이 바뀌었다.

〈책임을 느껴〉

엔터. 다음이 있었다. 화면 아래로 스크롤 한다.

〈주세요〉

책임을 느껴·주세요………….

그 내용을 머리로 겨우 이해한 순간, 미쓰루는 휴대폰을 떨어뜨릴 뻔했다.

〈책임을 느껴주세요〉

그뿐이고, 그다음은 없었다.

형광등 아래에서 액정이 새하얗게 빛나고 있다. 무기질적으로 나열된 글자에 목덜미가 굳어가는 것을 알 수 있었다.

스가와라나 아키히코의 장난일까.

지금은 다시 통화불능이지만, 수신된 걸 보면 잠시라도 전파가 안정된 순간이 있었을지도 모른다. 그 한순간에 스가와라가 미쓰루는 겁쟁이니까 놀려주자고 제안해서, 그래서…….

억지로 그렇게라도 생각하려고 하면서, 만약 장난이라면 성공했다고 생각했다. 미쓰루는 지금 단숨에 몸이 차갑게 식는다는 것을 실감했다. 무엇보다도 혼자 있다는 것에 대한 공포가 등줄기를 거칠게 쓰다듬었다.

도저히 웃을 수 없는 이런 장난을, 다카노가 말리지 않았을 리 없다. 그 사실을 떠올린 것이 치명적이었다. 오싹 한기가 든다.

아까 미즈키에게 걸려왔다는 전화 얘기를 떠올린다. 하지만 지금, 왜 자신에게.

손목시계를 차고 수건을 목에 걸고, 미쓰루는 서둘러 탈의실을 나왔다. 어두운 복도 벽에 반사되는 희미한 빛. 모든 것이 기분 나쁜 색으로 일그러져 있는 듯 보여 미쓰루는 발이 엉키면서도 빨리빨리, 하고 마음속으로 절실히 바랐다.

책임, 책임. 도대체 무슨?

자살, 그 일에 대한 일말의 책임이 자신에게 있다는 뜻인가.

샤워룸은 3층, 남자애들이 있는 음악실은 2층. 여자애들이 있는 양호실은 1층. 계단 모퉁이를 하나 돌았을 때. 문득 등에 강한 충격을 느꼈다. 아니, 충격이라는 말은 정확하지 않고, 굳이 말하자면 무언가의 기척이었다. 다만 그 기척은, 너무나 큰 위압감을 가지고 있어서 미쓰루에게 선택의 여지도 주지 않고 돌아보라고 명령하고 있다. 무언가의 의사 표현처럼.

뒤를 돌아보았을 때 처음 눈에 들어온 것. 그것은 창문이었다. 복도의 창문. 그 프레임 안에서 흩날리고 있었을 눈. 그것이 순식간에 사라지고 없었다.

의문을 느끼기도 전에 그 프레임 안에서 무언가가 똑바로 떨어지는 것이 보였다. 빠른 속도, 순간의 일이었다. 미쓰루는 숨을 삼킨다. 그리고 생각했다.

──방금 그거, 사람 다리 아니었어?

멍한 미쓰루의 머릿속에 방금 본 것이 다시 재현된다. 떨어지는 사람의 다리.

목구멍에서 공기가 밖으로 잘 나가주지 않는다. 쌔액쌔액 하는 건조한 소리만 나고 있었다.

방금 그건 대체……

간신히 서 있을 뿐, 다리에 힘이 들어가지 않는다.

지금 일어난 일은.

창밖에서, 무언가를 지면에 내동댕이치는 듯한 커다란 소리가 났다.

미쓰루의 어깨는 딱딱하게 굳어 가늘게 떨리기 시작했다. 그가 천천히 눈을 감았다가 다시 떴을 때, 눈에 들어온 광경은 예쁘게 레터링된 낯익은 글씨였다.

(히치콕 3부작 연속 상영 · 3학년 1반 자료관 · 3학년 2반)

어두운 배경에 고전적인 색조의 그림. 흰 이를 드러내며 밝게 웃는 여배우의 얼굴. 본 기억이 있다. 시미즈가 그린 축제용 PR 포스터다. 눈앞의 벽에 그 포스터가 붙어 있었다. 축제날과 똑같은 것이 지금 똑같은 위치에 있다. 조금 전까지는 아무것도 없었던 그 벽에.

미쓰루는 멍한 머리로 천천히 침을 삼켰다. 이건 어떻게 된 일일까. 그리고 조금 전에 떨어진 무언가의 그림자. 무언가를 내동댕이치는 듯한 소리.

미쓰루는 숨을 삼키고 창문으로 달려간다.

의식 안에 점멸하는 붉은 지면.

창을 열려고 했다. 몸을 내밀려고 했다. 하지만 아무리 힘을 주어도 창문은 열리지 않았다. 걸쇠가 걸린 것도 아닌데 꼼짝도 안 한다. 현관이나 교무실 창문과 똑같다. 창문 주위에는 각 반이 열었던 가게의 선전 포스터와 전단이 난잡하게 붙어 있다. 반면 복도 전체의 인상은 여전히 어두워, 그것이 부자연스러웠다. 무언가가 이상하다. 무서웠다.

창에서 한 발 물러서자 어깨에 걸치고 있던 수건이 떨어졌다. 주위는 정적에 둘러싸여 있었다.

다카노를 불러오자. 다카노를…….

그때 '주르륵'하고 무언가를 끄는 소리가, 묘하게 또렷이 정적 속에 울려 퍼졌다.

주르륵, 주르…….

도망치고 싶지만, 다리가 움직이지 않는다. 무언가를 질질 끄는 듯한 기분 나쁜 소리가 미쓰루에게서 도망칠 자유를 빼앗았다. 어떤 일이 확실히 일어나려고 하는데, 머리가 그 생각을 따라가지 못한다. 설마 자신에게 이런 말도 안 되는 일이 생길 리가 없다, 일어날 리가 없다. 아무렴, 이건 거짓말이다.

소리는 점점 커지며 다가온다. 시선이 못 박힌 창문에는 이미 눈이 내리지 않는다. 도대체…….

도대체 여긴 어딜까?

창문 밑에서 스르륵 하는 소리가 기어 올라온다. 미쓰루가 쳐다보고 있는 창에, 답삭 새하얀 손이 달라붙었다.

미쓰루는 휙 숨을 삼키고 눈을 부릅떴다.

드르르륵 드르르륵.

천천히 창문이 열린다. 그 손바닥이 창틀을 천천히 붙잡는다. 돌연 미쓰루의 눈앞에 나타난 손바닥. 그 손이 천천히 떨리고 있다. 붉었다.

기어 올라온 것이다. 직감적으로 그렇게 생각했다.

아래에 떨어진 그 사람이, 다시 한 번 기어 올라온 것이다. 떨어져 죽은 그 날로부터 지금, 자신을 만나기 위해.

붉은 지면, 붉은 손바닥. 책임을…….

책임을 느껴 주세요.

붉은 두 손이 창틀을 붙잡는다. 자신의 몸을 끌어올리려는지 붉은 팔꿈치와 팔이 차례차례 창틀에 걸렸다. 중간에 균형을 잃어 떨어질 듯 보였다. 주르륵, 하고. 하지만 붉은 팔은 창틀을 잡은 채 놓지 않는다. 몸을 바로 잡더니 천천히 다시 창틀에서 자신의 몸을 끌어올린다.

미쓰루는 뒤돌아 도망치려고 했다. 하지만 몸을 돌려 달리려고 한 순간 무릎이 몸을 지탱하지 못하고 털썩 바닥에 떨어진다. 그는 그 자리에 쿵 엉덩방아를 찧었다.

"아아……."

쉬어버린 목 안쪽에서 무심결에 소리가 나온다.

누가, 누가 좀…….

이런 일이 자신한테 일어날 리가 없다. 이건 거짓말이다. 이건, 이것은 분명히.

기어서 도망치려던 미쓰루의 뒤에서 탁 하는 소리가 났다. 맨발로 바닥을 딛는 듯한 소리였다. 등줄기에 찬물세례를 받은 듯 공포와 긴장이 몸 전체를 감쌌다.

그러나 휙 하고 비명을 지르며 다시 도망가려던 미쓰루를 불러 세우는 목소리가 있었다.

"생각났어?"

낮은 목소리였다. 그리고 조용한 목소리였다.

미쓰루는 눈을 크게 ── 그야말로 크게 떴다. 아는 목소리였다. 그리고 그 순간 뒤를 돌아보고 말았다.

붉은 지면, 그리고 그 뒤.

피투성이 팔을 힘없이 늘어뜨린 사람이 미쓰루의 눈에 들어왔다.

검붉게 일그러진 얼굴의 두 눈이 미쓰루를 응시하고 있다. 붉게 뭉개졌지만, 그 얼굴은 누구인지 판별하기에는 충분했다. 어떻게 모를 수 있겠는가.

아는 얼굴이었다.

생기를 잃은 입술이, 다시 천천히 움직였다.

"생각났어?"

아무 감정도 들어 있지 않은, 그저 조용하기만 한 목소리가 이어진다.

"어째서……?"

일순, 미쓰루의 안에서 공포보다 놀라움이 강해졌다. 복도에 꼴사납게 엉덩방아를 찧은 채로, 미쓰루는 눈앞의 인물을 뚫어질 듯 쳐다본다.

"어째서, 왜……."

"생각났어?"

다시 한 발짝. 목소리와 함께 그 인물이 다가온다. 미쓰루는 경련을 일으킨 얼굴을 거세게 흔든다. 같은 말을 조용히 반복할 뿐인 그 목소리가 진심으로 무서웠다.

붉은 지면.

주스가 잔뜩 든 봉지를 든 채, 당황해서 주변을 둘러보던 미쓰루에게 다가온 같은 반 친구.

'어이 미쓰루, 큰일 났어. 방금 옥상에서 ……가 뛰어내렸어. 지금 담임선생님도 같이 구급차 탔는데, ……는 많이 다쳐서 아마 못 살 것 같대.'

그렇다.

절망에 가까운 시선으로 그 사람의 얼굴을 올려다보며, 미쓰루는 생각해냈다.

눈앞에 있는 피투성이, 뭉개진 얼굴. 그날, 투신자살한 사람은 …….

피로 끈적거리는 그 사람의 손. 그 손이 천천히 미쓰루의 턱으로 뻗어온다. 차가운 손이었다.

그리고 지금까지와는 억양이 다른, 의문형이 아닌 목소리가 한숨처럼 그 입에서 새어나왔다.

"생각—— 났구나."

안심한 듯한, 웃음이 섞인 목소리를 미쓰루는 들었다. 피투성이 얼굴, 머리카락. 흙으로 더러워진 팔과 뺨. 눈앞에서 그것은 돌연.

"아아아아아……!"

생전의 모습을 전부 부수듯, 흐물흐물 무너져간다. 얼굴이 점점 흙색으로 녹아들고, 눈알이 아래로 떨어진다. 그리고 그것은 미쓰루의 가슴 언저리에 확실한 체온과 함께 떨어졌다. 가까스로 남아 있는 듯 보였던 손바닥 두 개가, 미쓰루의 목으로 스르륵 뻗어온다.

"하지 마……, 하지…….."

생각나고 나니 더욱, 어째서냐는 의문이 강해졌다. 머리에 안개가 낀 듯이 의식의 끝이 흐려져 간다.

목이 꽉 졸려서, 미쓰루는 팔을 닥치는 대로 마구 휘두른다. 괴로워, 괴로워. 어째서…….

잡힌 목에서 미지근한 피 냄새가 났다. 시야에 들어온 하늘, 흘러나가는 자신의 피의 색깔.

그리고 헐떡이며 크게 뜬 시야에 들어온 것은.

붉은,
붉은 지면.

어딘가 멀리서 수업종이 울리는 소리가 들린다.

제6장

밝은 절망

어린아이의 울음소리가 들린다.

온몸의 힘을 전부 쥐어짜는 듯한 맹렬한 울음소리. 힘이 다할 때까지 전력으로 울다가 힘이 다하면 잠드는, 어린아이 특유의 울음소리.

어디야?

하얀 안개 속에서, 가타세 미쓰루는 목소리의 주인을 찾는다.

어디에 있어?

끊임없이 이어지는 그 소리는 남자아이인지 여자아이인지도 확실하지가 않다. 목소리가 높은 걸 보면 그 울음소리가 어린아이가 내는 소리라는 사실만 알 수 있을 뿐.

미쓰루는 온통 뿌연 세상 속을 목소리에 의지해 걷기 시작했다.

어디야? 왜 우는 거야?

미쓰루 앞에 나타난 것은 두 손으로 얼굴을 가린 어린아이였다. 그 손에 가려져서 표정까지는 보이지 않는다. 옷차림을 봐도, 바로는 남자아이인지 여자아이인지 알 수 없다.

안개가 점점 갠다. 여기는——.

아이는 계속 운다. 미쓰루는 그 아이와 눈높이가 같아지도록 아이 앞에 몸을 굽힌다. 고개를 들지 않는, 표정을 감춘 아이.

리카?

미쓰루가 부른다. 왜인지는 모르겠지만 그런 생각이 들었다.

리카야? 아니면……

잠시 망설였지만, 미쓰루는 울고 있는 아이의 머리를 쓰다듬었다.

1

리스트 컷 증후군(wrist cut syndrome)이라는 말을 들은 적이 있다.

커터나 면도칼 같은 예리한 물건으로 자신의 손목을 반복해서 긋는 증상이 그 특징이다. 리스트 컷 증후군은 마음의 병의 일종이다. 심인성 스트레스나 허무감, 불안이 있을 때 나타나는 자해 행위의 하나. 다만 그런 사람들의 대부분은 정말로 죽을 생각이 있는 것은 아니라서, 죽을 정도로 깊이 긋지는 않는다. 남성보다는 여성에게 많다.

리스트 컷 증후군.

그 말, 그리고 그 증상을 들었을 때, 이상하게도 납득이 되었다. 마음 어딘가에서 '아아, 그런 거였구나' 하며 고개를 스스로 끄덕이는 자신이 있었다. 세상에는 그런 증상을 가진 병이 있다. 그게 그런 거였던 것이구나, 하고 인정할 수 있었다.

자신이 그런 여자들만 끌어당기는 것, 그렇게 되어 버리는 것을 처음 자각한 것이 언제였더라.

가타세 미쓰루는 생각한다.

아마도 중학교 때. 교실 구석에 친구도 없이 늘 혼자 있던 그 여자애가 처음이었을 것이다.

(미쓰루)

그건 중학교 2학년 여름. 그때까지 변변히 말도 해 본 적 없던 그 소녀가 미쓰루를 불러 세웠다.

(미쓰루, 지난번엔 고마웠어)

고맙다는 말을 듣긴 했지만, 뭐가 고맙다는 것인지를 알 수 없었다. 멍하니 서 있는 미쓰루를 보고 그녀는 희미하게 웃었다. 지금까지 찬찬히 본 적은 없었지만, 약간 슬픈 인상을 주는 미인이었다.

(왜 저번에 회의 있었을 때. 내가 곤란해하고 있으니까 혼자서 책을 다 옮겨줬잖아. 너무 무거워서 나 혼자였으면 어떻게 됐을지 몰라. 정말 고마웠어)

듣고 보니, 그런 일이 있었던 것 같기도 하다. 당혹스러워하는 미쓰루에게 그녀는 생긋 웃으며 말을 이었다.

(저기, 미쓰루. 집에 같이 안 갈래?)

손목을 긋고, 거기서 흐르는 피를 보면 안심이 돼.

그녀는 미쓰루에게 그렇게 가르쳐주었다. 차고 있던 손목시계를 푼다. 그녀의 왼쪽 손목에 아주 얇은 실 같은 상처가 여기저기 나 있었다.

이게 일 년 전. 이게 한 달 전.

하나하나, 그것들을 미쓰루에게 보여준다.

그리고 이게 오늘 아침.

미쓰루 앞에 상처를 드러내면서, 그녀는 희미하게 웃었다.

리스트 컷을 하면 말이야——.

그녀가 쓴 '리스트 컷'이라는 말이, 머릿속에서 느릿느릿 '손목을 긋는다'는 말로 변환된다.

내가 살아 있다는 걸 느낄 수 있어. 더 깊게 그으면 언제라도 죽을 수 있다. 그렇게 생각하면, 정말 안심이 돼.

"안 아파?"

미쓰루는 물었다. 무서웠다. 지극히 당연한 사실을, 굳은 목소리로 물었다.

"커터로 하는 거야?"

응. 다들 쓰는 그거.

그녀는 대답했다.

아프지만, 점점 괜찮아져서 요즘은 아무렇지도 않아.

그녀의 손에 남아 있는 가늘고 옅은 흉터들. 그녀는 그 흉터를 미쓰루에게 보여줬다. 미쓰루의 손이 그 흉터들을 어루만지길 기다리는 것처럼. 만져주기를 기다리는 것처럼, 손목을 미쓰루 앞으로 가져온다.

저기, 미쓰루.

미쓰루는 어떻게 하면 좋을지 알 수가 없었다. 그녀의 손목에 그어진 그 상처에서 피가 흘러내리는 모습이 상상된다. 그러자 등줄기가 오싹오싹하며 오한이 든다. 토할 것 같았다.

이런 얘길 할 수 있는 건 미쓰루 뿐이야. 내 버팀목이 되어 줄래?

미쓰루는 자신이 마음 약한 사람이라는 것을 인식하고 있다.

자신의 의견을 강하게 주장할 수가 없다. 자신의 말이나 행동을 통해 다른 사람에게 피해를 주고 싶지 않다. 이런 자신을 주위 사람들이 어떻게 받아들이고 있는지 미쓰루는 잘 알고 있다. 자신을 '사려가 깊다'고 평가해 주는 사람은 많다.

하지만 미쓰루는 때때로 그 말에 귀를 막고 싶어진다.

미쓰루는 사려가 깊은 게 아니다. 자신은 단순히 다른 사람을 책임지고 싶지 않을 뿐이다. 다른 사람에게 상처 주는 일이 무섭다. 그저 그것뿐이다. 상대방의 말을 부정하지 않고 남이 하라고 하는 대로 순순히 따르기만 하면, 누구를 상처 입힐까 걱정할 필요도 없다. 그래서 거절하지 않는다. 그것은 매우 편한 방법이며, 겁쟁이가 살아가는 방식이다.

자신의 행동에 상대방이 기뻐하는 것을 보면, 물론 자신도 기쁘다. 그러나 그와 동시에 마음 어디에선가 안도하는 자신을 느낀다. 모두 자신을 위한 것. 결코, 다른 사람을 배려해서가 아니다.

자주성이라고는 전혀 없는, 타인을 그냥 받아들일 뿐인 무책임한 상냥함. 미쓰루 안에 있는 것은 그런 텅 빈 것뿐이다.

자신은 결국 주인공이 될 수는 없을 것이고, 누군가를 마음으로부터 지탱할 수도 없을 것이다. 그런 자신에게 미쓰루는 밝은 절망을 느끼고 있다. 그건 이미 어쩔 수 없는 일이다. 그렇게 생각하고 모든 것을 포기한다.

심각하게 고민하거나 장래를 비관하지 않는다. 다만 언제까지나 자신이 변할 수 없다는 사실이 조금 싫을 뿐이다. 앞으로 계속, 자신은 그렇게 살아갈 것이다.

따라서 이것은, 밝은 절망과 적극적인 포기.

리카를 좋아하게 된 이유도 마찬가지다. 처음부터 아무것도 기대하지 않았다. 자신의 미숙한 처신 때문에 리카를 좋아하는 마음은 주위 사람들한테 바로 알려져 버렸다. 그것이 더는 그녀에게 폐가 되지 않았으면 좋겠다고 가끔 생각하는, 그런 정도일 뿐. 달리 아무것도 바라지 않는다.

미안, 리카.

미쓰루는 늘 그렇게 생각하고 있다.

내 감정에 멋대로 너를 끌어들여서 미안. 괜찮아, 언젠가 분명히 이 마음은 자연스럽게 죽어갈 테니까. 나 혼자서 깔끔히 정리할 수 있어.

저기, 미쓰루.

시계로 손목의 상처를 감춘 그녀가 말한다.

내 버팀목이 되어 줘.

그녀의 안에 있는 것은 외로움일 거라고 미쓰루는 생각한다. 그것도, 심각하게 타인을 갈구하는 절실한 종류의 외로움. 손목에 새긴 상처는 그 외로움을 호소하기 위한 메시지일지도 모른다.

책임감 없는 상냥함으로 사람들을 받아들일 뿐인 미쓰루는, 그래서 그녀들을 끌어당긴다. 쓸쓸해서 어쩔 줄 모르는 그녀들에게, 이 사람이라면 자신을 받아들여 줄 것이라는 착각을 하게 한다. 언제부턴가 미쓰루는 그것을 자각하고 있었다. 그리고 그런 그녀들의 바람을 자신은 결코 이루어줄 수 없다는 사실도 깨달았다.

미쓰루의 상냥함은 표면일 뿐. 절실한 바람에는 응하지 못한다.

미쓰루의 집에는 고양이가 있었다.

불규칙적인 줄무늬의 잡종 고양이. 이름은 사스케. 어머니가 아는 집에서 분양받아 온 아이로, 미쓰루가 유치원생이었을 때 가족의 일원이 되었다.

고양이는 자신의 주인을 자기가 기르는 동물이라고 생각한다. 자신이 바로 주인이라고 생각한다. 어디선가 그런 글을 읽은 적이 있다. 그리고 미쓰루는 사스케를 보고 있으면 자주 그 말이 떠올랐다. 무언가에 묶여 있는 것 같지도 않고, 자유롭게 마음껏 집 안팎을 돌아다니는 그의 가벼운 발걸음. 귀여워해 주려고 끌어안으면, 싫어하면서 자신의 손에서 멀어진다. 손을 할퀸 적도 몇 번인가 있었다. 자신을 안 따르는 것 같아 쓸쓸했던 적도 있다.

하지만 추운 겨울날, 자다가 일어나 보면 이불 속에 사스케가 몰래 들어와 있기도 했고, 자신의 발치에 그가 동그랗게 몸을 웅크리고 있는 모습을 보면 미쓰루는 너무 기뻤다. 외면하나 싶으면 어느새 바로 이쪽으로 돌아오는 제멋대로의 고양이 기질. 미쓰루는 그 기질이 좋았다.

"있잖아, 사스케."

미쓰루의 방구석에 누워 있는 그를 부른다. 자신의 이름이 불린 것을 아는지 모르는지. 사스케는 카펫 위에 누워 빈둥거릴 뿐이다. 듣고 있든 듣고 있지 않든 상관없다. 미쓰루는 멍하니 말을 이었다.

"나, 오늘 여자애한테 상처를 줬어."

그 일 때문에 그 애 팔의 상처가 늘어나는 일은 아마 없을 것이다. 미쓰루는 그렇게 생각하고 있었다. 그리고 그런 생각을 하는 스스로

가 조금 싫어졌다.

그 애가 바라고 있던 것은 그 애의 마음을 지탱해 줄 누군가일 뿐, 그 사람이 꼭 미쓰루일 필요는 없었다. 미쓰루가 도서위원 일을 도와줬으니까. 그래서 선택되었을 뿐이다. 거절하지 않을 거라고 생각하고 선택했을 뿐인 것이다. 미쓰루가 거절해도 아마 그 애는 괜찮을 것이다. 예전과 변함없이, 마음속에 어둠을 끌어안은 채 살아갈 것이다. 쓸쓸함을 메워 줄 존재를 갈구하면서. 그 아픔은 만성적이고 길다. 하지만 그것은 감정의 나사가 약간 풀린 정도로 어딘가로 빠져나가 훌훌 털어버릴 수 있는 아픔도 아니다.

미쓰루는 손목을 긋지 않는다. 아픈 것도 싫고, 무엇보다 무섭다. 하지만 그 애가 그 손목에 새긴 숨 막히는 메시지를, 조금은 이해할 수 있었다. 도망칠 곳이 없어 늘 가슴속에 있는 절박한 어둠. 그것은 아마도 미쓰루가 가진 절망이나 포기와 약간 비슷할 것이다. 바뀔 수 없는 자신.

죽을 생각은 없는 자해 행위.

미쓰루는 아마도 그녀에게 친절하게 대해줄 수 있었을 것이다. 그녀의 아픔을 들어주고, 쓸쓸함을 일시적으로 달래며 옆에 있을 수 있었을지도 모른다. 하지만 안 된다. 그녀의 버팀목이 되겠다는 각오는 서지 않는다. 무책임한 상냥함, 자신에게는 그것밖에 없다.

미쓰루의 말에 응답하듯 사스케의 꼬리가 아무렇게나 옆으로 흔들렸다. 뭐, 어때. 그렇게 말하는 그의 목소리가 들려오는 듯해, 미쓰루는 힘없이 쓴웃음을 짓는다.

저기, 미안해.

마음속에서, 미쓰루는 지금도 가끔 그녀들을 떠올린다.

저기, 미안해. 중학교 때의 오타, 츠츠이. ……축제 때 나한테 고백해 준 야마우치.

2

리카를 처음 본 것은 고등학교 입학식이었다.

금발에 가깝게 탈색한 머리. 보이는 것 전부를 적대시하는 듯한 날카로운 눈매. 소심한 미쓰루는 처음 그녀를 보고 무섭다고 생각했다. 저 애는 막나가는 불량 학생에, 자기와는 다른 세계에 살고 있는 아이. 그러니 말을 나눠 봐야 통하지도 않을 거고, 실제로 그렇게 깊이 사귈 일도 없을 거다.

그런 그녀가, 2학년 때 같은 반이 되었다. 작년과는 비교되지 않을 만큼 단정한 머리와 눈을 하고 있었다.

"잘해 보자——, 미쓰루."

봄. 학급위원을 뽑을 때 리카는 서기, 미쓰루는 회계가 되었다. 학급위원 첫 모임 때, 리카가 웃으면서 미쓰루에게 손을 내밀었다. 악수를 청하는 몸짓이었다.

"어어. ——잘 부탁해, 리카."

그때까지는 얘기는커녕 인사조차 한 적이 없던 여자애가, 갑자기 자신을 친근하게 부른다. 그리곤 악수하자며 귀엽게 손을 내민다. 미쓰루는 어쩔 줄 모르면서도 조심스레 리카의 손을 잡는다. 그러자 리카가 방긋 웃으며 그 손을 마주 잡았다.

그 웃음을 봤을 때, 미쓰루가 처음으로 리카를 의식한 순간이었다. 아아, 정말 귀엽다. 그렇게 생각했다.

미쓰루에게 리카는 눈부신 존재였다. 타인에게 기대지 않는 강한 마음과 구김살 없는 밝은 성격. 그것은 미쓰루에게는 절대로 없는 것이었기 때문이다.

리카는 이 만남을 기억하지 못할지도 모른다. 그러나 미쓰루에게 있어 이날의 악수는 처음으로 리카의 밝은 면을 알게 해준, 특별한 악수였다.

그리고 며칠 지난 어느 날의 일이었다. 미쓰루는 학교에서 돌아오는 길에 리카를 보았다.

그날 미쓰루는 학교 문이 닫히기 직전까지 도서관에 남아 공부를 하고 있었다. 모의고사가 다가오고 있었다. 다음 시험에 어느 정도 성적을 내지 못하면 지망하는 학교를 낮추는 것도 생각해 봐야 한다고 사카키가 말했던 것이다.

전철로 통학하는 미쓰루는 역까지 가는 길을 걷고 있었다. 학교에서 역까지는 10분 정도. 약간 거리가 있다. 걸어가는 도중에 작은 슈퍼마켓 앞을 지난다. 그곳에서 미쓰루는 리카를 보았다.

리카는 여동생의 손을 잡고 있었다. 집에 갔다가 다시 나왔는지 사복을 입고 있다. 짧은 치마와 캐미솔에 카디건을 걸친 간편한 차림.

그녀에게는 여동생이 두 명 있다. 그건 알고 있었다. 고등학생하고 초등학생. 어딘지 모르게 리카를 닮은 작은 소녀가 자신의 손을 잡은 언니의 얼굴을 올려다보고 있었다. 아직 조그맣다. 막내인 것 같다.

정말, 왜 아이스크림을 사는 거야?

얼굴을 찡그리면서 리카가 말한다.

너 감기 걸린 것 같다고 그랬잖아? 게다가 집에 가기 전에 녹아버린다고. 초콜릿이 낫지 않아?

초코맛 아이스크림인데, 리카 옆에서 소녀가 대답한다. 장을 보고 나온 듯, 리카는 입구 앞에 세워둔 자전거 바구니에 슈퍼마켓 봉투를 넣는다. 하얀 봉투 너머로 카레 가루 팩과 오렌지색 당근이 비쳐 보인다.

에취, 작은 소리를 내며 소녀가 재채기를 한다. 그걸 보자마자 리카가 거 봐, 하면서 야단스럽게 미간을 찌푸렸다. 자신의 가방 안에서 티슈를 꺼내고 소녀의 눈높이에 맞춰 몸을 숙인다. 동생의 코에 거칠게 티슈를 갖다 댔다.

자, 혼자서 흥 해 봐.

리카의 손에 자신의 손을 얹고, 소녀가 콧등을 눌렀다. 끄덕, 목을 크게 앞으로 숙여 대답한다. 리카의 손이 자전거 바구니에서 아이스크림을 꺼냈다. 초콜릿 하드. 봉투를 뜯고 여동생에게 쥐어 준다.

리카가 자전거를 끈다. 작은 소녀가 그 뒤를 따라간다. 서둘러 리카를 쫓아간다. 그때마다 그녀가 손에 든 하드가 작게 흔들렸다.

잠시 후 소녀가 리카를 따라잡았다. 리카가 동생을 힐끗 돌아본다. 둘이서 나란히 걷기 시작했다.

미쓰루는 잠시 그 자리에 선 채, 둘의 모습이 길모퉁이를 돌아 사라질 때까지 눈으로 쫓았다. 왠지 굉장히 기쁘고 기분이 좋았다.

리카는 정말로 다정한 표정을 짓는다.

"있잖아, 사스케."

집에 돌아온 미쓰루는 고양이에게 말을 건넸다. 미쓰루의 집에 왔을 당시보다 크고 둥글어진 그는 요즘 왠지 움직임이 느릿느릿하다. 오늘도 바닥에 누워 있다.

"오늘 진짜 좋은 일이 있었어."

리카와 같은 반이 되어서 다행이다. 안 그랬으면 자신은 1학년 때의 인상 그대로 계속 그녀를 오해했을 테니까.

사에키 리카. 사에키, 리카.

이름을 중얼거려 본다. 그녀가 사카키를 좋아한다는 사실은 그때부터 알고 있었다. 하지만 그래도 상관없다. 미쓰루는 기뻐서, 카펫에 엎드려 있는 고양이를 가슴에 안아 올렸다.

"정말 다정하고, 무서운 구석이라곤 전혀 없었어."

그렇게 보고하는 주인에게, 사스케는 이제 그만 좀 하라는 눈빛을 보낼 뿐이다. 나이를 먹으면서 사스케는 울지 않게 되었다. 예전에는 안기는 게 싫을 때 야옹 하고 울면서 저항했지만, 요즘은 별로 그런 일이 없다. 미쓰루가 하는 대로 얌전히 팔에 안긴다. 머리를 쓰다듬어 주면 그는 귀찮다는 얼굴을 하긴 하지만 그래도 눈을 작게 떴다가, 감을 뿐이다. 사스케의 머리에 코끝을 댄다. 낮 동안 쬔 햇볕 냄새. 고양이 특유의 냄새. 오늘도 밖에서 놀다 온 것일까.

턱 밑을 쓰다듬는다. 사스케의 목이 가르르릉 울리는 진동이 미쓰루의 손가락에 부드럽게 전해져 왔다.

"저기, 사카키샘."

리카의 목소리에 미쓰루는 등 뒤를 돌아본다.

축제까지 앞으로 얼마 남지 않았다. 미쓰루를 포함한 준비위원들은 방과 후 한창 교실을 장식하는 중이었다. 시미즈가 그려 준 히치콕의 이미지화를 계속 확대 복사한다. 미쓰루는 커다랗게 확대한 그 그림에 색을 칠하는 중이었다.

붓을 한 손에 들고 미쓰루는 교실 뒤를 돌아본다. 리카가 이미 색칠이 끝난 포스터를 들고 서 있었다. 그녀의 시선이 누군가를 응시하고 있다. 약간 올려다보는 시선 끝에, 의자를 딛고 서서 포스터를 붙이고 있는 장신의 뒷모습.

"왜?"

뒤도 돌아보지 않은 채 사카키가 대답했다.

(아아)

사카키의 목소리. 사카키의 얼굴. 미쓰루는 떠올린다. 확실하게 떠올린다.

(아아)

담임선생님.

"있잖아요, 지금까지 샘한테 가장 좋았던 순간은 언제예요?"

"뭐어?"

사카키가 돌아보더니 얼굴을 살짝 찡그리며 리카에게 되묻는다.

"좋았던 순간?"

"네. 좋았던 순간."

리카는 고개를 끄덕였다. 사카키와 말장난을 주고받는 이 시간이 즐거워 죽겠다는 듯이.

"어제, 사야랑 얘기했거든요. 자신이 여태까지 살아온 순간 중에서 가장 좋았던 풍경이나 순간이 언제였나 하고. 사야는 지금 사귀는 남자 친구가 고백했을 때라고 그랬어요. 제일 행복했대요."

자기 바로 아래 동생 이름을 꺼내며, 리카는 말을 이었다.

"그냥 재미있을 것 같아서요. 사카키샘은 우리보다 8년이나 더 살았잖아요. 언제예요? 역시 대학생 때?"

"리카, 넌 언제였는데?"

딛고 있던 의자에서 내려오며, 사카키가 묻는다. 리카를 바라보았다.

"넌? 나하고 처음 만났을 때?"

담임을 굉장하다고 생각하는 건, 이런 이야기를 아무렇지도 않게 할 수 있기 때문이다. 학생이 교사를 좋아하는 마음. 그걸 쉽게 화제에 올릴 수 있다는 것. 쓸데없이 일부러 꺼내지 않는 대신, 감추지도 않는다. 자신이 알고 있다는 것을 아무렇지도 않게 드러낸다. 그리고 그것은 감탄스러울 정도로 건전해서 꺼림칙한 구석은 아무 데도 없다.

거기에 익숙해진 것은 리카도 마찬가지다. 리카는 '그게 말이죠'라며 표정을 약간 흐린다.

"처음에 만났을 때는 아닌 것 같아요. 샘하고 사이좋아진 건 그 후에도 한참 있다가잖아요? 사야한테 물어봤더니, 그 애는 남자 친구가 고백하던 모습이 계속 생각난대요. 그런 거 있잖아요? 무인도에 만약 CD를 한 장 가지고 갈 수 있다면 뭐로 할 거냐는 거. 그거랑 비슷하게 남자 친구와의 추억을 고를 수 있다는 거예요. 심심하지도 않고, 계속 행복한 기분으로 있을 수 있는 거죠."

리카는 후우 하고 크게 한숨을 쉬었다.

"왠지 눈물 날 정도로 감동적인 얘기긴 하지만, 리카한테는 그렇게 여러 번 반복해서 떠올리고 싶은 순간이 없는 것 같아요. 아, 물론 사카키샘은 좋아해요. 그렇지만 딱히 어느 순간을 고르지는 못하겠어요."

"흐응. 그러냐?"

사카키가 리카의 얼굴을 들여다보며 말한다. 리카가 고개를 끄덕였다.

"네. 저기, 그러니까 샘한테는 있어요? 그런 거."

"글쎄."

사카키는 가볍게 고개를 흔든다. 잠시 후 '기뻤던 순간이 아니라도 돼?'라고 리카한테 물었다.

"인상에 남아 있는 순간. 그냥 단순히 좋은 추억."

"네."

"그런데. 넌 있냐? 히로시."

갑자기 사카키가 다카노를 대화에 끼워 넣었다. 마찬가지로 교실 구석에서 다른 게시물을 전시하고 있던 다카노가, 그 말에 '글쎄' 하고 짧게 대답한다. 시선을 들지도, 작업하던 손을 멈추지도 않고 말을 이었다.

"깊게 생각해 본 적 없어서 모르겠는데. 앞으로 생길지도 모르겠지만."

"발전적인 태도구나, 반장. 지난날보다 앞으로의 일에 더 관심을 가지겠다?"

농담하듯 사카키가 말한다. 다카노의 안경 속 눈동자가 담임을 조용히 노려본다.

"일이나 하죠, 선생님. 작업 중입니다."

포스터를 칠하던 손을 멈춘 채 미쓰루는 그냥 그들이 하는 모습을 보고 있었다. 손에 들고 있던 붓을 물통 안에 퐁당 담근다. 지금 사카키와 다카노가 한 '앞으로의 일'이라는 말을, 무심코 반추한다. 앞으로의 일. 자신에게 생길지도 모르는 추억.

다카노에게는 아마 생기겠지. 리카에게도, 그리고 사카키한테도. 갑자기 그런 생각이 든다. 한 번 그런 생각이 들자 부러워졌다. 부러워서 참을 수 없어졌다.

변함없는 내일. 변함없는, 아무것도 변하지 않는 밝은 절망. 얼굴이 우는 듯 웃는 듯 경련을 일으킨다. 하지만 절대로 난 울지 않는다. 울 수 있을 정도의 격정이 들어올 여유가 없을 정도로, 이 가슴속은 출구 없는 엷은 안개로 가득하니까. 연기처럼, 정체가 없는 엷은 어둠. 이것이 새까맣거나, 좀 더 짙기라도 하다면 자신은 구원받을 수 있을 것이다.

타인에 대한 책임을 내버린 얄팍한 친절은 아마 미쓰루를 지켜주는 최대한의 무기일 것이다. 그 무기가 있기 때문에 자신은 살아갈 수 있는 것이다. 가슴을 채운 소극적인 절망과 포기를, 그래도 '밝다'고 단언할 수 있다.

사카키의 얼굴을 떠올리며 생각한다. 리카가 좋아한다는 그의, 그 상냥함의 방식을 생각한다. 자신은 절대로 그렇게는 되지 못한다. 지금까지도, 앞으로도.

아아, 그렇구나.

거기까지 생각하고 미쓰루는 처음으로 깨달았다. 알게 되었다. 교실 구석에서는 변함없이 리카와 사카키가 이야기하는 목소리가 들려

온다. 리카랑 처음 만났을 때라는 걸 인정하시죠, 하고 리카가 말한
다. 말하고 나서 담임을 살짝 노려본다.

문득 깨달았다.

아아, 난. 사카키샘처럼 되고 싶은 거구나.

3

그 일은 축제 전날의 일이었다.

미쓰루네 집에서 사스케가 없어졌다. 학교에서 돌아오니 어머니가
알려주었다. 사스케가 돌아오지 않아. 어디에 갔는지 모르겠어. 놀러
나가서 안 와.

부엌 구석에는 사스케를 위해 준비된 장소가 있다. 미쓰루가 초등
학교 소풍 때 쓰던 작은 비닐 돗자리. 바닥에 깔린 그 네모난 공간이
사스케의 자리다. 그 위에 밥과 물을 담는 작은 접시가 놓여 있다.
안에 들어 있는 밥은 언제 적 걸까. 자세히 보니 바싹 말라서 딱딱하게
굳어 있었다.

뭐, 이럴 때도 있는 거지. 사스케가 외박하는 게 그렇게 드문 일도
아니니까. 아버지도 어머니도 그렇게 말하고는 별로 신경 쓰지 않는
모양이다. 처음엔 미쓰루도 그랬다. 하지만 이 몇 년 사이, 나이 든
사스케는 예전처럼 밖에 자주 나가지 않게 되었다. 그걸 생각하니
마음에 걸렸다.

사스케가 돌아오지 않은 채, 학교에서는 축제가 시작되었다.

첫째 날 운동회가 무사히 끝나고, 둘째 날 무대 발표도 끝났다.

다음 날은, 축제 마지막 날. 미쓰루네 반에서도 영화관을 한다. 그 준비를 끝내고 집에 돌아가는 길에, 사스케가 없어진 지 3일이 되었다는 사실이 새삼 생각났다.

이러다 보면 불쑥 돌아올 거야. 그러니까 괜찮을 거야. 꼭 돌아올 거야. 목걸이도 하고 있고, 보건소에 데려가도 우리 집 고양이라는 걸 분명히 알 수 있게 해 놓았으니까.

어머니 입에 사스케의 화제가 자주 오르게 되었다. 괜찮아, 괜찮아. 그 말을 할 때마다 그녀의 얼굴이 조금 그늘지는 것이 보인다. 어머니는 스스로에게 들려주며 기도하고 있다. 사스케가 무사하기를. 큰일 났다며 찾으러 나가지 않는 것은 아마 미쓰루와 같은 이유 때문일 것이다. 사스케가 돌아올 거라고 낙관하고 싶은 것이다. 한 번 자신이 찾아 나서면 사스케는 정말로 돌아오지 않을 듯한 기분이 든다. 그래서 어머니는 소동을 피우지 않는다. 부엌 비닐 돗자리 위에, 새 밥을 준비할 뿐이다.

학교에서 돌아와 어머니가 차려준 저녁을 먹고 나서 자기 방으로 들어간다. 책상 의자에 앉아 방 안을 둘러봤다. 사스케는 요즘 미쓰루의 방에 있을 때가 많았다. 그가 누워 있던 장소가 눈에 들어온다. 방 한쪽, 벽 앞에 무언가 그림자가 스친 듯한 생각이 들어, 미쓰루는 놀라서 시선을 돌린다. 하지만 아니다. 사스케는 아무 데도 없다.

10월 중순이 되면 저녁부터 밤까지는 벌써 춥다. 여름의 기운이 세상에서 완전히 사라지고, 어쩐지 슬픈 외로움이 밀려든다. 미쓰루는 이 계절이 좋았다. 왜인지는 모른다. 하지만 옛날부터 그랬다.

미쓰루는 창밖을 본다. 방을 뛰쳐나갔다.

"사스케——!!"

현관을 나와 자전거를 타고 목적지도 없이 미쓰루는 밤길을 달렸다. 이름을 부른다. 퉁퉁하고 큰 몸. 짧은 다리를 조급하게 움직이는 그림자가, 자전거 불빛에 비치기를 기도한다. 내뱉는 숨이 조금 하얘졌다.

"사스케——."

머리를 쓰다듬어 주었던 기억, 목을 쓰다듬어 주었던 기억을 떠올린다. 공기가 맑다. 약간 차가운 투명한 공기. 그 속으로 자전거를 달리는 자신을, 드문드문 켜져 있는 가로등이 비춘다. 머리 위에는 커다란 달이 빛나고 있다.

집 주변 주택가를 지나고 그 앞의 상점가를 지나, 미쓰루의 자전거는 강변으로 나왔다. 사람들이 드문드문 흩어져 있는 강둑길에서, 미쓰루는 그의 이름을 부른다.

"사스케, 사스……."

숨을 들이쉬는 타이밍이 한 박자 늦어진다. 미쓰루는 다시 불렀다.

"사스케."

짧고 작은 목소리였다. 혼잣말과 별 차이가 없었다.

닥치는 대로 페달을 밟으며, 미쓰루는 언젠가 누군가에게 들은 얘기를 떠올렸다. 집고양이는 자신이 죽는 모습을 주인에게 보이지 않는다.

"사스케."

죽음의 징후가 나타나기 조금 전에 모습을 감춘다. 언젠가 누군가에게 들은 얘기다.

차가운 밤바람이 콧속을 빠져나간다. 페달을 밟는 다리에 어색하게 힘이 들어간다. 혼자, 어두운 길에서 작은 고양이의 모습을 찾으면서 미쓰루는 자신이 조용히 떨고 있다는 사실을 알았다. 사스케가 없으면 어떡하지. 이대로 변하지 않으면 어떡하지. 계속 이대로면 어떡하지. 무엇이 미쓰루를 그런 기분으로 만드는지, 그 마음이 어디에서 오는 것인지 확실하지는 않았다. 자전거 페달을 밟으면서, 자신이 내뱉는 하얀 숨결이 뺨을 스친다.

사스케.

늘 느끼던 막연한 불안이 등을 쓰다듬는다. 가을과 겨울 사이. 이 계절 속에서 그 불안이 미쓰루의 등을 부드럽게 쓰다듬는다. 아아. 눈을 감고, 미쓰루는 며칠 전 들은 리카의 목소리를 떠올렸다. 차가운 바람과 강의 수면에 빛나는 가로등. 그곳에서 자전거로 고양이를 찾고 있는 자신. 리카의 목소리. 리카의 질문.

있잖아, 지금까지 살아온 시간 중에서 가장 좋았던 순간은 언제야?

있잖아, 리카. 난 아마도, 그게 지금인 것 같아.

자전거 페달을 계속 밟다 보니 숨이 차기 시작했다. 하얀 숨과 자신의 거칠어진 숨소리. 하늘을 쳐다본다. 별이 가득했다. 짙은 남색 하늘에 달과 별이 조용히 깜박이고 있다. 미쓰루 혼자 둑 위에서 그것을 보고 있다.

앞으로도 계속해서, 자신은 지금 이 순간을 떠올리겠지. 미쓰루는 별안간 확신했다. 왜인지는 모른다. 왜 그것이 지금이 아니면 안 되는지를 모르겠다. 하지만 그럴 것이다. 그렇게 될 거라고 생각했다.

나는.

미쓰루는 자전거를 세웠다. 그리고 깨달았다. 어째서 그것이 지금인지.

그것은 아마도, 이 계절이 상냥하기 때문이다. 조용한 이 계절의

긴 밤이, 이렇게 한심한 자신도 부드럽게 맞아주기 때문이다. 아무데도 갈 수 없는, 갈 생각조차 없는 엉터리인 자신을 용서해주기 때문이다.

둑 위에는 자신 외에는 아무도 보이지 않았다. 잔디 사이로 삐죽 솟은 키 큰 잡초가 가끔 바람에 흔들릴 뿐. 미쓰루는 스스로도 영문을 모르는 채, 뺨에 경련을 일으키면서도 계속 하늘을 쳐다봤다. 얼굴이 일그러진다. 차가운 공기를 가슴에 빨아들인다. 숨을 쉰다.

나는.

정신을 차리니, 목구멍 안에서 목소리가 나왔다.

뜨거운 덩어리를 뱉어내듯, 미쓰루는 고개를 들고 외쳤다. 처음에는 사스케의 이름. 그리고는 의미 없는 긴 목소리. 눈을 감는다. 멈춰지지 않았다. 길게 고함을 지르고 있으니, 가슴속에 있는 하얀 어둠이 점점 부풀어 오른다. 던져버리고 싶은데 그것은 미쓰루의 가슴을 가득 채우고도 비어져 나와 그의 몸 전체를 거칠게 움켜쥔다. 눈을 감고 얼굴을 일그러뜨리고, 경련하는 뺨 때문에 이를 악물면서 미쓰루는 계속해서 하늘에 길게 소리 질렀다. 숨이 끊길 때까지.

나는, 너무 괴롭다.

사스케가 없어진 게 슬픈 건지, 그가 죽었기 때문에 슬픈 건지. 자신도 잘 모르겠다. 그저 주체할 수도 없이 감정이 북받쳐, 그 감정을 스스로 어떻게 처리해야 할지를 몰랐다. 다시 자전거를 탄다. 사스케의 이름을 부르면서, 고개를 들고 다시 달린다. 사스케의 행동반경을 넘는 먼 곳까지, 미쓰루는 페달을 밟았다. 사스케를 찾았다.

사스케는, 아무 데도 없었다.

4

축제 마지막 날.

10월 12일, 옆 반의 야마우치 쇼코가 미쓰루를 불러냈다.

반에서 기획한 영화관에서 한창 접수를 하고 있을 때였다. 갑자기 나타난 야마우치는 미쓰루의 손에 메모 용지 크기의 작은 종이를 건넸다. 두 번 접은 작은 종이. 영화를 보러 온 것이 아니었나 보다. 미쓰루에게 그 종이만 건네고 야마우치 쇼코는 바로 교실을 나갔다. 그녀는 혼자였다. 여자아이들은 집단으로 행동하는 걸 좋아한다는 이미지가 있었는데. 그것도 특히, 이럴 때는. 미쓰루는 잠깐 그런 생각을 했다.

같이 접수하고 있던 같은 반 여자아이 아마미야가 옆에서 살짝 눈살을 찌푸렸다. 뭐야, 쟤.

"조심해, 미쓰루. 쟤 분명히 노리고 있는 거야."

"노리다니? 어떻게?"

미쓰루는 웃었다. 웃음으로 얼버무렸다. 하지만 아마미야는 예상 외로 진지한 표정이었다. 그 표정을 보고 미쓰루는 어라, 하고 얼굴을 굳혔다. 그녀는 입술을 오므렸다.

"야마우치 쇼코. ── 뭐랄까, 좀 위험하거든."

"위험하다니……."

"으──응, 같은 중학교였는데. 저 아이, 좀 이상한 데가 있어.

대학생 남자 친구가 있다는 둥, 의사 남자 친구가 있다는 둥. 금방 들통 날 시시한 거짓말을 진짜 많이 하는 거야."

미쓰루는 아마미야의 얼굴을 보았다. 얼굴에서 웃음이 가셨다. 아마미야는 말을 이었다.

"그런가 하면, 어떤 무리에도 끼지 않고 교실에서도 혼자 있는 거야. 성적이 나쁜 편도 아니고 얼굴도 예쁜데, 왠지 접근하기 힘든 분위기인 데다 애써 말을 걸면 거짓말 같은 자기 자랑만 늘어놔서, 중학교 때 저 애 좀 이상하지 않느냐는 얘길 많이 들었어. 변호사인지 의사인지, 자기한테는 진짜 굉장한 남자 친구가 있다는 얘기만 하는데, 얘기하기가 무섭게 자기 얘길 좀 들어준 것뿐인 평범하기 그지없는 남자애한테 사귀자고 그러는 거야. 사실은 남자 친구가 있었던 적이 한 번도 없는 거 아닐까 싶어. 중학교 때부터 고백은 진짜 많이 했었거든. 정말 아무라도 상관없나 봐."

그러니까 미쓰루도 조심해――.

아마미야가 과장된 진지한 표정으로 충고한다.

"미쓰루가 리카 좋아한다는 걸 다들 뻔히 알고 있는데, 일부러 미쓰루를 고른 것부터가 이상해. 미쓰루는 친절하니까, 괜히 잡혀서 고생하지 마."

야마우치 쇼코가 미쓰루를 불러낸 곳은 옥상으로 이어지는 층계참이었다. 옥상 문 바로 앞이다.

미쓰루는 야마우치를 알고 있었다. 1학년 때 같은 반이었다. 선택과목 수업에서 옆자리에 앉았는데, 그때 교과서를 놓고 와서 그녀가 보여준 적이 있다. 어떤 날은 그녀가 지우개를 안 가져와서 미쓰루가 빌려준 적도 있었다. 옆을 지나갈 때는 아는 얼굴이니까 인사도 하고, 서서 잠깐 얘기할 때도 있다. 그러나 야마우치가 자신에게 특별한 흥미를 느끼고 있다고는 생각하지 않았다. 야마우치 쇼코한테 특별히 잘해준 기억도 없고, 자신들은 그렇게 친하지도 않았다.

하지만 생각해 본다. 선택과목 수업 때, 선생님이 오기 전 즐거운 듯이 자신의 남자 친구 얘기를 하던 얼굴을. 옆 동네 고등학교에 다니는 농구부 에이스라고 기쁜 듯이 얘기했었다.

세상에는, 그런 일이 있는 것이다.

미쓰루는 가슴 깊은 곳이 아팠다. 정체 모를 답답함이었다.

미쓰루가 아무 생각 없이 빌려준 지우개. 그것을 빌려 주는, 단지 그것뿐인 손에 매달리고 싶어지는 충동. 세상에는 그런 게 있는 것이다. 계단을 오르는 미쓰루의 머릿속에, 조금 전 자신에게 충고한 아마미야의 표정이 떠올랐다.

야마우치 쇼코. ── 뭐랄까, 좀 위험하거든.

층계참. 옥상으로 이어지는 문 앞에서, 이미 야마우치 쇼코는 미쓰루를 기다리고 있었다.

아래층에서 축제의 소란스러움이 들려온다. 그러나 여기는 조용하다. 한참 축제 중인 학교인데도 완전히 그곳과는 분리된 공간 같다. 학생들의 목소리가 묘하게 멀게 느껴진다.

"와 줘서 고마워."

미쓰루를 보자마자 야마우치가 말했다. 달리 누가 올 것 같지도 않았다. 야마우치의 목소리는 한층 잘 울렸다. 미쓰루는 얼굴을 들고 층계참에서 자신을 기다리는 그녀를 올려다본다. 무슨 말을 해야 좋을지, 어떤 표정을 지어야 할지 모른 채 애매하게 '응' 하고 고개를 끄덕인다. 지금부터 아마도 자신은 길고 어색한 순간을 많이 견뎌내야 할 것이다. 어떤 표정을 지어야 할지 곤란해질 것이다. 그걸 알면서도 자신은 그곳에서 도망칠 수 없다.

그것은 아주 얄팍한 감정이다. 가타세 미쓰루는 마음이 약하고 친절하다.

야마우치는 기뻐 보였다. 자신의 가방을 발치에 놓고 계단을 올라오는 미쓰루에게 손을 흔들어 보였다.

"안 오는 줄 알았어. 왠지 안심이 된다."

"접수 당번 끝나고 나니까 시간이 나서——."

미소를 지으며 미쓰루는 말한다. 계단을 올라, 층계참에 도달한다. 벽에 기대어 있던 야마우치가 조금 옆으로 움직여 벽에 넓은 공간을 만든다. 그가 그리로 와 주길 바란다는 걸 알았지만, 미쓰루는 그대로 층계참 구석에 섰다.

"용건이라는 게 뭔데?"

"응, 저기, 미쓰루. 나 기억해?"

야마우치가 미쓰루를 쳐다보았다. 비스듬히 아래쪽에서 얼굴을 들여다보는 각도다. 미쓰루는 고개를 끄덕였다.

"기억하지. 1학년 때 같은 반이었잖아."

"나, 그때부터 미쓰루를 좋아했어."

야마우치가 단도직입적으로 말했다. 그 말에 미쓰루는 순간 어떤 표정을 지어야 할지 알 수가 없었다. 정말로, 어떤 얼굴을 해야 할지 몰랐다. 야마우치는 미쓰루의 얼굴을 바라보면서 말을 이었다.

"알고 있었어? 나 계속 좋아했는데."

"……전혀 몰랐어."

미쓰루는 고개를 저었다. 사실이었다.

"야마우치는 예쁘잖아. 나 따위를 좋아할 거라고는 생각한 적도 없어."

"저기, 미쓰루."

중학교 시절. 딱 한 번, 같이 집에 가던 그 길에서 들은 그 아이의 목소리가 생각난다.

(저기, 미쓰루)

야마우치가 말한다.

"괜찮으면, 나랑 사귀지 않을래?"

(내 버팀목이 되어 줘)

미쓰루는 천천히, 그 말을 하는 야마우치의 얼굴을 보았다. 똑바로 자신을 쳐다보는 그 눈을 보았다. 보자마자 자신의 얼굴 근육이 굳는 것을 자각할 수 있었다. 어떡하지.

침묵이 퍼졌다.

아래층에서 웅성웅성 사람들 소리가 난다. 어색한 시간이 흘렀다. 야마우치는 그래도 얼굴을 들고 똑바로 미쓰루를 응시하고 있다. 미쓰루는 무거운 침을 천천히 삼킨다. 그러고 나서 말했다.

"미안해."

야마우치 쇼코의 눈을 보며 말한다. 그녀는 커다란 눈동자로 그저 미쓰루를 올려다보고만 있었다. 그 말을 들은 뒤에도 시선을 피하지 않는다. 똑바로 미쓰루를 보고 있다. 미쓰루도 시선을 돌릴 수 없었다. 서로 마주 본 채로 천천히 시간이 흘렀다. 긴 침묵이었다.

얼마 후 야마우치가 겨우 시선을 돌려 미쓰루를 해방시켜 준다. 그녀의 눈이 훌쩍 옆을 향한다. 그와 동시에 야마우치의 입에서는 건조한 웃음소리가 새어나왔다. 후, 하는 한숨 소리가 들렸다.

"리카?"

그녀가 리카의 이름을 말했다. 미쓰루는 살짝 고개를 끄덕였다. 그 모습을 보고 야마우치가 '그렇구나' 하고 짧게 중얼거린다. 그녀가 다시 미쓰루를 보았을 때, 그 눈은 이전보다 조금 부드러워진 듯 보였다. 절박한 긴장감이 사라지고 외로움과 적막함만이 느껴지는 눈빛이었다.

"미안."

미쓰루는 자신이 들어도 한심한 목소리로 말했다. 야마우치는 고개를 저었다.

"괜찮아. 그냥, 미안. 이거, ── 지금 있었던 일, 아무한테도 말하지 말아 줄래? 창피하기도 하고 어색해지는 것도 싫어서. 비밀로 하자."

"응."

그 기분은 잘 안다. 미쓰루는 고개를 끄덕였다.

입을 다물고, 야마우치는 한동안 층계참 벽에서 움직이지 않았다. 미쓰루도 움직일 수 없었다. 잠시 있다가, 야마우치가 발치에 놓여 있던 자신의 가방을 손에 든다. 몸을 숙였다.

미쓰루의 눈에 가방을 들려는 그녀의 왼쪽 손목이 보였다. 그 손에 본 적 있는 잘린 실 같은 얕은 상처 자국이 있었다. 미쓰루는 숨을 삼켰다. 그 상처가 보인 것은 일순간이었다. 잘못 본 걸지도 모른다. 하지만 순간적으로 미쓰루는 가슴이 아팠다. 쥐어 짜이는 듯 아팠다.

"――야마우치."

생각보다 먼저 말이 튀어 나갔다. 가방을 들어 올리려던 야마우치의 손이 멈춘다. 몸을 약간 앞으로 굽힌 자세로 '왜?' 하고 미쓰루의 얼굴을 올려다본다.

긴장으로 몸이 굳을 때처럼 머릿속이 새하얘진다. 덜컥 말을 걸어버린 뒤에 미쓰루는 숨을 크게 들이쉬었다. 정신을 차려보니 자신의 목에서 떨리는 목소리가 났다.

"나한테는, 야마우치가 아까워."

말하고 나서, 자신이 진심으로 그렇게 생각한다는 것을 알았다. 겉치레로 하는 말이 아니다. 정말 아니다.

"야마우치는 예쁘고 똑똑하잖아. 나한테는 정말 아까워."

미쓰루의 말에 야마우치는 일순 놀란 듯 얼굴이 굳었다. 커다란 검은 눈이 당황한 듯 희미하게 움직였다. 지금 이 목소리가 그녀 안의 어디까지 닿을지는 모른다. 그렇게 생각하면 괴로웠다.

손목을 그으면――.

내가 살아 있다는 걸 느낄 수 있어. 더 깊게 그으면 언제라도 죽을 수 있다, 그렇게 생각하면 정말 안심이 돼.

언젠가 들은 소녀의 목소리가 미쓰루를 비난한다. 언제까지나 그렇게 자신을 비난한다.

"――고마워."

기운 빠진 목소리로, 야마우치가 말했다. 의아한 듯 미쓰루를 살피고 있다.

"고마워, 하지만 난 괜찮아."

"야마우치."

말할지 말지, 순간 망설였다. 야마우치가 미쓰루를 주시하고 있다. 그녀의 하얀 목덜미, 가방 위에 놓여 있는 손과 손가락——. 미쓰루는 야마우치에게 말했다.

"팔이."

"응?"

"팔이 불쌍해."

야마우치 쇼코가 눈을 부릅떴다. 미쓰루의 그 한 마디에, 그녀의 표정이 얼어붙은 듯 굳는다. 미쓰루는 어금니를 악물고는 다시 한 번 그녀에게 호소했다.

"야마우치는 그렇게 예쁜데. 팔도 그렇게 예쁘면서."

왜——. 말하면서 미쓰루는 생각한다. 왜 더 잘 말할 수는 없을까. 어째서 제대로 전할 수 없는 것일까. 그렇게 생각한다.

미쓰루의 눈앞에서 자신을 쳐다보는 야마우치 쇼코의 얼굴이 순식간에 하얗게 질려 가는 것이 보였다. 하얀 뺨이 더욱 하얗게 경련한다.

"그만해."

짧은, 비명과도 같은 강한 목소리였다.

야마우치의 입술이 가늘게 덜덜 떨리기 시작한다. 그 목소리에 미쓰루는 입을 다문다. 그 순간이었다. 야마우치의 얼굴이 울듯이 일그러졌다. 그녀는 눈을 내리깔았다. 발치의 가방을 들고 계단을 내려간다. 도망치듯 점점 빨라지다가, 다리가 엉킨 듯 몸이 앞으로 기운다. 하지만 그래도 그녀는 걸음을 멈추지 않았다. 바로 자세를 고치고 미쓰루에게 등을 돌린 채 계단을 내려간다.

멀어지는 그 뒷모습으로도 그녀가 눈가를 오른손으로 훔치는 것이 보였다. 돌아보지 않고 눈을 세게 문지를 뿐. 온몸으로 미쓰루를 거절하듯 앞만 보며 걸어간다.

혼자 남겨진 미쓰루는 그 자리에 서서 그녀가 보이지 않을 때까지 지켜보았다. 그녀가 떠나 버린 것에 어떤 감정을 느껴야 할지 알 수가 없었다. 쓸데없는 짓을 했다고 후회하면 될까. 동정하면 될까. 아니면 잊어버리면 되는 걸까.

잠시 고개를 숙여 자신의 발끝을 본다. 내려가서 교실로 돌아가려고 했을 때였다.

"제법인데, 플레이보이."

생각지도 않았던 목소리에 미쓰루는 흠칫 놀라 고개를 든다. 계단 아래에 사카키가 서 있었다.

사카키는 콜라를 한 컵 주었다.

커피숍을 열고 있던 2학년 교실에서 사온 것이었다. 페트병에 든 것을 종이컵에 따랐을 뿐인 김빠진 미지근한 콜라. 사카키와 미쓰루는 둘이서 그것을 마시고 있었다.

옥상으로 이어지는 층계참. 조금 전까지 미쓰루는 여기에 야마우치와 둘이 있었다.

"미안. 엿들어서."

별로 미안한 기색도 없이 사카키가 사과한다. 종이컵에 든 콜라를 한 모금 마시고 바닥에 내려놓았다.

"목소리가 들리니까 왠지 움직일 수 없었어. 미안."

"……선생님."

"왜?"

미쓰루의 얼굴도 보지 않고 사카키는 대답한다. 미쓰루도 사카키의 얼굴을 보지 않고 말했다. 콜라가 든 하늘색 종이컵. 그 옆을 보면서 말한다.

"전, 자신을 좋아하지 않아요."

말하고 나니 새삼스럽게 그 말 그대로라는 걸 깨달았다. 자신이 한 말이 그대로 자신에게 되돌아온다. 좋아하지 않아. 아아, 그대로다. 싫어한다고 명확히 말할 수 있을 정도로 강하게 그런 생각을 하는 건 아니다. 미쓰루는 입술을 깨물며 고개를 숙였다. 바닥의 크림색이 눈을 편안하게 한다. 그 위에 두 개 나란히 놓인 자신의 발끝을 보며, 미쓰루는 다시 한 번 내뱉듯 말했다.

"정말로 안 좋아해요."

"왜?"

사카키가 되물었다. 별로 흥미도 없는 듯한 조용한 목소리였다. 미쓰루는 대답하지 않았다. 대답하지 못한 채 조용히 눈을 감았다.

가슴을 펴고 자랑할 만한 특기나 취미도 없다. 성적도 중간 정도. 운동 감각도 그렇게 좋지 않다. —— 이대로 입시 공부를 계속하면 어딘가 대학에 붙을지도 모른다. 대학이 어디에 있느냐에 따라서는 혼자 살게 될지도 모르고, 거기에서 새 친구가 생길지도 모른다. 애인도 언젠가는 생길지도 모른다. 하지만.

하지만.

"선생님은."

"응?"

"지칠 때 없어요?"

눈을 뜨고, 미쓰루는 사카키의 얼굴을 들여다보았다. 사카키는 변함없이 아무렇지도 않은 얼굴이었다. 미쓰루는 말을 이었다.

"학생들 고민 상담 같은 걸 전부 듣고 있으면 정말 양이 엄청날 텐데, 그걸 하나하나 진지하게 상대해 주고 ──. 그러다 보면 지칠 때, 없어요?"

"없는데."

사카키는 대답했다.

"이게 내 일이고, 그렇게 생각한 적 없어."

"저는."

사카키의 시선이 자신을 향한다. 그 시선을 앞에 두자 왠지 마음이 약해지고 물러진다. 미쓰루는 이를 악물었다.

"저는 선생님처럼 되고 싶어요."

자신을 똑바로 마주 보는 사카키의 눈. 미쓰루는 그 시선이 견딜 수가 없어져서 고개를 숙였다. 그러자 가슴이 괴로워졌다.

처음부터 알고 있는 일이었다. 이미 포기한 것이었다. 하지만 알면 서도 괴로운 순간이 있다. 알고 있기 때문에 더 길게 꼬리를 끄는 부드러운 통증이 있다.

사카키의 눈이 자신을 보고 있는 것을 알 수 있었다. 숙인 머리 위에 그의 시선이 닿는 것이 느껴졌다. 미쓰루는 입술을 깨문 채 고개를 숙이고 있었다.

그때 그의 머리를 쓰다듬는 손바닥의 감촉이 천천히 전해져 왔다. 사카키의 손이었다.

"괜찮아."

그가 말했다.

"너도 조금 전 그 애도, 언젠가는 반드시 어른이 될 수 있을 테니 까."

"정말?"

미쓰루는 고개를 들었다. 사카키는 웃는다. 장난치는 것 같지 않은, 온화한 미소였다.

"아마도."

"야마우치는 나를 잊을 수 있을까요? 내 말 따위는 깨끗이 잊고, 그리고——."

"글쎄."

매달리는 눈을 한 미쓰루 앞에서 사카키는 도중에 말을 끊었다. 그리고는 웃었다.

"그만큼 진심으로 자신의 팔을 걱정해 준 남자는 좀처럼 잊을 수 없지 않을까? 괜찮아. 분명 오래오래 기억할 거야."

사카키의 목소리가 그렇게 말한다.

그 말을 들으니, 미쓰루는 이번에야말로 참을 수 없어졌다. 입술을 깨물고, 그야말로 아플 정도로 꽉 깨물고 고개를 더욱 깊이 숙인다. 눈앞에 보이는 크림색 바닥이 부옇게 번져 간다. 한심할 정도로 마음이 약해진다. 어찌할 바를 모르겠다.

"하여튼——."

사카키의 혀 차는 소리와 웃음소리가 들렸다.

"왜 차인 쪽이 아니고 찬 쪽이 우는 거냐?"

"안 울어요."

미쓰루는 굳은 목소리로 대답한다. 이를 악물고 필사적으로 견딘다.

사카키의 손이 미쓰루의 머리카락을 마구 흐트러뜨린다. 난폭한 손길에 미쓰루는 마음 깊이 감사한다.

사카키의 말대로 언젠가 끝이 오면 좋겠다. 야마우치에게도, 나에게도. 이런 일이 언젠가 끝났으면 좋겠다. 그런 생각을 하면서 미쓰루는 조용히 눈물을 삼켰다.

"아, 그렇지, 미쓰루."
마음속의 동요가 겨우 멈춰서 사카키에게 감사의 인사를 한 후. 계단을 내려가 교실로 돌아가려던 미쓰루를 사카키가 불러 세웠다.
"왜요? 사카키샘."
미쓰루는 걸음을 멈추고 사카키를 돌아본다. 사카키가 웃으면서 다가왔다. 그리고는 미쓰루에게 말했다.
"저기 있잖아, 좀——."

사카키가 한 말의 내용이 서서히 희미해진다. 미쓰루의 기억 속에서, 그것은 라디오의 잡음처럼 비틀린다. 사카키가 무언가를 말하고 있다. 시야가 일그러진다. 일그러진 시야 속에서 그가 웃는다. 웃으며 미쓰루에게 말한다. 미쓰루도 그에 대답한다. 아아——그렇다.
미쓰루는 생각해낸다.
확실하지 않은 기억. 하지만 알고 있다. 사카키와 헤어지고 나서 그 일이 일어날 때까지는 겨우 몇 시간.
붉은 지면.
자살한, 같은 반 아이.

10월 12일. 축제 마지막 날.
자살한 친구의 얼굴을 떠올리곤, 미쓰루는 아아 하고 눈을 감는다.

막연한 불안이나 밝은 절망은 길고 괴롭다. 그러나 그날 자살한 동급생에게 있었던 것은 그것보다 훨씬 더 격렬하고 순간적인 감정이었다. 그리고 그 짧은 괴로움이 사람을 더욱 크게 충동질한다. 그런 일도 있는 법이라는 것을 미쓰루는 알고 있다. 어리광이나 논리가 개입할 여지가 없는 심한 절망, 자신과 타인을 저주하는 기분.

그 교정에서 자살 소식을 처음 들었을 때, 미쓰루는 그 강한 감정을 생각하고 그 자리에 우뚝 선 채로 움직일 수 없었다.

옥상에서 교정을 향해 뛰어내린다. 울타리에서 등을 뗄 때까지의 그 결심. 죽을 각오로 몸을 공중에 내던진다. 돌아올 생각 따윈 하지 않는, 일련의 그 행위.

그 애가——. 미쓰루는 생각한다.

만약 그 애가 손목에 칼을 댔다면, 그 손에는 주저함도 계산도 없었을 것이다. 그 생각을 하면 등이 오싹하니 서늘해진다. 생각만 해도 뺨이 따끔거린다.

그저 죽기 위해서만, 손목에 상처를 낸다. 메시지라곤 없는 절망의 행위. 얕은 상처만 남기고 끝내 죽지 못했다면 살아남은 것이 분해 울어버릴, 그런 자해 행위.

그런 강한 의지의 힘을 미쓰루는 지금까지 본 적이 없었다.

그 애가 안고 있던 어둠은 미쓰루나 야마우치가 안고 있는 것과는 다르다. 야마우치 쇼코는 살고 싶어서 상처를 만든다. 미쓰루는 상처받는 것을 두려워하면서, 그래도 살고 싶어서 이 세계에 매달려 있다.

밤의 강변. 가을바람.

살아 있기만 하면 앞으로 몇 번이라도 그 계절과 만날 수 있다.

이유가 단지 그것뿐이라도, 미쓰루는 앞으로 절망하면서도 살아갈 수 있다. 그런데.

다시 미쓰루는 생각한다. 왜 죽은 걸까. 그걸 생각해 본다.

좋아하는 계절도, 교실도, 자신의 몸도 포기하고, 그 애는 몸을 공중에 내던진 것이다.

하얀 어둠 속에서 아이는 계속 울고 있었다.

리카?

미쓰루는 부른다.

리카니?

아이는 계속 운다. 이 아이가 누구인지. 미쓰루는 알 것 같았다. 이 아이는.

양손으로 얼굴을 덮고 마구 우는 아이. 들리는 것은 그 목소리뿐. 이 하얀 어둠 속은 매우 조용하다.

미쓰루는 아이에게 손을 내민다. 불쌍하게도. 진심으로 그렇게 생각한다. 안 울어도 돼. 넌 잘못한 거 없어. 잘못한 거 없단다.

흐려진 시야 너머. 울고 있던 아이가 훌쩍이며 그곳을 가리킨다. 천천히, 검지로 미쓰루에게 방향을 알린다.

얼굴을 가리고 있던 한 손이 없어지자 그 자리에는 미쓰루도 잘 아는 얼굴이 있었다.

미쓰루는 아이의 볼을 쓰다듬는다. 그러자 목 안쪽에서부터 점점 감정이 차올라온다. 울어버릴 것 같다. 아아, 이 아이는 혼자서 계속 여기에서 우는 것이다. 이 아이의 울음소리는 이곳의 '호스트'가 가진

아픔의 일부. 출구가 보이지 않는 고통과 어둠 속, 이 아이가 여기에
미쓰루를 불렀다.

　저기로 가면 되는 거지?

　미쓰루가 묻는다. 아이는 고개를 끄덕였다.

　흰 안개가 점점 흐려진다. 아이의 그림자가 멀리 미쓰루의 손에서
떨어져 나간다.

　신기하게도, 이제 공포는 조금도 느껴지지 않았다. 아이의 모습이
사라진다. 미쓰루는 그 아이가 가리킨 방향을 향해 천천히 걷기 시작
한다.

　어딘가 멀리에서 학교 수업종이 울리는 소리가 나고 있었다.

제7장
사라진 한 사람

1

후지모토 아키히코가 혼자 음악실을 나왔을 때, 그를 맞이한 복도의 공기는 얼어붙은 듯 차가웠다. 아까보다 훨씬 추워졌다.

공기 전체가 긴장한 듯 굳어, 그것이 이 공간을 한층 더 날카롭게 만든다. 그런 기분이 든다. 오늘 아침, 처음 집을 나섰을 때에 느낀 기분과 같다. 늘 다니는 길, 늘 보는 풍경이 갑자기 표정을 바꾸어 자신을 맞는다.

복도로 나와 숨을 한 번 내쉬어 보니 그것이 하얗게 변했다.

창밖이 어둡다. 하지만 그것은 눈 때문이다. 밤의 어둠이 아니다. 그 눈을 보고 있으면, 아키히코는 시간이 흐르지 않는다는 것을 어쩔 수 없이 실감하게 된다. 일이 참 이상해졌다고 남의 일처럼 생각한다.

아키히코는 자신의 사고방식이 조금 낙관적이라는 것을 알고 있다. 사물을 깊게 생각하지 않는다. 주어진 장애나 과제가 있으면 물론 전력을 다한다. 하지만 그것을 피하자든가, 나서서 어떻게 해보려고 하는 적극성이 빠져 있다. 말하자면 지금 자신은 자살한 누군가에 대해서 알고 싶다. 그러나 그렇다고 해도 뭐 때가 되면 알게 되겠거니 생각할 뿐 그걸 위해 일부러 머리를 혹사하려는 생각은 없고, 다카노나 시미즈가 필사적으로 생각해내려고 노력하는 모습을 어딘가 멀리서 바라보고 있을 뿐이다. 어차피 안 되는 건 안 된다고 생각하기 때문이다.

차가운 복도를 벗어나 계단이 나오자 아키히코는 두 단씩 뛰어 올라갔다.

조금 전 울린 종소리가 신경이 쓰였다.

스가와라가 직접 만든 패로 열심히 마작을 하긴 했지만, 건물 안에 울려 퍼진 종소리가 그것을 중단시켰다. 오늘 하루, 종은 멈춰 있었는데. 아키히코 일행은 얼굴을 마주 보고, 이어 미쓰루가 너무 늦어진다는 결론을 내렸다. 마작에 열중한 뒤로 얼마나 시간이 흘렀는지는 모르겠지만, 상황을 보아 한 시간은 족히 지난 것 같았다. 무엇보다 탕에 들어가는 것도 아니고 샤워만 하는데 그렇게 시간이 걸릴 거라고는 생각할 수 없다. 게다가 아까 울린 종소리는 미쓰루에게도 들렸을 것이다. 그렇다면 돌아오지 않는 것은 아무리 생각해도 이상하다.

그래서 아키히코가 어떻게 된 건지 보러 혼자 밖에 나온 것이었다. 스가와라의 담배 냄새가 심해서 방 공기가 나쁜 탓도 있었다. 밖의 공기를 마시고 싶었다. 안에 남은 스가와라와 다카노는 여자애들이 있는 양호실은 괜찮은지 보러 가자는 얘기를 하고 있었다.

샤워실 앞에서 아키히코는 멈춰 선다. 안에서는 물소리가 들리고 있었다. 전체적으로 조용한 복도에, 그 소리가 유독 두드러졌다. 희미하게 새어 나오는 노란 불빛이 어두운 복도에 한 줄기 선을 그리고 있다. 아키히코는 문에 손을 댄다. ——미쓰루 녀석, 아직도 샤워하고 있는 걸까?

"미쓰루?"

불러보았지만 대답이 없었다. 샤워 소리 때문에 들리지 않는 것일까. 아키히코는 문을 열었다. 그 순간 물소리가 한층 거세어진다. 끊임없는 물줄기 소리가 아키히코의 귀를 때린다. 그때였다. 아키히코는 무심코 놀라 한 발 뒤로 물러섰다. 소리 때문이 아니다.

열기다.

안쪽에서 자욱하게 김이 솟아올라, 아키히코의 볼을 어루만지고 간다. 그리고 그것은 숨이 막힐 정도로 뜨겁다.

"미쓰루……?!"

뭔가 심상치 않다는 예감이 들어서 아키히코는 숨을 멈추고 안으로 뛰어 들어갔다. 닫혀 있는 샤워박스 하나를 향해, 하얀 증기를 헤치면서 다가간다. 개인실이 몇 개 나란히 있다. 모든 것이 어둡고 정적에 휩싸인 가운데, 단 하나 노란 불빛이 새어 나오는 칸이 있었다. 다가가니 열기는 점점 그 정도가 심해지고 하얀 증기도 짙어진다. 아키히코는 오른손으로 얼굴을 감싸고 샤워룸을 열었다.

그리고.

"어이, 미쓰……."

눈에 들어온 것의 존재에 아키히코는 말을 멈췄다.

── 교복을 입은 다리.

샤워기에서 뿜어져 나오는 열탕 아래에 누군가가 쓰러져 있다. 사람의 다리. 아키히코의 가슴에 오싹 한기가 돌았다. 설마.

미쓰루를 부르려고 한 발 더 내딛다가, 아키히코는 위화감에 목소리를 삼켰다. 교복을 입은 다리. 그 다리는 어딘가 이상하다. 결정적인 데에서 무언가가 크게 다르다. 일대에 피어오르는 열기에 얼굴을 가리면서, 아키히코는 자신을 진정시키기 위해 크게 머리를 흔들었다.

"미쓰루……?"

조심조심 말을 걸면서, 다시 쓰러져 있는 사람 쪽을 본다. 그리고 아키히코는 눈을 부릅떴다.

교복 상하의, 그리고 발. 위를 보고 있는 얼굴. 그것은 분명히 가타세 미쓰루와 닮긴 했다. 하지만 아키히코는 크게 소리 지를 듯한 자신을 어떻게든 다스리는 데 성공했다. 그것은 쓰러져 있는 누군가의 오른손을 보았기 때문이었다.

손가락 관절이 부자연스럽게 꺾여 있다.

너무나 부자연스럽게, 너무나 어색하게. 그것은…….

정신이 들어 보니, 아키히코는 크게 심호흡을 하고 있었다. 열기를 들이쉬고는 눈을 감는다. 천천히 눈을 한 번 깜박였다. 공기가 매우 안 좋다.

진정해.

온몸에 샤워를 맞으며 위를 향해 누워 있는 얼굴은 하얗고 표정이 없었다. 하얗게 칠해진 눈이 크게 뜨여져 있다. 그것은 마네킹 인형이었다.

인형을 괴롭히는 샤워는 뜨거웠다. 그저 뜨거울 뿐이었다.

"미쓰루, 너……."

중얼거린 아키히코의 어깨를 갑자기 이유 없는 한기가 감쌌다. 이렇게 뜨거운 수증기 속에서도 온몸이 슥 차가워진다. 참지 못하고 무심코 뒤로 시선을 돌리니, 아까 뛰어 들어왔을 때에는 수증기에 가려져 있어서 몰랐지만 아키히코의 발치에는 온통 붉은 바닥이 펼쳐져 있었다. 발아래가 미끌미끌 빛나고 있다. 아키히코는 마네킹을 돌아봤다. 지독한 냄새가 난다. 열기가 자욱한 수증기 안에서, 아까부터 비린 철 냄새가 난다. 아키히코는 천천히 침을 삼킨다. 피 냄새다.

이것은 미쓰루인가? 이게……?

견딜 수 없는 열기에서 얼굴을 피하면서, 아키히코는 물을 잠그려고 손을 뻗는다. 뜨거운 증기가 불쑥 팔을 스쳐 아키히코는 신음 소리를 냈다.

"앗, 뜨…….."

열탕에 오른손을 데는 바람에 멈칫한 아키히코는 얼굴을 크게 찡그렸다.

불안한 발걸음으로 반사적으로 뒤로 물러서던 그는, 거기에서 무언가에 발이 걸려 넘어질 뻔했다. 발바닥에 단단한 것이 밟히는 감촉이 느껴졌다. 자신도 모르게 소리를 지를 뻔했다. 내려다보니 그것은 미쓰루의 휴대전화였다.

주워서 화면을 본다. 액정화면에 메시지가 표시되어 있었다.

〈빨리 생각해 내〉

2

"도대체 무슨 일이야."

낮고 조용한 목소리로 처음 말문을 연 사람은 리카였다.

아키히코가 샤워실에서 돌아온 후, 식당에 전원이 모였다. 그곳에는 긴장한 침묵이 이어지고 있었다. 잠시 동안 아무도 말이 없자, 어깨를 떨면서 리카가 고개를 든다.

"야, 미쓰루 어디 간 거야? 그 인형은 뭐야?!"

"……몰라."

다카노는 고개를 저을 수밖에 없었다.

조금 전, 미쓰루를 찾으러 나간 아키히코가 새파란 얼굴로 음악실에 돌아왔다. 데인 오른팔을 감싸 쥔 그가 샤워실에서 미쓰루가 사라진 일과, 그 대신인 듯 거기에 있었던 교복을 입은 마네킹의 존재에 대해 말했던 것이다. 처음에 아키히코의 설명은 두서가 없어서 다른 사람들도 상황을 잘 파악할 수 없었지만, 그의 절박한 표정에서 이상 사태가 발생한 것만은 충분히 이해할 수 있었다. 서둘러 샤워실로 가니, 그곳에는 온통 붉은 피로 범벅이 된 바닥이 펼쳐져 있었다.

좁은 실내에는 역겨울 정도로 철분 냄새가 가득했다. 그리고 쓰러져 있던, 석상처럼 새하얀 얼굴을 한 인형.

"찾아봤는데 미쓰루는 아무 데도 없어. 아직 자세히 본 건 아니니까 확실하진 않지만, 마네킹이 입고 있는 교복이 어쩌면 미쓰루 건지도 몰라. 미쓰루는……."

"그 피는 뭐야?"

눈물이 고인 충혈된 눈으로 미즈키가 다카노를 올려다보았다

모두가 샤워실을 보고 나서 식당에 모였다. 그동안 그녀는 내내 고개를 숙이고 있었다. 눈물을 흘리지는 않았지만, 그것은 견디려고 애써 노력하고 있는 덕분일 것이다.

"미쓰루는, 어디 간 거야? 미쓰루한테 무슨 일이 일어난 거야?"

"살해당하기라도 했다고 말하고 싶어? 넌."

스가와라가 말한다. 화가 난 듯한 그 말투에 미즈키는 움찔 놀라 얼굴을 굳히며 입을 다물었다. 입술을 깨물고 느릿느릿 고개를 젓는다.

"……그렇지만."

"설령 '이쪽'에서 그런 일이 일어났다고 해도 말이지. 정말 '현실'에서 죽었는지 아닌지는 아직 몰라. 여긴 이상하니까. 난 그럴 일 없다고 생각해. 미쓰루는 살아 있어."

"물리적으로 그렇게 출혈이 많았으면 죽지만 말이야."

혼잣말처럼 불쑥 아키히코가 말했다. 모두가 일제히 숨을 삼키며 돌아보니, 그는 하얀 붕대를 감은 오른팔을 문지르면서 벽에 기대어 있었다.

"아키히코……."

"냉정하다고 생각하지 말아 줘."

그는 그렇게 다짐을 한 후, 말을 이었다.

"아무리 생각해봐도 분명한 사실이 있잖아? 이런 비정상적인 세계에서 미쓰루가 사라진 거. 그 녀석은 우리들 중 누가 죽은 사람이냐는 바보 같은 생각으로 고민하지 않아도 돼. 이런 데 있지 않아도 된다고. ──다만, 그 대신 남겨진 우리들은 강박관념에 휩싸여 더욱 필사적으로 생각해내지 않으면 안 되게 되었지. 여길 만든 사람, 제법 머리를 썼어. 어쨌든 미쓰루는 이제 이곳으로는 돌아오지 않아. 우리들이 있는 곳에는 절대로."

낮고 조용한 위압감을 가진 목소리였다. 아키히코가 그렇게 단언한 후, 식당은 다시 적막에 둘러싸였다. 밖에는 바람이 불기 시작했는지, 창문을 흔드는 바람 소리만이 귀가 아프도록 들려왔다. 눈 내리는 풍경이 기분 탓인지 아까보다 어둡게 느껴진다. 게다가 건물 안도 이상할 만큼 어두웠다.

침묵을 견디다 못해 다카노가 입을 열었다.

"미쓰루는 아마 원래 세계——, 현실로 돌아간 거라고 생각해."

무언가를 암시하듯 쓰러져 있던 새하얀 마네킹의 얼굴.

"추측이지만, 이쪽 세계에서 만약……, 죽어버렸다고 해도. 하지만 이해할 수 없는 게 너무 많아. 여기 호스트는 우리들한테 원한이라도 있는 건가? 그 인물이 바라는 것이 복수라면, 분명 우리들의 목숨은 보장할 수 없을지도 몰라. 생각해내지 않으면 앞으로도 이런 일이 계속 일어날지도 모르고, 그것 때문에 우리들이 죽게 될지도 몰라."

"뭐야 그거!!! 리카는 아무 짓도 안 했어!!"

"우리 기억에는 없어도 상대방한테는 있는 거야. 미쓰루 휴대전화 봤잖아?"

시미즈가 말하며 책상 위에 놓여 있던 미쓰루의 휴대전화를 본다. 주인을 잃은 휴대전화에 새로 남겨져 있던 두 개의 메시지.

〈책임을 느껴〉

〈주세요〉

〈빨리 생각해 내〉

"빨리 생각해 내라니 이거 완전 협박 아냐? 아키히코가 아까 말한 것처럼 우리들에게 책임을 느끼라는 둥, 자살에 책임을 지라는 둥. ——우리들을 추궁할 속셈인 거야!"

"그런……, 미쓰루가 불쌍해."

리카가 떨리는 목소리로 중얼거렸다. 당장에라도 울 듯 갈라진 목소리였다.

그녀는 숨을 들이쉬고는 고개를 숙인다. 견딜 수 없다는 듯 입술을 깨물고 천천히 말을 이었다.

"미쓰루는 진짜 착한 애잖아, 자기 맘대로 죽은 사람이 나쁜 거야. 지금에 와서 이런 짓을 할 바에는 원망하는 유서라도 남겼으면 될 거 아냐? 그럼 우리들도 반성했을지도 모르고, 그 아이의 마음이 어땠는지 생각해 보기라도 했을 거야. 근데 이건 뭐야. 무엇보다 다카노랑 아키히코, 너희들 너무 냉정한 거 아냐? 미쓰루가 사라진 걸 현실로 돌아간 거라는 둥 멋대로 해석해서 얘기하고 있지만, 미쓰루는 여기서 다쳤잖아? 죽었을지도 모른다고. 현실에서도 그럴지도 모르고, 그렇게 피를 많이 흘렸는데 아플 거야. 죽는 건 무서워, 너무 무서운데 장난도 아니고 뭐야!!"

감정에 북받쳐 말하는 동안, 리카의 눈에는 순식간에 눈물이 고였다. 볼 위에 눈물이 선을 그리며 흘러 떨어진다. 그러나 그녀는 그 눈물을 닦으려고도 하지 않았다.

고개를 숙여버린 리카의 머리 위에 달래듯 손을 얹고 게이코가 그녀를 의자에 앉혔다.

"적어도 여기, ──일단 호스트라고 부를까? 그 녀석이 평화적인 목적만 갖고 우리들을 부른 게 아니라는 건 확실해졌어. 시체가 나온 건 아니지만 사람 하나가 치사량의 피와 인형으로 바뀌었어. 이건 악의가 담긴 협박이야."

불쾌한 듯 얼굴을 찡그리고, 게이코는 내뱉듯이 말했다. 다카노도 그에 동감했다.

자살한 것에 대한 후회나 슬픔, 억울함. 그 뒤에 있는 것은 이제 그런 것만은 아니게 되었다. 심술에 가까운 악의 어린 감정. 미쓰루는 지금 어떻게 되었을까.

그렇게 생각하니 천천히 실감이 나기 시작했다.

엄청난 양의 피가 흐른 흔적. 미쓰루가 만약 정말로 죽었다면.

리카의 말대로 미쓰루는 아팠을 것이다. 고통스러워하며, 그가 생각한 것은 무엇일까. 미쓰루의 상처 입은 몸 자체가 없다는 게 다행스럽긴 하지만, 대신 남겨져 있던 인형의 존재가 다카노에게는 그로테스크하게 느껴졌다.

오래 사귄 사이라 알지만, 가타세 미쓰루는 착하고 다른 사람을 배려할 줄 아는 친구다. 그는 아마 다른 사람을 상처 입히지 못하는 성격일 테고, 그 점은 이 안에 있는 다른 모든 사람들의 공통점이기도 하다. 만일 말이나 행동으로 무심코 다른 누군가에게 상처를 주었다고 해도, 그 내면에 악의는 전혀 없었을 것이다. 어떤 사람이든 그 정도의 충돌 없이 살아갈 수는 없다.

그럼에도 불구하고 그렇게 입은 상처나 본인의 자살에 대한 책임을 자신들에게 묻는 건 잘못이다. 그런 건 그저 피해망상이지 않은가.

화를 내면서 그런 생각을 했지만, 문득 다카노의 사고가 멈추었다.

그럼, 지금 미쓰루에게 그런 심한 짓을 한 사람도 이 중 누군가라는 뜻인가.

초조해서 진정이 되지 않는다. 입술을 살짝 깨물며 친구들의 얼굴을 살펴보고 다카노는 답답해져서 눈을 찡그렸다. 자신들은 사이좋게 지내오지 않았는가. 누군가에게 상처를 받았다든지 악의를 느꼈다든지, 그런 피해망상에 빠질 만한 사람이 자신들 중에 있다? 아니면 그 누군가에게 한 심한 행동도 자신이 잊어버렸을 뿐인 것인가.

"이제 미쓰루는 돌아오지 않아."

다시 한 번, 다카노는 자신에게 들려주듯이 그렇게 중얼거렸다.

"아무리 기다려도 생각해내지 못하는 우리들이 꼴 보기 싫어서, 여기 호스트가 하나하나 죽여주겠다고 그러는 거야. 음험하긴 하지만 절대적인 효과가 있지. 그리고 미쓰루가 자살한 사람이 아니라는 점 하나는 확실해진 거고."

"어떻게 그런 말을 할 수가 있어! 다카노."

갑자기 리카가 소리를 질렀다. 새빨간 눈이 다카노를 노려보고 있었다. 자신이 느끼고 있는 혼란스러운 감정들 전부를 어디에 풀면 좋을지 모르겠다는 듯 그녀의 어깨가 가늘게 떨리고 있었다.

"어떻게 그렇게 냉정한 소리를 할 수 있어? 다음은 자기 차례일지도 모르는 거잖아? 그것도 걱정 안 돼? 미쓰루 일도 어떻게, 그렇게. ……이제 싫어. 리카는 이런 데 있기 싫어!!"

히스테릭하게 소리를 지르는가 싶더니, 리카는 모두에게서 등을 돌렸다. 게이코가 '리카' 하고 불러 세웠지만, 그것조차 무시하고 그녀는 식당을 나가버린다. 돌아보지도 않았다.

"지금 혼자가 되면 어쩌겠다는 거야, 저 녀석."

리카가 나가버린 문을 보며 게이코가 일어서려 한다. 그러나 그보다 먼저 누군가가 의자에서 일어나는 소리가 났다. 스가와라였다.

"됐어, 내가 갈게."

"괜찮겠어? 지금 리카는 상당히 신경질적일 텐데."

"이쪽에서 좀 세게 나가줘야지. 그 녀석 실은 외로운 거야."

그렇게 단언하고, 스가와라는 바로 리카를 쫓아 나간다. 그 뒷모습을 지켜보고 나니 그 뒤에는 숨 막힐 듯한 침묵만이 남았다.

어떻게 해야 할지, 무슨 얘기를 해야 할지를 몰라 말없이 다카노는 고개를 든다. 그리고 거기서 무심코 놀라 침을 삼켰다. 식당 중앙에 걸려 있는 시계. 그 바늘이 가리키는 시각을 보고 다카노는 아아, 하고 숨을 내쉬며 고개를 숙였다. 그럴 수밖에 없었다.

"시계가……, 가고 있어."

6시 32분.

그 시각을 가리킨 시곗바늘은 지금 또다시 찰칵하고 1분의 거리를 이동하려는 참이었다.

3

어릴 때 한 번, 죽으려고 생각한 적이 있었다.

오늘같이 눈이 와서, 밖에 나가면 손이고 발이고 할 것 없이 순식간에 하얗게 얼어버릴 듯이 추운 아침이었다. 분명 일요일이었을 것이다. 그때 유치원에 갓 들어간 어린 여동생의 손을 잡고, 리카는 아직아무도 밟지 않은 눈 위를 똑바로 걷고 있었다.

또 부모님이 심하게 싸우기 시작한 것이었다.

이렇게 성격이 맞지 않는 두 사람이 왜 결혼한 것일까. 왜 같이살려는 생각을 한 것일까. 서로를 욕하는 둘의 목소리를 들으며, 리카는 자주 그런 생각을 했다. 늘 갑자기 시작되는 두 사람의 언쟁은 그 옆에서 동생의 귀를 막느라 안간힘을 쓰는 리카의 마음을 사정없이 마구 때렸다. 리카의 집에서는 언제나 긴장된 공기가 흐르고, 그것이 끼익끼익 기분 나쁜 소리를 내며 쉬지 않고 떨리고 있었다.

어떻게 하면 되지. 어떻게 하면 아버지와 어머니가 예전처럼 돌아갈까. 아니면 그 '예전처럼'이라는 것도 자신이 멋대로 지어낸 환상에 지나지 않는 걸까.

눈길을 노려보며 생각했다. 내가 만약 지금 죽으면 어떨까, 하고. 이 눈 속에 엎어져 차갑게 식어버리면 부모님도 반성할지 모른다. 그러면, 그렇게만 되면 지금 자신 옆에 있는 여동생은 그런 소리를 듣지 않아도 될지도 모른다…….

하지만 거기까지 생각했을 때 리카는 자신의 눈두덩이 뜨거워지는 것을 느꼈다. 안 된다, 그렇게 된다 해도 어머니와 아버지는 서로 책임을 미룰지도 모르고, 애초에 그들이 자신을 소중하게 생각하고 있을 리가 없다.

그럼, 어떡하지…….

그래도 상관없으니까 죽어버릴까, 그러자……, 어차피.

'언니야?'

꼭 쥔 동생의 손이 차갑고 무거워서, 리카는 마구 흐느껴 울었다. 어디까지 가면 자신은 안심하고 잠들 수 있을까? 동생이 행복해질까? 누군가가 도와줬으면 좋겠다.

(도와줘……)

(누군가, 도와줘)

(……사카키샘)

"리카."

자신을 부르는 소리에 깜짝 놀라 어깨를 긴장시키고 리카는 등 뒤를 돌아보았다.

형광등 불빛이 하얗게 머리 위를 비추고 있다. 어느 교실인지 보지도 않고 일단 뛰어들긴 했지만, 아무래도 들킨 것 같다. 교실 입구에 스가와라가 서 있었다.

"안 돌아갈 거야? 위험하지 않겠냐고 다들 걱정하고 있어."

"……놀래라, 스가와라구나. 순간 다카노인 줄 알았어."

"뭐야, 그거."

쓴웃음 비슷한 표정을 지으며 그가 다가온다. 리카는 책상 위에 앉은 채 다리를 바꿔 꼬았다.

"하긴. 다카노는 우등생인데다 너하고는 전혀 다르지."

"너, 나 긁는 거냐? 내가 열등생이라는 거 같잖아. 그럼 넌 누가 오길 바랐는데?"

"그런 거 아냐. 스가와라도 괜찮아. 지금 다카노랑 얘기해 봤자 리카는 폭발해 버릴 거 같으니까. 지금은 이성적인 사람은 상대하고 싶지 않아."

"하여튼, 너무 그러지 마라. 마음이야 알겠지만 히로시도 힘들 테니까."

"알아. 하지만 아니까 안 되는 거야!!"

리카는 흥 하며 고개를 돌렸다. 모순이라는 것은 자신도 알고 있다. 다만 너무 무섭다. 그뿐이었다.

미쓰루가 사라지고, 뒤에 남아 있던 인형의 새하얀 표정. 그는 어디로 가버린 것일까. 그것은 누구의 짓일까. 그것을 생각하기가 망설여진다. 자신의 친구 중 한 명이 자살했다는 생각만으로도 머리를 쥐어뜯고 싶어진다.

아무도 의심하고 싶지 않고, 누구한테도 의심을 받고 싶지 않았다. 이런 곳을 잠시라도 아늑하게 생각했던 자신이 후회스러웠다.

반쯤 웅크려 무릎을 끌어안은 리카는 또 울고 싶은 충동에 휩싸였다.

스가와라는 한숨을 쉬며 리카가 앉은 책상 근처의 책상에 앉았다. 교복 가슴주머니에서 담뱃갑을 꺼내 그중 한 개비에 불을 붙인다.

"피울래?"

반 이상 남은 상자를 리카에게 내밀며 묻는다. 리카는 살짝 얼굴을 들었다가 고개를 젓고는 다시 숙였다.

"됐어."

"너무 여러 가지 생각하지 마. 미쓰루가 죽었다는 게 확실한 것도 아니잖아."

"저기, 스가와라. 미쓰루는 리카를 좋아했지?"

고개를 숙인 채로 질문하자, 잠시 침묵이 있은 후 스가와라가 '뭐, 그렇지'라고 대답했다.

"우리들이 자주 놀렸었는데."

"……리카 같은 애가 어디가 좋은 걸까?"

중얼거리고 나자 더욱 자신이 비참해져서 리카는 입술을 깨문다.

"리카가 사실은 어떤 녀석인지 알면, 미쓰루는 분명 환상에서 깨어날 텐데. 미쓰루뿐만 아니라 아마 다들 그렇겠지. 리카를 경멸할 거야."

"어이, 진짜 너까지 그런 얘기할 거야?"

한층 더 크게 한숨을 쉬고는 스가와라가 질렸다는 듯이 말한다. 담배를 끼운 손가락을 바꾸고, 꼰 다리의 무릎을 눌렀다.

"너희들은 왜 다들 그런 얘길 하는 거냐. 미즈키야 원래 성격이 그랬으니 어쩔 수 없다고 치고, 넌 평소에는 안 그렇잖아? 정신 차려. 네가 그러면 딴 애들도 기운이 빠지잖아."

"그럼, 스가와라는 어떤데?"

리카가 고개를 들고 말했다.

"이런 데 있는데 기운이 나? 누군가가 자기 탓에 죽었다든가, 그런 걸 계속 생각하고 싶어? 여기를 만든 애는 너무 자기중심적이야. 자기만 피해자인 줄 알고!! 자살하면 사람이 그렇게 대단해지는 줄 아나? 자살했으면, 자기가 괴로웠으면 다른 사람한테 피해를 줘도 되냐고?"

말을 하다 보니 머릿속이 뒤죽박죽된다. 제멋대로다, 자신이 하고 싶은 대로만 한다고 비난하는 말은 끊임없이 계속 나오는데, 자신이 도대체 누구를 비난하고 있는가 하는 자각이 애매해진다. 미쓰루가 사라진 일이 슬픈 것과 마찬가지로 지금 여기 있는 다른 누군가가 죽은 것도 싫다. 그런데.

"리카도 죽고 싶다고 생각한 적이야 있었어. 이제 어떻게 돼도 상관없다고 생각한 적도 있었어. 하지만 진짜 그런 짓을 해서 다른 사람한테 피해를 주다니 바보 아냐? 리카가."

눈을 손등으로 꾹 누르자 눈꺼풀 안이 뜨거워진다. 한숨을 흘리듯 숨을 고르고, 리카는 중얼거렸다.

"그래도 살아 있는 리카가, 더 바보 같잖아."

(너 같은 애는 태어나지 말았어야 했어!)

몸 깊숙한 곳에서 갑자기 되살아나는 목소리에 리카는 눈을 감았다. 꽉, 꽉 감았다.

4

시곗바늘은 지금 8시 12분을 가리키고 있다.

식당의 큰 시계도, 다카노의 손목시계도 휴대전화도. 시간을 나타내는 모든 것이 다시 움직이기 시작했다.

미쓰루가 그렇게 됨과 동시에, 아마도 무언가 하나가 단락을 맺고 다른 하나가 시작된 듯하다. 대체 무엇이 끝나고 무엇이 시작된 걸까. 적어도 후자가 호의적이지 않다는 것만은 다카노도 알 수 있었다. 이것을 끝낼 방법은 단 하나. 미쓰루의 휴대전화에 수신된 메시지대로 '생각해내는' 수밖에 없을 것이다.

2층 창문을 열고 밖에 내리는 눈을 보면서, 다카노는 아까부터 계속 하얀 입김을 내쉬고 있다. 복도 저편에서 게이코가 걸어오는 모습이 보였다. 그녀의 얼굴에 약간 피로한 기색이 보인다. 게이코는 다카노 옆에 오더니 실눈을 뜨며 '춥네' 하고 중얼거렸다.

"혼자 있으면 위험하다는 게 이럴 때의 패턴 아니냐?"

"물리적으로 어쩔 수 없는 상대인데 어떻게 몸을 지키라는 거야? 게이코."

"내가 그런 걸 어떻게 아냐."

퉁명스레 대꾸하고, 게이코는 하늘을 올려다본다. 창밖으로 몸을 내밀고 있던 그녀의 머리에 떨어진 눈이 눈 깜짝할 사이에 녹는다. 잠시 침묵이 흐른다. 밖에서 불어 들어오는 바람이 차갑다. 다카노가 창문을 닫을까 생각한 순간이었다. 불쑥 그녀가 말했다.

"자살한 애는 여자아이일지도 모르겠어."

"응?"

"우리들, 스스로의 기억에 자신이 없다는 말을 자꾸 하는데, 결국 기억의 기초가 되는 건 그 사람, 개개인이 가진 이미지라는 생각 안 들어? 자신 안에 일정한 상식이 있는데 그에 반하는 거짓 상식을 심어 넣기는 아마 힘들 거야. ──예를 들어 커피가 쓴 음료가 아니고 단 음료라든가, 기출문제집의 난이도가 잘 안 맞는다든가. 그런 기본적인 이미지는 이 세계에서도 다르지 않아."

"그렇지."

"'빨리 생각해 내', 그렇게 말한 걸 보면 우리들에게도 힌트를 줄 거라고 생각해. 기억이 지워지거나 조작되었다고 해도 개인의 상식이 비틀어지지는 않아. 거기에 의존해서 생각해 나갈 수밖에 없는 거지."

"그래서……."

또 바람이 차갑게 머리를 쓰다듬는다. 다카노는 눈을 가늘게 뜨며 되물었다.

"그런데 왜 여자애라는 거야?"

"모르겠니? 미쓰루의 피 말이야."

"피?"

순식간에 머릿속엔 샤워룸의 바닥이 떠올랐다. 바닥을 온통 붉게 물들인 그 광경. 게이코가 말을 이었다.

"여기에 있는 것들과 마찬가지로 그게 완전히 호스트가 가진 이미지의 산물이라고 하자. 그렇게 보면 그 피는 너무 실제에 가까워. 실제로 피를 본 사람이 아니면 그렇게까지 리얼한 이미지는 안 갖고 있지. 철 비린내까지 전부 엄청나게 리얼했잖아. 자주 보는 사람이 아니면 그렇게까진 못할 거야. 남자에게는 그렇게까지 리얼한 이미지는 없어."

게이코는 별로 재미없다는 듯이 말했다.

"여자는 피를 늘 보니까. 매달, 지긋지긋하게. 그야 자살한 직후의 지면을 본 미쓰루나, 병원까지 따라갔던 담임이라면 다를지도 모르지만."

"얘기해줘서 고맙긴 한데, 게이코."

말하면서도 다카노는 무심코 쓴웃음을 지으며 얼굴을 찡그렸다.

"그게, 남자인 나한테 그런 얘길 하는 건 좀 그렇지 않아?"

"다카노는 똑똑하니까 얘기한 거야. 생리대를 빼앗아 놀려대며 좋아할 나이도 아니잖아? 초등학생도 아니고."

"그야 그렇지. ……그렇지만 아직 미쓰루에게 무슨 일이 일어났는지는 모르는 거고, 그렇게 용의자를 여자애로 한정하긴 이르지 않을까."

"그럴지도."

"아키히코의 오른손은 어때?"

"그렇게 심한 화상도 아니야. 일단 식혀서 붕대를 감아뒀으니까, 잘 갈아주기만 하면 괜찮겠지."

"그래?"

다카노가 고개를 끄덕이자, 그것을 끝으로 창가는 다시 조용해졌다.

게이코가 창문 밖을 내다본다. 잠자코 둘이서 한동안 어깨를 나란히 하고 밖을 보고 있다가, 게이코가 또 불쑥 말을 꺼냈다.

"자살한 사람은 난 아니야."

다카노는 고개를 갸웃거리며 게이코를 본다. 게이코는 먼 곳에 시선을 둔 채 다카노를 보지 않았다. 여전히 말이 없는 다카노 옆에서 게이코는 말을 이었다.

"아까 자살한 애가 여자애인 것 같다고 하긴 했지만, 적어도 나는 아니야. 그것만은 확실해. 여기에는 유지가 없잖아."

"……그 생각은 나도 했었어. 게이코, 유지랑 사귀는 거야?"

"아니, 축제 직전에 그 녀석이 사귀자고 그랬는데, 내가 싫다고 했어."

"어?"

다카노는 무심코 숨을 삼킨다. 생각지도 못한 얘기였다. 축제 직전. 그럼 그 학생회 연극 〈잠자는 숲 속의 공주〉가 사실은 비극이었다는 얘기다. 전혀 몰랐고 눈치채지도 못했다. 게이코와 유지도 그런 내색은 전혀 하지 않았는데.

"그거, 진짜야? 게이코."

무심코 되묻자 그녀는 표정 없이 고개를 끄덕였다.

"거짓말 아니야."

"그럼, 어째서?"

"뭐가."

"어째서, 유지가 없다는 사실이 네가 자살한 게 아니라는 말이 되는 거지? 게이코가 죽은 당사자라면, 유지가 여기에 없는 것이 이상하다는 거잖아? 그럼 그 이유가 뭔데?"

"아아."

게이코는 그제야 다카노에게 시선을 주며 웃었다.

"시미즈가 아까 한 얘기랑 이어지는데, 아까 내가 말한 '어디까지나 본인이 가진 이미지 위에 세계가 성립한다'는 얘기. 거기에 예외가 있는 것 같아."

"예외?"

"그래. 의도적으로 누군가가 타인을 끌어들여서 세계를 만들었을 경우, 그곳은 어디까지나 그 인물이 강하게 바라던 세계라고 하더군. 아까 시미즈가 얘기했었지? 그곳이 그 인물의 추억이 서린 곳이라든가, 이미 죽어서 만날 수 없는 그리운 사람이 등장한다거나, 의식 속에서는 본인이 엄청난 미인이라든가 하는 경우가 많은 모양이야. 예를 들자면 이런 거지. 스가와라가 만약 여기 호스트라면 지금 저 요란한 행색이 실은 가짜고, 현실에서는 그걸 동경했을 뿐인 평범한 용모의 소유자라든가, 그런 기분 나쁜 일도 있는 거야. 나한테 자각은 전혀 없지만. 본인의 자아하고 상당히 관계가 깊은 모양인데, 본인의 소망이나 의사는 이 세계에서도 분명히 살아남을 수 있어. ──통화 불능지역인데도 전화가 걸려오거나, 건물이 두 층 늘어나거나 하는 게 바로 그 전형적인 예 같아. 본인이 강하게 원하는 일이 이 세계에서는 이루어지거든. 실제로는 우리들이 모르는 부분에서 그 인물의 소원이 더 많이 구현되어 있는지도 모르고, 거기에 따라 우리들의 기억도 무의식중에 바뀌어 있을 가능성이 높아. 시미즈의 말을 빌리자면 이런 세계는 다른 무엇보다 그 인물의 '바람'이 첫째로 작용한다고 하는군. 우리들을 여기에서 내보내고 싶지 않다, 우리들의 기억에서 자신의 이름을 지워버리고 싶다는 것도 그 인물의 바람이고, 가둘 대상으로 우리들을 고른 것도 여기 호스트의 희망이야."

게이코는 숨을 들이쉬었다.

"그리고 그게 나라면 유지를 여기에 불렀겠지. 내가 죽었다고 치면, 내가 가장 만나고 싶은 건 그 녀석이야."

다카노는 약간 곤혹스러워하며 게이코를 응시한다. 중성적인 분위기를 가진 그녀의 얼굴, 새까만 눈동자가 똑바로 다카노를 보고 있었다. '저기' 하고 다카노는 말을 꺼냈다.

"네가 유지를 어떻게 생각하는지, 물어봐도 돼?"

"좋아해. 연애 감정을 갖고 있어. 몰랐냐?"

게이코의 얼굴은 여전히 담담하다. 선뜻 나온 그 말에 다카노는 어이가 없어서 한동안 말이 나오지 않았다.

게이코는 또 다카노에게서 시선을 피한다. '복잡해'라고 중얼거리듯이 말했다.

"유지는 좋아해. 하지만 사귀고 싶지는 않아. 시시하다는 생각도 들고. 그래서 유지한테는 싫다고 했지."

"난 잘 모르겠는데."

다카노는 솔직히 말했다.

"좋아하면 사귀면 되는 거 아닌가. 무엇 때문에 네가 그렇게 망설이는지, 난 모르겠다."

"유지도 그랬을 거야. 유지한테는 확실히 설명했지만, 아마 납득하지 못했겠지. 변명이라고 생각했을 거야. ……그래도 안 돼."

"뭐가?"

다카노는 물었다.

"뭐가 안 되는데?"

그 물음에 게이코가 조용하지만 딱 부러지게 대답했다.

"내 안에 그런 적나라한 욕심이 있다는 게."

말하고 나서 게이코가 힘없이 쓴웃음을 지었다.

"유지를 좋아하니까 독점하고 싶다. 사귀기 시작했는데 그런 생각이 들면 어떡해? 그 애를 좋아하니까 더더욱, 유지에게 집착하게 되는 나란 존재의 무게를 견딜 자신이 없어. 무너질 거야."

늘 다부진 그녀의 목소리가 살짝 쉬어 있다. 다카노는 더는 게이코에게 건넬 말을 찾을 수 없었다. 게이코는 다카노에게 옆얼굴을 보인 채 말을 이었다.

"난 그 녀석의 자유로운 모습이 좋아. 다른 애가 유지랑 사귀어서, 상대방의 욕심 때문에 그 녀석이 속박되는 건 괜찮아. 하지만 나 때문에 그런 일이 일어나는 것만은 도저히 참을 수 없어. 나는 스스로에게 혐오를 느끼는 걸 도저히 견딜 수 없거든."

"그럼, 넌 괜찮은 거야?"

다카노는 물었다.

"유지가 다른 여자애랑 사귀어도, 그래도 아무렇지도 않아? 네 생각대로 하자면, 그럼 너는 별로 좋아하지 않는 사람하고 밖에 사귈 수 없다는 건데."

"유지가 그러는 건 괜찮을 것 같아. 내가 선택한 결과로 그렇게 되는 거니까 그걸로 내가 불평하면 안 되지. 게다가 내가 꼭 누군가랑 사귀어야만 하는 것도 아니잖아?"

게이코는 엷게 웃고, 평소와 다름없는 말투로 그렇게 대답했다.

그 말에 다카노는 일종의 안쓰러움을 느꼈다. 그리고 그 안쓰러움이 자신에게 돌아오는 것을 알았다. 왠지 마음에 걸렸다.

게이코는 그런 '여성스러움'과는 인연이 먼 사람이라고만 생각했다. 그런 점에 공감했고, 그래서 더욱 사귀기 좋은 친구라고 생각했다. 다카노를 비롯한 다른 애들 모두가 가지고 있던 그런 암묵적인 이미지를, 게이코 본인도 당연히 자각하고 있었을 것이다. 남들에 의해 고정되어 버린 이미지를 배신하지 않으려는 마음, 그 마음이 혹시라도 그녀의 어깨를 보이지 않게 짓누른 적은 없었을까. 만약 그랬다면, 다카노에게도 일말의 책임이 있다. 그녀도 남들과 다름없이 내면에 복잡한 생각을 품고 있었다.

게이코는 깊이 숨을 쉬었다.

"……나는 이런 내가 싫어. 옛날부터 아마 나는 '자살'을 머릿속에 그린 적이 있었을 거야. 그렇게 강한 감정은 아니더라도, 이대로 살아 있어 봤자 내 인생이 어떻게 될지는 뻔해. 나 자신은 장래나 미래를 위해서가 아니라 '언젠가 자살할 그 날까지' 살고 있는 것 같다는, 그런 막연한 생각이 머리 한구석에 늘 있었어. 구체적으로 생각한 적은 한 번도 없고, 생각했다고 해도 그걸 실행하진 않겠지만. 그렇게 생각하면서도 생을 질질 끌어나가는 게 나였어."

"그건 나도 알 것 같아."

다카노는 고개를 끄덕였다. 게이코는 자신과 감각이 비슷한 데가 있다.

조금 전 유지 얘기도 그렇지만, 게이코의 말은 우선 조리에 맞지 않는다. 유지가 납득하지 못하는 게 당연한 것이다. 상대방이 좋기는 하지만 자신이 싫어져서, 그래서 사귈 수 없다는 말에는 분명 모순이 있다. 그러나 지금 이렇게 게이코와 마주 보고 있으면, 다카노는 그 말도 무리가 아니라는 생각이 든다. 그건 아마 다카노에게도 게이코와 닮은 부분이 있기 때문일 것이다. 그래서 유지의 기분보다 게이코의 기분에 동조할 수밖에 없다. 게이코에게 공감해 버린다.

언젠가 '자살'할 그 날을 위해, 그저 무의미하게 목숨을 유지해 나간다.

"나도 그렇게 생각했던 때가 있어."

다카노가 말했다.

"하지만 내 그런 감정은 그 자살사건이 있던 날 전부 식어 버렸어. 내가 생각하던 '자살'과 현실의 '자살'이 전혀 다르다는 걸 알았거든. 그러니까 지금은 그런 짓을 하고 싶다는 생각은 절대 안 해."

"그래, 게다가 자살은 너무 이기적이야. 한창 축제 뒷정리 중에 다른 학생들 앞에서 뛰어내리다니. 자살 자체만으로도 이기적인데 그런 식으로 죽다니 이기의 극치였지. 그 일 때문에 유지가 어떤 일을 당할지, 내가 생각 안 할 것 같아?"

아아, 다카노는 납득했다. 이해가 됐다.

축제를 끝으로 학생회를 은퇴할 예정이었던 유지는 그 일 때문에 계속 이리저리 뛰어다니지 않으면 안 되었다. 수험 전의 하루, 한 달이 얼마나 중요한지를 다카노는 잘 알고 있었고, 유지에게도 그것은 기간이나 시간의 문제뿐만 아니라 정신적으로도 상당히 힘들었을 것이다.

눈 밑에 검은 그늘이 생긴 그의 건조한 목소리. 다음 날, 임시로 열린 총학생회 단상에 선 그의, 그 쉰 목소리. 그는 그래도 의연하게 앞을 똑바로 보면서 말했다.

'저는 지금, 어째서냐는 생각만으로 머리가 가득해서, 다른 많은 생각들은 하나도 말이 되어 나오지 않습니다…….'

"유지가 그 일의 뒤처리를 하느라 얼마나 고생했는지 난 알고 있어. 그러니까 난 아니야. 그 아이 때문에라도 절대 아냐. 설사 어떤 이유

가 있었다 해도, 그런 시기에 그렇게 남들에게 피해가 될 짓은 안
해."

게이코는 그렇게 단언했다. 그리고는 입을 다물고 다카노에게서
등을 돌렸다.

5

후지모토 아키히코는 양호실로 가고 있었다.

원래부터 건강한 탓인지 아니면 잘 관리하는 탓인지, 평소에 별로
병치레도 없고 다치지도 않는 아키히코는 병원 같은 데에는 거의
가 본 적이 없었다. 아키히코에게 있어 양호실은 신체검사를 위해
가는 곳일 뿐이었다. 오른손에 감은 붕대는 그런 의미로 보면 자신과
는 전혀 어울리지 않는 것이었다. 화상을 입은 일은 유치원 때 실수로
난로를 건드렸을 때 이후로는 처음이었다. 살짝 움직인 것뿐인데 낯
선 아픔이 전해진다. 게다가 위화감이 있었다.

── 영문을 알 수 없는 일이 너무 많아.

어차피 될 대로 될 거라고 생각하는 한편, 지금 아키히코는 이유를
알 수 없는 이 사태에 대한 큰 분노에 휩싸여 있었다. 평소에 온화하다
는 말을 자주 듣는 자신이 이렇게 화가 난 건 정말 드문 일이다. 그래
도 지금 일어나는 일만은 역시 어쩔 수 없었다.

그 사람은, 미쓰루를 죽여 버린 것일까.

그렇게 주변을 마구 휘저어놓고, 이제 와서 뭐하는 짓이냐는 생각
이 든다. 그가 자살한 뒤에 자신이나 동급생들이, ──담임인 사카키

가 어떤 기분을 맛보았는지. 실제로 사카키는 세이난을 그만두려 하고, 자신들도 같은 반 친구가 자살했다는 사실에 크게 충격을 받았다.

새하얀 복도를 걸으며 아키히코는 양호실로 가는 길에 있는 벽시계를 올려다보았다. 시곗바늘은 10시 반을 가리키고 있다. 움직이기 시작한 시계. 미쓰루가 사라지고 나서 벌써 5시간 가까이 지난 셈이다. 이곳에 오고 나서 대체 얼마나 시간이 지난 것일까. 그리고 지금부터, 앞으로 얼마나 여기에 머물러야 하는 것일까.

희고 어두운 복도를 둘러보자 숨이 막힐 것 같다.

미쓰루가 사라지고 나서 움직이기 시작한 시계는 무언가를 암시하는 듯하다. 미쓰루가 없어진 일로 인해 역시 아키히코의 내면에서도 또 다른 모두의 내면에서도 무언가가 변했을 것이다. 친구 하나하나가 갑자기 눈에 보이지 않는 벽으로 스스로를 감싸고 서로를 멀리하려는 듯 보여서, 아까부터 아키히코는 소외감을 느끼고 있었다.

양호실에 도착한 아키히코는 작게 숨을 들이쉬고 문을 두드린다. 안에서 '누구?' 하는 미즈키의 응답이 돌아왔다.

"아키히코인데, 들어가도 돼? 얼음 가지러 왔어."

"아아, 응. 들어와."

양호실 안에 들어서자마자 짙은 약 냄새가 났다. 전체적으로 흰색으로 통일된 방 안에 미즈키가 혼자 앉아 있다. 책을 읽고 있었던 것 같다. 손에 들고 있던 문고본을 책상에 엎어놓고 아키히코 쪽으로 몸을 돌린다.

"어, 미즈키 혼자 있었어? 다른 여자애들이랑 같이 있지 않았어?"

"아, 다들 샤워하러 갔어. 무서우니까 셋이서 같이 간다고……. 난 안 가겠다고 했지만."

미즈키는 눈치를 살피듯 아키히코의 오른팔을 보았다.

"아키히코, 손 괜찮아? 안 아파?"

"아아, 응. 아프긴 하지만, 뭐랄까. 아픈 것도 불편한 것도 익숙해졌어. 나 적응력이 좋은가 봐."

아키히코는 미즈키를 보며 웃고는 물었다.

"미즈키, 넌 이제 괜찮아?"

"어. ……아깐 미안. 이제 괜찮아."

미즈키는 그렇게 말하며 미안한 듯이 웃고는 일어나서 양호실 냉장고를 향해 걸어갔다. 아키히코는 그런 미즈키의 옆모습을 눈으로 좇으며 양호실 소파에 앉는다. 미즈키가 냉장고를 열고 얼음이 든 그릇을 꺼냈다.

"무리도 아니야."

아키히코는 입을 열었다.

"다들 조급해하는 것도 어쩔 수 없는 일이지. 너뿐만이 아니야. 리카도 아깐 말을 걸기 힘들 정도였으니까."

"우리들한테 스가와라가 있어서 다행이야. 아까 리카도 그 애가 쫓아와 줘서 기뻤을 거야."

미즈키가 찬장 서랍에서 비닐봉지를 꺼내 얼음을 채운다. 반으로 접혀 있는 수건도 찬장에서 꺼내 얼음이 든 봉지를 능숙하게 싸서 아키히코에게 건넨다.

그것을 받아 오른팔의 환부 위에 대자 붕대 위로 느껴지는 차가움이 기분 좋았다.

"고마워, 미즈키. ……스가 말이지, 아까 멋있었지."

"응."

"스가는 혹시 리카를 좋아하는 거 아닐까?"

"응?"

미즈키가 천천히 아키히코 쪽으로 얼굴을 돌린다. 그렇게 깊이 생각하고 한 말은 아니었지만, 입 밖에 내고 보니 왠지 그 말이 정말 있을 법한 사실처럼 느껴졌다. 신기한 일이다. 이 학교에 갇히기 전에는 한 번도 그렇게 느낀 적이 없었는데. 아키히코는 무책임하게 생각한다. 미즈키는 살짝 웃고는 작게 '그래도 되나?' 하고 중얼거렸다.

"미쓰루도 리카를 좋아하잖아? 그럼 라이벌이 되는데."

"뭐 어때? 누가 누굴 좋아하든. 스가는 리카를 이해해줄 수 있을 거야."

"어째서?"

"그 두 사람 닮았으니까."

"……그럴지도."

미쓰루는 리카를 좋아한다. 지금 이런 얘기를 하고 있다고 해서, 자신이 미쓰루의 마음을 가볍게 여기고 있는 것은 절대로 아니다. 다만 어떻게 얘기하면 좋을까. 아키히코에게는 역시 사실이나 현상에 대한 감상이 묘하게 담백한 구석이 있다. 본인도 자각하고 있긴 하지만 별로 고치고 싶다고 생각하지는 않는다. 다만 가끔 그것이 자신의 결함일지도 모른다는 생각을 할 때가 있다. 사실은 어디까지나 사실로만 받아들인다. 그것이 자신의 성격이었다. 어떤 사실일지라도, 그것이 자기 자신에게 닥친 문제라는 실감은 별로 안 나고, 실제로 자신에게 닥친 일로 받아들일 수가 없다.

감정이 메말랐다는 지적을 받거나 비난받은 일도 많다. 그의 성격을 부모님이 한탄한 적도 있다. 하지만 그래서 더더욱, 가슴속에 격렬한 감정이 일었을 때, 아키히코는 다른 사람들보다 훨씬 격렬한 태도로 대치하게 된다. 지금 미쓰루의 실종에 대해 느끼는 분노도 그렇고, 상처 입은 미즈키를 감쌌을 때에도 그랬다.

미즈키는 앉아 있던 의자로 돌아가 책상에 팔을 괴고 아키히코를 올려다보았다.

"앞으로 어떻게 될 것 같아?"

"될 대로 되겠지 뭐."

아키히코는 억양 없는 목소리로 대답했다. 그렇게 대답할 수밖에 없었다.

미즈키도 아키히코의 대답을 반쯤 예상하면서도, 그 말이 듣고 싶었을 것이다. 그녀가 쓰게 웃었다.

"아키히코답구나."

"미즈키, 사실은 지금 많이 불안하지?"

갑자기 아키히코가 핵심을 찔렀다. 쓴웃음을 짓고 있던 미즈키의 표정이 얼어붙은 듯 굳었다. 아키히코는 속으로 역시 그랬군, 하고 중얼거린다. 그때 이후 아키히코는 왠지 그녀가 무리하고 있으면 그걸 알아채게 되었다.

지금도 사실은 불안해서 견딜 수 없을 것이다. 자신이 자살한 사람일지도 모른다는 생각과 함께 자신이 미쓰루를, 친구를 다치게 한건 아닌가 하는 책임감의 중압. 더욱이 그녀는 협박 같은 내용의 전화를 받았다.

"그렇게 불안하진 않아."

미즈키는 눈을 내리깔며 얼버무리듯 굳은 얼굴로 웃어 보였다. 아키히코는 '그래'라고 긍정해주고 얼음이 든 수건을 팔에 댄 채로 의자에서 일어선다.

울음을 터뜨릴 듯한 미즈키의 눈이 아키히코를 올려다본다. 아키히코는 미즈키에게 다가갔다.

"저기, 미즈키. 너무 마이너스 방향으로만 생각하거나 피해망상이 강한 사람은 스스로에게 엄청나게 엄격한 사람이래."

그렇게 말했다.

"자기가 상처를 입어도 다른 사람을 감싸며 어떻게 해서든 스스로의 내면에서 원인을 찾지. 그건 굉장한 에너지가 필요한 일이고. 그런 사람은 말이야, 실제론 아주 다정한 사람이래. 난 그런 널 좋아하는데 ——. 하지만 본인은 굉장히 괴롭겠지."

"아키히코."

아키히코는 미즈키의 머리를 가볍게 쓰다듬는다. 그리고 싱긋 웃었다.

"괜찮아 ——. 츠노다 하루코 때나 지금이나, 잘못한 건 네가 아니니까. 너는 자신이 받지 않아도 될 다른 사람의 상처까지 받고 있는 것뿐이야. 어이, 저기. 말해두겠는데 난 빈말 같은 건 못하는 사람이라고."

아키히코는 별로 심각하지 않은 목소리로 그렇게 말했다. 자신을 올려다보는 미즈키의 눈을 마주 보며 웃음을 짓는다. 미즈키도 희미하게 웃는다. 희미하긴 했지만, 무리해서 웃는다는 느낌이 없는 솔직한 표정이었다.

"응."

"다행이다."

아키히코가 안도의 한숨을 쉰 순간 양호실 문이 열렸다. 게이코와 시미즈, 그리고 리카가 샤워룸에서 돌아왔다.

"아키히코잖아."

게이코가 말한다. 젖은 머리카락에서 떨어지는 물방울을 어깨에 걸친 수건이 흡수하고 있다. 난방이 되는 양호실 바로 한 발짝 밖이라도 복도는 제법 추운지, 시미즈는 건물 안인데도 코트를 입고 있었다.

"슬슬 자둬야 하지 않겠냐면서 다카노가 걱정하더라. 남자애들이랑 여자애들 다 같이 모여서 자는 게 좋겠대."

아키히코에게 그렇게 말하며, 시미즈는 히터 옆으로 다가가 코트 깃을 세운다. 샤워 후라 아직 젖어 있는 머리카락을 쓸어 넘기고 수건으로 닦기 시작했다.

"이런 때일수록, 앞으로 얼마나 이 상태가 계속될지 모르니까 잘 수 있을 때 자 두는 게 좋아. ——이번엔 절대로 혼자 있지 않는 게 좋을 것 같아."

"응, 미안. 이제 간다."

아키히코는 얼음을 싼 수건을 손에 들고 입구로 향하다가 다시 한 번 미즈키를 바라보며 웃었다.

"미즈키, 푹 자. 시미즈가 말한 대로, 이럴 때일수록 말이야."

"응, 고마워."

미즈키가 미소 짓는 모습을 확인하고, 아키히코는 가볍게 손을 흔든다. 차가운 공기가 가득한 복도로 발을 내디뎠다.

6

눈을 떠 보니, 어느새 시간이 제법 흐른 것 같았다.

다카노 히로시는 누운 자세 그대로, 천천히 손을 베갯머리로 뻗는다. 머리 바로 위에 금속으로 된 손목시계의 차가움이 느껴졌다. 천천히 손을 뻗어 시계를 끌어내린다. 정각 5시. 미쓰루가 사라진 지 12시간이 다 되어 간다.

억지로 몸을 일으키는데 목구멍이 심하게 아팠다. 시험 삼아 숨을 한 번 내쉬어보니 무언가가 목에 걸려 있는 듯한 위화감이 든다. 이번에는 '아' 하고 소리를 내어 본다. 목소리가 완전히 쉬었다. 감기 특유의 아픔은 아니고, 아마도 히터를 계속 켜 둔 탓인 것 같다. 그렇다고 이불도 없는 이런 데서 히터를 끄고 잤다간 얼어 죽기 십상이니까, 이건 어쩔 수 없는 일이다.

다카노는 천천히 일어났다.

불 꺼진 음악실은 어두웠다. 다카노는 계속 잠들지 못하고 이리저리 뒤척였지만, 결국 자신도 모르는 사이에 잠들었던 것 같다. 의외였지만 다카노에게도 나름대로 순응력이 있다는 뜻일 게다. 얕게나마 잠이 들었던 시간은 한 시간 정도였던 것 같다. 옆을 보니 스가와라와 아키히코가 자고 있다. 규칙적인 숨소리가 들려오고 있었다.

그리고 방 안에 미쓰루가 없는 걸 보고, 다카노는 무슨 일이 있었는지 떠올렸다. 떠올리고 나니 참을 수가 없었다.

다카노는 둘을 깨우지 않도록 조심하면서 천천히 일어나 음악실을 나왔다.

상태가 안 좋은 목에 찬 공기가 들어오니 기분이 좀 나아진다. 물과 사탕이 있었으면 했다. 식당 매점에 아마 사탕이 있을 것이다.

2층에서 가장 가까운 수도로 가 수도꼭지를 비튼다. 천천히 물을 마셨다. 굉장히 차갑다. 그 차가움이 지금은 고마웠다. 수건이 없긴 했지만 과감히 세수를 하고 나니, 다카노는 그제야 겨우 사람다운 기분이 들어 깊은 한숨을 내쉬었다. 얼굴을 흔들어 물을 떨어뜨리면서 식당을 향해 계단을 내려간다.

벌써 익숙해져 버린 인적 없는 학교였지만, 그래도 자신을 제외하고는 모두 자고 있다고 생각하면, 인적이 없다는 의미가 아까와는 전혀 다르게 느껴진다. 다카노는 계단을 내려간다. 식당에 가려고 1층 복도로 나오다가 문득 발을 멈춘다.

복도 창문에 바싹 붙어 서 있는 사람이 있었다. 시미즈 아야메였다.

다카노의 발소리를 눈치챘는지, 시미즈는 곧 다카노 쪽을 돌아본다. 입 끝을 올리고 살짝 웃는다.

"시미즈, 일어나 있었어?"

"응, 깜짝 놀랐다. 다카노, 너도?"

코트 앞을 단단히 여민 채, 시미즈가 추운 듯이 또 매무새를 고친다. 학교 복도에도 난방을 해야겠군. 다카노는 그런 생각을 한다. '비상사태'를 위해서도 반드시 필요하다.

"난방이 세서 목이 갔어."

아직도 약간 갈라진 목소리라고 스스로도 생각한다. 다카노는 쓴 웃음을 지었다.

"조금 있으면 낫겠지만, 매점에 사탕을 가지러 가려고."

"괜찮아? 안 아파?"

"아냐, 괜찮아. 목소리가 흉측해질까 봐 그러지. 금방 나을 거야. 자주 이러거든."

다카노는 시미즈의 얼굴을 들여다보았다.

"시미즈는?"

"잠이 전혀 안 와서."

창가 창틀을 잡은 채 시미즈는 자신의 몸을 벽에서 뗐다.

"게이코는 소파에서 좀 잤나. 그래도 한참 동안 잠을 못 이루는 것 같더라. 지금도 눈을 감고 있을 뿐이지, 어쩌면 깨어 있는지도 모르고. 미즈키랑 리카는 커튼으로 침대가 가려져 있으니까 잘 모르 겠지만, 역시 푹 자지는 못했을 거야. 아키히코랑 스가와라는?"

"그 말을 들으니 왠지 잔 게 괴로워지는데."

다카노는 미안해졌다.

"스가와라는 물으나 마나고. 아키히코도 바로는 아니겠지만 그래 도 잠들긴 한 것 같아."

"응. 남자애들은 강하구나."

"뭐, 그렇게 되나. 멀쩡한 나까지 스가와라나 아키히코랑 같은 취 급을 하면 좀 억울한데."

다카노의 말에 시미즈가 웃었다.

"글쎄. 너도 말이지."

"멀쩡하지 않다는 거야?"

"글쎄. ……그래도 난 그게 부러워."

시미즈는 살짝 눈을 내리깔고 그렇게 말하더니 쓸쓸해 보이는 웃음 을 지었다.

"나한테는 아무것도 없으니까."

"의외네. 네가 그런 말을 하면, 난 어떻게 하면 좋을지 모르겠는데."

성적은 전교 1등을 자랑하고, 그림 실력은 전국적인 수준. 전형적인 수재인 그녀의 입에서 나온 말이 겸손이라 해도 너무 의외라서, 다카노는 진심으로 말했다. 자신이 그런 말을 하는 게 비아냥거림이 될지 아닐지, 시미즈는 알맞은 판단을 내릴 수 있는 사람일 터였다.

그러나 시미즈의 얼굴에 한 번 나타난 쓸쓸한 웃음은 사라지지 않았다. 여전히 쓸쓸한 웃음을 지은 채, 그녀는 다시 창문에 기댄다.

"여긴 말이야. 창조주의 이상이 이루어지는 장소라서, 그 사람의 소망이나 의사가 무엇보다도 위래. 그게 정신세계의 상식이라고 쓰여 있는 걸 본 적이 있어. 그게 제1의 우선순위라는 거야."

"아까도 말했었지."

"응. 그렇게 보면 여긴 내 세계인 걸까, 아닌 걸까 하고. 아까부터 잠이 안 와서 계속 생각하고 있었어. 몇 번 생각했는데, 답은 예스랑 노가 반반 정도였지만."

시미즈는 허공을 바라보며 말을 이었다.

"상황으로 보면 대답은 늘 예스야. 난 여기 있는 애들이 다 좋아. 정말로. 좋은 친구라고 생각해. 같이 있을 수 있다는 게 기쁘고 즐거워. 그래서 자살한 게 나였다면, 여기에 너희들이 갇혀 있는 것도 당연하다는 생각이 들거든. 하지만 문제가 나 자신에 대한 것이라면, 답은 노. 나는 나를 좋아하지 않아. 내가 싫어하는 나인 채로 이렇게 여기 있지. 외모도 알맹이도 내 이상과는 거리가 멀어."

"시미즈."

"그야, 자신을 미화하는 비참한 짓을 차마 하지 못한 것뿐인지도 모르겠지만. 미안, 어두운 얘기라. 이런 얘기 다른 사람한테 한 적 없었는데, 나도 좀 이상해졌나 봐."

"그렇지 않아."

다카노는 웃음으로 얼버무리려는 시미즈를 진지하게 부정했다.

"지금은 상황이 이렇잖아. 마음이 약해지는 것도 자연스러운 일이야. 무리하지 마."

"고마워."

시미즈는 조용히 말했다.

"다카노, T대 응시할 거지? 나도 그런데."

"그럴 생각이야."

"왜 T대 치는데?"

다카노는 그런 질문을 하는 시미즈의 눈을 봤다. 강한 시선이, 똑바로 자신을 향하고 있다. 그럼에도 불구하고 그 시선은, 다카노에게 어딘가 연약한 인상을 주는 눈이었다. 다카노는 대답했다.

"성적으로 봤을 때 가능성이 있는 데니까. ──가고 싶은 학부만 있으면 사실은 어떤 대학이든 상관없지만, 목표는 높을수록 좋잖아."

"그렇지."

시미즈는 고개를 끄덕인 후로는 거기에 대해 더는 코멘트를 하려고 하지 않았다.

시미즈는?

다카노는 목구멍까지 나온 말을 삼켰다.

시미즈 너는? 왜 T대 치는데?

그녀는 혹시 그림을 그리고 싶은 게 아닐까, 갑자기 그런 생각이 들었다. 사실은 자신이 좋아하는 그림을 계속하고 싶은 것은 아닐까.

그러나 그녀는 학년의 A급 장학생이다. 학교의 후원에 대한 보답. 부모의 기대. 어쩌면 그런 것들이 그녀를 옭아매고 있는 것은 아닐까. 그렇게 생각하면 시미즈와 자신은 짊어지고 있는 짐의 무게가 다르다는 것을 통감하게 된다. 아무 말도 할 수 없었다.

침묵에 책임을 느꼈는지, 고개를 숙이고 시선을 피하고 있던 시미즈가 다카노를 보며 '다카노, 너는' 하며 다시 다른 화제를 꺼냈다.

"너는 달리기 잘하지? 육상부잖아. 고등학교 진학할 때 그쪽 방면은 생각 안 해 봤어? 세이난은 진학교인만큼 아무래도 생활이 공부 중심으로 흘러가잖아? 난 운동은 젬병이라서 동경하게 되거든. 문무 겸비라는 거. 공부도 잘하고 운동도 잘하는 거 멋지잖아."

"내 실력은 별거 아니야. 고등학교 입시 때 육상으로 추천 들어온 덴 하나도 없었는데 뭐."

다카노는 쓴웃음을 짓는다.

"잘해 봤자 현 수준이야. 육상부라고 폼 잡을 수 있는 것도 여기가 세이난이기 때문이지. 다른 학교엔 나보다 빠른 애가 얼마든지 있어."

"그래도 축제, 운동회 때 말이야. 너 정말 빨랐잖아. 우리 반 계주에서 1등 했지? 그거 다 네 덕분이라고 생각해. ──넌 벌써 잊었는지도 모르겠지만. 나 그때 계속 고맙다는 말을 하고 싶었어."

"뭐가?"

무심결에 반문해놓고, 다카노는 바로 아아, 하고 깨달았다. 계주는 운동회의 마지막 경기이자 가장 메인이 되는 경기다. 의무적으로 전원 참가해야 한다.

다카노는 고개를 저었다.

"네가 별로 신경 쓸 필요는 없어. 그건 나도 처음부터 전력을 다할 생각이었으니까."

"그래도 후배 여자애한테 손 흔들었잖아."

시미즈는 부드럽게 웃었다. 그 말에 순간 다카노는 대꾸할 말을 찾을 수 없었다. 그런 다카노를 꿰뚫어본 듯, 시미즈가 덧붙였다.

"넌 참 좋은 애야. 그래서 계속 말하려고 그랬거든. 고마워, 그리고 ……미안해."

"── 진짜로, 신경 안 써도 되는데."

다카노는 무안한 듯 머리를 긁적였다.

"그럼 좋아, 꼭 말해야겠다면 사과는 빼자. 어차피 들을 거라면 고맙다는 말만 듣는 게 더 좋아. 너는 전혀 신경 쓸 필요 없는 일이거든. 원래부터 운동회 계주는 반은 놀이 같은 거고."

"응, 그럼 고마워."

시미즈는 그렇게 말하며 살짝 머리를 숙였다. 그리고는 복도의 오른쪽에 있는 식당 방향을 봤다.

"다카노, 식당에 가던 길이었지? 미안, 붙잡아서."

"아니, 별로 안 급하니까 괜찮아. 넌 괜찮아? 슬슬 돌아갈래?"

데려다 줄까. 그렇게 말하려 했으나 양호실은 코앞이었다. 괜히 시미즈를 불편하게 만들 것 같았다. 다카노의 그런 생각을 알았는지, 시미즈는 고개를 저었다.

"괜찮아. 혼자서 갈 수 있어."

"그래."

"너야말로 조심해."

"고마워."

다카노는 발을 내디뎠다. 식당으로 향하는 자신의 등을 시미즈가 눈으로 좇고 있는 것이 느껴졌다. 문득 생각한다.

세상에는 재주가 많으면 가난하다는 말이 있다. 모든 일을 어느 정도 능숙하게 해내기 때문에 오히려 뭔가 한 가지로 대성하지 못하는 걸 가리키는 말이다. 다카노는 자신이 그런 사람일지는 몰라도, 시미즈는 거기에 해당하지 않는다고 생각했다. 약간만 노력하면 뛰어난 능력을 갖출 수 있는 재능 많은 사람. 그런 사람도 세상에는 존재한다.

그리고 또한, 그 재능을 절대로 기뻐하지 못하는, 처세가 서투른 사람도 존재하는 것이라고.

7

다카노가 식당 문 너머로 사라지기를 기다려, 시미즈는 천천히 창가에서 떨어졌다. 양호실로 돌아가자, 억지로라도 한 번 더 자려고 노력하자.

그렇게 결심하고 다카노가 간 쪽과 반대편 복도를 돌아보았을 때, 시미즈는 이상한 것을 본 것 같아 눈을 가늘게 떴다. 길게 이어진 복도에 면해 있는 어떤 교실에서 빛이 새어 나오고 있었다. 문이 약간 열려 있고, 거기에서 새어 나온 빛이 복도에 길게 뻗어 있었다.

다른 교실이라면 이렇게 마음에 걸리지는 않았을 것이다. 마음에 걸린 점은 그곳이 시미즈에게 친숙한 장소, 미술실이 있는 곳이었기 때문이었다. 미술부가 활동하는 장소. 특히 콩쿠르가 가까울 때면, 시미즈는 자주 늦게까지 거기 틀어박혀 작품에 매달렸다. 자신에게는 제2의 교실이라고 해도 과언은 아니다.

누군가 자러 가기 전에 들어갔다가 문을 열어두고 나온 것일까? 하지만 누가? 아, 미쓰루를 찾아다녔을 때? 그때 누군가 들어갔나?

그런 생각을 하며 시미즈는 무의식중에 미술실로 향하고 있었다. 다카노가 없는 복도는 한층 더 춥게 느껴진다. 이런 상황에서 감기에라도 걸리면 비참하겠구나, 그런 생각을 했다.

빛이 새어 나오고 있었던 교실은 역시 미술실이었다. 시미즈는 안을 들여다보고는 안도의 한숨을 쉬었다. 아무도 없다. 당연하다면 당연한 일이다. 미술실에서는 누구의 기척도 느껴지지 않았다. 다만 한 군데, 위화감이 느껴지는 곳이 있어서 시미즈는 고개를 갸웃거렸다.

미술실 안에 들어가 그대로 교실 가운데로 걸어간다. 교실 중앙에 이젤이 놓여 있다. 그리고 거기에 시미즈가 그린 그림이 세워져 있었다. 이건 대체. 왜 이게 지금 여기에? 시미즈는 그림을 집어 들었다.

그림의 타이틀은 '자화상'. 사실은 그리고 싶지 않았는데, 동아리 과제라서 어쩔 수 없이 그린 그림이었다. 그림 속의 자신은 기분이 나쁜 듯 무표정한 얼굴로 어딘지 알 수 없는 허공을 노려보고 있다. 별로 열심히 그린 것도 아닌데 어중간하게 자신과 닮아서 마음이 불편했다. ——이 그림. 이게 어째서.

곰곰이 생각하고 있는데 갑자기 미술실 뒤쪽에서 덜컹하는 소리가 들렸다. 그 소리에 시미즈는 움찔 어깨를 떨었다. 조심조심 뒤를 돌아보니 석고상 머리가 놓여 있는 것이 보였다. 예전부터 미술실에 있던 석고상으로, 평소에는 선반 위에 놓아두는 것이다. 아무래도 그것이 균형을 잃은 듯, 석고상 얼굴이 약간 기울어져 있었다. 시미즈는 그 모습을 확인하고 안심하며 가슴을 쓸어내렸다.

그러나 안도하면서도 시미즈는 그 석고상이 왠지 기분 나쁘게 여겨졌다. 무기질적인 두 눈, 그것이 머릿속에서 오늘 본 미쓰루 마네킹의 얼굴과 서서히 겹쳐진다. 시미즈는 시선을 피하고 고개를 흔들었다. 혼자 있을 때 그런 기억은 떠올리고 싶지 않았다.

그때.

문득 그 석고상의 얼굴이 누군가와 닮았다는 생각에 시미즈의 얼굴이 경련했다. 자신이 알고 있는 얼굴과 많이 닮았다. 그리고 그것은 …….

(설마, 그럴 리가)

설마. 단순한 착각임이 틀림없다. 그것도 별 의미 없는 착각. 억지로 그렇게 결론을 내린다. 하지만 아까부터 시미즈의 가슴은 불길한 예감으로 두근거리고 있었다. 여길 나가자. 다들 있는 양호실로 가자. 식당에 가면 분명 다카노도 아직 있을 것이다.

그렇게 마음을 먹고 교실을 나가려고 했을 때, 들어온 문을 쳐다보고 시미즈의 표정이 얼어붙었다.

문이 닫혀 있었다.

안에 들어온 기억은 있지만, 그 문을 닫은 기억은 없다. 혼자가 된다는 것에 이렇게 민감해져 있는 상황인데, 자신이 굳이 문을 닫았을 리가 있을까. 내가 스스로 그런 짓을?

시미즈는 당황해서 자화상을 이젤 위에 도로 놓았다. 문까지 달려가 매달리듯 그 문손잡이를 쥐었다. 열릴 것이다. 열리지 않을 리가 없다. 금방 열려서, 시미즈는 이렇게 생각할 것이다. 난 뭣 때문에 그렇게 초조해한 거지, 하고.

그러나.

울고 싶은 심정으로, 시미즈는 소리쳤다.

"열어줘!!! 거기, 아무도……."

문은 열리지 않았다. 얼어붙은 듯이 꽉 닫혀 있다. 아무리 힘을 줘도 그것이 열리지 않는다는 것을 깨닫자, 시미즈는 양손으로 주먹을 쥐고 문을 힘껏 두드리기 시작했다.

"누구 없어요!! 다카노, 다카노, 들려!?"

대답은 없다. 하지만 정말 다카노가 못 듣는 건지, 그렇지 않으면 무언가 다른 이유가 있는 것인지 시미즈는 알 수 없었다. 더 이상 생각하고 싶지 않았다. 울고 싶은 마음으로 계속 문을 두드리던 자신의 뒤에서, 우당탕하는 엄청난 소리가 났다.

시미즈는 긴장 때문에 잘 움직이지 않는 몸을 돌렸다. 조금 전에 본 석고상이 바닥에 떨어진 듯, 산산조각이 나 있다. 그러나 그것뿐만이 아니다. 누군가를 닮은 그 석고상, 그 아래에.

시미즈는 비명을 질렀다.

누군가와 닮은 석고상. 깨어져 산산조각이 난 그 아래에, 그 '누군가'의 얼굴이 있었다. 아는 얼굴. 시미즈는 계속해서 비명을 질렀다. 뭉개진 것 같은 얼굴. 떨어져서 찌부러진 것 같은, 그 얼굴.

'뭉개진 토마토처럼',

식상한 비유가 머릿속에 떠올랐지만, 사실이 그랬다. 그렇게밖에 설명할 말이 떠오르지 않는다. 새빨간 얼굴이 반쯤 녹아떨어지려는 듯이 보인다. 이것이…….

시미즈는 눈물로 흐려진 눈으로 그것을 계속 바라보고 있었다. 그 때였다.

찌부러진 얼굴. 그 얼굴이 눈을 반짝 뜨는가 싶더니, 그 두 눈이 마치 무언가를 찾듯이 움직였다. 그 눈이 시미즈를 발견하는데 그렇게 많은 시간이 걸리지는 않았다. 시미즈를 보고 두 눈이 어딘지 기쁜 듯이 가늘어진다. 곧이어 목소리가 들려왔다.

"……생각, 났, 어……?"

더 이상 비명은 나오지 않았다. 그저 공포로 마비된 머릿속에서, 시미즈는 자신이 의식을 잃는 것을 느끼고 있었다.

8

일어나 보니 다카노가 보이지 않았다.

후지모토 아키히코는 천천히 어둠 속에서 눈에 힘을 준다. 문득 벽시계를 쳐다보니 시곗바늘은 5시 30분을 가리키고 있었다. 도저히 잠들지 못할 줄 알았는데, 제법 오랫동안 잔 것 같다. 카펫 위이긴 하지만 딱딱한 데서 잔 탓인지 몸이 쑤셨다.

상체를 일으켜 다시 실내를 둘러보니, 역시 스가와라가 자고 있을 뿐이었다. 배짱도 좋지, 쌕쌕 잘도 자고 있었다. 다카노는 역시 없다. 아키히코는 이불 대신 덮고 있던 코트를 걸치며 일어나서 눈을 살짝 비볐다.

다카노가 사라진 게 아니면 좋겠는데. 그런 생각이 들었다.

스가와라를 깨울까 하는 생각도 했으나, 이렇게 기분 좋게 자고 있는 걸 보니 망설여진다. 게다가 다카노가 바로 돌아올 가능성도 있다. 어쩌면 화장실에 갔거나 물을 마시러 나간 것뿐일지도 모른다. 다만 너무 태평한 얼굴인 게 괜히 못마땅해서, 아키히코는 스가와라의 볼을 한 번 가볍게 때려 보았다. 스가와라는 그래도 아키히코의 손을 귀찮다는 듯 대충 뿌리칠 뿐, 일어날 기색이 없다. 아키히코는 한숨을 쉬었다.

역시 다카노가 걱정된다. 결국, 아키히코는 코트를 입고 혼자 복도로 나갔다. 미쓰루가 사라진 지 얼마 되지도 않았다. 내버려 둘 순 없다. 나갈 때 시험 삼아 '다카노 찾으러 간다' 하고 스가와라를 향해 말해 보았다. 하지만 스가와라에게서는 규칙적인 숨소리만 돌아올 뿐 아무 반응이 없었다.

정말로 신경이 철사 줄이라니까, 스가. 아키히코는 어이없는 기분으로 생각했다. 이런 상황에서 잘도 저렇게 푹 잔다.

복도로 나와 우선 작은 목소리로 '다카노' 하고 불러 본다. 처음부터 기대하고 부른 건 아니었지만 역시 대답은 없었다. 제일 가까운 화장실이나 수돗가에 있을지도 모른다. 그렇게 생각하고 들여다보았지만, 어느 곳에서도 다카노의 모습은 보이지 않는다. 그럼 식당인가.

그런 생각을 하면서 1층으로 내려가려고 계단으로 나온 순간. 아키히코는 오른팔에 심한 통증을 느끼고, 붕대를 누르고 비틀거리며 벽에 기댔다.

욱신, 머릿속에 둔한 통증이 치밀어 오른다. 그리고 이어 현기증이 덮쳐왔다. 급격한 몸의 변화에 아키히코는 당혹스러워 눈을 감았다.

화상 자리를 감싼 붕대 밑으로 살을 데었을 때와 별반 다르지 않은 열이 덮쳐왔다. 팔에 통증이 되살아난다.

(어떻게……)

어떻게 된 거지. 희미해지는 의식의 끄트머리를 붙잡고 아키히코는 생각한다. 그 직후, 역시 또 갑작스럽게 눈앞이 밝아졌다. 의식이 선명히 맑아짐과 동시에 팔에서도 열이 사라진다.

아키히코는 눈꺼풀을 손으로 세게 누르고 고개를 흔들며 얼굴을 들었다. 그러자…….

"……어."

눈앞에 펼쳐진 풍경을 믿을 수 없었다.

눈이 사라지고 노을이 깔린 높은 하늘. 종잇조각이 어지럽게 흩어져 있는 복도. 떨어지기 직전인 포스터. 그리고 그 속에서 아키히코는 '히치콕 3편 동시 상영'이라는 글자를 발견했다. 손으로 레터링 한 그 문자는 눈에 익었다.

눈앞에 있는 것의 존재를 믿지 못하면서도 그쪽으로 달려가던 아키히코의 귀에 뒤쪽에서 엄청난 속도로 소리가 다가온다. 누군가 서둘러 뛰어오는 듯한 발소리. 아키히코는 눈을 부릅떴다.

설마. 설마, 그럴 리가…….

지금 이 정경은 본 기억이 있다. 축제날, 자살이 일어나기 직전, 한참 뒷정리를 할 때다. 포스터를 뜯으며 청소가 한창일 때, 창밖의 하늘은 반쯤 어두워져 있었다.

여기는…….

(침착해)

자기 자신을 타이르며, 아키히코는 이마를 짚었다. 이런 바보 같은 일이 일어날 리가 없다.

등 뒤로 다가오는 발소리가 점점 커진다. 분명히 자신을 향해 다가오는 소리. 돌아보지 못하고 있는 자신을 향해 달려오는 발소리. 그 주인이 아키히코의 어깨를 덥석 붙잡았다.

두근, 아키히코의 심장이 크게 뛰었다.

하얗게, 새하얗게 변한 의식 속에 되살아나는 자신의 목소리.

'선생님, 왜 그러세요?'

뒤를 돌아본다. 그러자 그곳에는 아는 사람이 사색이 된 얼굴로 서 있었다. 아키히코는 숨을 삼켰다.

절대로 이곳에는 있을 리 없는 얼굴이었다. 학생주임인 영어교사 도쿠다가 서 있었다. 틀림없이 그 사람이었다.

그의 고함 소리가 아키히코의 머리 위를 철썩 내리쳤다.

"잘됐다, 너도 같이 가자! 너랑 같은 반이잖아?!"

그 말에 머리를 세게 맞은 듯, 아키히코의 몸에 충격이 달린다. 생생한 현실감을 동반한 그 목소리가, 아키히코가 가진 모든 인식을 일순간에 뒤집어엎었다.

하얗게 빛나는 오른팔의 붕대. 그것만이 유일하게 아키히코의 존재와 '이곳'의 경계선 역할을 하고 있다. 그때와 똑같았다.

멍하니 서 있는 아키히코를 내팽개치고 도쿠다가 달려갔다. 무언가 눈에 보이지 않는 힘에 끌려가듯, 아키히코는 그의 말을 거부할 수 없었다. 그때하고 똑같다.

열에 들뜬 듯 머릿속에서, 목에서 두근두근 심장 뛰는 소리가 들린다. 아키히코는 헐떡이며 도쿠다의 등을 좇아 계단을 뛰어오른다.

3층 위로도 계단이 이어져 있었다. 조금 전까지는 없었던 4층, 5층으로 통하는 계단. 무슨 의무처럼 아키히코는 열심히 계단을 뛰어 올라간다. 발을 멈출 수 없었다.

그리고 옥상 앞 층계참에 도달했을 때, 도쿠다는 아키히코의 앞에서 난폭하게 옥상 문을 열어젖혔다.

문밖에서 쏟아져 들어와 자신을 비추는 밝은 빛. 순간 눈앞이 깜깜해질 정도의 통증이 아키히코의 두 눈을 덮친다. 그리고 아키히코는 도쿠다가 필사적으로 외치는 어떤 이름을 들었다.

"…………!!!"

아키히코는 그 목소리에 깜짝 놀라 눈을 크게 떴다. 당장은 믿을 수가 없었다.

사라져가는 하얀 빛. 눈이 익숙해진 듯 서서히 또렷해지는 옥상 콘크리트의 색깔, 하늘의 빛깔.

울타리 너머에서 교복을 입은 뒷모습이 불안정하게 흔들리고 있다. 그 모습을 아키히코는 보았다. 바람에 거듭 흔들리는 그 뒷모습. 뒤로 돌린 손이 아슬아슬하게 울타리의 망을 붙잡고 있다. 이 광경은 본 적이 있었다.

귀와 눈이 확실한 현실감을 느끼고 있다. 그렇지만 아키히코는 너무 놀라서 당장은 그것을 믿을 수 없었다.

어째서.

울타리 너머의 뒷모습이 천천히 아키히코를 돌아본다. 그 두 눈이, 마치 노려보듯 날카롭게 아키히코를 주시했다. 기억 속에 남아 있던 자살한 학생의 시선과 지금 눈앞에 있는 그 시선이 딱 소리라도 내듯 일치된다.

그때처럼 아키히코를 향해 오지 말라고 말하지는 않았다. 대신 너

무나 차가운, 바닥이 보이지 않는 목소리가 옥상의 공기를 흔드는
것이 들려왔다.

"생각났어?"

눈앞의 끔찍한 농담에 입을 누른 것까지는 기억하고 있다. 그 뒤에
는 말도 나오지 않았다.

제8장
유리 숲

1

"좋은 시설과 훌륭한 선생님들. 앞으로 날마다 보내야 할 고등학교 생활을 이런 환경에서 시작하게 된 것이 저는 매우 자랑스럽고 기쁩니다. 오늘 저희 신입생들을 위해 이렇게 멋진 기념식을 열어주신 것에 감사드립니다. 세이난 고등학교의 학생으로서 자각을 잃지 않고, 저희들은 각자 새로운 자신의 이상을 향하여 내일부터 열심히 생활할 것을 맹세합니다. ……20XX년 4월 9일. 신입생 대표, 시미즈 아야메."

시미즈 아야메가 인사를 마치고 고개를 숙였을 때, 체육관 안에 있던 전원으로부터 일제히 박수가 쏟아졌다. 시미즈는 그 환호에 다시 한 번 머리를 숙이고는 한 발 물러서서 단상에서 내려왔다.

입학식, 신입생 대표의 인사.

어느 고등학교나 다 똑같겠지만, 그 역할은 대체로 그 학년의 특별 장학생, 즉 수석으로 입학한 학생이 맡게 된다. 세이난에 입학이 결정된 후, 시미즈에게도 바로 연락이 왔다. 거절할 이유는 없었다.

인사를 마친 시미즈는 홀가분한 기분으로 자리에 돌아간다. 가까이 앉아 있던 다른 신입생들 중 몇 명인가가 조심스럽게 자신을 훔쳐보는 시선이 느껴졌다.

'이 애가 수석이야? 학비 면제 특별장학생?' 이라고, 그 눈이 말한다. 호기심에 가득 찬 시선들을 가볍게 피하면서, 시미즈는 태연한 얼굴로 앞을 보았다. 신입생 대표의 인사는 대개 식의 끝 부분에 이루어져서, 지금 하고 있는 내빈 인사가 끝나면 곧 해산일 것이다. 어머니와 식사를 하면서 함께 입학을 축하하기로 약속이 되어 있다.

"⋯⋯그럼, 이상으로 20XX년도 세이난 고등학교 입학식을 마칩니다. 또한, 신입생은 지금부터 반별로 기념 촬영이 있겠습니다. 체육관 입구에서 촬영할 예정이오니, 호명하는 순서대로 반별로 이동해 주십시오."

사회자의 말이 끝나자 시미즈는 일어선다. 웅성웅성 식장이 시끄러워지는 와중에도 왠지 주위의 시선이 자신을 향하고 있는 것 같아, 시미즈는 의식적으로 무관심을 가장하며 어머니의 모습만을 찾았다. 잘못하다간 자신을 보고 있는 누군가와 눈이 마주쳐서 어색해질 것 같아 시미즈는 한시라도 빨리 이곳에서 벗어나고 싶었다.

(그냥 특별장학생인 거 말고는 다른 애들이랑 다를 거 아무것도 없는데)

솔직히 이렇게 주목을 받을 거라고는 생각하지 않았다. 세이난은 현에서 제일가는 명문이니, 다른 학생들의 실력도 자신과 별 차이는 없을 것이라고, 시미즈는 그렇게 생각하고 있었다. 아니면 다들 라이벌 의식이 강한 것일까. 내가 신경 쓰이는 것일까.

"아야메, 인사 잘하더라──."

어머니가 먼저 딸을 발견하고는 다가온다. 어머니는 주름이 눈에 띄기 시작한 얼굴을 더욱 주름투성이로 만들면서 활짝 웃고 있었다. 시미즈 앞에서 '진짜로 말이야——'라며 말을 이었다.

"사립학교에 간다기에 어떤 덴가 했더니, 여기 좋구나. 작년에 건물 새로 지었다며? 건물 너무 좋다. 엄마가 조금만 젊었어도 너 대신 다니고 싶을 정도야."

"조금만이라니 너무 뻔뻔스러운 거 아냐? 몇 살이나 젊어지려고?"

시미즈는 쓴웃음을 지으며 말한다. 인사 원고가 적힌 종이를 '들어 줘'라며 어머니한테 건넸다.

"사진 촬영 가려고?"

"응, 가 봐야지. 엄만 어떡할래? 저기서 기다릴래?"

"그러지 뭐."

어머니는 말하면서 사람이 붐비는 실내를 둘러본다. 갑자기 그 시선이 어딘가 한 군데에 멈추나 싶더니, 그녀는 그쪽을 향해 머리를 숙였다. 시미즈도 어머니의 행동에 고개를 든다. 그녀의 시선을 따라가 보니 거기에는 어머니와 동년배인 듯한 고상한 여성이 서 있었다. 그리고 그 옆에 안경을 쓴 키 큰 쓴 남학생이 보인다.

"누구야? 아는 사람?"

시미즈가 묻는다. 둘 다 모르는 얼굴이었다. 계속 쳐다보다가 시미즈는 서 있던 남학생과 눈이 마주쳐 버렸다. 그는 가볍게 미소를 짓고 시미즈에게 살짝 고개를 숙인다. 당황해서 시미즈도 따라 했다.

"아까 옆자리에 앉았어."

어머니가 대답했다.

"네가 인사하고 있을 때, 저 아이가 우리 딸이라고 했더니."

"그런 말 뭐 하러 해……."

"어머, 왜? 그래도 있잖아, 그랬더니 저 어머님이 우리 아들은 B급 장학생이에요, 그러시더라. 사립학교인데 입학금만 면제되어도 그게 어디예요, 라고 그랬어. 그리고 또, 같은 중학교에서 들어왔다는 여학생 어머님이 같이 있었는데……, 아아, 저기저기. 저 애 어머님도, 앞으로 잘 부탁한다고 그러시더라. 아, 물론 네 얘기도 해 놨어. 친해지면 좋겠구나——."

어머니가 가리키는 방향을 보니, 거기에는 몸집이 작은 소녀와 그 어머니로 보이는 여성이 있었다. 이번에는 아까처럼 눈이 마주치지는 않았다. 그들은 무언가 얘기를 하며 웃고 있었는데 문득 소녀가 아까 그 남학생을 보고는 다가가더니 '다카노' 하고 불렀다. 그걸 보고 있는 시미즈에게 어머니가 웃으며 말했다.

"중학교에서 같이 올라온 친구가 있으니 좋구나. 너희 학교에서 세이난에 온 건 너 혼자뿐이지? 얼른 친구가 생겨야 할 텐데."

"괜찮아. 금방 생길 거야."

그때 사회를 맡았던 교사의 목소리가 등 뒤에서 울렸다.

"1학년 2반 여러분, 사진 촬영이 있으니 이동해 주십시오."

"아, 너 2반이지? 얼른 가 봐."

"네, 네. 그럼 엄만 여기 있어. 갔다 올 테니까."

사진 촬영.

아무 생각 없이 나갔지만, 거기서 벌써 시미즈는 깨닫고 말았다.

반 애들이 아무도 자신에게 먼저 말을 걸지 않는 것, 자신의 뒤에서는 이미 서로 인사를 나누고 친해진 듯한 여자애들이 얘기를 하고 있는 것.

(뭐, 처음에만 그렇겠지)

시미즈는 깊이 생각하지 않기로 했다. 분명 대표로 인사를 했다. 동시에 자신이 특별장학생이라는 것을 밝힌 꼴이 된다. 그렇다, 조금 전에 그런 일이 있었으니까 어쩔 수 없는 일이다. 다들 내가 공부밖에 모르는 재미없는 애라고, 그렇게 생각하는 건지도 모른다. 그래서 말 걸기 어려워하는 것뿐이다.

시미즈는 첫해의 4월과 5월을 그렇게 생각하면서 매일을 보냈다. 그와 동시에 중학교 때처럼 되지 않기를 마음 한구석에서 계속 빌었다. '공부를 잘하니까'라는 이유로 무엇에서나 특별 취급을 받았던 중학교 시절. 절대로 그런 일이 반복되지는 않을 것이다.

여기는, 세이난이니까.

(여기는……)

지금 자신이 어디에 있는지 시미즈는 처음엔 알 수 없었다. 눈앞에는 자신이 2년 전에 동아리 과제로 그린 자화상이 있다. 굳은 표정을 짓고 있는 자신의 얼굴. 대체 여기는 어디일까. 몸은 마비된 듯 힘이 들어가지 않았다.

불쑥 자화상 앞에 누군가가 나타난다. 교복을 입은 소녀가 굳은 표정으로 캔버스 앞에 앉아 있다.

(저것은, 나)

저것은, 시미즈 아야메다. 입술을 꼭 다물고 캔버스 위에서 붓을 움직이고 있다.

자화상. 마음이 무거웠던 과제.

"단순히 자화상을 그리는 게 아니라······."

미술부 고문인 아오키 선생님이 말했다.

"자신을 표현한다는 관점에서 해석을 덧붙여 그리면 어떨까. 예를 들어 배경 색으로 자신을 표현해 봐도 좋고, 자신이 무엇을 할 때 가장 생동감이 있는지 생각하고 그걸 그려 봐도 좋아. 그런 걸 생각하면서 그리면 꽤 괜찮을 것 같은데."

자화상이라는, 별로 내키지 않는 과제를 내면서 그녀는 그렇게 덧붙였다. 미술부 부원들은 서로 얼굴을 마주 보며, 각자 자신의 안에 있는 본인의 이미지를 생각하며 확인하는 듯 보인다. 꽃을 뒤에 놓으면 어떨까, 그럼 나는 해바라기로 할래. 그런 소리가 들려온다.

배경으로 자신을 표현해 보자. 꽃을 뒤에 그리거나, 예쁜 색을 칠하거나. 자신의 내면을 그림으로 표현해 보자. 자신이 가장 생동감 있게 보일 때는 언제?

시미즈의 초상화.

빨리, 그저 빨리 과제를 끝내고 싶은 마음 하나로 시미즈가 완성한 그림을 보고, 아오키는 희미하게 눈썹을 찌푸렸다. 의외라는 표정이었다.

그저 무난하게 대충 비슷하게 그려진 자신의 얼굴에, 배경은 흰색. 색을 칠하지 않은 것은 아니다. 그 부분은 명암을 표현하기 위해, 신중하게 흰색 물감을 칠했다.

"이걸로 너의 어떤 면을 표현하고 싶었니?"

아오키는 그렇게 물었다.

"이 안에 널 어떤 식으로 표현한 거야?"

"흰색입니다. 새하얀 거요."

억지웃음을 지으면서 시미즈가 대답한다.

"저는 아직 발전하는 중이니까. 그런 이미지를 표현하기 위해서는 어떻게 하면 될지를 생각하다가 흰색을 칠했습니다."

"……그래."

아오키는 무언가를 더 말하고 싶은 듯 보였지만, 결국 더 이상 아무 말도 하지 않았다. 자화상에 나타난 굳은 표정의 의미도, 그 얼굴의 눈이 초점이 맞지 않는 것도 그 외의 모든 것도. 다른 학생들에게라면 뭔가 말했을까. 시미즈가 여러 콩쿠르에서 상을 받은 것이나 평소의 그림 성적을 생각하고 함부로 평가를 하지 않은 것일까.

시미즈는 자신이 그린 자화상으로부터 도망치듯이 눈을 내리깔았다.

자신은 거짓말을 하고 있다. 아오키에게가 아니다. 이 그림에게다. 자신 안의 이미지라니, 그런 건 사실 이 그림에는 없다. 갑자기 울고 싶어져서 시미즈는 주변을 둘러보았다.

해바라기를 배경으로 웃는 얼굴의 자신을 중앙에 놓은 초상화. 피아노에 몰입한 자신을 그린 자화상. 화려한 핑크색 바탕에 어린 시절의 자신이 예쁜 옷을 입고 부모와 걷고 있는 그림. 후배와 동기들의 작품이다.

시미즈는 자신의 내면에 있는 자신의 이미지와 대면할 용기가 없었다.

만약 여기에 진짜 자신의 이미지를 그렸다면, 과연 아오키는 뭐라고 말했을까.

2

"시미즈, 네 그림 봤어."

입학식에서 한 번 눈이 마주쳤을 뿐 그 후로 아무런 접촉도 없었던 다카노 히로시와 처음으로 이야기를 나눈 것은 2학기가 반이나 지났을 무렵이었다. 운동회 준비로 정신없는 복도에서였다.

계기가 무엇이었는지는 솔직히 기억나지 않는다. 주위의 추천 때문에 어쩌다 보니 어영부영 학급위원을 맡게 된 시미즈, 마찬가지로 위원 일을 하고 있던 다카노. 직접 얘기를 나눈 적은 없었지만 같은 학교에 명물교사 사촌 형을 둔 그의 얼굴은 알고 있었다.

"아, 그러고 보니까 같이 학생회에서 일하고 있는데, 얘기하는 거 처음인가? 미안, 시미즈는 유명하니까 내 쪽에서만 아는 건지도. 나, 4반의 다카노라고 해."

눈을 동그랗게 뜨고 있는 시미즈 앞에서, 다카노는 얼버무리듯 머리를 긁적였다. 아무래도 자신이 초면에 너무 스스럼없이 말을 건 것은 아닌지 반성하는 듯 보였다. 그러나 곧 안경 속에서 소탈해 보이는 눈에 웃음을 띠며, 시미즈를 불러 세운 복도 바로 앞에 있는 교무실 벽을 가리켰다.

"저거, 진짜 굉장하더라. 나랑 동갑인데 이렇게 잘 그리는 사람이 있다는 게 감동이었어. 그런데 마침 거기에 시미즈가 오는 게 보여서, 나도 모르게 그만 말을 걸었네."

가리킨 곳을 보니 교무실 앞에는 시미즈가 여름방학 중에 그린 그림이 걸려 있었다. 전국 콩쿠르에서 은상을 받은 지 얼마 되지 않은 그림이었다.

"아아, 저거. ……그렇게 대단한 것도 아닌데."

어디까지가 겸손이고, 어디부터가 비아냥거림일까. 시미즈는 가능한 한 신경을 써서 말을 고른다. 시미즈한테 자발적으로 말을 거는 사람은 드물었다. 약간 당황하면서, 시미즈는 다카노를 올려다본다. 사촌이라는 7반 담임과 똑 닮았다.

"다카노라면 B급 장학생 다카노?"

이미 알고 있었지만, 화제가 별로 없던 시미즈가 그렇게 물었다. 다카노는 '맞아' 하며 고개를 끄덕인다. 당당한 태도였다.

"나랑 우리 반 스와 유지가 B급. A급은 시미즈 너뿐이고, B급이 두 명이래."

"헤에, 그렇구나."

"시미즈, 요전 Y학원 모의고사 전국 랭킹에 들었지?"

다카노는 미소 지었다. 비꼬는 데라곤 없는 말투였다.

"굉장하다. 거기 들면 뭐 주던가?"

"아, 전화카드 받았어. ——쩨쩨하게. 좀 더 비싼 걸로 주지."

"흐응. 그렇구나, 전화카드라. 그럼 난 전화카드를 목표로 공부나 해 볼까."

"하나만 물어봐도 돼?"

시미즈가 묻자, 다카노는 밝게 '뭔데?' 하고 고개를 갸웃거린다. 그에 대해 궁금하던 게 하나 있었다.

"너 수학 잘해?"

다카노는 그 질문의 의미를 알아챈 것 같았다. 쓰고 있던 안경을 밀어 올리며 고개를 끄덕였다.

"잘하지. 주요 과목 중에서는 아마 제일 나을걸."

"흐응. 그렇구나."

"시미즈, 다음에 기회가 있으면 다른 그림도 보여줘."

다카노는 교무실 앞에 있는 시미즈의 그림 쪽을 다시 한 번 바라보며 말했다.

"나, 그림은 잘 모르지만, 진짜 근사하다고 생각했어. 빈말 아니야. 우리 친구 할래?"

다카노는 그렇게 말하더니 사촌 형과 똑같이 생긴 얼굴로 또다시 빙긋 웃었다.

그날, 시미즈는 집에 돌아와 과거 세 번 있었던 모의고사 성적표를 책상 서랍에서 꺼내 펼쳤다. 주요 3교과의 종합 등수, 전교 1등. 국어 1등. 영어 1등.

그리고 수학이 2등. 과거 3회 모의고사가 전부 같은 결과였다.

오늘 복도에서 얘기를 나눈 다카노 히로시의 얼굴을 떠올리고, 시미즈는 왠지 이해가 됐다. 그렇구나.

그가 칭찬한 교무실 앞의 그림을 떠올린다. 생각하자니 창피해졌다. 입학하고 나서 이따금 자신을 집어삼키던 어두운 생각이 오늘도 고개를 드는 것을 느낀다. 무엇 때문에 자신은 미술부에 들어갔을까. 왜 그림을 계속 그리고 있을까. 생각하면 모든 게 싫어진다. 지금까지 몇 번이나 반복된 그런 생각이, 오늘도 빙빙 돌기 시작한다.

재능, 천재. 천재의 재능.

천재는 어떤 사람이냐고 묻는다면, 시미즈는 단 한 가지만은 확실히 대답할 수 있다. 자신은 천재가 아니라는 것이다. 학교 성적은 나쁘지 않다. 그림을 잘 못 그린다, 인정받지 못한다며 사실과 다른 뻔한 겸양을 할 생각도 없다. 다만 그것은 자신이 얼버무리기에 능숙한 전형적인 수재이기 때문에 그런 것이다. A급 장학생. 미술부에 속해 있고 성적도 좋다. 그것 전부가 자신의 노력에 대한 결과라는 것을 느끼고 있다.

'시미즈는 머리가 좋구나. 천재란 시미즈 같은 애를 말하는 거야.'

중학교 때, 반 애들이 자주 하던 말이었다.

전형적인 수재. 시미즈는 그것 때문에 몇 번이나 불쾌한 기분을 겪어 왔다. 자신이 만들어진 천재라는 사실에 어쩔 수 없는 찜찜함을 느낀다. 그런데도 한편으론 자신 안에 어설픈 프라이드가 생겨나 버렸다. 그 모순도 시미즈의 머리를 아프게 했다.

요령 있게 노력하면 웬만한 일은 잘할 수 있었다. 하지만 그것은 '진짜'가 하는 일은 절대 아니다. 시미즈는 어렸을 때부터 그런 일만 반복해왔다.

그저 자신을 지키고 싶었다. 그뿐이었다고 시미즈는 생각한다.

몇 년 전, 중고등학교에서 '집단 괴롭힘'이 상당히 문제가 되었던 시기가 있었다. 그것 때문에 계속 자살하는 사람이 생겨 텔레비전에서는 어른들이 어떻게 해서든 그 배경을 밝혀내겠다고 열심이었던 시기다.

당시 중학생이었던 시미즈의 반에도 괴롭힘을 당하는 여자애가 있었다.

'못난이 주제에', '잘하는 거 하나 없는 주제에', '그런데 쟤, 꼴에 옆 반 남자애를 좋아한다더라'.

직접 들은 것은 아니지만, 남자애들이 큰 소리로 그렇게 얘기한다는 사실을 시미즈는 알고 있었다. 그것을 어딘가 먼 세계의 일처럼 느끼며, 계속해서 괴롭힘을 당하는 여자애를 생각했다.

어디서나 볼 수 있는 평범한 아이. 그런 인상밖에 없다. 굳이 '못난이'라고 콕 집어 말할 만큼 못생겼다는 생각도 안 들었고, '잘하는 거 하나 없는' 것처럼 보이는 점이 그녀를 부당하게 취급할 정당한 이유라고 생각하지도 않았다. 익명의 목소리가 그녀를 깔보는 것을 들으면서, 시미즈는 그 말이 왠지 모르게 자신을 향한 것처럼 느껴졌다. 불안해져서, 그런 말을 들은 후에 일부러 남자애들에게 말을 걸어본 적도 있다. 시미즈가 말을 걸면, 그들은 욕을 하던 때와는 전혀 다른, 아무것도 모른다는 얼굴로 미소를 지으며 돌아보는 것이었다.

'왜? 시미즈.'

그런 그들의 모습을 볼 때마다, 시미즈는 안심하며 가슴을 쓸어내렸다. 괴롭힘의 대상이 자신이 아니라는 것을 확인함과 동시에 자신이 다른 애들보다 한 단계 위에 있다는 것을 깨닫는 순간이었다.

교실 뒤에서 어깨를 움츠리고 그런 악담을 듣고 있는 그녀. 그녀와 자신의 차이는 단 하나뿐이라는 것을 시미즈는 알고 있었다.

성적이 시미즈 아야메를 지켜주고 있다. 딱히 논리를 갖다 붙이지 않고도, 시미즈는 언제부터인가 스스로도 그것을 확실히 자각하게 되었다.

'시미즈, 그림 봤어.'

살짝 감은 눈꺼풀 안쪽에서 다카노 히로시의 얼굴이 웃고 있었다.
'너는 그림을 잘 그리는구나.'

자신은 왜 그림을 그리고 있는 것일까? 그림을 그리는 게 좋아진
것은 언제였을까. 아니, 아니다. 그림을 그리는 것이 의무가 된 것은
도대체 언제였을까.

원래부터 시미즈는 그림을 잘 그렸다. 초등학생 때부터 몇몇 대회
에서 상을 탔고, 칭찬을 받았다. '공부를 잘하는' 데다 '그림을 잘
그린다'는 것을 주위가 인정하기 시작했다.

시미즈에게 묘한 프라이드가 생겨난 것은 언제부터였을까. 문득
정신이 들고 보니 시미즈는 '자신에게 아무것도 없는' 것을 필요 이상
으로 무서워하게 되어 있었다. 국립도 사립도 아니었던 시미즈의 중
학교에서는 자연스럽게 동아리 활동이 활발했다. 야구에 농구, 육상
에 궁도, 수영에 축구.

같은 나이인 급우들의 활약을 볼 때마다 시미즈는 묘하게 초조한
기분이 들었다. 재능 있는 '진짜'가 눈부셔서 견딜 수가 없었다. 그들
을 볼 때 그들은 그들, 자신은 자신이라고 딱 구분을 지어 생각할
수가 없다. 아마도 시미즈 아야메는 지기 싫어하는 성격이었나 보다.
자신보다 압도적으로 '잘하는' 사람의 존재에 초조해질 뿐이었다.

그래서 도망치고 싶었다. '그림에 재능이 있다'는 환상과 '나한테
는 그림이 있다'는 형편 좋은 변명과도 같은 생각 속으로. 특별히
재능이 있는 것도 아니면서 그림을 계속 그리는 이유는, 공부를 열심
히 하는 이유와 다르지 않았다. 그림을 그리는 일이 즐겁지 않은 건
아니다. 하지만 시미즈의 눈에 그것은 자신 안의 '가짜'를 감추기 위

한 행위로밖에 보이지 않았다. 자신에게 사실은 아무것도 없다는 것, 자신이 '진짜'가 아니라는 것을 필사적으로 감추고 있다는 생각밖에 들지 않았다. 시미즈는 자신이 구제불능의 완벽주의자라고 생각했다.

'그럼 계속 그리고 싶으면 미대 가도 괜찮아.'

태평한 목소리로 어머니가 말한다. 원래부터 자식의 성적에는 별로 집착하지 않는, 그다지 그런 것에 연연하지 않는 부모님이었다. '네가 하고 싶은 걸 하는 게 좋은 거니까. 선생님도 세이난에서 그런 예가 생기면, 다음부터는 미대 지망 신입생도 확보할 수 있을지 모른다고 그러셨다면서. 어떻게 할래?'

시미즈는 왜 T대에 응시하는 걸까. T대건 미대건 아무 데나 상관없다. 그저 미대에 가면 자신은 더 이상 물러설 곳이 없어진다. 그런 생각만 강하게 들었다.

세상에 자신보다 성적이 좋은 사람은 차고 넘칠 만큼 많다. 그림도 마찬가지다. 자신에게는 그림에 모든 것을 걸 각오도 결의도 없다는 것을 시미즈는 잘 알고 있었다. 그림은 즐기면서 그려야 한다고 말했던 사람은 중학교 때의 미술 선생님이었던가. 잘 그리고 못 그리고를 떠나서 즐기는 것이 중요하다고.

정말로 그렇다고, 시미즈는 생각한다. 아무리 잘 그려도, 주위 사람들이 아무리 칭찬해도, 자신이 즐겁지 않으면 의미가 없는 것이다.

시미즈는 스포츠가 전반적으로 서툴렀기 때문에 운동신경이 좋은 아이들이 그저 부러웠던 건지도 모른다. 운동회에서 활약하는 애들은 인기가 많았다. 그런 그들이 시미즈를 '천재'라고 칭찬하는 말을 들으면 귀를 막고 싶어진다. 부끄러웠다.

친구라고 부를 만한 사람이 자신에게는 없다. 그림을 그리면서 성적을 유지한다고 해도, 그 그림조차 '진짜'가 아닌 것이다. 자신은 불량품이었다.

그래서 더욱, 시미즈는 '진짜'를 만나고 싶었다. 자신과는 다른, 그러나 자신과 같은 길 위에 서 있는 진정한 '진짜'.

시미즈는 늘 그것을 찾고 있었다.

3

붉은 바통이 손에서 빠져나가는 순간, 시미즈는 자신의 발이 허무하게 허공을 차는 것을 느꼈다.

지면이 스펀지처럼 부드럽다고 생각했던 것이 기억에 남아 있다. 트랙에 그려진 석회가루의 하얀 선 위로 팔이 떨어진다. 모든 것은 순식간의 일이었다.

지면에 한쪽 볼을 댄 채, 시미즈는 자신의 팔과 무릎이 통증에 비명을 지르는 것을 들었다. 넘어진 순간에는 넘어졌다는 실감은 나지 않았다. 믿을 수 없는 기분으로 시미즈는 일어선다. 일어서자 무릎이 욱신거렸다.

초조하게 둘러보니 구석으로 굴러가는 빨간 바통이 보였다. 뒤돌아보니 자신 옆을 다른 반 학생들이 단숨에 추월하고 있었다.

어떻게 하지. 어떻게 하지, 어떻게 하지, 어떻게 하지, 어떻게 하지 어떻게…….

다리를 절룩이며 굴러간 바통까지 달려가, 시미즈는 우울한 기분으로 그것을 주웠다. 초조해서 그런지 손가락이 잘 움직이지 않는다. 바통을 주워 올릴 때 손톱 사이에 모래가 끼었다.

조금 전까지 시미즈네 반은 1등이었다.

전원 참가 릴레이. 시미즈네 반에서는 달리는 순서를 잘 생각해서 균형 있게 짰다. 남자는 기록이 느린 순서대로, 여자는 빠른 순서대로. 그리고 남자 여자, 교대로 바통을 받아 달리게 되어 있었다. 여자 중에서 시미즈는 제일 느리다. 그리고 남자 중에서 제일 빠른 사람이 다카노였다.

조금 전까지 1등이었던 자기 반. 자신이 마지막 주자인 다카노에게 바통을 전달하기만 하면, 그걸로 우승은 따 놓은 당상이었다. 그런데.

시미즈는 달리면서 자신을 제치고 나간 사람 수를 세어 본다. 4명이었다. 지금 반 순위를 5등으로 만든 것은 자신의 책임이다. 눈꺼풀 안쪽에서 시미즈의 성적에 늘 질렸다는 눈빛을 보내는 반 아이들의 얼굴이 몇몇 떠오른다. 그리고 운동회를 열성적으로 기다리던 지기 싫어하는 여자아이의 얼굴이 떠오르고, 시미즈와 별로 사이가 좋지 않던 여자아이의 얼굴도 떠올랐다 사라졌다. 그들의 비난하는 목소리는 환청일까, 현실일까. 구분이 되지 않는다.

입술을 깨물면서 시미즈는 바통을 고쳐 든다. 눈앞에 바통을 기다리는 다카노 히로시의 얼굴이 보였다. 아픔을 호소하는 팔과 무릎.

"다카노……!!!"

그때 어떻게 그런 목소리를 낼 수 있었는지, 시미즈는 알 수 없었다. 자신은 어떤 표정을 짓고 있었을까.

"부탁이야, 달려!!"

다카노는 진지한 얼굴로 서 있었다. 뒤로 내민 오른손으로, 시미즈의 손에서 빨간 바통을 받아든다. 울음을 터뜨릴 듯 일그러진 시미즈의 얼굴을 본 후에도, 그는 진지한 눈빛을 꺾지 않는다. 오히려 차갑게 보이기까지 하는 그 곧은 눈이 시미즈에게서 떨어져 나갔다. 깨끗한 폼으로 바통을 왼손으로 바꿔 쥔다.

뛰어 나가면서 그는 단 한 마디를 시미즈에게 남겼다.

"맡겨둬."

출발한 다카노의 등을 보고, 시미즈는 어깨를 떨며 그 자리에 주저앉았다. 트랙 한 바퀴의 거리. 1등과 다카노의 차이가 어느 정도인지 시미즈는 보고 싶지 않았다. 그리고 그 이상으로, 같은 반 아이들이 달리는 다카노를 지금 어떤 얼굴로 보고 있는지, 자신을 어떤 얼굴로 보고 있는지를 볼 용기가 없었다.

미술실 안은 어둡다. 그저, 어두울 뿐이었다.

산산이 부서진 석고상 아래, 파편과 붉은 피 웅덩이 같은 것이 남아 있다. 조금 전까지 있는 줄 알았던 머리는 이미 그곳엔 없었다.

망연히 그것을 내려다보다가, 시미즈는 천천히 떨리는 손으로 석고상 조각 하나를 손에 들었다. 흰 파편에는 붉은 얼룩이 져 있었다.

여기는 대체 어디일까. 붉은 얼룩을 만지자, 시미즈의 손가락에 불쾌한 감촉이 전해져 왔다. 이것은 피다, 그런 생각이 들었다. 그럼 조금 전에 본 그 머리. 그것은 진짜였다는 소리다. 하지만 어째서? 어째서, 그 머리의 얼굴은…….

(생각, 났, 어?)

소름 끼치는 목소리가 귀에 되살아난다. 말도 안 된다. 자신은 정말로 잊고 있는 것일까?

시미즈는 문득 미술실 문을 돌아보았다. 거기에는 하얀 벽이 있었다. 조금 전까지 거기 존재했던 문은 사라지고 없었다. 그저 무표정하게 시미즈를 가로막을 뿐이다. 이 좁은 교실 안에 갇힌 자신은 어디로도 갈 수가 없다.

그날, 옥상에서 뛰어내려 자살한 사람은⋯⋯.

4

2학년이 되어, 시미즈는 다카노, 미즈키와 같은 반이 되었다.

담임은 사카키. 주위의 추천으로 시미즈는 이 반에서도 부반장을 맡게 되었고, 아키히코나 게이코와도 알게 되었다. 츠노다 하루코와 미즈키 사이에 있었던 부조리한 싸움 탓도 있고 해서, 시미즈는 그들과 급속도로 가까워졌다.

자신에게 처음으로 생긴 친구라는 존재에 시미즈가 들뜨지 않았다고 하면 거짓말이 될 것이다. 시미즈가 특별장학생이라는 것도 그림을 그리는 것도, 그들과의 사귐에서는 아무 문제가 되지 않는 것 같았다. 담임인 사카키도 지금까지의 담임들과는 달리 자신에게 필요 이상의 기대나 부담을 주지도 않는다. 2반은 시미즈에게 있어서 참으로 안락한 곳이었다.

그리고 3학년이 된 어느 날, 시미즈는 HR시간에 받은 모의고사 성적표를 보고 깜짝 놀라게 된다.

주요 다섯 과목 종합 점수, 전교 1등. 국어, 영어, 생물, 역사 교과별

석차, 역시 1등.

그리고 수학이 전교 1등이었다. 처음 있는 일이었다.

그날, 시미즈는 모의고사 성적표를 받아들고는 순간적으로 교실 안에서 다카노의 모습을 찾았다.

다카노는 다른 학생들처럼 자리에 앉아 모의고사 성적표를 보고 있었다. 시미즈의 시선을 눈치채는 기색도 없이, 잠시 종이를 바라본 후 그것을 반으로 접어 가방에 넣었다. 시미즈는 서둘러 다카노로부터 시선을 거뒀다. 정체 모를 죄책감과 등을 덮쳐 오는 오한과도 같은 불안이 계속해서 시미즈를 괴롭혔다.

지금 다카노는 무슨 생각을 하고 있을까.

(다카노는 수학 잘해?)

(잘하지. 주요 과목 중에서는 아마 제일 나을걸.)

시미즈는 입학한 지 얼마 지나지 않았던 1학년 여름날의 대화를 아직도 또렷이 기억하고 있었다. 다카노는 사려가 깊다. 반장인 만큼 책임감은 남들보다 배로 강하고, 시미즈와 성적 얘기를 할 때도 전혀 비꼬지 않는다. 그래서 두려웠다.

수학 1등. 다카노는 자신을 어떻게 생각했을까. 다카노가 불쾌한 기분을 느낀다 해도 당연하다. 그렇다면 자신을 거부하면 된다. 그렇게 생각하면서도, 아마 다카노는 그렇게 못할 것이다. 그가 억지로 웃음을 지으며 자신을 대한다고 생각하면 참을 수 없었다.

시미즈는 모의고사 성적표를 접고 가방 위로 눈을 내리간다. 다카노가 잘못한 것도 자신이 잘못한 것도 아니지만, 그래도 불편하다는 생각에는 변함이 없다. 사카키가 교단 위에서 이번 모의고사 평균과 학급 전체 성적상황을 설명한다. 그가 다음 달에도 모의고사가 있다는 일정을 알리고, 정해진 인사와 함께 HR이 끝났다.

시미즈는 다카노를 거의 보지 않고 도망치듯이 교실을 나왔다. 그때였다. 서둘러 복도를 걸어가는 자신을 등 뒤에서 부르는 목소리가 들렸다.

"시미즈!"

시미즈는 그 목소리에 움찔하며 발을 멈춘다. 다카노의 목소리였다.

"미안, 미안. 지금 잠깐 얘기할 수 있어?"

다카노는 평소와 전혀 다름없이 시미즈에게 다가온다. 돌아본 시미즈 앞에서 걸음을 멈춘다. 시미즈는 무슨 말을 해야 할지 감이 안 잡혀서 아무렇지도 않은 척하며 고개를 든다. '뭔데?' 하며 필사적으로 웃는 얼굴을 만든다. 그러나 고개를 들고 다카노의 얼굴을 보았을 때, 시미즈는 희미한 당혹감을 느꼈다.

다카노에게서는 무언가를 신경 쓰고 있다는 기색은 전혀 없었다. 그는 B5 사이즈의 모조지를 꺼냈다.

"시미즈, 축제 때 하기로 한 영화관 PR 포스터 그려줄 수 있어?"

"응?"

"미안. 바쁘다는 건 나도 아는데, 이왕 하는 거 우승하고 싶지 않아? 사카키샘이랑 아키히코하고도 얘기해 봤는데, 다른 이유는 둘째 치고 우리들도 시미즈가 그린 포스터를 순수하게 보고 싶거든. 히치콕 이미지는 어려울까?"

다카노는 무안한 듯 머리를 긁었다.

"학급회의에서 포스터를 어떻게 할까, 하는 이야기가 나오면 분위기상 너한테 일이 넘어갈 게 뻔하잖아. 애들이 다들 그러면 너도 거절하기 어려울 거 같아서. 그래서 내가 개인적으로 혼자 말해 보기로 한 거지. ……아, 그러니까 싫으면 거절해도 돼. 그냥 생각만이라도 해 볼래? 일단 제작 기간은 한 달 넘게 남았고, 그동안 특별히 큰 시험도 없으니까."

나나 다른 학급위원들도 도울게.

그렇게 말을 잇는 다카노의 얼굴을 응시하며, 시미즈는 맥 빠지는 기분으로 B5 용지를 받아든다. 새하얀 종이의 감촉이 차갑게 느껴졌다. 시미즈는 종이와 다카노를 번갈아 본다.

"이거, 확대 인쇄해서 포스터로 쓸 거야? 전단이나 팸플릿은……."

"응. 전단이랑 팸플릿에 대해서는 아직 자세히 생각 안 해 봤는데, 거기에도 쓰게 해 주면 고맙지. 그래도 진짜 무리는 하지 말고. 이건 학급 전체의 책임이고, 시미즈한테만 부담을 주면 안 되지."

"그건 상관없어. 그렇게 시간이 오래 걸릴 것 같지도 않고……."

"아니. 시미즈, 너는 책임감이 강하잖아. 내가 걱정하는 건 그거거든. 넌 자신이 한 번 맡은 일은 대충 못 하는 성격이잖아, 내가 보기엔 그런데 안 그래? 잘못 그렸다고 생각하면, 그게 다른 사람이 볼 때는 아무리 잘 그린 그림이라도 분명 몇 번이고 다시 그릴 것 같아. 그때는 종이를 산 돈이나 그런 비용도 자신이 내지? 난 그렇게까지 너한테 책임을 떠넘기고 싶지 않거든. 아키히코도 동의했는데, 그러니까 정말 힘들면 못 한다고 해도 되고, 만약 그려줄 수 있다 해도 혼자 하지 말고 우리랑 같이 작업했으면 해."

다카노는 거기서 잠시 말을 멈춘다. 자신이 말한 내용을 되새겨 보더니 덧붙였다.

"물론, 우리들이 작업하는 데 오히려 방해가 된다면 다시 생각해 보겠지만."

"아냐, 그럴 리가. 괜찮아, 나 할게."

"정말? 다행이다."

다카노는 안도한 듯 웃었다. 거짓이나 불쾌한 감정은 전혀 보이지 않는 부드러운 웃음이었다.

"진짜 한숨 덜었다. 우리 후배들 중에도 시미즈 팬이 많으니까, 분명히 다들 좋아할 거야. 고마워. 그럼, 진짜로 일을 집에까지 가져가지는 말고, 반에서 평소 축제 준비하는 시간에 시미즈는 포스터를 그려 줘. 시간이 부족하면 나나 아키히코가 같이 남을게."

"응, 괜찮아. 걱정 마. 나 그리는 속도 빠른 편이거든."

시미즈는 다카노에게 웃어 보였다. 아키히코와 다카노. 이 두 사람은 다른 사람들을 몹시 배려하는 성격이라는 것을 시미즈는 알고 있었다. 아마 둘이서 먼저 얘기한 다음에 시미즈에게 말을 꺼냈을 것이다. 그리고.

(넌 자신이 한 번 맡은 일은 대충 못 하는 성격이잖아, 내가 보기엔 그런데 안 그래?)

맞다. 시미즈는 자신의 어설픈 완벽주의를 다카노가 정확하게 파악하고 있었다는 사실에 놀랐다. 적당히 하질 못하고, 단지 프라이드를 지키기 위해 시미즈가 현재의 자신을 혹사한다는 것.

시미즈가 B5 종이를 받아들자, 다카노는 '그럼 잘 가' 하고 그 자리를 떠나려고 했다. 그걸 알아채고 시미즈는 무심결에 다카노를 불렀다.

"다카노."

불러버리고 나서, 일순 후회했지만 늦었다. 다카노는 '왜?' 하고 허물없는 말투로 시미즈를 돌아본다.

시미즈는 작게 숨을 들이쉬었다. 지금부터 자신이 하려고 하는 말이 자신도 믿어지지 않았다. 하지만 마음을 다잡고, 시미즈는 물었다.

"다카노. 아까 모의고사 결과, 수학 어땠어?"

다카노는 시미즈의 질문에 일순 표정이 굳었다. 그 일순간에, 시미즈는 자신의 얼굴에서 핏기가 가시는 기분이었다. 자신은 무슨 대답을 듣고 싶은 것인가.

그러나 다카노는 바로 알겠다는 표정을 짓더니 쓰고 있던 안경을 밀어 올린다. 그리고 작게 고개를 끄덕였다.

"그렇구나. 이번 1등은 너였어?"

"……어디 안 좋았었나 하고."

어떻게든 이 상황을 모면하려고, 시미즈는 서둘러 덧붙였다.

"여태까지 계속 1등은 다카노, 너였잖아, 무슨 일 있는 건 아닌가 싶어서, 그래서."

"아냐, 아무 일도 없었어. 전국 편차치는 오히려 평소보다 높았는 걸. 전혀 문제없어."

다카노는 아무렇지도 않게 말하고는 희미하게 웃었다.

"걱정해 줘서 고마워. 그럼."

"아, 응. 잘 가."

시미즈에게 손을 흔들고, 다카노는 재빨리 교실로 돌아갔다. 거짓으로 꾸민 듯한 목소리는 아니었다. 시미즈는 받아든 B5 용지로 천천히 눈가를 눌렀다. 다카노가 지금 한 말은 거짓말이 아니라고 느꼈다. 자신이 걱정하던 일은 일어나지 않았다. 그런데 왜 이렇게 마음이

싱숭생숭한 걸까. 맥이 빠진 것과도 다른 기분이었다. 시미즈는 자신이 울 것 같은 기분인 것을 깨달았다.

그것은 아마도, 다카노의 눈이 아득히 먼 곳을 보고 있다는 것을 알아차려 버렸기 때문일 것이다. 전국 편차치는 평소보다 높았다. 그에게 의미가 있는 것은 처음부터 그것뿐이었다. 학교나 학년 단위의 등수는 그에게 별 의미 없는 것이었다. 시미즈보다 등수나 점수가 낮아도 신경도 쓰지 않는다. 그건 그에게 지극히 당연한 것이었다.

다카노는 처음부터 자신과 세상을 보고 있을 뿐이었다. 시미즈에게 지는 것에 대해선 아무 생각도 없다. 걱정은 기우에 불과했다. 그런데 이 가슴속의 공허함은 어떻게 된 것일까.

만약, 입장이 반대였다면? 그런 생각을 했다. 시미즈의 가슴은 지금 모두 그 한 가지 때문에 그늘져 있었다. 자신이 만약 다카노 때문에 전교 1등의 자리에서 밀려나게 된다면, 지금의 그처럼 웃을 수 있을까. 신경 쓰지 않을 수 있을까. 다카노는 좋아하고, 좋은 친구라고 생각한다. 그런데도 자신은 그에게 질까 봐 이렇게나 두려워하고 있다는 것을 알고, 시미즈는 아연해졌다. 자신이 그 입장이었다면, 절대로 다카노처럼 웃을 수는 없을 것이다.

받아든 종이를 가방에 넣으면서 시미즈는 지금 자신이 느끼는 감정이 '쓸쓸함'이라고 생각했다. 가슴속에 있는 것은, 걱정이 기우로 끝난 것에 대한 안도가 아니었다. 쓸쓸함이었다.

5

미술실 벽이, 하얗게 일그러진다.

순식간에 공간이 색을 잃어서, 시미즈는 작게 숨을 삼켰다. 눈이 멀어버릴 듯한 빛. 고개를 드니, 그곳에 담임의 얼굴이 있었다. 그 얼굴이 천천히 시미즈를 바라본다.

아아. 사카키의 얼굴이었다.

아아. 시미즈는 생각한다.

마음의 표면에 얼어붙어 있던 위화감이 녹아간다.

시미즈는 생각한다.

사카키샘.

"별 문제없지? 너한텐 잔소리를 할 수가 없네."

책상에 펼쳐진 성적표와 지망학교 조사표를 번갈아 보며, 사카키는 중얼거리듯 그렇게 말했다.

3학년 2반 교실. 시미즈와 사카키는 책상 두 개를 교실 중앙에 붙여놓고 마주 앉아 있다. 1학기 말. 세이난에서는 3학년이 되면 모든 반에서 학생과 담임이 정기적으로 진로 상담을 하게 되어 있다. 다른 학생들을 모두 돌려보낸 뒤 수업이 끝난 교실에서 사카키와 시미즈는 그녀의 성적표를 들여다보고 있었다.

"하긴 내가 등급 좀 내려 보라고 해도 다른 선생님들이 가만있지 않겠지만. '우리의 기대주에게 쓸데없는 짓 하지 마!'라고 할 거야."

"선생님, 그거 부담 주시는 거 같은데요."

시미즈는 웃었다.

"기대주라는 말을 들으면 기쁘기도 하지만 부담이 되기도 하잖아요?"

"그러냐? 익숙할 거 아니었어?"

사카키는 서글서글한 말투로 말했다. 시미즈는 사카키의 이런 말투가 좋았다. 그것이 그의 원래 성격인지 아니면 자신을 배려하고 있는 것인지 시미즈는 알 수 없었지만, 특별장학생이라고 괜히 신경 쓰지 않는 점이 좋다.

사카키는 의자에서 일어나 목을 돌리며 기지개를 켰다.

"뭐, 미대에 대해서도 생각해보지그래? 우리 학교에서 그런 사례가 생기는 것도 나쁘지 않다고 교장 선생님도 생각하시는 듯하고, 너희 부모님도 찬성하시지? T대 합격자 명단에 이름을 남기는 건 다카노 히로시한테 부탁하지 뭐. 매년 몇 명은 나와야 하는 듯한 분위기가 있긴 하지만, 다행히 이번 학년에는 잘하는 애가 많아서. 학교 간판을 짊어지려는 생각은 안 해도 돼."

"네. 원래부터 그런 생각은 별로 안 했지만요……."

말하는 시미즈의 말끝이 흐려진다. 기지개를 켜면서 창가 쪽으로 가버린 사카키를 눈으로 좇았다.

그는 8년 전 세이난의 특별장학생이었다고 한다. 색이 엷은 밝은 갈색 머리카락에, 한쪽 귀에는 피어스. 불량교사라는 평판의 그가 당시에는 어땠을지, 시미즈는 상상이 되지 않았다. 자신처럼 입학식에서는 대표로 인사를 하고, '특별장학생'을 보는 주위의 시선에 이 사람도 노출되어 있었을까? 그것은 어떤 느낌이었을까.

쳐다보는 시미즈의 시선을 눈치챘는지, 사카키는 교실 쪽을 돌아본다. 시미즈가 말을 이었다.

"아직 제가 하고 싶은 일을 확실히 모르겠어요. 미대도, 아직 각오가 안 서요."

"나도 그랬어. 너희 나이 또래에서 그게 확실히 보이는 애가 있으면 그게 더 신기한 거지. 어떻게든 먹고 살게는 되지 않겠냐는 이유로 공학부에 들어가겠다든가, 그런 애들뿐이야. 뭐, 시미즈. 너는 잘하는 게 너무 많아서 오히려 고민이겠지만. 남이 볼 땐 행복한 고민이지만, 본인은 심각하지?"

"……사카키샘은 여기 졸업생에다 특별장학생이었죠? 저처럼."

"뭐 그랬지."

사카키는 창가에서 이쪽으로 돌아온다. 시미즈가 앉아 있는 책상 위에서 성적표를 들어 올린다. 그걸 보면서 사카키는 다시 한 번 고개를 끄덕였다.

"행실도 끝내주게 성실했지, 동아리 활동 성적도 우수했지, 개교 이래 최고의 우등생이었어."

"그거 거짓말이죠?"

시미즈가 바로 지적한다.

"그때 찍은 사진 본 적 있는데, 머리카락 색도 지금이랑 똑같이 밝은 갈색이었잖아요. 그때부터 한쪽 귀에는 피어스를 하고 있었던 데다 동아리 활동도 안 했었다고 다카노가 그랬어요."

"그래? 히로시랑 나, 둘 중에 누굴 믿는 거야? 시미즈."

"다카노는 거짓말 못 해요."

"뭐 그럴지도 모르지. 옛날부터 재미라고는 눈곱만큼도 없는 녀석이었으니까."

사카키는 그렇게 말하더니 시미즈를 마주 보았다.

"그야 너와 같은 우등생은 아니었어. 솔직히 말하자면."

"……어땠어요?"

성적에 문제가 없다는 말을 듣고 안심이 되었는지도 모른다. 시미즈는 남은 면담 시간에 사카키와 얘기를 더 하고 싶어졌다. 무얼 어떻게 하겠다는 구체적인 방향성이 있었던 것은 아니다. 그래도 얘기하고 싶었다. 8년 전에 특별장학생이었던 사카키. 그는 자신과 전혀 다른 방식으로 3년간을 지냈을 것이다.

"사카키샘은 특별장학생이었다는 것에 대해 부담감을 느끼거나, 그것 때문에 소극적이 되거나 한 적 없었어요?"

"소극적? 왜?"

사카키는 의자로 돌아와서는 시미즈를 보며 앉았다.

"입학금이랑 수업료가 공짜잖아? 좋은 일인데 왜. 아니면 뭐냐, 넌 소극적이 되냐?"

"그렇게 딱 잘라 말할 정도로 확실한 건 아니지만, 그냥요. 나는 대체 뭘까 하는 생각이 들어요."

시미즈는 신중하게 말을 골랐다.

"그야 뭐든 잘하는 사람의 소외감이라는 게 있을지도 모르겠다. 그래도 난 T대 떨어진 데다 공부도 안 좋아했으니까 '특별장학생'으로는 실격이잖아? 당시의 나를 잘 봐 준 선생님의 온정으로 일단 여기에 취직하긴 했지만."

사카키는 웃었다.

"난 생각하면 바로 행동하는 타입이라서. 내가 좋아하는 걸 해야겠다는 생각밖에 없었거든. 그러니까 시미즈도 그림 그리는 게 좋으면 그쪽으로 나갔으면 좋겠고, 높은 학벌이 좋으면 T대 시험을 보면 된다고 생각해. 그거 아니라도 하고 싶은 일이 있으면, 요리 학교에 가든 유학을 가든 응원해 줄게. 인생이란 하고 싶은 일만 해도 모자란다고 생각하거든. 뭐, 말은 그래도 그렇게 생각하기가 쉽지 않은 사람도 있는 법이니까 네 고민도 같이 나눌 생각이야."

"죄송해요."

시미즈는 살짝 고개를 숙인다. 사카키는 짧게 '사과하지 마'라고 중얼거렸다. 갈색 머리를 쓸어 올리는 그의 동작을 보고 있는 동안, 문득 시미즈는 그런 생각이 들었다. 사카키는 분명히 잘 헤쳐 나갔을 것이다. 고교생활에서는 평범하게 친구를 사귀고, 학교 밖에서도 즐거운 일을 찾아서 자신이 좋아하는 일을 실컷 했을 것이다.

자신과 사카키는 다르다고 생각한다. 한편으로 시미즈는 그래도 생각하지 않을 수 없었다. 조금 전 사카키가 지나가듯 말한 '뭐든 잘하는 사람의 소외감'이라는 말이 머릿속에 달라붙어 떨어지지 않았다.

"그럼 선생님은 진로 선택할 때 어디 고르셨어요? 선생님이 하고 싶었던 일은 뭐였는데요?"

"응? 아아, 그냥 마작이나 하면서 사는 것도 연예인을 목표로 하는 것도 즐겁겠다고 생각했는데. 사실은 옛날부터 교사가 되고 싶긴 했거든. 선생이 될 수 있기만 하면 대학은 어디라도 상관없었어."

"교사가?"

"응. 젊은 여자랑 친하게 지낼 수 있는 이상적인 직업이잖아."

"그거, 진심이에요?"

"너, 그렇게 무서운 눈으로 보지 마. 동기가 좀 불순해도 실제로 해 봐서 즐거우면 결과적으로 오케이라고."

어디까지 진심인지 모를 말투였다. 사카키는 그렇게 말하고는, 손이 심심했는지 근처에 놓여있던 빨간 펜을 들고 돌리기 시작했다. 그것은 사카키의 손가락 사이에서 깨끗한 타원을 그렸다.

갑자기 사카키가 얼굴을 들고 말했다.

"너 말이지, 히로시랑 닮았어."

"다카노랑?"

하나도 안 닮았다. 의외라고 생각하며 시미즈가 그렇게 되묻자, 사카키는 뒤이어 말했다.

"더 편한 길이 얼마든지 있는데, 스스로 힘든 쪽으로만 가는 거야. 주위 사람들이 아무리 그걸 안타깝게 생각해도 어쩔 수 없어."

"그런……가요?"

"스스로가 그걸 모른다는 점도 닮았어."

그렇게 말하더니 사카키는 교실 벽시계를 올려다본다. 슬슬 시미즈와의 면담 시간이 다 되어가고 있었다.

1학기 말이었던 이때는 시미즈가 미즈키나 리카와 친해진 지 얼마 되지 않았을 때였다. 태어나서 처음으로 귀갓길에 어딘가에 들르거나 반 친구 집에 놀러 가는 즐거움을 막 배운 참이었다.

"시간이 거의 다 됐다. 달리 상담할 건?"

"선생님."

이때의 자신은 불안 덩어리였다. 어디까지를 어떻게 나아가야 할지를 모르겠다. 매일이 만성적인 긴장의 연속이었다.

"선생님은 저랑 같이 있어 주는 친구들 모두가 저랑 있는 걸 즐거워

한다고 생각하세요?"

묻는 자신의 어깨가 떨리는 것을 느꼈다. 그리고 그렇게 떨고 있는 자신을 시미즈는 용서할 수 없었다. 자신은 대체 무엇일까. 미즈키나 다카노와 친해졌다. 정말로 즐겁고, 고맙게 여기고 있다. 그러나 문득 생각하게 된다. 다카노나 다른 애들은 모두 '불쌍한' 자신을 동정해서 같이 있어 주는 것뿐일지도 모른다고.

자신에게는 변함없이 아무것도 없지 않은가.

시미즈의 질문에 사카키는 눈을 한 번 깜박였다. 표정을 읽을 수 없는 눈. 진지한 그 눈이 시미즈를 보고 있다. 이내 그가 대답했다.

"모르겠다."

그 말에 시미즈는 자신이 그에게 위로를 기대하고 있었다는 사실을 깨달았다.

'그야 물어보나 마나 다들 즐겁겠지. 자신을 가져', '자신이 즐거우면 되는 거 아냐?'와 같은 긍정적이고 일시적인 위안을 자신이 원하고 있었다는 사실을 깨달았다. 시미즈는 사카키의 얼굴에서 시선을 내리깔았다.

그때, 의자에서 일어선 사카키가 시미즈에게 뒤이어 말하는 목소리가 들렸다.

"어쨌든 난 즐거워. 너랑 있는 거."

그것뿐이었다. 그 말을 던져 놓고 사카키는 척척 시미즈의 성적표를 파일에 챙긴다. 사카키를 올려다보기 위해 서둘러 고개를 든 시미즈에게, 사카키는 말했던 것이다.

"진로는 나중에 천천히 정하자, 어쩔 수 없지. 일단 매일매일 노력하는 거 잊지 말고 공부하도록."

그런 사카키의 말을 들으면서 시미즈는 고개를 끄덕였다. 그저 열심히, 끄덕이고 있었다.

왜 잊고 있었을까.

시미즈는 지금 천천히 계단을 오르고 있다. 눈앞에 보이는 것은 옥상. 왜 지금 자신이 여기에 있는지, 자신이 왜 계단을 오르고 있는지. 발끝이 너무 차갑다.

가야만 한다. 생각해 내야만 한다.

들어야만 한다. 봐야만 한다.

축제 특유의 장식이 잔뜩 나붙은 건물. 벽면 전체를 덮은 포스터와 노을이 진 창밖의 높은 하늘. 시미즈는 천천히 고개를 기울여 유심히 그 모든 풍경을 둘러보았다. 아무도 없다. 시미즈 외에는 한 사람도.

눈앞에는 3학년 2반 교실이 있었다. 약간 열린 문에서 복도로 가느다란 빛이 한 줄기 새어 나오고 있다.

(사카키샘, 올해까지만 세이난에 있을지도 모른대)

그런 일 때문에? 담임이? 미쓰루한테 그 얘기를 들은 건 오늘 아침이었던가. 그렇지 않으면 훨씬 전이었나.

(역시 10월 축제 때 있었던 일 때문인가 봐. 담임이 직접 말을 꺼냈는지, 아니면 다른 데서 압력이라도 들어왔는지는 모르겠지만)

그런 일 때문에, 담임이……

시미즈는 양손으로 자신의 얼굴을 덮었다.

6

빨간 바통을 능숙하게 왼손으로 바꿔 쥔 다카노의 추격이 시작된 것은 그 바로 뒤였다. 어떻게 하면 저렇게 달릴 수 있는지, 시미즈는 모른다. 그의 긴 다리가 트랙을 박찼다. 시미즈가 그것을 본 다음 순간에는 이미 그곳에서 한참 떨어진 곳에 다카노가 있었다.

그가 육상부라는 사실은 알고 있었지만, 실제로 달리는 모습을 본 것은 처음이었다. 순식간에 속도를 높인 그는 눈 깜짝할 사이에 둘을 앞질렀다. 2반은 3위가 되었다. 그에게 추월당한 다른 마지막 주자들과 다카노는 달리는 폼부터가 다르다는 걸 금방 알 수 있었다. 그러나 문제는 그다음이었다. 1위와 2위를 달리고 있는 다른 반의 마지막 주자들은 낯이 익었다. 다카노와 똑같은 육상부 부원들이다.

내가 넘어진 탓이다.

머릿속에서는 아직도 마비된 듯이 그것만을 생각하고 있었다. 다카노는 저렇게 빠르니까, 자신이 망쳐놓지만 않았어도 문제없이 우승할 수 있었는데.

달리는 다카노의 모습을 더는 볼 수가 없어서, 시미즈는 어깨를 굳히면서 고개를 숙였다. 등 뒤에 있는 반 친구들에게 뭐라고 말하면 좋을지 모르겠다. 뒤를 돌아볼 수도 없었다.

그때였다.

3학년 릴레이를 지켜보고 있던 후배들 사이에서, 새된 목소리가 터져 나왔다.

"다카노 선배님!! 힘내세요 ——!!"

같은 동아리의 후배인지, 중학교 후배인지. 아니면 단순히 다카노의 팬이었는지도 모른다. 그때 시미즈는 여자애들의 목소리에 믿을 수 없는 모습을 보았다.

달리고 있던 다카노의, 똑바로 앞만 보던 눈동자. 그 눈이 후배들의 목소리에 돌아보았다. 한순간이었지만, 그는 소리가 난 쪽을 향해 오른손을 들어 보였다. 미소를 짓더니 손을 흔들었다.

시미즈는 순간 자신이 본 광경을 믿을 수 없었다. 시미즈의 손에서 바통을 받아들 때의 차가운 인상마저 주던 그, 곧은 눈. 그리고 지금 후배에게 웃음 짓는 표정. 그는 손을 흔든 것이다. 다카노가 손을 흔들어 준 후배들 사이에서 꺄아 하는 환성이 들렸다.

망연한 시미즈 앞에서, 다시 앞을 향한 그의 마지막 가속이 시작되었다.

한 사람을 추월한다. 그리고 골인 테이프를 끊기 바로 직전, 근소한 차로 1위였던 학생에게 바싹 붙더니, 그는 긴 다리를 뻗었다.

다카노의 다리가, 옆 학생보다 한 발 앞으로 나간다. 골인 테이프를 끊은 것은 다카노의 가슴이었다.

"시미즈, 시미즈! 다카노 굉장해, 해냈어."

갑자기 누군가가 팔을 꽉 잡아서, 시미즈는 움찔 놀라 뒤를 돌아본다. 미즈키였다.

"진짜 굉장해! 가도쿠라는 다카노보다 단거리 기록이 빠르거든. 근데도, 굉장하지. 이겼어."

감격한 모습으로, 미즈키는 시미즈의 손을 잡고 마구 흔든다. 가도쿠라라는 애가, 다카노가 결승선 직전에 따라잡은 육상부 에이스인 모양이었다. 주변을 보니 같은 반 아이들도 모두 환성을 지르며 흥분한 상태로 서로 손을 잡고 있었다.

시미즈는 주인공인 다카노의 모습을 찾았다. 왜 다카노는 손을 흔들었을까.

1등으로 골인한 것을 기뻐하지만, 시미즈는 그것이 신경 쓰여서 견딜 수가 없었다. 예전처럼, 그는 그 자신과 세상을 바라보고 있을 뿐인 것인가.

(다카노!! 부탁이야, 달려!!)

자신이 그렇게 부탁할 필요 없이, 그런 일쯤은 처음부터 다카노한테 간단한 것이었나? 시미즈하고는 아무 상관없었던 걸까?

"뭐야 진짜, 조마조마했다고. 너는 너무 폼을 잡는다니까."

그때. 아키히코한테 목을 잡혀 끌려온 다카노를 모두가 놀리고 있는 장면을 시미즈는 목격했다. '아파' 하며 다카노가 아키히코의 팔 안에서 쓴웃음을 짓고 있다. 기분 좋은 듯 웃으면서, 아키히코는 다카노의 머리를 엉망진창으로 헝클어뜨렸다.

"다카노, 너. 너무 멋있는 거 아냐. 내가 여자였으면 반했을걸."

"그건 그렇고 너, 손은 왜 흔들고 그래?"

다른 남자애가 그렇게 말하면서 다카노의 머리를 가볍게 때린다.

"그거 안 했으면 좀 더 여유 있게 1등 할 수 있던 거 아냐? 폼 잡으면서 여유를 부리니까 고전한 거잖아."

"아냐. 앞에 있던 사람이 가도쿠라였잖아. 설마 따라잡을 수 있으리라곤 생각도 못 했어. 반은 될 대로 되라는 기분이었지."

"그럼 더욱 전력을 다해야지."

그렇게 말하면서도, 말하는 아이의 얼굴도 그렇게 기분 나빠 보이지는 않는다. 끝이 좋으면 다 좋다. 그렇게 얼굴에 쓰여 있는 것이 보인다. 게다가 또 웃는 얼굴로 그들에게 응하는 다카노를 보는 동안에 시미즈는 한 가지 알게 된 것이 있었다. 다카노는 아직도 어깨를 헐떡이고 있었다. 주위 사람들한테 웃어주면서도 필사적으로 호흡을 가다듬고 있는 것을 알 수 있었다. 아무렇지도 않다는 표정을 지으려는 노력. 그렇게 여유를 보이고 있지만, 그의 호흡은 아직 거칠다. 그때, 반 애들의 칭찬을 듣고 있는 다카노 앞으로 다른 남학생이 다가가는 모습이 보였다. 다카노가 골인 직전에 따라잡은 가도쿠라였다.

가도쿠라는 웃고 있었다. 졌는데도 그 얼굴은 어딘가 시원스러웠고, 다카노 가까이 가더니 다른 애들이 그랬던 것처럼 머리를 가볍게 쿡쿡 찔렀다.

"열 받게 한다, 너. 육상부도 은퇴한 마당에 이제 와서 나를 이기다니."

"가도쿠라."

"너무 연출이 뛰어난 거 아냐? 너 사실은 시미즈한테 부탁해서 일부러 넘어지라고 한 거지? 지금 우리 반 애들한테 들었는데, 여자애들한테 손까지 흔들었다며? 그러면서 네 명이나 추월하다니, 사기다."

"매번 그러는 것도 아닌데 너그럽게 봐 주라."

"하여튼 다음번에는 나도 방심하지 않을 테니까."

그런 가도쿠라에게 다카노는 웃어 보였다.

"아아. 가슴에 새겨두지. 그렇지만 나도 후배들한테 잘 보이려고 손만 안 흔들었어도 더 빨리 널 추월했을걸."

377

"말은 잘한다."

가도쿠라가 또 다카노의 머리를 때린다. 다카노의 인망 덕인지, 가도쿠라는 그에게 진 것이 어딘가 즐거워 보이기까지 했다.

"시미즈, 시미즈."

그런 다카노를 멀리서 보고 있던 자신에게 사에키 리카가 달려오는 모습이 보였다. 걱정스러운 표정으로 시미즈의 다리를 보고 있다. 리카의 시선을 쫓다가 그제야 시미즈는 자신의 무릎과 팔꿈치가 까진 것을 알았다. 모래로 더럽혀진 상처에서 피가 배어 나오고 있었다.

"괜찮아? 선생님께 가자. 다쳤잖아."

"진짜네. 괜찮아? 안 아파? 까졌어."

리카와 함께 미즈키까지 걱정스럽게 바라보며 시미즈의 팔을 잡아끌었다.

"가자. 소독하는 게 좋겠어."

"응. 고마워."

고개를 끄덕이고 나서 걷기 시작한 시미즈에게 다른 여자아이들이 저마다 '괜찮아?'라고 말을 걸어왔다. 그 목소리를 듣고 나자, 시미즈는 일이 어떻게 돌아가는지를 알 것 같은 기분이 들었다. 그중 아무도 시미즈가 넘어진 일을 비난하는 사람이 없었기 때문이다.

어깨로 크게 숨을 몰아쉬는 다카노. 흐트러진 호흡은 아직 가라앉지 않은 듯 보였다. 그는 전력 질주를 했다. 그는 최선을 다했던 것이다. 여유 같은 건 처음부터 없었다.

(그건 그렇고 너, 손은 왜 흔들고 그래? 그거 안 했으면 좀 더 여유 있게 1등 할 수 있던 거 아냐?)

(아냐. 앞에 있던 사람이 가도쿠라였잖아. 설마 따라잡을 수 있으

리라곤 생각도 못 했어. 반은 될 대로 되라는 기분이었지)

미즈키도 말하지 않았던가.

(진짜 굉장해! 가도쿠라는 다카노보다 단거리 기록이 빠르거든. 근데도, 굉장하지. 이겼어)

다카노는 처음부터 가도쿠라를 상대로 이길 거라는 생각은 하지 않았다. 그러나 그가 2등에 안주해 버렸을 경우, 그 책임을 떠맡게 되는 사람은 누구인가. 마지막 주자였던 다카노? 아니다. 다카노에게 바통을 넘겨주기 전까지 2반은 원래 1등이었다. 넘어진 시미즈에게 책임이 있다는 것은 누가 봐도 뻔했다.

그래서, 후배에게 손을 흔들었던 것이다.

무의식중에 한 일이라고 생각한다. 다카노는 오로지 전력으로 승부하는 성격이었다. 가도쿠라한테 진 것은 다카노가 최선을 다하지 않았기 때문이다, 사람들이 그렇게 생각하게 하려고 그는 후배에게 손을 흔들었다.

이길 리가 없는 가도쿠라를 상대로, 시미즈를 보호하려는 방법이었다. 지금도 시미즈가 넘어진 사실에는 아무런 변함이 없다. 다카노가 고전해야 했던 것은 시미즈 탓이었다. 그런데도 그것 때문에 시미즈를 탓하는 사람이 한 명도 없다. '너무 폼 잡은' 다카노에 대해 장난처럼 가벼운 비난이 날아올 뿐이다.

(너무 연출이 뛰어난 거 아냐? 너 사실은 시미즈한테 부탁해서 일부러 넘어지라고 한 거지? 지금 우리 반 애들한테 들었는데, 여자애들한테 손까지 흔들었다며? 그러면서 네 명이나 추월하다니, 사기다)

가도쿠라의 그 말 한마디가 모든 것을 말해준다. 다카노가 의도한 것은 그것이었다.

리카와 미즈키에게 이끌려 들어간 텐트 아래에서 무릎과 팔꿈치를 소독하면서 시미즈는 자신의 눈에 눈물이 고이는 것을 알았다.

"시미즈, 왜 그래? 아파? 따가워?"

"응, 조금……. 미안."

미즈키와 리카가 눈치채지 못하도록, 소독약이 따가워서 그러는 척하면서 시미즈는 눈을 비빈다. 어째서 자신이 울고 있는지, 스스로도 잘 알 수가 없었다.

다카노가 참 대단하다는 생각만 들었다.

그와 같은 사람을 '진짜'라고 부르는 걸 거라고 생각했다. 그저 노력하고 있을 뿐인 자신과는 다르다. 그런 걸 분명 천성이라고 부를 것이다. 시미즈는 항상 '진짜'를 만나고 싶었다. 만나보고 싶었다. 그런데…….

시미즈는 입술을 꼭 다물고 고개를 든다.

도저히 당해낼 수가 없다고 생각했다.

임시 양호실로 변한 교사들의 텐트에서 돌아오는 길. 걸으면서 리카와 미즈키가 작은 목소리로 자신에게 속삭였다.

"저기, 넘어진 건 신경 안 써도 돼."

시미즈가 눈물을 글썽이던 것이 걱정되었나 보다. 미즈키가 살짝 말했다.

"누구에게나 있을 수 있는 일이잖아. 난 육상부 매니저 하고 있어서 아는데, 대회에서도 자주 있는 일이야."

"맞아, 맞아. 딴 건 둘째 치고 넌 최선을 다했잖아? 대충 달리는 애들도 얼마나 많은데. 아, 리카는 물론 아니지만——."

리카도 동조한다. 감고 있던 붉은 머리띠를 고쳐 매면서, 시미즈
옆에서 가슴을 펴 보였다.

"뭐, 꼭 그런 애들이 뭐라고 하더라. 만약 그러면 리카한테 말해.
내가 다 처치해 줄게."

"리카, 그냥 네가 싸울 이유가 필요한 거 아니야? 하여튼 혈기도
왕성해."

"왜? 열 받지 않냐?"

그렇게 서로 주장하는 둘을 바라보면서, 시미즈는 또 울고 싶은
기분이 들었다. 미즈키가 하루코와 문제를 일으키고 그것을 자신이
감싸주었을 때, 미즈키는 몇 번이나 시미즈에게 고맙다고 말했다.
그때는 지나칠 정도라고 생각했지만, 지금이라면 그 기분을 너무 잘
알 수 있었다.

"응. 고마워"

자신은 '진짜'가 아니라도 상관없는 게 아닐까. 그렇게 생각하니
어이없을 정도로 어깨에서 힘이 빠지는 것을 알 수 있었다.

7

웅성거림과 환성.

시미즈는 3학년 2반 교실 앞에서 발을 멈췄다. 안에서는 여학생들
이 떠드는 소리가 들려온다. 자신이 그린 그림이 표지를 장식한 팸플
릿. 그 인쇄 추가분을 양손에 껴안고, 시미즈는 문 앞에 우뚝 서 있다.
어째서 잊고 있었을까. 아니, 결코 잊고 있었던 것은 아니다. 시미즈

는 떠올리고 싶지 않았던 것이다. 어둡고 아무도 없는 복도 위에 시미즈는 그저 멍하니 서 있었다. 여기에는 아무도 없다.

그러나 이것은 그때와 똑같았다.

"시미즈 말인데, 그 애 다카노를 좋아하는 게 분명해."

축제 사흘째, 마지막 날. 2반에서 준비한 영화 팸플릿은 오전 중에 매진되어 버렸다.

100엔이라는 가격 때문인지, 오늘은 교내를 걷고 있는 다른 학교 학생들까지도 그 팸플릿을 손에 들고 있는 모습이 자주 보인다. 표지에 자신의 그림이 들어간 팸플릿이 전혀 모르는 사람들에게 팔렸다는 것이, 시미즈는 처음에는 어쩐지 어색했다. 학교 여기저기에 붙어 있는 포스터도 마찬가지였지만, 자신이 한 일이 좋은 평가를 받는 것은 결코 나쁜 기분은 아니었다. 급히 추가분을 복사하기로 해서 그것을 손에 들고 인쇄실에서 돌아온 길이었다.

들어가려던 교실에서 같은 반 여자애들의 목소리가 들려왔다.

'시미즈 말인데, 그 애 다카노를 좋아하는 게 분명해.'

안에 들어가려던 시미즈는 순간 문에 댔던 손을 움츠린다. 양손에 안고 있는 팸플릿이 떨어질 것 같아서 당황하며 자세를 고쳤다. 숨을 죽이고 문을 본다.

다음 상영까지 아직 시간이 좀 있다. 지금은 접수를 담당하는 몇 명의 여학생밖에 없을 터였다. 목소리의 주인공은 사쿠라이라는 같은 반 여자애다. 시미즈와는 별로 얘기한 적이 없었다. 그러나 리카나 미즈키하고는 그럭저럭 사이가 좋은 듯, 교실에서 서로 얘기하고 있는 모습을 자주 보곤 했다. ──그리고 그럴 때, 시미즈는 결코 그들 사이에 끼어들 수 없었다.

"에이, 뭐야. 역시 그런 거야? 뭐 그럴 거라는 생각은 했지만."

사쿠라이의 말에 다른 여자애가 응답한다. 이번에는 스기야마라는 애다. 역시 시미즈하고는 별로 얘기한 적이 없다. 작업이라도 하고 있는지, 별로 목소리를 죽이지도 않은 그들의 목소리는 문밖에서도 잘 들렸다.

시미즈는 문을 열 수 없었다. 그러나 그렇다고 해서 그 자리를 떠날 수도 없어, 그 자리에 서 있을 수밖에 없었다.

"그건 누가 봐도 그렇잖아. 미즈키는 아무렇지도 않은가? 내버려 둬도 상관없나 봐."

"시미즈는 자기 상대가 안 된다고 생각하는 거 아냐?"

비웃는 듯한 말투였다.

"다른 사람도 아니고 시미즈잖아? 다카노는 눈치채지 못한 것 같고. 다카노도 참 죄도 많지. 아무한테나 친절하게 대하니까, 상대방이 좋아하게 되잖아."

"맞아, 맞아. 그야 다카노가 좀 괜찮긴 하지. 어제는 진짜 멋있더라."

"에──? 난 그건 좀 잘난 척하는 것 같아서 싫던데."

스기야마는 잠시 생각하듯 뜸을 들이다가 다시 말을 이었다.

"뭐, 그야 운동회 준우승한 건 다카노 덕분이긴 하지. ──시미즈가 넘어졌잖아."

"놀랍지 않니? 자기가 공부 잘하건 그림으로 상을 받건 우리한테는 아무 이득도 없잖아. 적어도 운동회 때 단체경기에서 보조쯤은 맞춰주는 게 훨씬 도움이 되는데."

"그렇지, 팸플릿 그림만 해도 그래. 누가 이렇게 본격적으로 그려달라 그랬나?"

어이없다는 듯한 실소가 들려온다. 시미즈의 두 손에서 대량의 팸플릿이 바스락 소리를 냈다. 안고 있는 양손이 저린 듯이 묘하게 감각이 둔하다.

문 너머에서 사쿠라이가 동의하는 것을 알 수 있었다.

"맞아, 맞아. 프로급이야, 이거. 그냥 학교 축제인데 이렇게까지 하다니 존경스럽지. 이렇게 힘 줄 필요 있나? 하는 생각도 들지만."

다카노한테 칭찬받고 싶은 거 아닐까?

스기야마의 목소리가 그렇게 말했다. 그것이 한계였다. 시미즈는 더 이상 듣고 있을 수 없어져서, 입술을 깨물고 고개를 숙였다. 팸플릿을 껴안은 양팔에 힘을 주자, 종이가 구겨지면서 소리를 낸다. 내려다보니 자신이 그린 표지 그림 속에서 모자를 쓴 여배우가 죄 없이 미소 짓고 있는 것이 보였다.

시미즈가 문 앞을 떠나려고 했을 때, 지금까지 두 사람의 목소리밖에 안 나던 문 너머에서 문득 다른 목소리가 끼어드는 것이 들렸다.

"작작 좀 해라. 시미즈가 지금 인쇄실에서 팸플릿 복사하고 있단 말이야."

그 목소리가 그렇게 말했을 때, 시미즈는 숨을 삼켰다. 믿을 수 없었다.

목소리의 주인은 츠노다 하루코였다. 미즈키와 트러블을 일으켜, 시미즈가 마음속으로 계속 안 좋게 여겨 온 바로 그녀의 목소리였다.

문 너머의 공기가 급격히 식어가는 것이 느껴진다. 하루코의 말에 사쿠라이도 스기야마도 놀란 듯 입을 다문다. 조금 있다가 사쿠라이가 말했다.

"……뭐야, 하루코. 너도 그렇게 생각하잖아? 나 다 알아. 미즈키랑 문제 있었을 때, 너도 미즈키네 친구들 험담 잔뜩 했잖아."

"그거랑 이건 다른 얘기잖아. 수다 떨 시간이 있으면 손이나 움직이라는 얘기야. 별로 듣고 싶지 않은 얘기니까."

"하루코도 불쌍하지."

스기야마가 말했다.

"하필 미즈키랑 그런 일이 있어서 학급위원들이 다 널 안 좋게 보잖아. 하여튼 우리 반에서 멋있는 남자를 둘이나 꾀어서, 미즈키도 참 기세가 등등하지. 거기에다 사카키샘까지. 옛날부터 궁금했는데, 하루코 진로 상담할 때 어떻게 해? 다카노랑 사카키샘, 옆에서도 빤히 보이게 너 싫어하잖아? 그런 사카키샘이랑 밀실에서 둘이 면담이라니 나라면 말도 못 할 거야."

"맞아, 맞아. 학급위원들만 그러면 또 몰라, 담임까지 그렇게 노골적으로 티를 내잖아. 하루코, 후회되지?"

사쿠라이의 목소리는 재미있어하는 것처럼 들릴 정도였다.

"나 네가 1학년 때 다카노 좋아했던 거 다 알아."

"……그거랑은 상관없잖아."

하루코의 목소리는 낮았다. 그러나 사쿠라이의 비웃는 듯한 목소리는 여전했다.

"그래? 그것 때문에 네가 미즈키를 싫어하는 거라면 이해가 가는데 말이야. 웃기는 일이지, 그래서 용서할 수 없었던 건데, 그거 때문에 다카노한테는 미움을 받게 되다니. 뭐 네가 미즈키한테 솔직히 이유를 말했으면, 그땐 미즈키 쪽에서 너랑 절교했을지도 모르겠지만."

더 이상 듣고 있을 수가 없어서, 시미즈는 문 앞을 떠났다.

문에 등을 돌리고 목적지도 없이 종종걸음으로 그 자리를 떠난다. 등에는 그 여자애들의 업신여기는 웃음소리가 달라붙어 있었다. 울면 안 된다. 필사적으로 자신을 타이른다. 얼음이 녹기 시작하듯이, 천천히 지금 자신이 들은 말의 의미가 머릿속에 되살아난다. 걷고 있는 다리가 긴장으로 뻣뻣했다.

눈을 깜박일 때마다 다카노의 얼굴이 하얗게 떠오른다. '맡겨둬'라며 바통을 받아들던 그의 눈동자가 가슴에 차올랐다.

'시미즈 말인데, 그 애 다카노를 좋아하는 게 분명해.'

자신은 무슨 꿈을 꾸고 있었던 것일까. 무슨 착각을 하고 있었던 것일까.

그것은 별세계의 삶이었다. 절대로 꿈꿔서는 안 되는 것이었다. 손을 뻗어도 닿지 않는, 다른 세계의 삶이었다.

'미즈키는 아무렇지도 않은가?', '시미즈는 자기 상대가 안 된다고 생각하는 거 아냐?'

미즈키와 다카노가 어떤 관계인지, 시미즈는 생각해 본 적도 없다. 다른 사람이 가지고 있는 세계의 넓이나 인간관계를 알게 되는 것이 두려웠다. 미즈키나 다카노가 자신에게 보여주는 얼굴은 일부일 뿐이고, 밖에서는 다른 세계를 품고 살아가고 있다. 시미즈도 그 세계를 알고 싶지 않은 것은 결코 아니었다. 그러나 알게 되는 것이 두려웠다. 그들에게 자신이 모르는 바깥 세계가 있다는 것이 너무나 쓸쓸해서 견딜 수 없었다.

표면적으로만 알고 있던 하루코와 미즈키 사이의 트러블. 그것 때문에 하루코를 안 좋게 보고 있었던 것. 그리고 지금 시미즈의 험담을 하는 애들을 막은 게 그녀였다는 사실이, 시미즈의 마음을 갈기갈기 찢어놓았다. 시미즈는 하루코와 제대로 얘기를 해 본 적도 없다. 누군가와 싸운 적도, 충돌한 적도 없다. 여태까지 그런 일들과는 인연이 없었다. 인연을 가질 수 없었다. 이런 자신에게 미즈키와 그 친구들은 무엇을 어디까지 보여주었을까. 시미즈는 몰라도 당연하다고 생각했다.

다카노와 친구들이 있는 세계를 몰랐다면 언제까지고 참을 수 있었을 텐데, 왜 자신은 이런 세계의 존재를 알아 버린 것일까. 다른 세계를 몰랐다면, 자신은 지금까지 하던 대로 자신의 자리에서 살아갈 수 있었을 것이다. 동경했던 이 세계는 자신이 살아갈 곳이 아니다. 아무리 바라더라도 손에 넣을 수 없다. 자기 혼자서, 손이 닿을지도 모른다는 그런 꿈에 빠져 착각하고 있었을 뿐이다.

그러나 스스로도 몰랐던 그 사실을 주변 아이들은 저렇게 다들 알고 있던 것이다. 헛된 꿈을 꾸고 있는 자신의 어리석음을, 모두 그렇게 어이없는 눈으로 바라보고 있었다. 어깨가 뜨거워지는 것을 느꼈다. 창피했다.

어째서, 꿈을 꾸게 된 걸까. 바라게 된 걸까.

그때 문득, 성큼성큼 복도를 지나가려는 시미즈를 불러 세우는 목소리가 들렸다.

"시미즈."

복도 저쪽에서 다가오는 그림자. 고개를 들고 시미즈는 아아 하고 숨을 내쉬었다. 미즈키와 다카노였다.

"왜 그래? 그거 추가분 팸플릿이구나. 안 무거워? 남자애들은?"

다른 반에서 낸 가게라도 갔다 오는 길인 모양이다. 미즈키가 뛰어와 걱정스러운 듯이 말을 걸어온다. 다카노가 '내가 들게' 하며 시미즈를 향해 팔을 뻗었다.

"미안, 동아리 후배네 반에 점심 먹으러 갔었어. 나 지금 교실로 갈 거니까 이리 줘."

자신을 향한 다카노의 목소리에 시미즈는 제대로 반응할 수 없었다. 시미즈의 양팔에 산더미처럼 쌓인 팸플릿을 들어 올리는 다카노를 천천히 고개를 들어 바라보았을 뿐이다. 그게 고작이었다.

반응이 없는 시미즈를 눈치챈 미즈키가 '시미즈?' 하고 부르며 얼굴을 들여다본다.

"왜 그래? 피곤해?"

"시미즈, 좀 쉬어도 돼."

다카노의 눈이 걱정스러운 듯 흐려졌다.

"너 오후부터 접수 당번이었지? 미즈키는 벌써 밥 먹었으니까 바꿔 달라고 해."

"어라, 뭐야? 다카노, 넌 뭐 하고?"

"미안하지만, 저는 학생회 일을 하러 가야 하거든요. 괜찮지?"

"응. 상관없어. ……시미즈, 진짜 괜찮은 거야? 안색이 진짜 나빠."

미즈키의 눈이 다시 시미즈를 들여다본다. 시미즈는 그제야 겨우 어색하게 웃어 보였다.

"괜찮아."

있잖아, 미즈키. 다카노.

억지로 지은 웃음이 진짜처럼 보이는지는 자신이 없었다.

"괜찮아, 신경 쓰지 마."

마음, 열어줄래?

나랑 있는 게 즐거워?

팸플릿 부탁해. 시미즈는 그 말만 남기고 도망치듯이 둘에게 등을 돌린다. 정말로, 모든 것으로부터 도망치고 싶었다.

계단 위에는 온통 하얀 세계가 펼쳐져 있었다.

어째서 잊어버리고 있었을까. 자살한 사람의 이름, 그날 있었던 일. 시미즈는 고개를 갸웃거린다. 지금이라면 울어도 될까, 뜬금없이 그런 생각이 들었다.

고집을 부려 봤자 이 세계에서는 통하지 않는다.

문득 올라온 계단을 뒤돌아본다. 계단이 자신의 발밑에서부터 깨끗하게 없어져 있는 것이 보였다. 하얀 바닥이 무표정하게 펼쳐져 있을 뿐. 이제 돌아갈 곳은 아무 데도 없다. 되돌아갈 수는 없었다.

눈앞에는 깨진 석고상의 파편. 그 아래에 뭉개진 붉은 얼굴이 있다. 시미즈는 이제 그것이 무섭다는 생각은 들지 않았다. 새하얀 세계에 존재하는 것은 자신과 그 머리뿐. 중앙에는 백지 상태의 캔버스가 놓여 있었다. 시미즈는 천천히 그곳으로 걸어간다.

'생각났어?'라고 머리가 물었다. 생각났다고 시미즈는 대답한다.

캔버스 앞에 앉아, 시미즈는 오른손에 붓을 쥐었다.

제9장
어둠 속에서 손을 뻗어

1

 몇 년 전, 집단 괴롭힘으로 인한 자살이 기묘한 '유행'처럼 번진 적이 있었다.

 전국에서도 몇 년 만이었다는, 어느 중학생이 목을 매어 자살한 사건. 그를 자살까지 몰고 간 원인은 같은 학교 학생들의 괴롭힘이었다는 결론이 났다. 당시에는 집단 괴롭힘 문제가 지금만큼 심각하게 여겨지지 않았지만, 그 자살을 기점으로 세상이 단숨에 시끄러워졌다. 다음 날 신문에는 그 소년이 남긴 유서 내용이 토씨 하나 빠뜨리지 않고 게재되었다.

 무시당하는 것에 대한 공포, 상담할 사람이 없다는 것에 대한 불안.

 당시 중학교 3학년으로 고교입시를 앞두고 있던 후지모토 아키히코는 그 유서의 내용을 HR시간에 담임선생님의 입에서 처음 들었다. 자신보다 한 살 아래였던 그 소년의 생생한 절규. 그것을 아키히코는 자신과는 어딘가 동떨어진 세계에서 일어난 일처럼 듣고 있었다. 그러나 그 일은 완전히 남의 일이면서도 틀림없이 현실의 어딘가에서 일어난 일이었다. 그렇게 생각하면 가슴에 엷은 압박감이 느껴졌다.

소년의 유서 속에 '더 살고 싶었는데'라는 구절이 있었던 것을 지금도 자주 떠올린다. 살고 싶었다면 다른 방법을 찾아보지 그랬냐는 생각을 안 한 것은 아니다. 그러나 그런 생각을 하기에 앞서 아키히코는 왠지 이해가 되었다. 다른 방법보다 죽는 게 편할 때도 있는 법이다.

담임선생님이 유서 내용을 읽고 있을 때, 참지 못하고 책상에 엎드린 여자애들이 여럿 있었다. 아키히코 옆자리의 여학생도 그랬다. 그녀는 책상 위에 엎드려 팔에 얼굴을 묻고 한참을 작게 흐느껴 울었다.

어색한 분위기의 교실을 떠나 집에 가 보니, 그날 집에서는 부모님이 텔레비전 앞에서 손수건으로 눈물을 닦고 있었다.

불쌍하게도, 아직 중학생인데…….

그렇게 중얼거리고 있었다. 같은 또래의 아들을 둔 부모로서 참 안타깝다고 그랬다. 그러나 지금에 와서 아키히코는 이렇게 생각하고 있다. 어머니는 다른 현에서 일어난 생판 모르는 남의 일이기 때문에 '남 일 같지 않다'며 눈물을 흘릴 수 있었던 것이라고. 그리고 그것은 슬프지만, 사실일 것이다.

그 자살사건이 있은 후 한동안, 텔레비전을 비롯한 매스 미디어는 하나같이 집단 괴롭힘 현상을 줄기차게 보도했다. 늘 보던 드라마나 오락 프로그램이 그 특별방송 때문에 취소되고, '갈 데까지 간 학교'를 비평가들이 우려하고 있었다. 그리고 마치 그 방송이 등을 떠밀기라도 한 듯, 다음 날부터 일본 전국 각 지역에서 '괴롭힘에 의한 자살'

이 줄을 이었다. 지금까지 필사적으로 참고 살아왔던 그들에게 마치 보도가 '죽을 용기'를 준 것처럼. 마지막으로 매달려 있던 줄 하나를, 그것이 끊어버린 것처럼.

자살해도 괜찮아. 너만 그런 게 아니야. 그만 편해져도 돼. 브라운관에서 담담히 들려오는 뉴스가 그렇게 말해주기라도 하는 것처럼.

아나운서가 비통한 목소리로 말한다. 한 번 더 생각해 주십시오. 지금 죽음을 생각하면서 이 뉴스를 보고 있는 학생, 같은 괴로움을 겪고 있는 당신. 한 번 더 생각해 주십시오. 주변 누구라도 좋습니다. 이야기를 해 주십시오.

그 첫 번째 자살이 없었다면, 어쩌면 그들은 죽지 않았을지도 모른다. 지금도 그런 생각을 한다.

'남 일 같지 않다'고 중얼거리는 어머니의 목소리. 그러나 아마도, 어머니는 진심으로 그렇게 생각한 것은 아닐 것이다. 그저 남의 일에 동정하고 있었던 것에 지나지 않을 것이다. 울고 있던 옆자리의 여자애도 마찬가지다. 왜냐하면, 실제로 그들은 '그것'이 남의 일이 아니게 되었을 때는 그 사실을 직시하지 못하기 때문이다. 도망치기만 했을 뿐이다.

아키히코의 중학교 때 동급생이었던 사와구치 유타카가 자살했을 때, 그들은 그렇게 눈물을 흘렸을까. 생각해 보면 그 당시, 브라운관에서 나오던 뉴스를 정말로 '남의 일이 아니게' 받아들인 사람은, 아키히코의 주위에서는 사와구치 혼자뿐이었다.

그 축제날, 도쿠다 선생과 함께 달려간 옥상에서 순간 그 일을 떠올렸다. 떨어지는 급우를 앞에 두고 멍해진 머리 한구석에서, 아키히코는 생각했던 것이다.

자신의 급우가 자살하는 것은 이걸로 두 번째다. 그리고.

그 사실에 책임을 느끼는 것도.

2

세이난에 입학한 지 얼마 안 된 4월.

같은 반이 된 아이들끼리 하는 첫 대화는 대체로 패턴이 정해져 있다. 어느 고등학교나 마찬가지겠지만 우선은 이름, 출신 중학교, 그리고 중학교 때 어떤 동아리에 소속되어 있었는지 등을 서로에게 가르쳐 준다. 반쯤 정해진 절차와도 같은 그 과정에서, 아키히코는 자신이나 상대방이나 피차 어색해진 적이 왕왕 있었다.

너 어느 중학교 나왔어?

거기에 대답하는 자신의 말에 순간 표정이 굳는 친구의 얼굴. 적당히 흘려듣는 애나 전혀 눈치채지 못하는 애도 있기는 있지만, 반응하는 애들은 꼭 그다음에 이렇게 묻는다.

사사쿠라 중학교라면, 그 사사쿠라 중학교?

'자신과 같은 학년의 학생이 자살한 중학교.'

꼭 입에 올리지 않아도, 그들이 그렇게 생각한다는 것을 알 수 있다. 거기에 애매하게 고개를 끄덕이면서 아키히코는 종종 생각했다. 자살한 그 아이가 당시 자신과 같은 반이었다는 걸 밝히면 상대방은 어떻게 생각할까. 게다가 집도 가까워서 어릴 때부터 친구였다고 하면?

그 당시 그 기묘한 열에 들뜬 듯한 보도 속에 잇따라 일어나던 중학생의 자살사건. 사사쿠라 중학교의 사건은 그중에서 같은 현 내, 자신과 가장 가까운 곳에서 일어난 한 사건에 불과하다. 당연히 그들에게는 그 정도의 인식밖에 없었을 테고, 그들은 자살한 '사와구치 유타카'의 이름도 얼굴도 모른다. 자살한 원인도 '괴롭힘'이라는 한 단어로 끝나버릴 것이다.

괴롭힘.

텔레비전의 보도나 드라마에 묘사되는 것처럼 심각한 무시나 그 외의 괴롭힘이 실제로 자신의 반에 존재했다고는, 아키히코는 지금도 생각할 수 없다. 실감이 나지 않는다. 그만큼 그 일을 당하고 있던 본인 이외에는 주변에서 괴롭히고 있다는 의식은 희박했던 것일까.

사와구치 유타카는 얌전한 아이였다.

어릴 때부터 친했던 아키히코한테는 그래도 친근하게 말을 걸곤 했지만, 그때도 인상은 엷었다. 그가 자살로 이 세상에서 없어지고 나서야 아키히코가 그에 대해 처음 안 사실도 많았다.

초등학생 때는 사와구치와 자주 같이 놀았고 등하교도 같이 했다. 제일 친한 친구까지는 아니어도 사이는 제법 좋았고, 그때의 사와구치는 좋은 뜻으로도 나쁜 뜻으로도 특별히 눈에 띄는 존재는 아니었다.

생활공간이 좁은 초등학교에서 비교적 큰 사사쿠라 중학교로 옮겨가자, 아키히코는 새로운 환경과 친구들에게 둘러싸이고, 축구부에 들어가게 되면서 동아리 활동에 바쁘게 휘둘리게 되었다. 그렇게 되고 나니 사와구치를 만날 기회가 극단적으로 줄어들었다. 사와구치만이 아니라 초등학교 때의 친구들과 만나는 일 자체가 점점 줄어들었다. 그러던 중 2학년 2학기 때 어떤 소문을 들었다. 사와구치 유타카가 지금 괴롭힘을 당하는 것 같다는 소문이었다. 그때는 원인까지는 잘 몰랐다. 아키히코가 들은 소문은 상당히 무책임하게 퍼져 있고, 괴롭힘을 당하고 있다는 뉘앙스가 아니라 애들이 사와구치를 '싫어한다'는 말로 아키히코의 귀에 들어왔다.

'싫어한다.'

중학교 2학년 때 아키히코의 반에도 그런 애가 있기는 했다. 모든 아이들에게 놀림의 표적이 되고, 왠지 모르지만 꺼리게 되는 존재. 그래서 사와구치가 반 내에서 놓여 있는 처지는 쉽게 상상이 됐다.

놀라기도 했고, '왜 그 녀석이?' 하는 생각도 했다. 그러나 반도 달랐고, 아키히코도 그때는 그냥 그렇게 생각만 했을 뿐이었다. 각 반은 각각 하나의 작은 세계를 형성하고 있다. 다른 반의 일에 제삼자인 아키히코가 끼어들 수는 없다는 생각도 했다.

더욱이 아키히코는 원래부터 눈앞에 있는 사실에 대한 감상은 있어도, 필요 이상으로 자신이 적극적으로 관여하려고는 하지 않는다. 그런 성격이었다.

그래서 중학교 3학년이 되어 반이 바뀌면서 사와구치와 같은 반이 되고 나서야 아키히코는 오랜만에 그를 보았다. 4월 개학식 후, 교실에서 아키히코에게 말을 건 사와구치는 조금 야윈 듯 보였고, 그리고.

이것은 아키히코 혼자만 그렇게 생각한 건지도 모른다. 하지만 분명히 그는 아키히코와 같은 반이 된 것을 무척 기뻐하는 것 같았다.

'저 자식, 진짜 너한테 친한 척하지 않냐?'

친구가 말한 그 한 마디가 처음이었던 것 같다.

당시 반장이었던 니시무라의 목소리였다. 그는 평소 반 애들에게 인기도 있고 공부도 잘하는, 반 전체의 중심이 되는 존재였다.

그것은 과학 자습 시간의 일이었다.

"저 자식, 진짜 너한테 친한 척하지 않냐?"

옆자리였던 니시무라가 묘하게 차가운 눈빛으로 그렇게 말했다.

프린트만 나눠주었을 뿐 감시하는 선생님도 없는 자습 시간은 학생들이 떠드는 소리로 시끄러웠다. 지금 친구들의 화제는 이 프린트를 꼭 제출해야 하는지 아닌지에만 집중되어 있는 것 같았다. 꼭 제출해야 하는 거라면 답을 써야 되겠지만, 안 내도 되는 거라면 땡땡이치고 친구랑 놀고 싶다는 분위기.

낮잠이나 잘까 하던 아키히코는 갑작스러운 니시무라의 말에 얼굴을 번쩍 들고 그를 쳐다보았다.

"저 자식이라니?"

그렇게 되물은 아키히코에게, 그는 퉁명스레 '저 녀석'이라며 턱짓을 했다. 불쾌한 듯이 쳐다보는 니시무라의 시선은 교실 구석에 있는 사와구치 유타카를 향하고 있었다. 성실하지 못한 다른 학생들과는 달리 사와구치는 프린트를 풀고 있었다. 아무하고도 얘기하지 않고, 생각에 잠겼을 때의 버릇인지 연필로 책상 끝을 찌르고 있다. 그를 보고 나서 아키히코는 다시 니시무라를 돌아보았다.

"사와구치? 저 아이가 왜?"

"거슬리지 않냐? 저 녀석."

왜 그런 것도 모르냐는 듯이, 짜증 난다는 표정으로 니시무라가 말했다.

"지금도, 저 자식은 친구가 없으니까 프린트를 풀 수밖에 없는 거야. 아키히코, 너랑 초등학교 같이 다녔다며? 모르냐? 1, 2학년 때 아사카와가 저 자식 진짜 싫어했어."

"응? 아사카와가?"

아사카와는 1학년 때 사와구치와 같은 반이었던 애다. 니시무라와 똑같이 학급위원 활동을 하는 활발한 학생이라고 기억하고 있다. 아키히코와는 별로 교류가 없었다.

"어, 처음엔 아사카와만 저 자식을 싫어했지. 근데 저 녀석 짜증 나거든. 지금은 다들 싫어해."

니시무라는 쓰고 있던 안경을 밀어 올리며 과장되게 한숨을 쉬었다.

"아사카와가 저 녀석을 뭐라고 부르는지 알아? '자식'이라는 걸 고유명사처럼 써. 본인 앞에서 이름을 말하는 건 너무 노골적이잖아. 저 자식은 둔한 데다 멍청하니까 '자식, 거슬려'라고 눈앞에서 얘길 해도, 그게 자기 얘기인지 눈치 못 채지만 말이야."

"거슬리다니 뭐가?"

"어? 아아, 뭐랄까, 뭘 해도 별로고, 인간적으로 그릇이 너무 작아."

"그래? 사와구치는 그냥 평범하지 않아?"

아키히코가 그렇게 말하자, 니시무라는 그 말이 마음에 들지 않았는지 얼굴을 찌푸리더니 설교하듯이 말을 이었다.

"그건 네가 사람이 좋아서 그렇게 생각하는 거고."

"그래?"

"그렇다니까. 대체 저 자식은 남들이 자신을 싫어하는 것 좀 눈치챘으면 좋겠어. 네가 상대해주니까 들러붙는 거야. '아키히코, 아키히코' 하면서. 너 아무렇지도 않냐?"

"어, 난 사와구치 싫어하지 않아. 그런 건 잘 모르겠다. 아사카와랑 무슨 일이 있었는진 몰라도, 난 사와구치는 평범하다고 생각하는데 말이지. 별로라고 생각한 적도 없고."

사와구치 유타카를 진심으로 경멸하듯이 말하는 니시무라를 앞에 두고, 아키히코는 위화감을 느끼고 있었다. 아키히코가 반론하리라고는 생각하지 않았는지, 니시무라는 더욱 불쾌한 듯 눈을 찡그렸다.

"너도 금방 알게 된다니까. 그럼 아마 저 자식이 싫어질 거야."

"하지만 내가 너보다 사와구치를 안 지도 오래됐잖아."

왜 니시무라가 그렇게도 사와구치를 싫어하는지, 아키히코로써는 잘 이해할 수 없었다. 평소에는 반 애들 모두에게 신뢰가 두터운 그가 어째서 사와구치한테만은 그런 것일까. 니시무라의 말투는 아키히코가 사와구치를 싫어하게 만들고 싶어 하는 듯 생각될 정도였다. 사와구치를 '자식'이라고 부르는, 그 호칭을 자신에게도 강요하고 있는 것 같았다. 그게 왠지 기분 나빠서 아키히코는 물었다.

"하지만 네가 사와구치한테 직접 무슨 일을 당한 것도 아니잖아? 아사카와도 대체 왜? 사와구치랑 싸우기라도 했어?"

"글쎄. 그래도 싫은 건 어쩔 수 없는 거 아냐? 자식 공부도 못하는 주제에 자신만만해서 보고 있으면 열 받아."

"……흐음."

대충 그렇게 대답하고 아키히코는 다시 사와구치 쪽을 보았다. 프린트를 보고 있는 그의 모습은 지극히 온화했다. 그런 사와구치는 자신과 놀던 초등학교 때와 하나도 변한 게 없어 보이는데, 다른 장소에서 지낸 2년 사이에 무언가가 크게 어긋나 버린 것처럼 생각되었다.

지금 생각해 보면 중학교 때의 자신들은 얼마나 약했던가. 아마도 사와구치 유타카에게는 아무 문제도 없었을 것이다. 사와구치가 1학년 때 다툰 '아사카와'. 그가 우연히 반의 중심이 되는 인기인이었다는, 그런 아무것도 아닌 사실이 모든 일의 발단이 되었다. 잘잘못도 분명치 않은 사소한 트러블. 사와구치가 잘못한 게 아니었더라도, 아사카와는 그를 자신의 패거리에서 빼고 싶었을 것이다. 그것이 어느새 집단적인 악행으로 변해 버렸을 것이다.

니시무라도 그 일원에 불과했다. 니시무라가 사와구치를 가리키며 한 험담에 쿡쿡 웃던 반 여자애들의 얼굴을 떠올려 보면, 그들은 정말로 사와구치를 자신들의 가벼운 오락거리로밖에 생각하지 않았던 것 같다. 누군가 한 사람이 반에서 미운 오리가 되면, 누군가는 안심하고 누군가는 즐긴다. 당하는 쪽과 하는 쪽으로 선을 긋고 자신은 하는 쪽이라며 안도한다. 정말 시시하고, 쓸모없는 짓이다.

니시무라가 필요 이상으로 아키히코까지 사와구치를 싫어하게 만들려고 한 이유도 지금 생각하면 명백했다. 그들은 따돌릴 수 있는 대상이 필요했던 것이다. 그 대상을 쓸데없이 편드는 자가 생기는 일은 바람직하지 않았다. 한 사람이라도 사와구치를 옹호하는 사람이 반에 있어서는 안 되었다. 그들은 고립되어 가는 사와구치를 보고 싶었을 뿐이다.

무서운 것은 자신들의 그런 일들이 어디에나 있는 일이라고 가볍게 인식하고 있었던 것이다. 그 행위가 '괴롭힘'이라는 명확한 의식은 전혀 없었던 것이다. 니시무라도, 그리고 그것을 옆에서 보고 있던 아키히코 자신도, 한 번도 그것을 심각하게 생각한 적이 없었다. 그것이 당하는 쪽에는 얼마나 깊은 상처를 남기는 것인지, 생각해 본 적도 없었다.

사와구치가 그날 어떤 심정으로 프린트를 풀고 있었는지. 그것을 아무도 몰랐던 것이다.

겨우 그런 일로 자살할 줄 몰랐어.

그 말을 아키히코는 이후 몇 번이나 듣게 되었다.

4

지금, 여긴 어디일까.

아키히코의 머리는 그런 생각을 한다. 기억에 있는 것은 학교, 세이난 고등학교의 옥상. 손을 뒤로 돌려 울타리의 망을 붙잡은 양팔, 그 손목이 너무 하얗다.

——떨어진다.

머릿속에 그런 목소리가 들린다. 냉정한 눈으로 그 모습을 바라보고 있는 자신이 어딘가에 있다. 자살의 무서움을 자신은 알고 있을 터였다. 사람이 얼마나 단순한 이유로 자살을 결심하게 되는지 자신은 알고 있었을 터였다. 그러나.

돌아본 '그 인물'의 얼굴이 순식간에 일그러진다. 그 얼굴이 서서히 사와구치 유타카의 얼굴로 변해 천천히, 아주 천천히……, 아키히코를 보았다.

"아키히코……."

(생각났어?)

츠지무라 미즈키가 고민하는 모습을 봤을 때 내버려 둘 수 없었다. 그녀가 자살하는 게 아닌가 하는 생각이 들었다. 그래서.

(미즈키가 자살하지 않아서 다행이야)

귀갓길에 그녀를 바래다주면서 나눴던 대화. 그녀는 아키히코를 보았다. 아키히코는 말을 이었다.

(자살하는 건 절대로 용감한 게 아니야)

아키히코의 말 뒷면에 사와구치 유타카의 얼굴이 어른거린다. 다카노가 한 말을 떠올렸다.

(아키히코, 너 사사쿠라 중학교 출신이지? 그게 네가 그렇게 자기 일처럼 미즈키를 걱정하는 것과 관계가 있는가 하는 거)

(질문에 대답할게. 확실히 말해 상당히 관계가 있어)

관계없을 리가 없다. 그래서 내버려둘 수 없었다.

사와구치 유타카는 왜 자살했을까. 그가 자살했을 때, 처음엔 '겨우 그런 일로'라고 순간적으로 생각했다. 하지만 사실은 그런 말을 할 자격은 아무에게도 없었다. 실제로 그런 일을 당한 사람이 자기 자신이었다면, 아키히코도 '겨우 그런 일'이라고는 생각할 수 없었을 것이다.

"아키히코……."

사와구치의 얼굴이 아키히코를 본다. 외면하고 싶었다. 도망치고 싶다고, 절실히 바랐다.

미즈키를 돕고 싶었던 마음에 자기 자신의 잘못을 보상하려는 마음도 섞여 있었을까.

평소에 자발적으로 사람을 공격하거나 누군가에게 크게 화내는 일이 거의 없었던 자신이, 그때는 정말로 가만히 있을 수가 없었다.

(내가 잘못한 거야……)

힘없이 말하는 미즈키, 그 원인을 만든 츠노다 하루코. 하루코에게 직접 따끔하게 말해 주고 싶다는 다카노를 말린 사람은 자신이었지만, 솔직히 그녀에게 제일 화가 났던 사람은 아키히코 자신이었을 거라고 생각한다. 사실을 사실로써 받아들이기만 하는 성격이었던 자신이, 누군가에 대해 이렇게나 부정적인 감정을 품은 것은 처음 있는 일이었다.

아키히코는 츠노다 하루코와 직접 얘기해본 적은 거의 없었지만, 그 당시에 딱 한 번 그녀와 충돌한 적이 있었다. 타인과 그것도 여자애와 감정을 다 드러내고 정면으로 충돌하다니 전혀 예상도 못 했던 일이었다. 그렇게까지 하도록 자신을 충동질한 것은 대체 무엇이었을까.

미즈키가 하루코 때문에 고민하다 건강을 해치고 양호실을 드나드는 횟수가 늘어가던 시기였다. 아키히코가 그녀의 사정을 알아낸 뒤에도 미즈키는 음식을 보면 구토감을 호소하고 빈혈에 가까운 증상에 빠지는 일이 잦았다. 그 무렵의 일이었다.

방과 후, 청소 시간이었다.

그날도 미즈키는 빈혈을 일으켜 양호실 침대에 누워 있었다. 아키히코는 양호교사의 부탁으로 그녀의 가방을 챙겨서 양호실 앞에서 미즈키를 기다리고 있었다.

그때 츠노다 하루코가 양호실에 와서 안으로 들어가려고 한 것이다.

하루코는 얼굴을 똑바로 들고 자세를 바르게 펴고 걷고 있었다. 앞에 서 있는 아키히코는 마치 눈에 들어오지도 않는다는 듯이 그대로 안에 들어가려고 했다.

아키히코는 순간적으로 하루코를 불러 세웠다.

"하루코."

아키히코의 목소리에 츠노다 하루코가 들어가려던 발걸음을 멈추고 돌아본다. 그 얼굴이 일순 차가울 정도로 무표정해지나 싶더니 다음 순간 꾸며낸 것이 역력한 웃음을 띠고 아키히코를 향했다.

"왜? 아키히코."

"양호실에 무슨 볼일이야?"

"바닥 닦을 세제 가지러. 나 이번 주 복도청소 당번이거든."

"그거 내가 갖고 나오면 안 될까?"

말하고 나서 아키히코는 스스로도 놀랐다. 말하는 자신의 목소리가 너무나 차가웠기 때문이다.

"미즈키가 누워 있거든. 난 네가 안 들어갔으면 좋겠어."

어떻게 자신이 다른 사람에게 이렇게까지 차가워질 수 있는지 의아할 정도였다. 억양 없는 자신의 목소리를 듣고, 아키히코는 그제야 자신이 화가 나 있다는 것을 깨달았다.

그 말을 들은 하루코의 얼굴은 순간 다시 무표정해졌다. 살피듯이 아키히코를 올려다본다. 어떻게 해야 좋을지 몰랐던 건지도 모른다. '그래' 하고 작게 고개를 끄덕였다. 하루코의 눈이 무언가를 호소하는 것을 알 수 있었다. 그녀의 눈은 이렇게 말하고 있다. '역시 미즈키는 아키히코에게 자신의 얘기를 했던 거다. 츠노다 하루코에 대해 나쁜 인상을 심어 주면서 다 같이 비웃고 있는 거다'라고.

비웃는 건 어느 쪽이냐.

입 안으로 그렇게 중얼거리고, 아키히코는 양호실 안으로 들어간다. 들어가니 미즈키는 아직 자고 있는 듯 보였다. 바싹 마른 그녀의 뺨과 팔을 떠올리고 그녀를 그렇게까지 몰아붙인 조금 전의 하루코 얼굴을 떠올린다.

적의로도 허세로도 보이는 그녀의 무표정한 얼굴. 미즈키를 이렇게까지 몰아붙이고도 오히려 미즈키가 자신을 비웃고 다닌다며 피해자인 척하는 그 신경을 믿을 수가 없었다. 성적도 좋고 동아리 활동도 순조롭다는 사실을 자신이 삐딱하게 보고 있는 것뿐이면서, 온갖 말도 안 되는 이유를 붙여 미즈키가 잘못한 사람처럼 만든다. 게다가 미즈키의 몸이 안 좋아져 거식증을 보이고부터 하루코가 뒤에서 그것을 뭐라고 얘기하고 다니는지, 아키히코는 소문으로 들었다. '쇼하는 거야'라며 하루코는 미즈키를 비난하고 있다. 속 보이지 않니? 나 보라고 저러는 거야.

고작 '쇼'로 저런 안색이 될 수 있을까. 저렇게 계속 토할 수 있을까. 어이없는 해석이었다. 그런 걸 위해 미즈키가 자신의 몸을 해치고 있다고, 정말로 그렇게 생각하고 있는 건가. 그걸 생각하면 미즈키가 너무 불쌍했다. 아키히코는 자고 있는 미즈키를 깨우지 않도록 조심하면서 양호교사에게 세제를 받아 복도로 나왔다.

말없이 세제를 건네자 하루코가 조금 고개를 들고 아키히코를 보더니 말했다.

"미즈키, 아직도 나 신경 쓰고 있어? 난……."

"신경 안 쓰게 하려고, 나랑 다카노가 있는 거야."

하루코가 무슨 말을 하려는지, 그걸 자신이 어떻게 받아들이길 원하는지. 그때의 아키히코는 그것을 알아 버렸다. 미즈키를 생각하는 척. 책임을 느끼는 척. 지금까지 아무 일도 없었다는 듯이 행동하던 아키히코는, 그때 한계에 와 있었다.

"이제 반년이면 졸업이야. 너랑 있었던 일, 미즈키는 분명히 다 잊을 거야. 그러니까 너도 신경 쓰지 마. 미즈키한테 뭔가 해 주겠다거나, 사과하겠다거나 하는 생각은 절대로 하지 않았으면 해. 너무 늦었잖아?"

화를 낼 거라고 생각했지만, 그 말을 들은 츠노다 하루코는 아키히코가 생각하고 있던 것보다 훨씬 냉정한 눈으로 말없이 아키히코를 노려보았다. 그러나 냉정하고 의연하긴 했지만, 역시 그 시선에서는 허세가 느껴졌다. 조금만 더 뭐라고 하면, 그 자리에서 울어버릴 듯한 눈이었다.

그녀와 얘기하는 것 자체, 지금 자신이 이렇게 차가운 목소리로 말하고 있는 것 자체에 혐오감이 들어서 아키히코는 그대로 하루코를 외면했다. 하루코도 그런 아키히코 앞에서 고개를 숙여 시선을 피했다. 말없이 등을 돌리고 빠른 걸음으로 복도 저편으로 사라진다.

하루코의 등이 복도 모퉁이를 돌아 시야에서 사라지고 나자, 아키히코는 길게 한숨을 쉬었다. 지금 그녀의 가슴에 있는 것은 후회일까,

그런 생각을 했다.

그렇다면 그건 분명 너무나 이기적인 후회다. 하루코는 미즈키에게 아키히코와 다카노가 있었던 것을 감사해야 한다. 그녀는 아키히코처럼 후회하지 않아도 된다.

사와구치 유타카에게는 아키히코가 없었던 것이다.

5

어느 날의 방과 후.

아키히코가 동아리 활동 후 가방을 가지러 교실로 돌아왔을 때의 일이다. 하교 시간이 가까운 교실에는 사람이 없어, 아키히코는 바로 가방만 들고 교실을 나가려고 했다. 그날은 집에 돌아가서 새로 나온 게임을 할 생각이었다.

교실을 나서려던 그때, 덜컹하는 소리를 들은 것 같아서 아키히코는 발을 멈추고 안을 돌아보았다.

교실 안이 어둑어둑해서 당장은 알아채지 못했다. 그래도 눈에 힘을 주자 그 어둠에 눈이 익숙해지고 한 책상에 시선이 멈춘다. 사와구치의 책상이었다.

"사와구치?"

가방을 멘 채로 다가가니, 사와구치는 무릎을 꿇고 책상 아래에 있었다. 무릎을 바닥에 꿇은 채 교과서와 공책을 양손에 안고 있다. 아키히코를 보고 일순 표정이 굳은 듯 보였다.

아키히코는 이상하게 생각하면서 물었다.

"사와구치, 너 아직 안 갔어? 뭐 하는 거야?"

"아니……."

그렇게 말하는 사와구치는 역시 어딘가 좀 어색해 보였다.

"그냥 아무것도 아냐. 너는?"

"응? 난 동아리 활동이 끝나서 집에 가려고 가방 가지러 왔지. 넌 집에 안 가? 같이 갈래?"

"응?"

사와구치는 이때, 조금 놀란 듯이 아키히코를 마주 보았다. 왜 그랬는지, 이때의 아키히코는 전혀 몰랐다. 그리고 그의 그런 태도를 아키히코가 이상하게 생각하기 전에, 사와구치는 선수를 치듯 고개를 저었다.

"아직 할 일이 남았어. 미안."

"그래? 그럼 내일 보자."

말을 마치고 아키히코가 나가려고 하자, 사와구치가 당황한 듯이 아키히코를 불렀다.

"저기, 아키히코."

"응?"

"혹시 내일모레 시간 있어? 오랜만에 너희 집에 놀러 가도 돼?"

"응. 좋지."

사와구치는 아키히코의 그 대답에도 아까와 마찬가지로 의외라는 듯이 눈을 깜박였다. 그리고 그때도 아키히코는 그것에 대해 별로 깊이 생각하지 않았다. 좀 이상하다고 생각했을 뿐이었다. 그때 아키히코는 집에서 기다리고 있는 새 게임으로 머리가 가득했던 것이다.

그럼, 하고 등을 돌리려는 아키히코에게 사와구치는 미소 지으며 말했다.

"아아, 고마워."

지금 아키히코는, 이때 미소 짓던 사와구치의 얼굴이 잘 생각나지 않는다. 웃고 있는 그를 떠올리려고 하면 거기에는 새까맣게 칠해진 얼굴이 있을 뿐, 그때 그가 짓고 있던 표정을 아무리 해도 생각해 낼 수 없었다.

이때 사실 사와구치는 책상에 넣어놓은 소지품을 전부 밖에 내던져 놓는 전형적인 괴롭힘을 당해, 그 정리를 하고 있었다는 걸 아키히코가 알게 된 것은 이미 사와구치가 이 세상에서 사라진 뒤의 일이었다. 어려서부터 잘 아는 사이였던 아키히코에게 자신의 그런 모습을 보이고 싶지 않았던 것일까. 그걸 생각하면 아키히코는 숨이 막힐 것만 같았다. 아키히코이기 때문에, 더욱 알리고 싶지 않았는지도 모른다.

사와구치를 자살로 이끈 원인 중 하나는 틀림없이 아키히코였다. 인정하고 싶지 않지만 그랬다. 사와구치는 자신을 의지하려고 했다. 그의 안에서 아키히코는 아마도 큰 존재감을 가지고 있었을 것이다.

사와구치에게 작별 인사를 하고 자전거 주차장까지 내려오니, 거기에는 반장 니시무라가 있었다. 그도 마침 집에 가려는 참인 것 같았다. 동아리 활동이 끝난 뒤였나 보다.

"여어."

안경을 올리면서 니시무라가 말을 걸었다. '집에 가냐?'라고 대꾸하며, 몇 대 남지 않은 자전거 중에서 자신의 자전거를 찾는다. 바구니에 가방을 던져 넣자, 니시무라가 고개를 끄덕이면서 아키히코에게 다가왔다.

"아키히코, 교실에 갔다 왔지? 사와구치 있든?"

"있던데. 같이 가자고 했더니, 아직 할 일이 남았다고 그러더라."

"흐응."

아키히코의 대답이 맘에 안 들었는지 니시무라가 재미없다는 듯이 말했다.

"너 아직도 그 자식 상대하고 있냐?"

"무슨 상관이야——. 사와구치가 나한테 잘못한 것도 없는데."

니시무라와 얘기하는 게 귀찮아져서 아키히코는 얼른 자전거에 열쇠를 꽂았다. 니시무라와 자신이 의견이 다른 것은 잘 알고 있었지만, 그렇다고 니시무라에게 싸움을 걸 기개도 없었다. 그저 귀찮았다. 그러나 니시무라는 어떻게 해서라도 아키히코를 자신의 편으로 끌어들이고 싶은 것 같았다. 얼굴 가득 불만을 품고, 그는 말을 이었다.

"너 들었냐? 그 자식 공부도 못하면서 어느 고등학교 가겠다고 한 줄 알아? 너랑 같은 데래."

"세이난?"

상대할 생각은 전혀 없었지만, 아키히코는 무심코 고개를 들었다. 모르던 사실이었기 때문이다. 니시무라는 그래, 라며 사람을 바보 취급하는 표정으로 웃었다.

"자식, 자기 주제도 모르고. 너 '친구'니까 뭐라고 충고 좀 해라."

"……흐응."

니시무라와 더 이상 말하기도 싫어서, 아키히코는 더욱 무뚝뚝하게 대꾸했다. 그게 어쨌다고 그러는데, 라고 입 속에서만 욕설을 퍼부어 본다.

누가 어느 학교를 지망하든 아무래도 상관없지 않은가. 어째서 다른 사람이 하면 아무래도 좋은 일을 사와구치는 하면 안 된다는 걸까. 그 사고방식에 질렸다. 질려서, 니시무라의 말에 반론하지 않았다. 그뿐이었다.

그러나 대충 대꾸하고 아키히코가 자전거에 탔을 때, 문득 학교 쪽을 돌아본 아키히코는 페달을 밟으려던 발을 멈췄다. 자전거 주차장 가까운 곳에 사와구치가 서 있었다. 가방을 어깨에 멘 채 두 눈이 아키히코를 똑바로 바라보고 있었다. 아키히코와 사와구치의 눈이 마주쳤다.

사와구치는 상처 입은 눈빛을 하고 있었다. 한눈에 알 수 있었다.

사와구치에게 뭔가를 말하기에 앞서서, 아키히코는 순간적으로 니시무라를 돌아보았다. 니시무라는 마침 자전거 자물쇠를 풀려고 몸을 숙이고 있었다. 아직 사와구치가 있다는 걸 모르고 있다. 뭔가 사와구치에게 해명을 해야겠다고 생각하면서도 아무 말도 할 수 없었다. 그보다는 이대로 자신이 이곳에 있으면 니시무라가 사와구치가 있다는 걸 알아차린다. 그것만은 어떻게 해서라도 피해야 한다고 생각했다.

사와구치를 다시 돌아보자, 또 눈이 마주쳤다. 아키히코는 그 눈을 보고 그가 뭔가를 말하고 싶어 한다는 걸 알았으나, 이내 시선을 피하고, 다시 자전거 페달 위에 발을 올린다.

그리고 사와구치 유타카에게 등을 돌렸다.

변명처럼 들릴지도 모르지만, 아키히코에게 악의는 없었다. 전화하려고도 했고, 말을 걸려고도 했다. 그러나 할 말을 전혀 찾을 수 없었던 것이다. 그저 어쩌지도 못하고, 혼자 있는 사와구치를 가끔 눈으로 좇을 뿐이었다. 그리고 그 후로 사와구치도 아키히코에게 말을 걸지 않게 되었다.

약속한 그 날, 사와구치는 아키히코의 집에 오지 않았다.

6

어색해지고 나서 며칠 동안, 아키히코는 자신도 모르게 사와구치를 피하게 되었다.

어떻게든 해야겠다고 생각하는 동안에 시간만 흘러, 이윽고 다른 현에서 집단 괴롭힘에 의한 중학생 최초의 자살사건이 일어났다. 아키히코에게도 니시무라에게도, 그 사건은 자신들과는 아직 관계없는 다른 세계의 일이었다. 신문과 텔레비전에서 보는 '괴롭힘'과, 자신들 사이에 존재하는 사와구치의 일은 전혀 다른 것이었다. 많은 교사와 학생들이 '남의 일 같지 않다'며 눈물을 흘리는 동안, 사와구치는 대체 어떤 기분이었을까. 얼마 후 사와구치는 점점 학교를 빠지는 날이 많아졌다.

그때 누군가가 눈치챘어야 했다. 자신들이 해 왔던 놀이와 놀림, 반은 오락이나 마찬가지였던 '괴롭힘'. 그것이 브라운관에서 흘러나오는 비극과 일치한다는 것을.

사와구치가 학교에 나오지 않게 되고 나서야 비로소, 아키히코는 그에게 전화를 해 봐야겠다고 결심했다. 너무 늦었을지도 모르지만, 아키히코에게는 그것이 최선이었다.

'아아, 아키히코?'

전화를 받은 사와구치의 목소리는 몹시 약했다. 하지만 의외로, 그는 아키히코가 전화를 해 준 것이 기쁜 듯 느껴졌다.

"응, 너 몸은 어떤지 걱정돼서. 계속 안 오니까."

'아, 응. 걱정시켜서 미안.'

그는 힘없는 목소리로 말했고, 아키히코는 그에 대꾸할 말을 찾지 못했다. '걱정시켜서 미안'이라는 그의 목소리. 그것이 가슴을 찔렀다.

'학교 가야겠다고 생각하긴 하는데. 몸이 좀, 안 좋아서. 괜찮아, 좋아지면 꼭 갈게. 선생님한테도 그렇게 말했으니까.'

그 전화로 한 이야기는 그뿐이었다. 나머지는 전부 시시한 것들뿐이었던 것 같다. 잘 기억나지 않는다. 다만 사와구치에게 사과하지 못한 것과 힘을 북돋워 줄 만한 이야기를 하지 못한 것만은 확실했다.

사와구치는 그 뒤로도 계속 학교에 나오지 않다가, 어느 날. '겨우 그런 일로' 목을 매 죽어 버렸다.

어떻게 '겨우 그런 일로'라는 무신경한 말을 할 수 있었을까. 학교에는 누구 한 사람 자기편이 없고, 손가락질을 받고 바보 취급을 당하는 고독과 굴욕. 그것이 얼마나 괴롭고 고통스러운지. 사와구치가 죽었다는 소식을 듣고 나서야 아키히코는 그가 짊어지고 있던 괴로움을 깨달았지만, 너무 늦었다. 아무리 후회하고 책임을 느껴도, 사와구치는 돌아오지 않는다. 죽어 버린 것이다.

담임선생님의 입에서 들은 사와구치의 죽음. 그 소식에 옆자리에 앉은 니시무라의 얼굴이 종잇장처럼 하얘졌다. 깨달은 것일까, 가벼운 기분으로 계속해 왔던 자신들의 오락이 사와구치를 죽인 것이다.

초등학교 때부터 드나들었던 사와구치의 집에서 치러진 장례식, 아키히코는 영정 사진 속의 그가 마치 그때 처음 본 타인처럼 느껴졌다. 아키히코가 떠올리는 사와구치 유타카의 얼굴은 항상 그 자전거 주차장에서의 상처 입은 눈을 하고 있었다. 떠올릴 수 있는 것은 그 표정뿐이었다.

사와구치에게는 그와 닮은 남동생이 있었는데, 장례식 때 그는 큰 소리로 울고 있었다. 그 모습을 보고 있으니 아키히코는 가슴이 찢어질 듯 아팠다. 사와구치가 이제는 없다는 것, 자신이 속죄할 기회를 영원히 잃어버렸다는 것을 생각하면 너무나 울고 싶은데도, 자신에게는 눈물을 흘릴 자격조차 없다는 것이 괴로웠다. 우는 사와구치의 동생을 앞에 두고, 자신이 무슨 낯으로 울 수 있겠는가.

동생한테도 아무 말도 할 수 없었다. 그저 미안하고 한심한 기분으로 토할 것 같기만 했다. 적어도 동생과 부모님께 사와구치 본인에게 못했던 사죄를 할까도 생각했지만, 아키히코는 결국 그것도 할 수 없었다. 그러려고 할 때마다 밀려오는 죄책감에, 자신이 망가져 버릴 것 같아서였다.

너무나도 참기가 힘들어서, 아키히코는 사와구치를 잊어버리고 싶었다.

천천히.

(천천히 ⋯⋯)

잊고 있던 사실들이 머릿속에 떠오른다. 10월 12일 세이난 축제의 마지막 날. 그날 무슨 일이 일어났는지. 자살한 사람이 누구였는지.

어째서 잊고 있었을까. 그날, 아키히코는…….

마비되었던 팔의 화상에 천천히 피가 통하듯이 점점 머리가 맑아진다. 무언가가 이상하다, 담임은 뭘 하고 있는 걸까. 그는 교사 일을 그만둔다. 그런 일 때문에, 그는 어디론가 가 버리는 걸까.

자살한 애의 얼굴.

눈.

말리려고 하는 수많은 목소리. 그것은.

(책임이 너무 무거우면)

(자살하는 게 당연한지도 몰라)

(책임을 지라는 강요에)

(그것 때문에, 죄인이 되어 버리면?)

여기가 어디인지도 모르는 채, 아키히코는 거기까지 생각하고 양손으로 머리를 감쌌다.

──더 이상, 떠올리고 싶지 않아.

시야가 천천히 눈물로 일그러진다. 어째서.

(미즈키가)

(자살하지 않아서 다행이야……)

7

10월 12일, 세이난 고등학교 축제, 마지막 날.

아키히코네 반은 3회째, 마지막 영화 '열차 안의 낯선 자들' 상영 준비로 바빴다.

오전 중에 접수 당번이 끝난 아키히코는 마침 그때 부탁받은 물건을 사서 교실로 돌아온 참이었다. 다른 반은 전부 가게를 열고 있어서, 손님을 부르는 학생들 목소리가 복도에 울려 퍼지고 있었다. 걸을 때마다 아는 친구가 불러 세우는 통에, 아키히코는 약간 짜증이 나기 시작했다.

"갔다 왔어. ……어, 사카키샘은? 없어?"

교실 안으로 들어간다. 영화 상영이 막 끝난 교실은 일시적으로 관계자 외 출입 금지가 되어있었다. 상관없는 사람들을 내쫓은 후의 교실은 한산해서 사람도 적다. 들어가자마자 바로 눈에 띈 것은 나란히 접수대에 앉아 있던 가타세 미쓰루와 아마미야라는 여학생의 모습이었다.

"아키히코, 왔어?"

아키히코의 양손에서 짐을 받아들며 미쓰루가 말했다.

"사카키샘은 잠깐 일이 있어서 밖에 나갔어. 바로 올 것 같긴 해."

"그럼, 사카키샘 건 여기 두면 되겠지?"

"그럴 것 같은데. 고생했다. 넌 벌써 먹었어?"

"아아, 응. 7반 노점에서 라면 먹었어. 그거 너무하더라. 맛없었어."

"아키히코는 거짓말을 못 하니까."

아키히코한테서 받은 봉지를 들여다보며, 미쓰루가 쓴웃음을 지었다. 그 옆에서 아마미야가 몸을 내밀고 아키히코의 얼굴을 올려다보았다.

"으——음, 냄새 좋다. 소프트볼부에서 낸 가게의 볶음국수, 이거 내가 부탁한 거니까 먹어도 되지? 돈은 좀 있다가 줄게."

"오케이. 200엔이었어. 미쓰루는 뭐였지?"

"빈대떡."

"그것도 200엔이었을걸. 아, 거기 든 아이스크림 먹어도 돼. 오는 길에 아는 친구한테 강매 당했어. 이렇게 많은 건 혼자 다 못 먹으니까."

아키히코의 말에 아마미야가 꺄아 하고 환성을 질렀다.

"먹어도 돼? 앗싸."

"맛이 있을지는 모르겠지만——. 미쓰루, 너도 먹어."

"고마워."

미쓰루는 웃으면서 봉지 안의 빈대떡을 꺼낸다. 나무젓가락을 꺼내고는 예의 바르게 양손을 모으고 '잘 먹겠습니다'고 중얼거렸다. 아직도 몇 명분의 식사가 들어 있는 봉지를 들고 아키히코는 다시 교실 안을 둘러보았다.

"야, 리카랑 다른 애들은? 그 아이들 것도 사왔는데."

"아, 아까 동생이 와서 같이 잠깐 나갔어."

미쓰루가 빈대떡을 먹다가 고개를 들고 대답한다.

"리카한테 그렇게 어린 동생이 있는 줄 몰랐어."

"헤에, 귀여웠어?"

"……뭐, 응."

"리카랑 닮아서?"

"야, 무슨 소릴 하려는 거야, 아키히코."

농담이라며 웃고, 아키히코는 사카키 몫으로 사온 볶음국수를 봉지에서 꺼내 책상 위에 놓았다.

"그럼 일단 사카키샘 거 여기에 놓는다? 리카 건 어쩌지. 미쓰루가 주고 싶어?"

"당연하지 ──. 미쓰루 얼굴 새빨개졌다."

쿡쿡 웃으면서 아마미야가 말한다. 아키히코도 거들려고 하는데, 갑자기 아마미야가 '아──' 하며 입을 다물었다. 아키히코가 그녀를 보니, 아마미야는 약간 거북한 얼굴을 하고 있었다.

"왜 그래?"

아직도 얼굴이 빨간 미쓰루가 물었다. 아마미야는 '미안'이라고 사과하면서 아키히코를 보았다.

"잊고 있었다. 영화 끝나기 조금 전에, 너 찾아온 손님이 있었어. 아키히코 ,너 사사쿠라 중학교 나왔지? 후배라던데. 사사쿠라 교복 입고 있더라."

"손님?"

"내가 자리 비웠을 때? 아키히코, 넌 후배들한테 인기 있구나. 왠지 그럴 것 같긴 해."

"응. 나도 후배가 찾아온 적은 한 번도 없는데. 귀여운 애더라."

"어, 여자애?"

고개를 갸우뚱하면서 아키히코가 되묻는다.

아키히코가 중학교 때 같이 학교에 다니던 후배들은 벌써 중학교를 졸업해서 각자의 길을 가고 있을 터였다. 게다가 여학생이면 더더욱 짚이는 데가 없었다.

그러자 아마미야는 고개를 저었다.

"아니, 남자애. 사와구치라고 하던데. 아는 애야?"

"어?"

일순 표정이 굳는 것을 스스로도 알 수 있었다. 아마미야의 입에서 나온 이름에 순간 머리를 얻어맞은 듯한 충격이 지나갔다.

사와구치.

그런 아키히코의 상태를 눈치채지 못했는지, 아마미야는 볶음국수 팩을 열면서 말을 이었다.

"중학생 남자애들 진짜 귀엽지? 아키히코라면 점심 사러 갔으니까 금방 올 거라고 했는데, 어쩌지. 너 지금 딴 데 갈 거야?"

"아니, 기다리지 뭐."

"부럽다, 찾아와 주는 후배도 있고."

놀리듯 웃는 아마미야에게 애매하게 웃어 보이고, 아키히코는 일단 복도로 나갔다.

시끄러울 정도인 복도의 웅성거림. 축제 특유의 들뜬 분위기는 교실에 들어가기 전과 하나도 변하지 않았는데, 아키히코의 귀에는 갑자기 멀게 느껴졌다. 시미즈가 그린 PR 포스터에 힘없이 기댄다. 그러자 점점 아마미야에게 들은 말의 의미가 둔한 실감을 가지고 아키히코의 가슴에 떨어졌다.

사와구치 유타카의 이름.

세이난에서 생활해 온 3년간 자연스레 엷어져 기억 속에 묻혀 간 이름이었다. 이미 끝나서 자신과는 관계가 없어졌을 이름. 고교에서 일상생활을 보내며 누군가와 그것에 대해 깊이 얘기한 적도 없었고, 아키히코가 그것을 얘기하고 싶다고 생각한 적도 없었다. 아무에게 도 말하지 않았고, 자신은 그렇게 잊어가는 게 아니었던가.

입 안 가득 정체 모를 찜찜함이 퍼진다. 옛날 사와구치의 장례식에서 본 남동생의 우는 얼굴이 또렷이 기억 저편에서 밀려 나온다.

사와구치 유타카의 동생이다.

입가를 손으로 누르고, 창밖을 바라보면서 아키히코는 망연히 생각했다.

(책임이 너무 무거우면)

(자살하는 게 당연한지도 몰라)

그 당시, 몇 번이나 사과하려다가 그냥 도망치고만 그의 동생이다.

(책임을 지라는 강요에)

(그것 때문에, 죄인이 되어 버리면……)

결론이 날 것도 아니면서 어떡하지, 어떡하지 하며 망설이는 동안, 문득 복도 건너편 모퉁이에 낯익은 교복이 보였다. 자신도 입었던 사사쿠라 중학교의 교복, 사와구치의 동생이 틀림없었다.

아키히코는 지금까지 살아오면서 이렇게 긴장된 적은 처음이었다. 그것은 긴장이라기보다 오히려 공포에 가까운 감각이었다. 자신의 발과 손의 감각이 묘하게 멀게 느껴진다. 팔이 작게 떨리고 있다는 사실을 깨닫기까지 제법 시간이 걸렸다.

아키히코, 하고 부르는 사와구치 유타카의 목소리가 들려오는 것 같았다.

사와구치의 동생은 혼자서 천천히 이쪽으로 다가온다. 복도 중간에서 고개를 들더니, 그 시선이 아키히코를 발견하고는 멈췄다. 그의 얼굴은 역시 형과 닮았다. 3년 전에 자전거 주차장에서 보았던 그의 상처 입은 시선이 아키히코의 가슴속에 되살아난다.

사와구치의 동생은 아키히코에게 다가와서는 망설이듯 고개를 숙였다가 이렇게 물었다.

"후지모토 아키히코 선배님이시죠? 저는."

책임이 너무 무거우면 자살할 수밖에 없는지도 모른다. 책임이 너무 커서 사과한다고 용서받을 수 있는 잘못이 아닐 때, 그런 상황에서 책임을 들이대며.

"기억하세요? 사와구치 유타카의 동생입니다."

'책임져'라고 한다면.

츠지무라 미즈키가, 점심을 먹지 않는다는 것을 알아차린 것은 언제였을까.

원래 그럭저럭 사이가 좋은 편이었던 미즈키가 새파란 얼굴로 고개를 숙이고 있는 모습을 자주 보았다. 그게 처음이었을까. 학교에서 그녀가 처음으로 애들 앞에서 책상에 엎드려 버린 그 날. 누군가를 의지하지도 않고 혼자서 돌아가려던 그녀를 아키히코가 불렀다. '같이 안 갈래?' 하고.

미즈키가 억울한 일을 당하고 있다고 생각했다. 사람은 너무나도 쉽게 자살을 결심하게 된다는 사실을 아키히코는 알고 있었다. 그래서 그녀를 어떻게든 돕고 싶었다.

분명 미즈키가 점심시간에 혼자 고개를 숙이고 있는 모습과 사와구치가 혼자 자습 시간에 프린트를 노려보고 있던 모습이 겹쳐 보인 것이 첫 번째 이유였을 것이다. 자신을 안쓰러울 정도로 비하하는 그녀에게 자신감을 되돌려주려면 어떻게 해야 할까. 아키히코는 줄곧 그런 생각을 하고 있었다.

미즈키가 자살하게 내버려둬서는 안 된다고 생각한 것이다.

아키히코의 등에는 지금 울타리의 차가운 감촉이 느껴진다.

어째서 잊고 있었을까, 그날 자살한 사람의 이름을. 그날, 옥상에서 뛰어내려 자살한 사람은…….

아키히코의 양손은 지금, 등 뒤의 옥상 울타리를 잡고 있다. 그날 아키히코가 보았다고 생각한 모습과 똑같이 아키히코의 두 손은 울타리 망을 잡고 있고, 몸은 불안정하게 바람에 흔들리고 있다. 아래를 보니 지면은 현기증이 일 정도로 멀었다.

지금 여기서 자신은 이 손을 놓아야 한다. 아키히코는 그렇게 생각했다.

돌아보니 옥상 위에는 잘 아는 얼굴이 서 있었다. 그날의 아키히코처럼 지금 울타리 밖에 선 아키히코를 보고 있다. 무심코 아아 하고 목 깊숙한 곳에서 목소리가 새어 나왔다.

"생각났어?"

생각났다, 고 아키히코는 생각했다.

8

츠지무라 미즈키는 어둠 속에서 가늘게 숨을 쉬고 있었다. 눈앞에 있는 것은 검은 천장. 미즈키는 잠들지 못하고 침대 안에서 몸을 뒤척이고 있었다. 아까 샤워룸에서 본 미쓰루의 마네킹 인형의 눈, 그 눈이 말없이 자신에게 무언가를 호소하고 있었다.

미즈키는 눈을 감았다.

식욕이 완전히 없어져서, 며칠 동안이나 아무것도 안 먹었다는 것을 처음 자각한 것은 언제였을까.

처음엔 그저 하루코가 기분이 안 좋은가 보다고 생각했다. 그러나 자신과 다른 사람을 대하는 그녀의 태도가 분명히 다르다는 것을 알게 되었을 때, 지금처럼 말로는 표현할 수 없는 불안을 느꼈던 것이 기억난다. 자신이 말을 걸면 순간 굳어지는 하루코의 표정. 미즈키가 한창 얘기하고 있는데도, '흐응'이라는 한 마디 맞장구를 끝으로 하루코가 책을 펴더니 미즈키를 무시하고는 독서를 시작한 적도 있었다.

그런 츠노다 하루코의 냉담함이 서서히 미즈키를 겁쟁이로 만들고 옭아매 갔다. 깨닫고 보니 어머니가 만들어 준 도시락은 뚜껑도 열지 않은 채 학교와 집을 왕복하고 있었다. 저녁은 어머니 앞이라 통째로 삼키지만, 잠시 후엔 괴로워져서 토해 버린다.

그 시기에는 이상하게도 들떠 있는 하루코를 자주 본 것 같다.

책상 위에 전혀 먹고 싶지 않은 도시락을 올려놓고, 어머니가 싸 준 볶음밥을 포크 끝으로 깨작거린다. 입 안에서는 늘 쓰디쓴 위액 맛이 났다.

(먹어야지…….)

몸의 안쪽이 빛이라도 내뿜고 있는 듯 뜨거워진다.

(먹어야 해……, 하지만)

외부의, 자기 밖의 소리는 언제나 들리지 않았다. 게이코가 '괜찮아?'라고 묻는 목소리도, '다른 건 먹을 수 있을 것 같아?'라고 시미즈가 걱정하는 목소리도. 주위의 소리는 색을 잃은 듯 아무것도 들리지 않는데, 귀에 꽂히는 하루코의 목소리만은 항상 컸다.

'있잖아, 어제 그 텔레비전 봤어?'

'있잖아, 그거 짜증나지 ──, 그만 좀 했으면 좋겠어.'

'있잖아, 쉬는 날에 어디 같이 놀러 안 갈래?'

하루코는 어째서 저렇게 즐거운 걸까. 어째서 저렇게 들떠 있는 걸까.

하루코는 누가 '짜증이 난다'는 것일까.

자신과 그녀가 친했을 때, 그녀는 저렇게 크게 말했었나. 저렇게 웃었었나. 아마 아닐 것이다, 기억에 없다.

'쇼하는 거'라는 말은 미즈키가 음식을 못 먹는 것을 두고 하루코가 한 말이었지만, 그와 동시에 이 시기의 미즈키 머릿속에서도 빙빙 돌고 있던 말이기도 했다. 하얗게 말라붙은 듯한 의식 끝에서 미즈키는 늘 자책하고 있었다.

싸웠어? 가끔 물어오는 친구들이 있다. 그 말에 고개를 저으면서, 차라리 싸운 거라면 얼마나 좋았을까, 하고 생각하기도 했다. 싸움조차 하지 않고, 그저 자신을 일방적으로 미워하고, 그리고 용서해 주지 않는다. 그것뿐인 것이다.

학교에서 자신의 옆에 오지 않게 된 하루코를 보고 있으면 눈물도 나오지 않았다.

다른 친구들과 이야기꽃을 피우면서 높은 목소리로 웃는 그녀와 마음이 메말라 갈라진 듯한 자신. 말라붙은 마음에 뿌릴 눈물이라도 있었으면 조금은 편했을지도 모르는데, 이상하게도 눈물은 나오지 않았다. 그건 아마도 자신이 철저하게 혼자였기 때문이었을 것이다. 울면 거기서 끝. 하루코한테 연극을 한다고 여겨지는 건 싫었다. 식욕이 없어진 것과 토할 것 같은 건 어쩔 수 없지만, 하루코를 탓하고 싶지는 않았다.

미즈키는 어쩔 줄 모른 채 자신이 뭔가 잘못했을 거라고 생각했다. 자신이 무슨 짓을 저질렀는지 모르겠지만, 잘못한 게 있다면 사과하고 싶다고 하루코에게 편지를 썼다.

그리고 하루코가 왜 자신을 그렇게 대하는지, 그 이유가 쓰인 답장을 받은 것은 그로부터 한 달 정도 지나고 나서였다. 그날은 모의고사가 있었던 날로, 수학시험이 시작되기 직전이었다. 다른 교실에서 시험을 보기 위해 미즈키가 가방을 들고 이동하려고 하는데, 하루코가 지나가며 무뚝뚝하게 그것을 건넸다. 이거 읽어, 라면서.

'애들이랑 날 비웃고 있지? 다카노나 게이코한테, 있는 일 없는 일 다 꾸며 가면서 내 험담하는 거 아냐?'

한 적도 없는 일을 갖고 자신을 비난하는 말들의 나열.

모의고사 전이라, 거의 씹지도 않고 도시락을 그대로 삼킨 미즈키는 편지를 읽은 뒤에 먹은 것 전부를 토해 버렸다. 편지에 쓰인 하루코의 감정은 너무나 직설적이어서, 그것을 읽은 미즈키에게 큰 고통을 주었다.

화장실로 뛰어 들어가 울면서 구역질을 할 때마다 목 깊숙한 곳이 아팠다. 너무나 괴로워서 견딜 수가 없는데, 교실에서는 모의고사가 기다리고 있다. 같은 교실에 하루코의 친구들이 있다. 하루코는 그 애들에게 자신에 대해 뭐라고 얘기했을까. 그런 생각을 하면 더욱 숨쉬기가 괴로워졌다.

'울면서 한참 후에야 교실에 들어왔잖아?!'

그 일이 있고 얼마 안 있어 시미즈가 미즈키에게 한 말이었다.

'나, 그 애한테 무슨 생각이었냐고 묻고 싶어. 사카키샘도 진짜 걱정했단 말이야. 미즈키 운 거 아니었냐면서.'

사실 사카키는 몇 번이나 이유를 물었다. 그리고 그때마다 미즈키는 계속 아무 일도 아니라고 고집을 부렸다. 타인이 점점 두려워지고, 자기 자신이 한심하고 창피했다. 친구한테도 신뢰를 얻지 못하고 이렇게나 미움 받고 있다는 것을, 오랜 친구인 사카키나 다카노에게 들키고 싶지 않았다.

　츠노다 하루코는 온몸으로 미즈키를 혐오하고 있었다.

　미즈키가 전철이나 버스에 타는 것을 무서워하게 된 것도 이즈음이었다. 전철이나 버스, 거기에 타고 있는 고등학교 친구, 거기다 자신의 중학교 시절 친구들까지 모두가 무서워서 견딜 수 없었다. 다들 자신을 비웃고 있는 건 아닐까. 자신이 하루코에게 그렇게 미움 받고 있다는 것을 아는 건 아닐까.

　노이로제에 걸릴 정도로 매일 그런 생각만 했다. 친구들이 전부 자신을 멀리할 것이라는 예감이 서서히 둔한 확신으로 변하고, 그것이 늘 미즈키를 두려움으로 떨게 했다. 그럴 때, 마지막에 도달하는 생각은 하나였다.

　죽고 싶어, 죽고 싶어, 죽고 싶어…….

　시험을 보고 있는 교실에서, 창밖을 올려다보며 생각하고 있었다. 지금 여기서 뛰어내리면 하루코는 알아줄지도 모른다. 내가 그런 짓을 하지 않았다는 것을 믿어 줄지도 모른다. 집 베란다에서라도 상관없으니까, 뛰어내리자.

　그날 집에 돌아간 자신을 맞아준 어머니가 너무 따뜻하게 느껴진 것을 미즈키는 지금도 절절하게 기억하고 있다. 저녁을 차려 주고, 대학 수험 얘기를 하기도 하고. 이 사람은 자신의 딸이 지금 죽으려고 하는 걸 모를 거라고 생각하니 가슴이 아프고 괴로웠다. 뛰어내리려던 자신을 직전에 막은 사람은 분명히 어머니였다고 지금은 생각한다.

다카노나 사카키에게 상담할 수 없었던 것은 분명 미즈키에게 남은 마지막 자존심 때문이었다. 다카노와 사카키는 둘 다 하루코를 잘 모른다. 그런 하얀 백지 위에 자신이 하루코에 대한 나쁜 이미지를 칠하게 되는 것이 두려웠다. 그래도 하루코와 예전처럼 함께 웃을 수 있는 날이 올 거라고 믿었던 미즈키는 그녀를 미워할 수 없었다. 자신의 친구들 사이에서 하루코가 나쁘기만 한 사람이 되어버리는 것이 싫었다. 말을 하면 하루코가 자신을 비난하는 이유의 하나인 '다른 애들과 함께 하루코를 욕하고 있다'는 것이 사실이 되어 버린다. 그렇게 되면 자신은 영원히 하루코에게 용서받지 못할 것이다.

하루코를 배려하느라 아무 일도 없었던 듯이 계속 웃는 것, 다카노나 사카키에게 상담할 수 없는 것. 양쪽 다 한계점에 다다른 그 날, 엎드려서 토해 버린 미즈키에게 말을 걸어준 사람이 아키히코였다. '같이 안 갈래?'라는 한 마디가 긴장으로 굳어 있던 미즈키의 어깨에 온화하게 내려왔다.

미즈키는 아키히코가 정말로 사려 깊은 사람이라고 생각한다. 게다가 머리도 좋다.

그는 미즈키를 살펴 주었다. 밥은 제대로 먹고 있는지, 안색은 어떤지, 무리하는 건 아닌지. 정말로 진심으로 걱정해 주었다. 그래서 미즈키도 그에게 털어놓을 마음이 생겼다. 아키히코라면 괜찮아, 그라면 다카노나 사카키에게 말하지 않을 거야……

나중에 다카노가 캐물었을 때 아키히코의 존재가 사이에 없었다면, 미즈키는 그때까지도 다카노에게 털어놓는 것을 망설였을 것이다. 미즈키는 아키히코에게 감사하고 있다. 마음속으로 계속 죽고 싶다고 생각하는 미즈키를 멈춰 준 사람은 그였다.

'확실히 이곳의 분위기는 그렇게 나쁘지 않지.'

아까 그렇게 말한 건 게이코였던가.

'자신과 사이좋은 사람들만 있는 곳이니 편안하겠지.'

츠노다 하루코의 노골적인 적의가 존재하지 않는 이곳은 정말로 편하다.

아키히코는 얘기를 잘 들어준다. 말을 건 사람이 아키히코가 아니었다면 미즈키는 털어놓을 수 없었을 것이다. 그는 자신의 의견을 가지고 있지만 그것을 강요하는 걸 싫어했고, 무엇보다 미즈키의 의견을 먼저 존중해 주었다. 자신감을 잃은 미즈키에게 '친하게 지내'고 '같이 집에 가는 것'으로 조금씩 자신감을 불어넣어 준 사람이 그였다. 나 같은 애랑 있어도 괜찮아? 나 따위가 말 거는 게 귀찮지 않아? 그런 질문들에 아키히코는 싫은 기색도 없이 항상 대답해 주었다. 아무리 감사해도 부족하다.

'미즈키야말로 나랑 같이 있는 게 싫지 않아? 그런 거 아니면 문제없잖아.'

일어나니 머리가 아팠다.

대체 얼마나 잔 걸까. 마치 아직도 꿈속에 있는 듯 다리에 힘이 들어가지 않는다. 잠이 안 온다고 생각하는 동안에 얕게나마 잠이

들었던 모양이다. 그러나 그것도 극히 짧은 시간이었는지 몸이 나른
했다.

　미즈키는 양호실의 약품 냄새나는 공기를 들이쉬고는 천천히 다리
를 실내화로 내렸다. 벗어 둔 재킷을 어깨에 걸치고 침대 사이를 구분
하는 커튼을 걷는다. 소파 위에 게이코가 자고 있는 모습이 보였다.
머리까지 재킷을 뒤집어쓰고 있어서 표정은 보이지 않았지만, 분명
히 자고 있는 것 같다. 호흡과 함께 가슴이 천천히 오르내리고 있었다.

　한 번 한숨을 쉬고 창밖을 본다. 눈이 창문을 하얗게 얼리고, 지면
에도 온통 은세계가 펼쳐져 있다. 그걸 확인하고 미즈키는 숙인 고개
를 살짝 흔들었다. 자고 일어나도 아무것도 변하지 않는다. 그것은
꿈이 아니었다.

　미쓰루가 없어지고, 그리고 ──.

　아무 생각 없이 창문에 등을 돌리고 미즈키는 다시 침대로 돌아가
베개 옆에 둔 자신의 손목시계를 집어 들었다.

　미쓰루가 없어지고 나서 시간이 움직이기 시작했다. 그리고 그 그
로테스크한 핏자국과 새하얀 마네킹 인형.

　미즈키는 왼손으로 눈두덩을 누르며 손목시계를 들고, 그것을 들
여다보았다. 그리고 놀라 눈을 크게 떴다.

　5시 53분.

　처음 시간이 멈추었을 때와 같은 시간이었다. 그렇다면 또 시간이
멈춘 것일까? 그렇게 생각하고 미즈키는 잠시 아연히 서 있었지만,
초침은 규칙적으로 움직이고 있다. 12시간이 지나 우연히 바늘이
그 자리로 돌아온 것뿐이라고, 뒤늦게 깨닫는다.

　벌써 그때부터 12시간이나 지났구나. 시계를 손에 든 미즈키가

멍하니 서 있었을 때, 등 뒤에서 엄청나게 큰 소리……, 무언가가 위에서 떨어진 듯한 소리가 들려와, 미즈키는 깜짝 놀라 고개를 들었다.

떨어졌다기보다, 무언가가 내동댕이쳐진 듯한 강한 소리였다. 순간적으로 창밖이라고 생각했다. 창가로 달려간다. 차가운 유리창에 양손을 짚고 밖을 응시한 미즈키는 짧은 비명을 질렀다.

온통 눈으로 덮인 지면 위에, 무언가가 떨어진 것 같았다. 무언지는 잘 모른다. 그러나 직감적으로 보통 일이 아니라는 것을 깨달았다. 조금 전까지 그저 하얗게 펼쳐져 있던 눈 위에, 그 무언가가 떨어진 지점이라고 여겨지는 곳만이 다른 색을 띠고 있다.

눈에 퍼지는 붉은 얼룩. 눈이 반사하는 하얀 빛 때문에 그 붉은색이 더욱 도드라져 보인다.

유리창에서 손을 떼고 한 발자국 뒤로 물러선다. 그때 처음으로 미즈키는 눈 속에 누워 있는 것이 무언인지 깨달았다.

미즈키의 손끝이 가늘게 떨리기 시작한다. 불길한 예감만이 빙글빙글 머릿속을 휘저어, 그녀는 무심코 오른손으로 입가를 눌렀다.

마네킹 인형이 눈 속에 누워 있다.

12시간 전에 본 미쓰루 때와 똑같이 석고로 만들어진 하얀, 새하얀 마네킹 인형. 아까 위에서 떨어진 게 그것이었는지, 군데군데 깨져 있다. 그리고 그 마네킹의 팔을 본 미즈키는 숨을 삼켰다. 등줄기가 정말로 얼어붙었다. 무기질적인 인상을 주는 인형의 팔에서 빨간 피가 줄줄 흘러나와, 그것이 주변의 눈을 붉게 물들이고 있었다.

반쯤 금이 간 듯한 오른팔이 어두운 하늘을 향해 똑바로 뻗어 있다. 그 손에는 붕대가 감겨 있었다.

천천히 다시 한 발 물러서면서 미즈키는 '아아' 하고 손으로 얼굴을 덮었다. 울음소리 같은 앓는 소리가 흘러나온다. 천천히 눈을 감자, 심한 현기증이 덮쳐 왔다.

"……아키히코."

하얀 붕대를 감은 오른팔 위에 눈이 쌓여 간다. 그 모습에 견딜 수 없어진 미즈키는 찢어지게 절규했다.

그 절규가 신호가 된 듯, 학교 안에는 낮게 종소리가 울리기 시작했다.

※

떨어진 그를 바라보며, '호스트'는 천천히 눈을 가늘게 떴다.

눈은 재미있을 정도로 끊임없이 내리고 있다. 멍한 머리는 마치 한가운데가 얼어붙어 버린 듯, 몸에도 거의 감각이 없다. 발끝을 덮은 추위에 부르르 머리를 한 번 떨고, 이대로 모든 것이 얼어붙었으면 좋겠다는 생각을 한다.

'호스트'는 그저 보고 있다. 아무것도 하지 않고, 그저 보고 있는 것이다.

저항할 수 없는 힘, 그들 안에 둥지를 틀고 있는 이미지. 그것들이 안쪽에서부터 그들을 전부 먹어치우는 것을 보고 있다. 그것이 어디에서 오는 것인지도 '호스트'는 알고 있다. 모든 것은 자신의 자아일 것이다.

차가운 울타리에 등을 기대고 하얀 숨을 내쉰다. 그리고 생각했다.

그들은 죄책감을 갖고 있을까?

있으면 됐다. 있으면 다행이다. 그랬다면 이런 일이 일어나지는 않았을 것이다. 아마 죄책감 같은 건 존재하지 않았을 것이다.

그래서…….

그래서 이름을 지워 버렸다. 그들은 모두, 잊어버리려고 했으니까.

검푸른 하늘에서 자신을 향해 맹렬한 기세로 눈이 내린다. 아까부터 차갑고 강한 바람만이 볼을 쓰다듬고 있었다.

그들 자신의 이미지, 죄책감.

자, 생각해내.

자신들이 한 일을.

'호스트'는 울타리 밖을 내려다보고는 다시 눈을 가늘게 떴다.

〈하권에 계속〉

차가운 학교의 시간은 멈춘다 (上)

1판 1쇄 발행 2006년 3월 31일
2판 1쇄 발행 2014년 4월 21일 | 3쇄 발행 2019년 12월 10일

지은이 츠지무라 미즈키
옮긴이 이윤정

발행인 박광운
편집인 박재은

발행처 손안의책
출판등록 2002년 10월 7일 (제307-2015-69호)
주소 서울 성북구 화랑로 214, 102동 601호
전화 02-325-2375 팩스 02-6499-2375
카페 http://cafe.naver.com/bookinhand
이메일 bookinhand@hanmail.net

ISBN 978-89-90028-87-7 04830

이 도서의 국립중앙도서관 출판예정도서목록(CIP)은 서지정보유통지원시스템 홈페이지(http://seoji.nl.go.kr)와
국가자료종합목록 구축시스템(http://kolis-net.nl.go.kr)에서 이용하실 수 있습니다.
CIP제어번호: CIP2014009187